新时代北外文库

汉学与跨文化研究

Sinology and Cross-Cultural Studies

顾 钧 著

人民出版社

内 容 提 要
EXECUTIVE SUMMARY

　　本书是作者近二十年的比较文学与跨文化研究论文选集，分为三个部分：美国汉学史研究、跨文化翻译研究、中外文学关系研究。第一部分以卫三畏、费正清、卜德等为个案，详细讨论了19世纪美国业余汉学的发展历程以及20世纪美国专业汉学的兴起。第二部分围绕翻译问题展开论述，既有《诗经》《论语》《聊斋志异》等在英语世界的翻译和传播，也有鲁迅通过译介外国文学对中国思想文化的影响和改造。第三部分重点探讨中外文学关系的契合之处，在事实联系的基础上寻找彼此共通的诗心与文心，其中诺贝尔文学奖得主赛珍珠的中国形象塑造是重点论题。作者对理论方法论的宏观思考主要体现在《美国汉学的历史分期与研究现状》《翻译文学史可以这么写》《钱钟书对当代中国人文学术的启示》《王佐良与比较文学》等几篇文章中。

出版说明

2021 年是中国共产党成立 100 周年,也是北京外国语大学建校 80 周年。作为中国共产党创办的第一所外国语高等学校,北外紧密结合国家战略发展需要,秉承"外、特、精、通"的办学理念和"兼容并蓄、博学笃行"的校训精神,培养了一大批外交、翻译、教育、经贸、新闻、法律、金融等涉外高素质人才,也涌现了一批学术名家与精品力作。王佐良、许国璋、纳忠等学术大师,为学人所熟知,奠定了北外的学术传统。他们的经典作品被收录到 2011 年北外 70 年校庆期间出版的《北外学者选集》,代表了北外自建校以来在外国语言文学研究领域的杰出成果。

进入 21 世纪尤其是新时代以来,北外主动响应国家号召,加大非通用语建设力度,现获批开设 101 种外国语言,致力复合型人才培养,优化学科布局,逐步形成了以外国语言文学学科为主体,多学科协调发展的格局。植根在外国语言文学的肥沃土地上,徜徉在开放多元的学术氛围里,一大批北外学者追随先辈脚步,着眼中外比较,潜心学术研究,在国家语言政策、经济社会发展、中华文化传播、国别区域研究等领域颇有建树。这些思想观点往往以论文散见于期刊,而汇编为文集,整理成文库,更能相得益彰,蔚为大观,既便于研读查考,又利于学术传承。"新时代北外文库"之编纂,其意正在于此,冀切磋琢磨,交锋碰撞,助力培育北外学派,形成新时代北外发展的新气象。

"新时代北外文库"共收录 32 本,每本选编一位北外教授的论文,均系进入 21 世纪以来在重要刊物上发表的高质量学术论文。既展现北外学者在外国文学、外国语言学及应用语言学、翻译学、比较文学与跨文化研究、国别与区域研究等外国语言文学研究最新进展,也涵盖北外学者在政治学、经济学、教育学、新闻传播学、法学、哲学等领域发挥外语优势,开展比较研究的创新成果。希望能为校内外、国内外的同行和师生提供学术借鉴。

北京外国语大学将以此次文库出版为新的起点,进一步贯彻落实习近平新时代中国特色社会主义思想和党中央关于教育的重要部署,秉承传统,追求卓越,精益求精,促进学校平稳较快发展,致力于培养国家急需,富有社会责任感、创新精神和实践能力,具有中国情怀、国际视野、思辨能力和跨文化能力的复合型、复语型、高层次国际化人才,加快中国特色、世界一流外国语大学的建设步伐。

谨以此书,
献给中国共产党成立100周年。
献给北京外国语大学建校80周年。

文库编委会
庚子年秋于北外

目　录

中外文学关系研究

自　序

本书是我近二十年的论文选集，分为三个部分：美国汉学史研究、跨文化翻译研究、中外文学关系研究，从更大的学科范围来说都属于比较文学与跨文化研究。

我于2001年就职北京外国语大学海外汉学研究中心，正式进入美国汉学史这一研究领域。当时国内学者关注的重点在第二次世界大战之后，对19世纪和20世纪上半叶的美国早期汉学比较忽略。学术研究本来就需要不断寻求新的增长点，而且从"辨章学术，考镜源流"的角度来说，源头问题也必须搞清楚。于是我开始研究19世纪最早来华的商人、传教士和外交官，翻阅他们留下的著作、书信、日记等文献，并把目光逐渐聚焦到卫三畏（Samuel Wells Williams）身上。卫三畏在华生活工作达43年之久，当过传教士、印刷工，也当过外交官，晚年又成为美国历史上第一位中文教授，他的一生最好地见证了美国业余汉学的发展及其向专业化的过渡。早期汉学研究的一个瓶颈是不少原始资料在国内无法获得。2007—2008年我利用在美国耶鲁大学访学的机会，查阅了卫三畏的全部档案，使自己的研究建立在更加完善的资料基础之上。我还和日本学者宫泽真一合作，将卫三畏的全部未刊书信整理出版，①为国内学者的进一步研究提供了便利。

沿着卫三畏顺流而下，我从2010年开始研究20世纪上半叶的美国汉学，这时传教士、外交官已经逐渐让位给专业学者。我发现，最早的一批专业学者

---

① 顾钧、[日]宫泽真一主编：《美国耶鲁大学图书馆藏卫三畏未刊往来书信集》（共23卷），广西师范大学出版社2012年版。

虽然有着不同的师承和各自的研究领域,却拥有一段共同的留学北京的经历,短则1—2年,长则5—6年,有的曾多次来北京留学。比如,费正清(John K.Fairbank),以往学者只关注他第二次世界大战后如何建立美国汉学的新模式——地区研究,但对于这位学界领袖早年的经历往往语焉不详。其实,费正清在北京留学的四年(1932—1935)对他后来的发展影响甚大,他最初的学术成果就是在北京完成并发表的(参见本书《费正清的第一篇论文》)。研究19世纪美国汉学,我虽然也旁及其他人物,但主要集中在卫三畏。到了20世纪上半叶,我改变了路数,把几乎所有来北京留过学的人都纳入了讨论范围。之所以如此,除了研究对象本身的差异之外,主要还是想求新求变,在学术上尝试多种可能性。

从历史上看,不少汉学家同时也是翻译家。卫三畏就曾经翻译过《聊斋》中的几个故事(参见本书《也说〈聊斋志异〉在西方的最早译介》),所以在研究美国汉学发展史的同时,我也相当关注翻译问题,陆陆续续写了一些文章。中国文献的英译也由此成为我研究20世纪下半叶美国汉学的一个主要切入点。第二次世界大战后美国汉学日渐专业化、精细化,无论学者人数还是学术成果都越来越多,已经不可能像早期汉学那样从总体上进行研究。术业有专攻,我比较熟悉的是中国文学,特别是鲁迅的作品,就鲁迅在英语世界的翻译和传播我写过多篇文章,其中《〈草鞋脚〉与〈中国论坛〉的关系》(收入本书第二编)解决了一个多年悬而未决的问题——19世纪30年代美国记者伊罗生(Harold R.Isaacs)为什么没有完全采用鲁迅推荐的翻译篇目。

鲁迅一直是中国学界,特别是中国现代文学研究界的热点。但越是伟大的人物,可供研究的方面就越多,作为翻译家的鲁迅就是其中之一,却一直没有得到应有的重视。只从数量上来看,鲁迅的翻译丝毫不少于他的创作,甚至有过之而无不及。这一点最醒目地体现在1938年版以及1973年重印的二十卷本《鲁迅全集》,其中,后十卷全部是翻译作品。就在研究卫三畏生平著作的几乎同时,我也在"啃"鲁迅的"硬译"。通读鲁迅的全部译著,很容易形成这样鲜明的印象:创作部分文字十分流畅,而翻译部分则文字多半比较艰涩,仿佛出自两个人的手笔。以鲁迅的语言能力和文字功夫来说,使译文做到流畅自然是不难的,为什么他一再强调并坚持"硬译"呢?这无疑和他的思想有关,鲁迅不是一般的翻译家,而是思想家型的翻译家,翻什么,不翻什么,以及怎么翻,背后都有深刻的动机。沿着这个思路,我的研究从1903年的《斯巴达之魂》出发,一个文本接着一个文本,逐渐走进鲁迅的翻译世界,也逐渐走进现代中国文学思想史的深处。本书收录的《鲁迅的苏联文学理论翻译与左翼文学运动》可以作为这类研究的一个代表。

1998年,我进入北京大学比较文学研究所攻读博士学位,曾有心将鲁迅的翻译作为论文选题,后来考虑各方面的条件选择了赛珍珠(Pearl S.Buck)——第一位凭借中国题材小说荣获诺贝尔奖的美国作家,于是考察《大地》(The Good Earth)所塑造的中国形象就成为我比较文学研究的起点。赛珍珠的父母是来华传教士,她本人除了写小说,还曾把《水浒传》翻译成英文。博士毕业后,我把研究重点转移到以卫三畏为中心的美国早期汉学史,可以说并不突兀。至于鲁迅,和这两人也有联系,他曾评论过赛译《水浒传》,还读过卫三畏代表作《中国总论》(The Middle Kingdom)的日文译本。做比较文学的一大乐趣,就在于能不断发现各种"事实联系"(fait accompli),以及虽然没有事实联系但彼此共通的"诗心"与"文心"。本书第三编就是这种乐趣的部分展示。

回顾二十年来我个人的比较文学研究,有三点强烈的体会:一是要以历史为基础,中国学术历来强调文史不分家;二是要从文本出发,原典实证,不做空头理论家;三是要不断拓宽视野。关于比较文学的定义,历来多有争论,我个人倾向于从研究主体而不是研究对象来界定,也就是说,只要一位学者具有了比较视阈,那么他做的所有研究都可以看作比较文学,而比较视阈的获得和拓宽,需要不断提升中外文学文化的修养。

这么多年我没有写过专门讨论理论方法论的文章,但本书收录的《美国汉学的历史分期与研究现状》《翻译文学史可以这么写》《钱钟书对当代中国人文学术的启示》《王佐良与比较文学》等几篇值得一提,其中含有我的一些宏观思考。《王佐良与比较文学》一文我个人尤为看重,因为其中还含有我对北外前辈大师的敬仰和对自己作为后生小子的鼓励。

美国汉学史研究

美国汉学的历史分期与研究现状

一、历史分期

美国的汉学研究虽然起步比欧洲晚,但大有后来居上之势,特别是第二次世界大战以后,随着汉学研究的专业化和大量研究机构的建立,美国的汉学研究步入了发展的快车道。今天,无论是在资金投入、学术资源方面,还是在研究模式、人才培养方面,美国均处于整个西方汉学研究的领先地位,其研究成果对中国本土学术的影响也日益巨大。[①]

任何学术都必然经历从无到有、从小到大的过程。1963 年,全美国仅有33 人获得中国研究博士学位,而到了 1993 年,服务于美国大学、政府、新闻界、企业界的各类中国研究专家已逾万人,其中仅效力于跨国公司、基金会、法律事务所等机构的专家就达到 5300 人之多。[②] 19 世纪时,美国没有一家专门研究中国的学术团体,汉学研究在美国东方学会(American Oriental Society,1842 年建立)、美国历史学会(American Historical Society,1884 年建立)中所占比例均十分有限,而目前仅哈佛大学就有十多个与中国研究相关的机构。

如果将汉学研究限定在大学或学院研究的层面上,那么美国的汉学研究

① 杨念群:《美国中国学研究的范式转变与中国史研究的现实处境》,《清史研究》2000 年第 4 期;黄育馥:《20 世纪 80 年代以来美国中国学的几点变化》,《国外社会科学》2004 年第 5 期。

② Lindbeck J M H. *Understanding China: An Assessment of American Scholarly Resources*. New York: Praeger Publishers, 1971, p.140; Shambaugh D. ed. *American Studies of Contemporary China*. New York: M.E.Sharpe, 1993, p.197.

开始于 1877 年,这一年 6 月耶鲁大学设立了第一个汉学教授职位。此后哈佛、哥伦比亚等大学也设立了类似的职位。如果从宽泛的意义上看待汉学,将商人、旅行家、传教士、外交官以及其他对中国有兴趣的人士的研究也看作汉学的一部分,那么美国的汉学史则可以追溯到 18 世纪。1784 年在第一艘到达中国的美国商船上,大副山茂召(Samuel Shaw)写下了他对中国的第一印象,美国汉学伴随着中美直接贸易的产生而产生。但美国汉学的产生并不意味着欧洲汉学从此结束了在美国的影响,实际上,19 世纪 30 年代以前美国人关于中国的信息主要来自欧洲(特别是英国)。欧洲的专业汉学开始于 1814 年法兰西学院设立西方第一个汉学教授席位,此前的业余汉学则可以一直追溯到马可·波罗(Marco Polo),甚至更早。当代美国学者孟德卫(David E. Mungello)将欧洲汉学的起源划定在 17 世纪,他把基歇尔(Athanasius Kircher)、威尔金斯(John Wilkins)、莱布尼茨(Gottfried W.Leibniz)等利用来华耶稣会士提供的信息进行汉学研究的学者称之为"早期汉学家"(proto-sinologist),把他们的研究称之为"早期汉学"(proto-sinology)。[1] 如果套用孟德卫的概念,我们可以把美国的建国元勋富兰克林(Benjamin Franklin)、潘恩(Thomas Paine)、杰斐逊(Thomas Jefferson)称为"早期汉学家",他们都曾读过耶稣会士的著作并写下了自己对中国的看法。[2] 19 世纪利用欧洲文献研究儒家思想的超验主义者如爱默生(Ralph W.Emerson)、梭罗(Henry D.Thoreau)同样也可以归入这一行列,他们虽然人数很少,研究范围也很有限,但却是美国早期汉学一个不应忽视的组成部分。[3]

对于这两百多年的美国汉学史,学者们提出了不同的分期。一种比较常见的看法是以第二次世界大战作为界限,理由是二战前美国的汉学研究比较

---

① Mungello D E. *Curious Land*: *Jesuit Accommodation and the Origins of Sinology*. Stuttgart: Steiner Verlag Wiesbaden Gmbh, 1985, p.14.

② Aldridge A O. *The Dragon and the Eagle*: *The Presence of China in the American Enlightenment*. Detroit: Wayne State University Press, 1993, pp.85-97.

③ 爱默生被认为是"第一个真正的美国思想家"(the first truly American thinker),也是最早对东方文化产生兴趣的美国思想家,但他的主要兴趣在印度、波斯,中国处于相对次要的位置。就中国文化而言,他的主要阅读对象是儒家经典,参见 Carpenter F I. *Emerson and Asia*. Cambridge: Harvard University Press, 1930, pp.232-255。

零散,且受欧洲的影响比较大,二战以后,特别是 1958 年通过"国防教育法案"(National Defense Education Act)以后,美国政府和基金会(特别是福特基金会)开始大量投入资金,美国汉学以前所未有的速度向前发展,并形成了自己的特色。这一分期方法是和将费正清(John K.Fairbank)看作美国汉学之父的观点联系在一起的。费正清 1907 年出生于南达科他州,1929 年从哈佛大学毕业后前往牛津大学攻读博士学位,从此开始了对中国的研究。在以《中华帝国对外关系史》(The International Relations of the Chinese Empire)、《东印度公司对华贸易编年史》(The Chronicles of the East India Company Trading to China, 1635-1834)等著作闻名学界的马士(Hosea B.Morse)的指导下,费正清把中国海关问题定为博士论文的题目,从而确立了从外交史和制度史入手、以近代中国为课题的研究方向。这一研究方向与传统的汉学——对中国古代历史文化进行文献考证——截然不同,是一种全新的尝试。1936 年,费正清获得牛津大学博士学位,并回哈佛执教。在此后的四十多年中,费正清以哈佛为基地,将自己开创的"地区研究"(regional studies)模式推广到全美,乃至全世界。1991 年,费正清去世后,曾经听过他课程并和他共事多年的余英时先生给予了这样的论断:"半个世纪以来,他一直是美国的中国研究的一个重要的原动力;哈佛大学历史系正式把中国近代史包括在课程之内是从他开始的。他的逝世象征着这一学术领域的一个时代的落幕。"① 具有鲜明美国特色的"地区研究"具有如下几个特点:一是关注近现代中国,服务于现实需要;二是在语言技能之外更强调学术训练,特别是各种社会科学方法(政治学、经济学、社会学、人类学等)的训练;三是在学科分工的基础上强调跨学科研究。其中第二点是最为关键的,费正清曾将"地区研究"简单地归纳为"传统汉学与社会科学的结合"。② 结合之

① 余英时:《开辟美国研究中国史的新领域:费正清的中国研究》,载傅伟勋、周阳山主编《西方汉学家论中国》,台湾正中书局 1993 年版,第 2 页;关于费正清生平和学术思想的详细讨论,另可参见徐国琦《略论费正清》,《美国研究》1994 年第 2 期;钱金保《中国史大师费正清》,《世界汉学》1998 年第 1 期;陶文钊:《费正清与美国的中国学》,《历史研究》1999 年第 1 期;Cohen P A,Goldman M.eds.,*Fairbank Remembered*.Cambridge:Harvard University Press,1992。

② Fairbank J K.*China Perceived:Images and Policies in Chinese-American Relations*.New York:Alfred A.Knopf,1974,p.214;Fairbank J K.*Chinabound:A Fifty-Year Memoir*.New York:Harper & Row,1982,p.324.

后的汉学研究就不仅仅局限在中文系(东亚系),而是进入了各个学科。根据周法高 1964 年的实地考察,哈佛大学当时开设中国课程的有东亚系、历史系、社会学系、政治学系、人类学系、法律系、美术系、音乐系,其他如耶鲁大学、芝加哥大学、哥伦比亚大学等情况相似。① 所以也有人将费正清开创的这种研究模式称之为"中国研究"或"中国学"(China Studies 或 Chinese Studies),以区别于传统的以语文学和文献考证为特色的"汉学"(Sinology)。1955 年,哈佛大学东亚研究中心的建立可以作为这种新模式诞生的标志。但中国研究的确立并不代表传统汉学研究的退场。哈佛燕京学社的存在和它的广泛学术影响就是一个明证。哈佛燕京学社 1928 年建立后,曾计划请法国汉学家伯希和(Paul Pelliot)来担任社长,后来伯希和推荐了自己的学生、俄裔法籍汉学家叶理绥(Serge Elisséeff),这非常好地说明了 20 世纪前半期欧洲汉学对于美国的影响。哈佛燕京学社毕业生的研究业绩同样可以说明这一点。以 20 世纪 30 年代初期哈佛派往中国进修的学生为例,顾立雅(Herrlee G.Creel)主要从事中国上古史和哲学史的研究,希克曼(L.Sickman)专攻中国艺术史,卜德(Derk Bodde)则潜心研究中国思想史,他们都将研究范围集中在中国古代,且主要从事微观考证工作。② 值得一提的是,费正清 1933 年在中国做研究期间曾申请哈佛燕京学社的奖学金,但没有成功,不得不通过在清华大学授课来解决生计问题,这一经历对他日后决心另起炉灶大概产生了某种心理影响。但东亚研究中心的建立并没有取代哈佛燕京学社,而只是通过"促进对现代中国的研究和社会科学方法的运用来补后者的不足"。③ 所以就 20 世纪来说,美国的中国学和汉学是并存的,它们之间虽然存在着差异和对立,但同属于专业汉学(professional sinology)的范围,而与之相对应的则是 20 世纪以前的业余汉学(amateur sinology)。美国业余汉学的主体是传教士汉学。美国商人虽然早

---

① 周法高:《谈美国数大学有关中国的课程》,《新天地》(台湾)1964 年第 2 卷第 11 期,第 14—17 页。

② 关于哈佛燕京学社,详见张凤《哈佛燕京学社 75 年的汉学贡献》,《文史哲》2004 年第 3 期,第 59—69 页;Swisher E.The Harvard-Yenching Institute.*Notes on Far Eastern Studies in America*,1942,No.11,pp.23-26.

③ Evans P M.*John Fairbank and the American Understanding of Modern China*.New York:Basil Blackwell,1988,pp.30-31,p.199.

在 18 世纪末就来到中国,但他们来去匆匆,无心他顾,中美通商 50 年后还几乎没有一个商人能懂中文,也就更谈不上对中国的研究了。这种情况直到 19 世纪 30 年代传教士的到来才宣告结束。第一次鸦片战争前美国来华传教士的人数很少,长期生活在广州、澳门的只有裨治文(Elijah C.Bridgman)、卫三畏(Samuel Wells Williams)、伯驾(Peter Parker)、史第芬(Edwin Stevens)四人。1842 年后美国来华传教士的人数迅速增加,到 1850 年已经达到 88 人,1877 年,新教入华 70 周年(是年召开第一次新教大会)时则达到 210 人。① 几乎所有的传教士都致力于汉语的学习和对中国的研究,他们的著作成为 19 世纪美国人了解中国信息的最主要来源。在他们当中出现了一批成绩突出的学者:裨治文、卫三畏、丁韪良(William A.P.Martin)、卢公明(Justus Doolittle)、狄考文(Calven W.Mateer)、林乐知(Young J.Allen)、明恩溥(Arthur H.Smith),他们完全可以被称为传教士汉学家(missionary sinologist)。我们考察欧洲汉学的历史会发现,其发展过程经历了游记汉学时期、传教士汉学时期、专业汉学时期三个阶段,而作为一门学科的初步创立是在传教士汉学时期。这一结论同样适用于美国汉学的总体状况,只是由于美国建国较晚、历史较短,三个时期也相应较短。

在我看来,美国汉学从大的方面可以分为两个时期——业余汉学时期和专业汉学时期。虽然 1877 年耶鲁设立第一个汉学教授职位可以看作美国专业汉学建立的标志,但专业汉学在 19 世纪末 20 世纪初发展很慢,赖德烈(Kenneth S.Latourette)在 1918 年的一篇文章中这样描述当时的情况:"我们的大学给予中国研究的关注很少,在给予某种程度关注的大约三十所大学中,中国仅仅是在一个学期关于东亚的概论性课程中被涉及,只有在三所大学中有能够称得上对于中国语言、体制、历史进行研究的课程。美国的汉学家是如此缺乏,以至于这三所大学中的两所必须到欧洲去寻找教授。"② 美国学术界逐渐意识到了这个问题,1929 年 2 月,美国学术团体理事会(American Council of

---

① Williams S W.*The Middle Kingdom*.New York:Charles Scribner's sons,1883,Vol.2,p.367.近代最早来华的新教传教士是伦敦会(London Missionary Society)的马礼逊(Robert Morrison),到达广州的时间是 1807 年 9 月 8 日。

② Latourette K S.American Scholarship and Chinese History. *Journal of the American Oriental Society*,Vol.38,1918,p.99.

Learned Societies,1919 年建立的全国性学术促进机构)专门成立了"促进中国研究委员会"(Committee on the Promotion of Chinese Studies),以此来改变美国汉学研究落后于其他学科的局面。① 所以,我们不妨将 1877 年至 1928 年(哈佛燕京学社建立)或 1929 年(促进中国研究委员会建立)的这 50 年看作过渡时期。专业汉学内部传统汉学与中国学的分野可以哈佛东亚研究中心建立的 1955 年为时间点,从美国东方学会中分离出来的亚洲学会(Association for Asian Studies)建立的 1956 年同样可以作为一个标志性的时间点,而分离的动力同样来自费正清。仍然以上述时间点为界限,我们或者可以把美国汉学分成更为清晰的三个时期,即:早期(1877 年前)、中期(1877—1928)、后期(1929 年后)。

二、研究现状

就近二十多年来国内外对美国汉学的研究来看,第二次世界大战后的中国学是重点。1981 年出版的《美国中国学手册》可以说是国内研究的一个开端,该手册系统地编译整理了第二次世界大战后 530 名美国中国学家和 515 名美籍华裔中国学家的生平著述资料,同时还全面介绍了美国研究中国的机构、收藏中文资料的图书馆、出版的中国学书目等一系列信息,是一本资料翔实的工具书,为此后美国中国学的研究打下了扎实的基础。目前国内学者已经出版有专著多种、论文多篇。② 美国学者对自身学术的梳理也积累了

① The Promotion of Chinese Studies.*American Council of Learned Societies Bulletin*,1929,No.10,p.10.

② 中国社会科学院情报研究所:《美国中国学手册》,中国社会科学出版社 1981 年版(1993 年出增订版);王景伦:《走进东方的梦——美国的中国观》,时事出版社 1994 年版;侯且岸:《当代美国的"显学":美国现代中国学研究》,人民出版社 1995 年版;陈君静:《大洋彼岸的回声:美国中国史研究历史考察》,中国社会科学出版社 2003 年版;王建平、曾华:《美国战后中国学》,东北大学出版社 2003 年版;朱政惠:《美国中国学史研究》,上海古籍出版社 2004 年版;胡大泽:《美国的中国近现代史研究》,中国社会科学出版社 2004 年版;苏炜:《有感于美国的中国学研究》,《读书》1987 年第 2 期;王晴佳:《美国的中国学研究评述》,《历史研究》1993 年第 6 期;张铠:《从"西方中心论"到"中国中心观"——当代美国中国史研究的发展趋势》,《中国史研究动态》1994 年第 11 期。

不少成果,①其中以柯文(Paul A.Cohen)的《在中国发现历史》(*Discovering History in China*)一书最为详尽和深入。柯文在该书中解剖了 20 世纪 50 年代至 60 年代美国中国研究的三种方法(approach):"冲击—回应"(impact—response)、"传统—现代"(tradition—modernity)、"帝国主义"(imperialism),认为这三种方法虽然在课题的设定、材料的选择、问题意识等方面不尽相同,但都是"以西方为中心的"(Western—centric)。在批判旧的研究方式的同时,柯文在书中呼吁学者们转向一种新的"以中国为中心的"(China—centered)研究方法,其特点是:"力图重建中国人所实际感受的历史,而不是一种外在的问题意识下的历史,将中国问题放在中国的语境中,将领土广大和情况复杂的中国分解为小的、更容易把握的单位,并将中国社会看作是分成若干等级的,在运用历史学方法之外热烈欢迎各种社会科学和其他学科的理论和方法"。②这种在 20 世纪 70 年代逐渐建立起来的方法打开了学者们的思路,给此后美国的中国研究注入了极大的活力。1996 年,柯文推出了新版《在中国发现历史》,在 1984 年老版的基础上对 20 世纪 70 年代至 90 年代的美国中国学给予了切中肯綮的评价。

与第二次世界大战后中国学备受关注的情况相比,学者们对 20 世纪前半期以及 20 世纪以前的美国汉学史研究较少。国内学者对这一课题的研究最早可以追溯到莫东寅的《汉学发达史》。该书给美国汉学的篇幅非常有限,在描述美国汉学起源时作者写道:"美国完成独立在一七八三年(乾隆四十六年),及释奴战终,统一南北之集权政府成立,已在 19 世纪中叶(一八六五,同治四年),收夏威夷菲利宾在 19 世纪末(一八九八,光绪二十四年),其注意禹城,视欧人晚甚。其国民尚科学重实用,于中国历史文献之研究,初极忽视。

---

① Bodde D.Sinological Literature in the United States 1940-1946.*Quarterly Bulletin of Chinese Bibliography*,New Series,1946,Vol.6;Cameron M E.Far Eastern Studies in the United States.*Far Eastern Quarterly*,1948,Vol.7,No.2;Wilson A A.et al eds.,*Methodological Issues in Chinese Studies*.New York:Praeger,1983;Howard R C.The Development of American China Studies:A Chronological Outline.*International Association of Orientalist Libraries Bulletin*,1988,pp.32-33.

② Cohen P A.*Discovering History in China:American Historical Writing on the Recent Chinese Past*.New York:Columbia University Press,1996,p.x.该书 1984 年版有中译本:[美]柯文著:《在中国发现历史》,林同奇译,中华书局 1989 年版。

有卫三畏者,纽约人,本神学者,于一八三三年(清道光十三年)由公理会派来华布教,曾编刊《中国宝库》(*The China Repository*)。乃由教会援助,于一八三二年(清道光十二年)创刊《广东》之月刊杂志,一八五一年(清咸丰元年)停刊。一八五七年(清咸丰七年)至一八七六年(清光绪二年),为美国驻华使馆秘书,晋至代理公使。归国后授中国语文于耶鲁大学,著《华语字典》及《读本》等。其《中国总览》(*The Middle Kingdom*)一书,凡两巨册二十六章,叙述中国历史、地理、人民政治、文学社会、艺术等概况,后由其子为复刊,流传甚广,为美人中国研究之见端。"①这段论述不但过于简单,而且有一些错误。但将卫三畏的《中国总览》(按:应为《中国总论》)看作美国汉学之开端却是很有道理的。莫东寅之后的国内学者对于美国早期汉学的状况一直处于语焉不详的状态,直到近年来才有所改变。② 美国学者对本国早期汉学的状况研究很少,其中最有价值的是谭维理(Laurence G. Thompson)1961 年发表于台湾《清华学报》上的一篇文章,在这篇文章中作者简要评述了 1830 年至 1920 年美国主要的汉学著作,在文献上提供了重要的参考。③

对美国汉学的研究从性质上来说属于学术史的研究,其价值和意义正如梁启超所说:"学术思想之在一国,犹人之有精神也;而政事、法律、风俗及历史上种种之现象,则其形质也,故欲睹其国文野强弱之程度如何,必于学术思想焉求之。"④第二次世界大战前美国在汉学上一直落后于欧洲,第二次世界大战后则逐渐成为西方汉学的中心,这是与其国力的发展紧密联系的。了解美国早期汉学的历史对于我们看清今天美国汉学的内在理路和成败得失无疑

---

① 莫东寅:《汉学发达史》,北平文化出版社 1949 年版,第 141 页;2006 年大象出版社重刊此书,上述引文见重刊本第 104 页。

② 代表性著作有:张铠:《美中贸易与美国中国史研究的奠基——殖民时期至第一次世界大战》,《中国史研究动态》1995 年第 5 期;仇华飞:《论美国早期汉学研究》,《史学月刊》2000 年第 1 期;吴义雄:《在宗教与世俗之间:基督教新教传教士在华南沿海的早期活动研究》,广东教育出版社 2000 年版;顾钧:《卫三畏与美国早期汉学》,外语教学与研究出版社 2009 年版。

③ Hummel A W. Some American Pioneers in Chinese Studies. *Notes on Far Eastern Studies in America*, 1941, No.9; Thompson L G. American Sinology 1830 – 1920: A Bibliographical Survey. *Tsing Hua Journal of Chinese Studies*, 1961, Vol.2, No.2.

④ 梁启超:《论中国学术思想变迁之大势·总论》,《梁启超全集》第二册,北京出版社 1999 年版,第 561 页。

是非常有帮助的。

　　美国早期的汉学家都是业余汉学家,他们的学术研究不可能不与他们业内的工作发生紧密的联系,所以对于他们的研究也就不能局限在纯学术史的范围内,而必须与19世纪的美国史、中国史和中美关系史联系起来进行考察。除了业余和专业的差别之外,美国传教士汉学家与后来的专业汉学家相比还有两个显著的不同之处,一是他们在中国的时间一般都比较长,二是他们几乎都是"无师自通"。以卫三畏和费正清为例,前者在中国的时间为43年(1833—1876),而后者在北京留学仅为4年(1932—1935)。我们知道,费正清的"精神之父"是马士,他在哈佛的老师是韦伯斯特(Charles K. Webster),在牛津的老师是苏慧廉(William E. Soothill),在北京时得到过蒋廷黻、拉铁摩尔(Owen Lattimore)的学术指导。① 而卫三畏走的则是一条自学成才、不断摸索的道路。所以研究传教士汉学在坚持寻找"内在理路"的同时,必须把外在因素纳入考察范围。

　　相比于20世纪初的梁启超,今天我们对于学术和学术史应该说有了一种更新的理解。学术不再被看作一种纯粹的"知识",而是一种"话语",其背后同样有着复杂深刻的"权力"运作。这一点在西方近代以来关于东方的知识话语的建构中显得尤为明显。萨义德(Edward Said)的《东方学》(Orientalism)虽然涉及的主要是西方关于近东的知识谱系,但它很好地提醒我们,今天当我们书写汉学史时,我们不仅要关注学者们说了些什么,更应该关注的是他们为什么这么说,或者用福柯(Michel Foucault)的话来说,我们更应该关注的不是事物的"真相",而是事物的"秩序"。实际上,根据福柯的见解,对于生活在一种文化中的人来说,要"真正理解另一种文化的真相是完全不可能的"。② 这种看法或许有点绝对和悲观,但是采用一种"考古学"而不仅仅是传统的"历史学"的方法,对于我们今天研究学术史无疑是非常必要的。

(本文原载于《国外社会科学》2011年第2期)

---

① Fairbank J K. *Chinabound: A Fifty-Year Memoir*. New York: Harper & Row, 1982, pp.17-93.

② Foucault M. *The Order of Things*. New York: Vintage Books, 1971, p.xv.

美国人早期的汉语学习

  1784 年 8 月 28 日,美国商船"中国皇后号"(The Empress of China)停靠在黄埔港,中美之间开始了直接的交往,在此后的 50 多年间,尽管有不少美国商人和外交官来中国进行贸易和考察,但愿意认认真真学习汉语的只有亨德(William C.Hunter)一个人。亨德 1824 年被一家美国公司(Thomas A.Smith and Sons Co.)派遣来华,目的是学习汉语以便服务于该公司在广州的办事处。亨德于 1825 年 2 月 11 日抵达广州,由于发现很难找到合适的汉语老师,很快便离开广州前往新加坡,希望能进那里的一所学校学习汉语,但那所学校的情况也不理想,于是他再次转往马六甲,进入当地的英华书院(Anglo-Chinese College)学习,直到 1826 年 12 月底。亨德于 1827 年初回到广州,并很快见到了第一位来华的英国伦敦会传教士马礼逊(Robert Morrison)。1824 年,离开美国时亨德曾带着一封公司写给马礼逊的介绍信,但由于马礼逊 1824—1826 年回英国休假(1826 年 9 月返回广州),亨德直到 1827 年 1 月才得以见到这位最早来华的英国传教士。如果当初马礼逊没有离开,亨德也许就不需要舍近求远地远赴马六甲了,在中国已经生活了近 20 年(1807 年来华)的马礼逊无疑是最好的汉语老师。两人见面后马礼逊测试了亨德在英华书院一年半的学习成果,结论是"优良"(good)。在其后给亨德父亲的信中,马礼逊报告了这个好结果,并说亨德在汉语这样一门非常难学的语言上的进步"不仅是他个人的荣耀,也是英华书院的荣耀"①。

---

  ① Hunter W C.*The "Fan Kwae" at Canton before Treaty Days* 1825-1844.Shanghai:Mercury Press,1938,pp.7-10;Hunter W C.*Bits of Old China*.Shanghai:Kelly and Walsh,1911,p.161.

　　马礼逊对亨德的测试同时也是为了了解英华书院的教学水平,因为这所书院正是在他提议下创办的(1818),为此他捐助了 1000 英镑用于校舍的建设。书院实行中外学生兼收的政策,既教中国人英文和西学,也为外国人学习汉语提供培训。① 马礼逊建立这所学校的重要目的之一是为英国以及其他西方国家培养紧缺的汉语人才。

　　亨德来到英华书院时,书院的院长是伦敦会传教士汉弗莱(James Humphreys),他是第二任院长,首任院长是协助马礼逊创办学院的伦敦会传教士米怜(William Milne),在担任院长 4 年后于 1822 年去世。亨德在英华书院的汉语老师柯大卫(David Collie)是一位著名的汉学家,代表成果有《四书》英译(1828)。亨德的另外一位老师是一个广东人(Choo Seen-Sang,担任柯大卫的助手),他不仅熟悉中国经典,而且能说一口准确流利的官话。② 有这样中外高水平老师的指导,难怪在不长的时间里亨德的汉语学习就能够取得良好的效果。

　　如果考察柯大卫最初的中文基础,就会发现它是来自 1823 年马礼逊访问马六甲时的指导,这样一来,亨德就应该算是马礼逊的"徒孙"了,虽然在英华书院一年多的学习成果得到了"师祖"的肯定,但亨德并不就此满足,他在广州当地又找到了一位中国老师(Le Seen-Sang)继续学习。但时间不长他所供职的公司破产,于是他不得不中断学习返回美国。1829 年,他乘坐新雇主奥立芬(D.W.C.Olyphant)的商船"罗马人号"(Roman)重返广州。在这条船上他结识了最早来华的美国传教士裨治文(E.C.Bridgman),并每天教授他中文。正是从马礼逊的"徒孙"那里,裨治文获得了最初的汉语知识。英、美第一位传教士之间的这层关系虽然有点巧合,但事实本身既说明了马礼逊作为汉语教师的广泛影响,也说明了美国汉语人才的缺乏。从 1784 年以来,美中之间的贸易不断发展(至 1792 年贸易额仅次于英国),但半个世纪当中能够熟练

---

　　①　关于英华书院,详见 Milne W.*A Retrospect of the First Ten Years of the Protestant Mission to China.* Malacca:The Anglo-Chinese Press,1820 一书附录七,以及 Harrison B.*Waiting for China:The Anglo-Chinese College at Malacca* 1818-1843 *and Early Nineteenth-century Missions.* Hong Kong University Press,1979 一书。

　　②　Hunter W C.*Bits of Old China*,Shanghai:Kelly and Walsh,1911,pp.237-259.

掌握汉语的美国商人却只有亨德一人。

商人追求的是商业利益,一般都来去匆匆,对于那些有机会长期居留的人来说,汉语的复杂难学也使他们或无心问津或裹足不前。美国商人不愿意和不积极学习汉语的另外一个重要原因,是一种特别的交流工具的存在。它不是汉语,也非标准的英语,还夹杂着一点葡萄牙语,就是所谓的"广州英语"(Canton English)。它起源于广州人在与英国商人打交道的过程中无师自通学习英语的实践(开始于1715年前后),其特点是完全不顾读和写的训练,只关注听和说——把听到的英文单词用汉语记录下声音,再根据汉语注音说出来。这种看似简单易学的方法带来两个问题,一是由于注音不准确(常常把英文单词的多音节缩减为汉字的单音节)而导致发音走样,二是由于缺乏系统的训练而使说出来的句子完全不符合语法规则,毫无逻辑性可言。但这样一个非常不理想的交流工具却不妨碍做生意,甚至是大笔的生意。①

中美直接贸易开始后,美国政府于1786年向广州派驻了首任领事山茂召(Samuel Shaw),1794年山茂召去世后他的职位由斯诺(Samuel Snow)接替,斯诺1804年年底离职后由卡灵顿(Edward Carrington)接任(1806—1808),马礼逊1807年从英国经纽约来到广州时带着的正是美国国务卿给卡灵顿的信件。卡灵顿离任后这一职位一直空缺,直到1814年才由韦尔考克斯(B. C. Wilcocks)接任。但所有这些人都是商人出身,实际上,直到1854年这一职位一直由商人充任。② 但身份的转变没有为这些外交官带来汉语学习态度的改变。1844年,当顾圣(Caleb Cushing)代表美国政府前来和清政府谈判时,他只能请传教士帮忙做翻译。此后传教士被借用的情况一直延续到19世纪60年代,正如列卫廉(William B. Reed,1857—1858美国驻华公使)在给美国政府的信中所说:"传教士们在中国的工作和研究直接关系到了我们的在华利益。

---

① 详见 Williams S W. "Jargon Spoken at Canton", *Chinese Repository*, Vol.4, pp.429-433;关于"广州英语"和其他"中国式英语"的详细研究,可参见 Bolton K. *Chinese Englishes: A Sociolinguistic History*. Cambridge University Press, 2003 一书第三章 "The archaeology of 'Chinese Englishes', 1637-1949"。

② Dennett T. *Americans in Eastern Asia*. New York: Barnes & Noble, Inc., 1941, p.63.

如果没有他们担任翻译，我们的各项工作都无法进行；如果没有他们的帮助，我在这里既不能读，也不能写，无法与中国人信函往来，更无法与中国人谈判。总之，如果没有他们，我根本无法开展工作。他们为我们解决了很多困难。1844 年顾圣先生在中国的时候，为他做翻译和帮助他的都是传教士；1853 年马沙利（Humphrey Marshall）先生和 1854 年麦莲（Robert M. McLane）先生在中国任职时，担任他们翻译的也都是传教士。我们这次在中国工作期间，裨治文博士给予了我们莫大的帮助。现在他们仍然在尽他们所能为我们分忧解难。我要向他们表示真诚的谢意，感谢他们给了我那么多帮助，为我们提出了那么多宝贵的意见和建议。我还要感谢来自印第安纳州的长老会传教士丁韪良（William A.P.Martin）先生。他懂中国北方话，为我做口译工作。"①英国的情况也并不更好，1816 年，阿美士德（William Amherst）勋爵率团访问北京，翻译工作主要由马礼逊负责，到了鸦片战争谈判期间，主要的翻译一个是马礼逊的儿子马儒翰（John R.Morrison），一个则是德国传教士郭实猎（Karl Gutzlaff）。

同样是难学的汉语，为什么传教士就能够掌握呢？问题的关键在于动力与目标不同。传教士来中国，志在改变中国人的信仰，这就要求他们了解中国人的心理，知道中国的历史与文化，而这一切的基础便是掌握汉语。第二位来华的伦敦会传教士米怜这样表白自己的心迹："我认为要学好这门语言是非常困难的（我至今都没有任何理由改变这一看法），并且确信，对于一个才能平庸的人，需要长期努力，需要勤奋、专注和坚持不懈，因为掌握汉语知识后就能够为基督教事业作出更大的贡献。因此，我下定决心，只要上帝赐给我健康，我将竭尽全力，即使进步缓慢也不灰心沮丧。"②米怜的这段话也道出了其他来华传教士的心声。

1829 年，裨治文来华时，美部会（American Board of Commissioners for Foreign Missions）给他的指示的第一条就是要求他把开始的几年投入汉语学习

---

① 转引自 Williams F W.*The Life and Letters of Samuel Wells Williams*.New York：G.P.Putnam's Sons，1888，p.274。

② Milne W.*A Retrospect of the First Ten Years of the Protestant Mission to China*. Malacca：The Anglo-Chinese Press，1820，p.103。

中,并说如果发现广州的学习环境不理想,可以考虑到马六甲的英华书院。①
裨治文后来没有去英华书院,而是在广州跟随马礼逊学习。1833 年,另一位
美部会传教士卫三畏(S.W.Williams)到达广州后,也就顺理成章地把裨治文
当作了自己的汉语启蒙老师。本来学习汉语最好是找中国人做老师,但当时
清政府的极端文化保守主义政策(教外国人汉语有杀头之祸)使这一点很难
实现。即使能找到个别不怕冒险的老师,在师生双方都精神紧张的情况下教
学效果也一定不会太好。美部会的指示中担心广州的"学习环境不理想",应
该就是指此而言。这种不理想的状况直到 1844 年才得以改变,中美《望厦条
约》中约定:"准合众国官民延请中国各方士民人等教习各方语音,并帮办文
墨事件,不论延请者系何等样人,中国地方官民等均不得稍有阻挠、陷害等情;
并准其采买中国各项书籍。"②裨治文是《望厦条约》谈判时美方的主要翻译,
其时他已经来华 10 多年,但据中方人员的看法,他的口头表达能力仍十分有
限,"以致两情难以互通,甚为吃力"。③ 1844 年是马礼逊去世 10 周年,这位
最早的汉语教师晚年的境遇不佳,估计去世前几年能够用来指导裨治文的时
间和精力都很有限,多年来裨治文主要是通过马礼逊编写的工具书来学习汉
语,口语不佳也很难求全责备了。经过多年的学习裨治文的汉语阅读和写作
能力得到了长足的进步,1836 年,他用中文独立撰写了介绍美国历史的《美理
哥合省国志略》一书,就是明证。卫三畏在回顾条约签订前的中外交往时,特
别强调了掌握汉语的重要性,他说:"无论是商人、旅行者、语言学者,还是传
教士,都应该学习汉语,如果他们的工作使他们必须来中国的话。说以下这句
话是一点也不冒昧的:如果所有的人都掌握了汉语,就可以避免外国人和中国
人之间的恶感,也同样可以避免在广州造成人员财产损失的那些不愉快的事
件;中国人对于外国人的轻视,以及过去一个世纪以来双方交流的备受限制,

---

① BridgmanE J G.ed.,*The Pioneer of American Missions in China:The Life and Labors of Elijah Coleman Bridgman*.New York:Anson D.F.Randolph,1864,p.22.

② 梁为楫、郑则民主编:《中国近代不平等条约选编与介绍》,中国广播电视出版社 1993 年版,第 36 页。

③ 文庆等纂:《筹办夷务始末(道光朝)》第 72 卷,(台湾)文海出版社 1970 年版,第 3—4 页。

主要原因是由于对汉语的无知。"①中外之间交流不畅以致交恶,原因很多,但语言不通无疑是重要原因之一。

对于学习一门语言来说,教师固然重要,教材也同样重要。19 世纪早期的情况是,不仅汉语教师稀少,用于学习汉语的教材也很有限。如果不算万济国(Francois Varo)的《华语官话语法》(*Arte de la Lengua Mandarina*,1703)、巴耶尔(Theophilus Bayer)的《汉文博览》(*Museum Sinicum*,1730)等 18 世纪的著作,就 19 世纪最初 40 年的情况来看,主要的汉语学习工具书大致有这么一些:小德金(Chrétien Louis Josephe de Guignes)的《汉法拉丁字典》(*Dictionnaire chinois*,*français et latin*,1813)、马士曼(Joshua Marshman)的《中国言法》(*Elements of Chinese Grammar*,1814)、马礼逊的《通用汉言之法》(*A Grammar of the Chinese Language*,1815)、马礼逊的《华英字典》(*A Dictionary of the Chinese Language*,1815—1823)、雷慕沙(Abel Rémusat)的《汉文启蒙》(*Éléments de la grammaire chinoise*,1822)、公神甫(Joachin Alphonse Goncalves)的《汉葡字典》(*Diccionario China-Portuquez*,1833)。② 上述皆是欧洲人的著作,所以一个美国人如果不懂法文、葡萄牙文、拉丁文,就只能使用寥寥几部英文著作了。通过一种外语学习另外一种外语,其困难可以想象,对于美国人来说,虽然欧洲大陆语言对于他们并不陌生,通过现有的英文工具书来学习汉语无疑是方便法门。

鸦片战争后,美国来华传教士的人数迅速增加,大大超过了英国,截至 1847 年,来华新教传教士总共是 112 人,其中英国是 35 人,而美国是 73 人。③ 面对越来越多的汉语学习者,1840 年以后,美国人编写的汉语工具书陆续出现。这些工具书对于使用者的价值大小各异,但对于编写者而言,编写过程无疑是一个最好的学习和深入理解与把握汉语的机会。在编写汉语工具书方面,卫三畏是贡献最为突出的一位。

1837—1839 年,卫三畏参与了由裨治文主持编写的《广东方言读本》

---

① Williams S W.*The Middle Kingdom*.New York:Wiley & Putnam,1848,Vol.1,p.500.

② 马礼逊对 1824 年前出版的西方汉语工具书按照年代顺序进行了初步的整理,参阅 Morrison R.*The Chinese Miscellany*.London,1825,pp.44-51。

③ Williams S W.*The Middle Kingdom*.Vol.2,p.374.

(*Chinese Chrestomathy in the Canton Dialect*),①但参与了多少已经无法确切知道,裨治文在前言中说,卫三畏负责的是其中"有关自然史的章节,以及其他一些细小的部分和整个的索引",②根据卫三畏本人和他的传记作者的说法,则是一半。③ 此外该书的印刷工作也是由卫三畏完成的。《读本》于 1841 年出版,是美国人编写的第一部学习汉语的工具书,也是在中国写作完成的第一本练习广东方言的实用手册,具有重要的历史意义。为了表彰裨治文的这一大贡献,纽约大学在 1841 年 7 月 14 日授予他神学博士学位。④

裨治文之所以要编写《读本》,是因为想学广东方言的外国人日渐增多,但自马礼逊的《广东省土话字汇》(*Vocabulary of the Canton Dialect*)1828 年问世以来,"一直没有其他有价值的工具书出版,对这一方言的忽视显然难以适应日益增长的中外交流"。⑤ 正如书名所标志的那样,该书以简易语句的形式提供练习,每页分三列,分列英文、中文及罗马字母拼音,并附注解。试举两例说明(注解从略):⑥

Please sit down.	请坐。	Tsing tso.
Very well!	呀好!	A ho!
I now think of learning to read, with what book shall I begin?	而家想学读书喺乜野书起呢?	I ka seung hok tuk shu hai mat ye shu hi ni?
With the tree volumes in the large character.	三簿大字书起略。	Sam po tai tsz shu hi lok.

---

① 该书没有固定的中文译名,日本学者曾使用《广东语模范文章注释》《广东语句选》等译名,详见 Shen G W."The Creation of Technical Terms in English-Chinese Dictionaries from the Nineteenth Century",Michael Lackner,et al.eds.,*New Terms for New Ideas:Western Knowledge and Lexical Change in Late Imperial China*.Leiden:Brill,2001,p.289。

② Bridgman E C.*Chinese Chrestomathy in the Canton Dialect*.p.i;另外一个参加者罗伯聘(Robert Thom)负责 5、6 两个章节,而马儒翰则对大部分初稿进行了审阅和修订。

③ Williams F W.*The Life and Letters of Samuel Wells Williams*.p.105.

④ Wylie A.*Memorials of Protestant Missionaries to the Chinese*.Shanghai:American Presbyterian Mission Press,1867,p.68.

⑤ Bridgman E C.*Chinese Chrestomathy in the Canton Dialect*.p.i;另外一个参加者罗伯聘(Robert Thom)负责 5、6 两个章节,而马儒翰则对大部分初稿进行了审阅和修订。

⑥ Bridgman E C.*Chinese Chrestomathy in the Canton Dialect*.pp.7-8,p.436.

Where are those volumes to be obtained?	边处有个的书呢？	Pin chu yau ko tik shu ni?
At the bookseller's shop.	书铺就有啊。	Shu po tsau yau le.
I beg you will buy a copy of them for me.	请你同我买一套。	Tsing ni tung ngo mai yat to.
I will do so.	做得。	Tso tak.
A leaf is the first sprouting of the bud when yet tender.	蒞乃枝上初生至嫩之处。	Un nai chi sheung cho shang chi nun chi chu.
The calyx is that which supports the flower's petals.	萼托花瓣者也。	Ngok tok fa fan che ya.
A catkin is the silken flowers of a willow.	柳絮柳之丝也。	Lau sui lau chi sz ya.
Corol is a general term for the petals of a flower.	葩花瓣总称也。	Pa fa fan tsung ching ya.
A crotch of a branch is where it is divided.	桠枝之分岐处。	A chi chi fan ki chu.
A culm is the erect stem of a grass.	茎草之正干也。	King tso chi ching kon ya.

　　上述第一段对话选自第一篇第二章《习言》，第二段引文则选自第十四篇第一章《草木百体》，应该是出自卫三畏之手。全书共分十七篇，分别是：（一）习唐话，（二）身体，（三）亲谊，（四）人品，（五）日用，（六）贸易，（七）工艺，（八）工匠务，（九）耕农，（十）六艺，（十一）数学，（十二）地理志，（十三）石论，（十四）草木，（十五）生物，（十六）医学，（十七）王制。可见作者的意图不仅在帮助读者学习广东口语，也在帮助他们获得有关中国的各类信息，将语言的学习和知识的学习结合起来。

　　马礼逊的《广东省土话字汇》共分三部分，第一部分是英汉字典，第二部分是汉英字典，第三部分是汉语词组和句子（Chinese words and phrases），汉英对照，《读本》可以说是对第三部分的扩大和补充，与前书相比，篇目的设置更贴近日常生活，例句更为丰富和精当，注释的加入也是特色之一。《读本》的出现无疑为广东方言的学习提供了有力的帮助。但是大8开本、693页的部头使这本工具书不仅价格过于昂贵，而且使用起来也不太方便。简单实用的

《拾级大成》(8 开本、287 页)的适时出版满足了时代和人们的需要。

《拾级大成》(*Easy Lessons in Chinese*, 1842)是卫三畏独立编写的第一部汉语工具书。他在"前言"中说:"本书是为刚刚开始学习汉语的人编写的,读者对象不仅包括已经在中国的外国人,也包括还在本国或正在来中国途中的外国人。"①全书的内容如下:(一)部首,(二)字根(primitives),(三)汉语的读写方式介绍,(四)阅读练习,(五)对话练习(与老师、买办、侍者),(六)阅读文选,(七)量词,(八)汉译英练习,(九)英译汉练习,(十)阅读和翻译练习。因为是出于帮助人们学习广东话的目的,《读本》偏重于说的练习,而我们从上文可以看到,《拾级大成》则更侧重读、译的练习,显然是为了和《读本》互补。在阅读练习中,作者的编排是先给出中文,然后是拼音,然后是逐字的英译,最后是符合英语习惯的翻译。如第四章中的练习:

其人身长七尺面黄睛赤形容古怪

Ki yan shan cheung tsat chik min wong tsing chik ying yung ku kuai

This man's body length seven cubits face yellow pupil reddish form appearance odd wild

This man was seven cubits tall, his face yellow, his pupil reddish, and his whole appearance very remarkable②

这一章中的练习都是单句,且全部来自《三国演义》,而到了第六章,虽然同样也是阅读练习,但给出的却是成段的文字,分别选自《鹿州女学》《东园杂字》《聊斋志异》,显示了作者由易而难,逐级提升的编写宗旨。翻译练习的安排也是如此,从字句的翻译到成段的翻译,从提供参考译文到最后不再提供参考译文,作者显然希望通过这些练习能够使学习者比较快地掌握汉语。如果像卫三畏所设想的那样,一个学习者通过前面的操练最终能够完成书末成段的中译英练习(选自《聊斋》《子不语》《玉娇梨》《圣谕广训》《劝世良言》),那么他确实可以说已经"大成"了。

《中国丛报》上一篇评论该书的文章认为,关于量词的第七章"是全书中

---

① Williams S W.*Easy Lessons in Chinese*.p.i.

② *Easy Lessons in Chinese*, p.63.

最值得称道的一章",因为"这个问题此前没有受到应有的关注"。① 卫三畏认为这类词和英文中的 piece,sail,member,gust,sheet 等词相似,但比这些词用得远为广泛,特别是在口语中更是如此,应该熟练掌握。他在书中列出了28 个重要的汉语量词,并设计了对应的练习。它们分别是:个、只、对、双、把、张、枝、条、间、座、度、幅、阵、粒、场、队、群、筐、副、件、块、缕、行、架、朵、片、席、团。确实,对于外国人来说,汉语的数量词是难点之一,需要多加练习,卫三畏认为最好的方法是放在词组中进行学习。②

《拾级大成》以练习为主,但不包括开头三章,它们是作者关于汉语的论述,卫三畏要求读者认真阅读这三章,因为它们对于整个汉语都是适用的,并不像后面的练习那样只限于广东话。其中,第一章"部首"尤其是卫三畏着意的重点,他在这一章中按照笔画顺序详细解说了 214 个部首每一个的发音、意思、在汉字中出现的位置,以及由其构成的汉字的特点。如关于第 177 个部首"革"作者是这样写的:

> 革,音 Kak。没有毛的未硝的兽皮;拒绝,解除工职。该部首置于左边;大部分字与皮革、皮革使用、皮革制品有关。③

卫三畏这里对部首的排列完全是根据《康熙字典》。部首的建立最初是许慎的重大创造。而 214 部首的确立却是明人梅膺祚的功劳,在其所著的《字汇》一书(成书于万历乙卯即 1615 年)中,他将《说文解字》540 部与《篇海》444 部合并为 214 部首以后,还将部首"以字画之多寡循序列之",每部首中的字也是按照笔画多少排列。所有这些都被后来的《康熙字典》完全继承。④《康熙字典》是中国近代影响最大的字书,也是传教士最常利用的工具书。

卫三畏将部首的详细介绍作为《拾级大成》的第一章,是有他特别的考虑

---

① *Chinese Repository*.Vol.14,p.346.

② Williams S W.*Easy Lessons in Chinese*.pp.123-148,p.i.

③ 原文是:"177 革 Kak.Untanned hide without the hair;to reject,to degrade from office.The radical is placed on the left;most of the characters refer to leather,its uses,and things made from it." Williams S W.*Easy Lessons in Chinese*.p.25.

④ 王力:《中国语言学史》,山西人民出版社 1981 年版,第 105 页。

的,他认为,作为学习汉字的起步最好的方法是从部首开始,就像学习字母文字必须从字母开始一样。"部首广泛地运用在汉字的构成上,可以帮助对于汉字的记忆",而一旦汉字的形状知道了,"它的意思和发音也就比较容易被记住","虽然中国人不采用这种学习汉字的方式,他们似乎是把汉字作为一个整体来记忆,但对外国人来说这可能是最容易的方式。"①这一看法显然是非常有道理的。这也是为什么虽然中国已经有了那么多现成的字典,而外国人还必须编写汉语工具书的原因,因为学习母语与学习外语是不同的,需要不同的教材和学习方法。《拾级大成》出版后反响良好,《广东纪录》(*Canton Register*)和《广东报》(*Canton Press*)的编辑在他们的报纸上撰文,向读者推荐这部工具书。②

在《拾级大成》出版两年后,卫三畏又推出了另一部工具书《英华韵府历阶》(*An English and Chinese Vocabulary*,1844)。这是一部英汉词汇手册,按照英语字母顺序依次列出单词和词组,并给出中文的解释和官话注音。如:

Common 平常的 ping shang ti;粗糙 tsu tsau

Common custom 常规 chang kwei

Common use 通用 tung yung

Commonality 愚民 yu min;常人 chang jin

Commoner 凡夫 fan fu

Commonly 常时 chang shi

Common-Place 常谈 chang tan③

之所以用官话注音,是为了适应中国内地已经逐渐开放的形势,由于广东、福建仍然是当时传教士和其他外国人活动的主要区域,所以在书后的索引中,除了官话注音,卫三畏还给出了该词汇表中出现的所有汉字(按照214部首排列)的广州话和厦门话注音。《英华韵府历阶》可以看作是马礼逊《广东省土话字汇》第一部分——英汉字典——的扩大和补充。马礼逊的词汇手册出版于1828年,早已绝版,鉴于这一情况卫三畏编写了这本工具书。

---

① Williams S W.*Easy Lessons in Chinese*.p.i.

② *Chinese Repository*.Vol.11,p.389.

③ Williams S W.*An English and Chinese Vocabulary*.p.41.

通过学习别人编写的字典和自己动手编写工具书,卫三畏打下了扎实的汉语基本功,这为他以后编写更大的工具书奠定了基础。1874 年,卫三畏耗费 11 年心血完成的汉英字典——《汉英韵府》——刚一问世,就立刻受到了热烈的欢迎和高度的评价,梅辉立(William F.Mayers,时任英国驻华使馆汉务参赞)、哥罗威尔德(W.P.Groeneveldt,时任荷兰驻华使馆汉务参赞)、廷得尔(Edward C.Taintor,时任海关税务司)等均认为《汉英韵府》是继马礼逊《华英字典》之后最重要的汉语学习工具书,并在很多方面超过了后者,正如廷得尔指出的那样,《汉英韵府》的真正价值在于"它的条分缕析、高质量的定义与释义,以及我们认为是检验字典编写者水平的言简意赅"。他在评论文章中写道:"几乎谁都能用冗长的意译传达出一句中文短语的主旨,而编者却仅用几个英文单词便做出了确切的翻译,这是耐心、细致的工作的结果——有时甚至付出了努力也做不到这一点。两种语言、两种思维方式和表达方式是如此不同,以致许多时候几乎无法用同样短小的英文句子来表述某个简洁的中文短语,这一困难更被汉语中常用的精炼的谚语加剧,这些谚语暗指某一历史事件或民间传说,硬译成英语常让人费解。为了展示这种谚语的用法,同时也为了说明新字典定义的恰切,我们选'骑虎之势'为例,在马礼逊的字典中该短语被如此定义:骑在虎背上的人的状态,跳下来比待在虎背上更危险;卷入坏事过深,退出便会覆灭(the state of a person who rides on a tiger,it is more dangerous to dismount than to remain on its back;to be so involved in a bad cause that retreat is certain ruin)。卫三畏博士的定义为:人骑在虎背上时没有退路(as when one rides a tiger;there's no backing down),马礼逊博士用了 35 个英文单词,而卫三畏博士只用了 11 个。每个人都必须承认,准确、到位、简洁是后一种翻译的特点。"①从 1841 年的《广东方言读本》到 1874 年的《汉英韵府》,美国人的汉语学习和研究走过了一条从无到有、从幼稚到成熟的道路。《汉英韵府》的出版为美国人早期的汉语学习画上了一个完满的句号。

鸦片战争后,美国各宗教团体纷纷派遣传教士来华,这些新来的传教士和

---

① Mayers W F.Dr.Williams' Syllabic Dictionary.*China Review*,1874-1875,Vol.3,p.139;Groeneveldt W P.Dr.Williams' Dictionary.*China Review*,1874-1875,Vol.3,p.232;Taintor E C."Review of Syllabic Dictionary",*North China Herald*,1874,p.5.

当年的裨治文、卫三畏一样,必须首先学习汉语,在学习的过程中他们编写了大量的字典、词典以及各种帮助学习汉语方言(如宁波话、汕头话、福州话)的小册子。① 裨治文、卫三畏编写的几部工具书——特别是集大成的《汉英韵府》——成为他们的案头必备。

(本文原载《澳门文化杂志》2009 年第 2 期)

---

① 比较重要的有以下一些:Doty E I.*Anglo-Chinese Manual*.1853;Bonney S W.*Phrases in the Canton Colloquial Dialect*.1853;Bonney S W.*A Vocabulary with Colloquial Phrases,of the Canton Dialect*.1854;Andrews S P.*Discoveries in Chinese*.1854;Hernisz S.*Guide to Conversation in the English and Chinese Languages*.1855;Chase P E.*Chinese and Indo-European Roots and Analogues*.1861;Gamble W.*Two Lists of Selected Characters containing all in the Bible and twenty seven other books*.1861;Martin W A P.*Analytical Reader*.1863;Martin W AP.*A Vocabulary of 2,000 Frequent Characters*.1864;Maclay R S,Baldwin C C.*An Alphabetic Dictionary of the Chinese Language in the Foochow Dialect*.1870;Yates M T.*First Lessons in Chinese*.1871;Baldwin C C.*A Manual of the Foochow Dialect*.1871;Doolittle J.*A Vocabulary and Handbook of the Chinese Languages*.1872;Morrison W T.*An Anglo-Chinese Vocabulary of the Ningpo Dialect*.1876;Fielde A M.*First Lessons in Swatow Dialect*.1878;McIlvaine J S.*Grammatical Studies in the Colloquial Language of Northern China*.1880。

卫三畏:美国最早的汉学教授

　　西方国家的汉学研究虽然可以追溯到 16、17 世纪,但汉学进入高等学府和研究机构却是 19 世纪的事情,这也标志着汉学作为一个学科的建立。最早设立汉学教席的是法兰西学院,具体时间是 1814 年 12 月 11 日。现代意义上的汉学研究在法国诞生是有其历史必然性的。18 世纪法国成为欧洲思想文化的中心,启蒙运动带来的世界主义思潮使法国人比其他欧洲人更关注外部的世界。中国作为文明大国早在 18 世纪以前就已进入法国人的视野。从明末以来大批法国天主教传教士来华,留下了大量关于中国的著作,奠定了西方汉学的基础。就 17 世纪中前期来看,汉学研究的中心是意大利、葡萄牙和西班牙。从 17 世纪后期开始法国逐渐取代它的欧洲邻国成为西方汉学研究的领袖,并将这一领导地位一直保持到 20 世纪中期。紧随法国之后俄国和英国于 1837 年分别在喀山大学和伦敦大学学院设立了汉学教席。就在卫三畏(Samuel Wells Williams,1812—1884)从美国驻华使馆退休回到美国的 1876年,牛津大学任命传教士汉学家理雅各(James Legge)为该校首任汉学教授,荷兰莱顿大学也在同一年设立了该国第一个汉学教席,首任教授是曾在厦门和广州任职的施古德(Gustaaf Schlegel)。①

　　欧洲的榜样对美国无疑是个刺激,中文教育进入美国高等学府成为势

---

① 黄长著、孙越生、王祖望主编:《欧洲中国学》,社会科学文献出版社 2005 年版,第 3—9页;Ch'en Y S, Hsiao P S Y. *Sinology in the United Kingdom and Germany*. Honolulu: East‑West Center,1967,p.2‑5;Idema W L.Dutch Sinology:Past,Present and Future.*Europe Studies China:Papers from an International Conference on the History of European Sinology*.Wilson M,CayleyJ.eds.,London:Han Shan Tang Books,1995,p.89。

在必行的事情。1877 年 6 月 30 日,卫三畏收到了耶鲁学院秘书戴克斯伦(Franklin B.Dexlen)的来信:

> 我谨正式通知您,耶鲁学院院长和董事会在本周举行的校务委员会年度会议上决定在哲学社会科学学部设立中国语言文学教授席位,并且一致推选您为首任教授。非常遗憾的是,校务委员会目前还没有获得一笔资金以便支付您的工资,但他们正在设法并希望很快能解决这一问题。他们为一位其突出成就得到举世公认和尊敬的学者加入学院的教授队伍而感到非常高兴。与上述任命相关联,同时也为使您的名字今后被列入学院的毕业生名单,校务委员会决定授予您文学硕士学位,文凭将在几天内寄上。①

卫三畏在接到这封信后,于 7 月 13 日写了回信,表示接受这一任命:

> 我很荣幸地收到您 30 日的信件,通知我被耶鲁学院院长和董事会一致推选为新设立的中国语言文学教席的首任教授。耶鲁学院已经认识到中国作为学术研究和学术发展对象的合理性,对此我感到很高兴,我确信对于中国的历史、文学和文明的研究将使我们获益匪浅。我愿意(至少是目前)接受学院对我的任命,我丝毫不怀疑这个教授席位将会很快获得一笔捐助并成为一个永久的职位,这是校务委员会和所有为此而努力的人都希望看到的。请向院长和董事会转达我最真挚的谢意。②

卫三畏接受耶鲁的这一任命,也就同时成为美国历史上第一位汉学教授。卫三畏之所以能被耶鲁选中,不仅因为他有长达 40 多年的中国生活经验,是当时资格最老的中国通,更重要的是他有大量的汉学研究成果。1874 年出版的《汉英韵府》(*A Syllabic Dictionary of the Chinese Language in the Court Dialect*)被认为是继马礼逊(Robert Morrison)《华英字典》(*A Dictionary of the Chinese Language*,1815—1823)之后最重要的一部汉英字典,而 1848 年出版的《中国总论》(*The Middle Kingdom*)则早已成为经典。这两部代表作正好是

---

① Franklin B.Dexlen to S.W.Williams, 30 June 1877. *Samuel Wells Williams Family Papers*, Series 1,Box 5,Yale University Manuscripts and Archives.

② S.W.Williams to Franklin B.Dexlen, 13 July 1877. *Samuel Wells Williams Family Papers*, Series 1,Box 5.

在他分别作为传教士印刷工(1833—1856)和外交官(1856—1876)时完成的。
晚年他作为专业汉学家最主要的一项工作是对初版的《中国总论》进行修订,
修订版于1883年10月出版,代表了他一生汉学研究的最高成就。

相比于法、英、俄等欧洲国家,汉学进入美国大学确实晚了一步,但美国还
是领先于汉学人才辈出的德国,后者直到1909年才在汉堡殖民学院(汉堡大
学前身)设立了第一个正式的汉学教席。由于德国大学迟迟不给汉学以合法
的地位,导致汉学人才外流,如夏德(Friedrich Hirth)和劳费尔(Berthold
Laufer)等均在19、20世纪之交来到美国寻求发展。从大学的角度来看,耶鲁
也只比牛津和莱顿晚了一年,却领先于剑桥,剑桥直到1888年才建立汉学教
席,首任教授是外交官汉学家威妥玛(Thomas Wade)。

耶鲁之所以能够在美国大学中领先一步,原因不难寻找。耶鲁与中国有
着不解之缘,最早的医学传教士伯驾(Peter Parker)是耶鲁的毕业生,马礼逊
教育会学校的首任教授勃朗(Samuel Brown)也是耶鲁的毕业生,勃朗的学生
容闳1854年毕业于耶鲁,成为近代最早在国外获得学位的中国人,中国人获
得博士学位最早的也是在耶鲁。① 容闳组织的百人留美团在1881年被迫中
断时耶鲁校长亲自出面表示抗议,并联合一批有识之士给总理衙门写去了一
封措辞委婉但意见明确的信函。② "雅礼学会"(Yale-in-China)的建立与发
展虽然是20世纪的事情(创立于1901年),但也是耶鲁与中国紧密关系的一
个很好的说明。

从学术的角度来看,汉学研究在没有独立以前是东方研究(包括近东和
远东)的一个分支,所以东方研究的重镇也往往成为汉学研究的中心。由于
索尔兹伯里(Edward Salisbury)、惠特尼(William Dwight Whitney)等多位重要
学者执教耶鲁,使得19世纪后半期的耶鲁成为美国东方学的中心,③也正是

① 王宠惠1905年从耶鲁获得法学博士学位,博士论文题目为Domicil:A Study of Comparative Law,参见 Yuan T L. ed., *A Guide to Doctoral Dissertations by Chinese Students in America 1905-1960.* Washington,D.C.:Sino-American Cultural Society,Inc.,1961,p.60。

② Yung W.*My Life in China and America.* New York:Henry Holt & Company,1909,pp.211-215.

③ Memorial of Edward Elbridge Salisbury.*Journal of the American Oriental Society*,1901,Vol. 22,pp.1-6.

由于这批学者的存在和积极活动,1842 年成立的美国东方学会(American Oriental Society)于 1853 年从波士顿搬到耶鲁,两年后学会的图书馆(1843 年建立)也搬到耶鲁,惠特尼兼任图书馆馆长(1855—1873),惠氏卸任后他的工作由耶鲁图书馆馆长范耐姆(Addison Van Name)兼任(1873—1905)。东方学会图书馆的搬家带来了耶鲁最早的一批中文和日文书籍。①

外校的竞争也是一个原因,1877 年 2 月 22 日,美国驻华外交官萧德(Francis F.Knight)在致哈佛大学校长的信中,说自己正在"考虑筹集一笔基金在哈佛大学设立中文讲座教授的可行性"。②几天后(1877 年 2 月 26 日),容闳在给耶鲁图书馆馆长范耐姆的信中提出了这样的承诺和警告:"一旦耶鲁汉学席位的设立成为事实,我将很高兴随时将我的中文书赠送给母校。我希望耶鲁不要在这个问题上耽搁太久,以免被哈佛领先。"③哈佛和耶鲁作为美国东部的两大名校一直处于竞争的状态,而太平洋沿岸的加州大学也在酝酿设立汉学教席并有意聘请卫三畏,这些都促使耶鲁先下手为强。

在耶鲁领先之后,美国其他学校也相继设立了汉学职位。1879 年哈佛大学聘请中国学者戈鲲化为首任汉学教授,加州大学于 1890 年设立了阿加西斯(Agassiz)教授席位,然而,这一职位一直空缺,直到 1896 年才由英国人傅兰雅(John Fryer)充任。傅氏是著名的翻译家,曾在上海江南制造局将一百多部西书译成中文。进入 20 世纪以后,哥伦比亚大学、夏威夷大学、芝加哥大学等也陆续开设了中文讲座。④ 但总体而言,各校发展均很迟缓,在耶鲁,20 世纪早期只有卫三畏的儿子卫斐烈(Frederick Wells Williams)和后来的赖德烈(Kenneth S.Latourette)两位教授,学生也只有几名,哈佛在戈鲲化去世后则完全停止了中文课程,直到 1922 年以后才由赵元任、梅光迪等中国留美学者重新开设,加州大学在傅兰雅退休后由于及时找到了接替的人而使香火没有中断,但和耶鲁一样也只是由一名教授来维持局面。1935 年,赖德烈在一篇论

---

① Strout E.*Catalogue of the Library of the American Oriental Society*. Yale University Library, 1930, pp.iii-v.

② 转引自张宏生编著:《戈鲲化集》,江苏古籍出版社 2000 年版,第 273 页。

③ Yung Wing to Addison Van Name, 26 Feb 1877. *Yung Wing Papers*, Yale University Manuscripts and Archives.

④ Sung S.Sinological Studies in the United States. *Chinese Culture*, 1967, No.8, pp.133-170.

述美国汉学发展现状的文章中颇为忧心地说："美国设立汉学教席的学校还很少，在其他为数不多的学校里只能学习基本的汉语，许多学院和大学找不到合适的汉语教师，而真正精通汉学研究的学者更是少之又少。"①但中文教学与研究进入美国大学已经是大势所趋，在耶鲁点燃的这一"星星之火"在1945年以后逐渐形成燎原之势，美国也逐渐取代法国成为汉学研究的超级大国。

在耶鲁做出历史性的决定之后，容闳也于第二年将自己的40种1237册藏书捐赠给了母校，②他的这一做法颇有点类似当年的斯当东(George Thomas Staunton)。1834年马礼逊去世后，作为马礼逊遗嘱的执行人，斯当东以拥有马礼逊的藏书为诱饵，说服伦敦大学设立了汉学教授席位。有所不同的是，伦敦大学是在资金到位的情况下才建立起了职位，而耶鲁却多少有点仓促，也许是面对外校的竞争不得不如此吧。好在一年后资金问题成功得到解决，既使卫三畏摆脱了有名无实的状态，更重要的是使这个职位有了继续存在下去的基础。卫三畏在人生最后的岗位上对耶鲁的学术生活施加了他力所能及的影响："通过在各类听众面前的讲演，通过报刊上发表的文章，也许更重要的是通过对登门拜访的大学生们的亲切鼓励，他的存在和榜样对所有被纳入他广博的文化视野中的人都是一种激励。"③

卫三畏与哈佛第一位汉学教授戈鲲化的交往既是他晚年的一大乐事，也是美国汉学史上的一段佳话。戈鲲化是安徽休宁人，生于道光十八年(1838)，早年做过幕僚，同治二年(1863)在美国驻上海领事馆任职，两年期满后移居宁波，供职于英国驻当地的领事馆，这两处的经历为他带来了执教哈佛的机会。1879年5月26日，极力促成哈佛建立汉学讲座的萧德(时任美国驻牛庄领事)在上海总领事馆代表哈佛大学校长和戈鲲化签订了为期三年的任教合同(1879年9月1日至1882年8月31日)。戈鲲化到达哈佛后很快与卫三畏取得了联系，他们互相通信，并且很可能在1881年的圣诞节见过面。

---

① The Progress of Sinology in the United States.*Nankai Social and Economic Quarterly*,1935,Vol.8,No.2,pp.309-315.

② 容闳赠书共四箱，目录详见 Yung Wing to Addison Van Name,1 March 1877,Yung Wing Papers.

③ Williams F W. *The Life and Letters of Samuel Wells Williams*.New York：G.P.Putnam's Sons,1888,p.427.

关于戈鲲化与卫三畏的交往，张宏生先生编著的《戈鲲化集》中有详细的资料和论述①，这里只想补充一则材料，是笔者在耶鲁大学所藏卫三畏档案中找到的，内容是戈鲲化解答卫三畏的一个疑问，全文如下：

> 您问我这样一个问题："为什么现在政府官员所佩带的朝珠是固定的 108 颗？"您还说您在中国多年，多次询问这个数目的来历，但没有人知道。在我看来，佩戴朝珠的做法是从现在这个王朝才开始的，清朝以前无此规定，因为书籍中并无记载。《礼记》云："天子之冕，朱绿藻，十有二旒；诸侯九，上大夫七，下大夫五，士三。"这是古代的典章，现在的冠冕和朝服与古代的样式不同，冕旒也就变成了朝珠，这是很容易理解的。《大清会典》中规定：皇帝朝珠用东珠宝石，亲王至五品官员许用各样珍珠宝石绿松石，亲王以下拒不许用黄绦。这和古代冠冕上悬挂各色玉石没有太大的区别。现在的亲王与周朝的诸侯也大致相当。一至五品的满清官员都可以称为"大夫"，因为五品以下是不允许佩戴朝珠的。现在翰林院、六部、内阁的官员不是相当于古代的大夫吗？但朝珠为什么是 108 颗，我也不十分清楚。《京房易候》中说：升平之世，五日一刮风，十日一下雨。《礼记》云："言而履之，礼也。行而乐之，乐也。君子力此二者，以南面而立，夫是以天下大平也。诸侯朝，万物服体，而百官莫敢不承事矣。"考察这两段话并把它们结合起来，我发现一年中刮风的时间是 72 次，下雨的时间是 36 次，加起来是 108 次。皇帝在治理朝政时挂着朝珠，提醒自己履行说过的话，做让百姓高兴的事。官员在处理公务时戴着朝珠，作为对国家长治久安的一种祝愿。他们所带的珠子被称为朝珠，不是很合适吗？上述只是我个人的一孔之见，如果您发现不对，请告诉我，我将十分感激。②

虽然戈鲲化没有能够给卫三畏一个十分确切的回答，但是他所提供的背景知识和信息一定会让卫三畏受益匪浅。戈鲲化的上述答复没有写明日期，估计是附在一封信后寄给卫三畏的。可惜戈鲲化在没有完成与哈佛的合同前

---

① 参见张宏生编著：《戈鲲化集》，特别是"前言"第 22—23 页；正文 267—271 页；该书附录一《哈佛大学设立中文教授讲座的有关信函》均为原始文献，具有很高的史料价值。

② K.H.Ko to S.W.Williams.*Samuel Wells Williams Family Papers*, Series 1, Box 10.

就于 1882 年 2 月 14 日因病去世了,使卫三畏失去了一个可以请教的朋友。

卫三畏在努力钻研中文的同时,戈鲲化也在致力于提升自己的英文能力,在这一过程中卫三畏的《汉英韵府》成为他的重要工具书。1881 年 12 月 20 日,戈鲲化在给卫三畏的信中附上了一首诗:"皇都春日丽,偏爱水云乡。绛帐遥相设,叨分凿壁光。"在给尾联所作的注释中戈鲲化写道:"'凿壁偷光'典出《汉书》(按:应为《西京杂记》):'匡衡勤学而无烛,邻居有烛而不逮,衡乃穿壁而引其光,以书映光而读之。'您的大著《汉英韵府》对我的翻译帮助很大,我就和匡衡一样。"①《汉英韵府》本是卫三畏为学习汉语的西方人士编写的,但也同样可以作为中国人学习英语的工具书,双语字典确实可以起到双向交流的作用,这是一个值得关注和深入研究的现象。当然,从长远的角度来看,为中国人学习英语而专门编写的字典早晚会出现,《汉英韵府》在一段时间内的"越位"也从另一个角度说明了它的广泛使用和影响力。

在上述诗歌中,戈鲲化给"绛帐遥相设"一句作了这样的注释:"《后汉书》中说:马融'才高博洽,为世通儒。常坐高堂,施绛纱帐,前授生徒,后列女乐'。您在耶鲁而我在哈佛,我们都教中文,所以我用了这个典故。"虽然美国早期的汉学教授绝对没有两千年前的马融那么风光,但开风气之先的快乐一定也是后继者们所无法体会到的。

与耶鲁其他许多教授不同的是,卫三畏一生的大部分时间不是在研究室和图书馆中度过的,中国不仅是他的研究对象,也是他的第二故乡,回到美国后他对于生活在美国的中国人给予了高度的关注。1848 以后,中国劳工开始移民美国,他们大都从事美国白人不愿意做的工作,但还是不断地受到排挤与打击。加州是中国劳工最集中的地区,也是美国排华势力最嚣张的地区。1877 年,加州发生了经济危机,造成美国工人失业者增多。为了转移目标,加州政府嫁祸于中国劳工,诬称华工工价低廉,夺去了美国工人的职业,并以此为借口对中国劳工加以压制。1879 年,加州的新宪法中就增加了若干排华的条款。加州的反中国劳工运动,不久就影响了全国。② 中国劳工辛勤工作,为

① 张宏生编著:《戈鲲化集》,江苏古籍出版社 2000 年版,第 267—269 页。
② 参见陈翰笙主编:《华工出国史料汇编》第 7 辑《美国与加拿大华工》,中华书局 1984 年版,第 1—9 页。

加州乃至整个美国的发展作出了巨大的贡献,但是却遭到如此不公的对待,这不能不激起正义人士的愤怒与同情。黄遵宪就曾以诗歌的形式(《人境庐诗草》卷四之《逐客篇》)沉痛而真实地讲述了中国劳工为美国创造巨大财富,却被限、被逐的情况。美国作家(如马克·吐温)在一些作品中也表达了对中国劳工的同情,作为对中国最了解和最有发言权的美国人,卫三畏于1879年2月底向总统送交了由他起草、耶鲁学院全体员工签名的请愿书,呼吁总统否决1879年初国会提出的限制中国移民的议案。① 同年9月他又撰文详细叙述了中国移民的起因、性质和前景,痛斥了国人由于无知而产生的排华情绪和行动:

> 当加州的法庭想用立法来反对中国人时,它将中国人等同于印第安人的简单态度是颇为古怪的。……它把现存最古老国度的臣民和一个从未超越部落关系的种族相提并论;把一个这样的民族——它的文学早于《诗篇》和《出埃及记》,并且是用一种如果法官本人肯于学习就不会叫做印第安语的语言写就,而它的读者超过了其他任何民族的作品——与最高的写作成就仅是一些图画和牛皮上的符号的人群混为一谈;把勤奋、谨慎、技艺、学识、发明等所有品质和全部保障人类生命和财产安全的物品等同于猎人和游牧民族的本能和习惯。它诋毁了一个教会我们如何制作瓷器、丝绸、火药,给予我们指南针,展示给我们茶叶的用处,启迪我们采用考试选拔官员的制度的民族;把它和一个轻视劳动,没有艺术、学校、贸易的种族归为同类,后者的一部分现在还混迹于加州人中间,满足于以挖草根过活。②

无知产生偏见,而要消除偏见,教育是最重要的手段之一,卫三畏的一人之力虽然扭转不了整个国家的形势(美国国会于1882年最终通过了排华法案),但耶鲁全体员工在请愿书上签名的事实充分说明了卫三畏作为美国首位汉学教授的成功和影响力。

（本文原载于《中西文化研究》2009年第1期）

---

① Yale College to His Excellency Rutherford B. Hayes, President of US, 21 Feb. 1879. *Samuel Wells Williams Family Papers*, Series 2, Box 13.

② Williams S W. *Chinese Immigration*. New York: Charles Scribner's Sons, 1879, p. 31.

卫三畏与《中国总论》

卫三畏(Samuel Wells Williams)的《中国总论》(*The Middle Kingdom*)是美国第一部全面论述中国的著作,是美国汉学兴起的一个标志性成果。本文将对这部著作的写作、出版、再版作一番探讨。

一、演讲与写作

1844 年,卫三畏作为传教士印刷工已经在中国工作了十一年,按照规定,每十年就可以休假一次,而父亲每况愈下的身体状况更增加了他回国的愿望,可是资金紧张的美部会却无法提供他回程的费用,于是卫三畏只有耐心等待。机会突然来到,这是由美国商人纳尔(Gideon Nye)慷慨提供的,他建议卫三畏陪伴他经过埃及和欧洲回国,但后来他本人由于业务的羁绊直到卫三畏到达美国后才离开广州。纳尔与卫三畏一样,都是 1833 年来到中国的,早已是关系很好的朋友。为了表示对纳尔的感谢,卫三畏将 1848 年出版的《中国总论》献给了他。①

1844 年 11 月,卫三畏独自踏上了归国的旅途。这次回国从私人的角度是为了省亲,而从工作的角度则是为印刷所购买新的中文活字筹措经费。1842 年以前由于清政府的限制,美部会的中文印刷工作主要在新加坡进行,

---

① Nye G.*The Morning of My Life in China* 1833-1939.Canton,1873,p.36;卫三畏的献词如下:"To Gideon Nye,Jr.,of Canton,China:a testimonial of the respect and friendship of the author。"

广州的印刷所只是做一些零星的工作,鸦片战争后的新形势为扩大中文印刷规模提供了可能。广州印刷所现有的一套活字是西方人制作的最早的一套中文活字,它是应东印度公司的要求于 1814 年开始制作的,目的是为了印刷马礼逊的《华英字典》,该字典也就成为"西人用中文活字印的第一部印本"。①1834 年,东印度公司解体、马礼逊去世后这套活字开始由卫三畏掌管使用。1842 年,英国当局将这些活字正式赠与了卫三畏。"这套活字共有两套,一套字体较大,装在六十个字盘中;另一套字体较小,装在十六个字盘中。此外,还有几百个手写体和草体的铅字。字体较大的一套每个活字一英寸见方,在制成时包括了所有的汉字,共计约四万六千个,其中有一些是重复的,共有两万两千个不同的汉字。由于一些常用字有好几个备用活字,所以这套活字的总数达到了七万多个。"②这七万多个活字是由英国工匠托马斯(P.P.Thomas)手工制作而成的,也就是说,先把字写在金属块光滑的一端,然后用凿子雕凿出来,所用的方法与中国原有的方法无异,但这显然不能满足时代的需要,马礼逊早在 19 世纪 20 年代就呼吁西方人研制用机器来铸造活字。③ 作为生活在中国的印刷工,卫三畏对这方面的信息当然非常关注。1835 年 3 月,他在《中国丛报》上摘抄了来自巴黎的一份说明书,其中包含如下信息:巴黎的技术专家勒格朗在汉学家鲍狄埃的建议下承担了钢模的制作,并已经完成了 2000 个活字,都是最常用的汉字。《中国丛报》最早刊登有关中文活字的消息是在第一卷第十期(1833 年 2 月),其中伦敦会传教士戴尔在一篇文章中论述了以往制作中文活字的弊端和自己改进的建议。④ 戴尔从 1827 年就开始注意研究中文活字,1843 年去世前已经刻成大字模 1845 个,以及一部分小字模。与戴尔同时在研制大字模的还有在柏林的拜尔豪斯,其制作方法和勒

---

① 张秀民著,韩琦增订:《中国印刷史》,浙江古籍出版社 2006 年版,第 445 页;Williams S W.*The Middle Kingdom*. 1848,Vol.2,p.360.

② Williams S W.Moving Types for Printing Chinese.*The Chinese Recorder and Missionary Journal*,1875,Vol.6,p.26;Williams F W.*The Life and Letters of Samuel Wells Williams*.p.244.

③ Morrison R.*The Chinese Miscellany*. London,1825,p.52;其制作方法是"用雕刻钢模,来冲制字模,再做成活字,用于印刷",参见张秀民著,韩琦增订:《中国印刷史》,浙江古籍出版社 2006 年版,第 630 页。

④ *Chinese Repository*,Vol.1,p.414−422;*Chinese Repository*,Vol.3,pp.529−530.

格朗的相同。①

卫三畏一直希望得到一套拜尔豪斯的"柏林字",同时东印度公司那七万多个活字在使用的过程中由于各种原因遗失了很多,急需增补,特别是字体较小的一套,由于字数少而使用率高,需增补量尤其多。但是美部会一方面由于资金不足,另一方面也是对印刷工作不够重视,始终不能给予帮助。为了完成这一计划,卫三畏一到纽约就谋求长老会的支持,后者决定资助1000美元,而在卫三畏到达纽约之前,他的姑妈通过积极的活动已经在家乡父老中筹集到了600美元,但资金还是有所短缺。于是卫三畏决定在家乡及其附近地区发表一系列演讲,内容是关于中国的社会生活、历史和社会制度。此时鸦片战争刚刚打开中国的大门,这激起了有识之士对中国的浓厚兴趣,加上卫三畏对中国的情况甚为了解,因此他的演讲受到了很大的欢迎,但每场演讲的收入并不多,唯一的办法是增加次数和去更多的地方。从1845—1846年,卫三畏一共演讲了一百多场,演讲地点也从家乡扩展到纽约州和俄亥俄州的其他一些重要城镇。②

在卫三畏之前,伯驾也曾利用回国休假的机会进行讲演,同样非常成功。但伯驾没有通过演讲来获取收入的压力,场次很少,时间也短。卫三畏则不得不承受重复演讲的疲倦和四处奔波的劳累。尽管如此,演讲的过程却使他多年来积累起来的有关中国的知识系统化了。1846年卫三畏决定将演讲内容付诸文字,为此他来到纽约,除了偶尔外出发表一些演讲外,他一直专心写作,直到全书完成。这本脱胎于卫三畏演讲稿的著作就是《中国总论》(*The Middle Kingdom*)。一开始纽约几乎没有出版商愿意接受它,经过一番周折,最后由威利和帕特南公司(Wiley & Putnam)印刷出版。

《中国总论》分上下两卷,长达1200多页(上卷590页,下卷614页)。全书分23章,比较全面地介绍了中国的政治、经济、文化和社会状况。这23个章节是:(1)地理区划与特征;(2)东部行省;(3)西部行省;(4)边疆地区;(5)人口;(6)自然资源;(7)法律与政府机构;(8)司法;(9)教育与科举;

---

① Williams S W.*The Middle Kingdom*.1848,Vol.1,pp.480-481;张秀民著,韩琦增订:《中国印刷史》,浙江古籍出版社2006年版,第456页。

② Williams F W.*The Life and Letters of Samuel Wells Williams*.pp.146-147.

（10）语言结构；（11）经学；（12）史学与文学；（13）建筑、服饰、饮食；（14）社会生活；（15）工艺；（16）科技；（17）编年史；（18）宗教；（19）基督教在华传播史；（20）商业；（21）中外交通史；（22）中英鸦片战争；（23）战争的发展与中国的开放。不难看出，《中国总论》几乎涵盖了中国社会与历史文化的所有重要方面，将其书名定为"总论"，是很贴切的。

第一章《地理区划与特征》介绍了中国的位置、疆界、山川河流的分布以及中国的五大民族。① 作者指出，China 是外国人对中国的称呼，其名称的由来是灭六国而统一中国的"秦"，中国人对自己国家的称呼是"天下""四海"或"中国"（Middle Kingdom），这也是他为什么选择后者作为题目的原因。作者在这一章还提到了中国的一些宏大工程，认为它们是"无与伦比的"，特别是长城和大运河。② 在以下三章中作者介绍了清朝的 18 个行省和边疆地区（满洲、蒙古、伊犁、西藏）。在所有这些行政区中最重要的无疑是直隶，因为北京位于这个行省之内，作者对这个首善之区给予了详细的介绍，特别是紫禁城和其他皇家建筑更是作者描绘的重点，并附有一幅详尽的地图。南京作为旧都也得到了详细的介绍，作者对著名的报恩寺瓷塔很感兴趣，做了这样的描绘："它比中国其他类似的建筑都更知名，它保存完整，用最好的瓷器建造，外形美观，内部用大量的金箔装饰。它是八角形的，分九层，底层周边长 120 英尺，往上则逐层递减。塔基是用砖砌成的，10 英尺高，由 12 级台阶连接到地面，从塔基到塔顶需要使用螺旋式的楼梯，共 190 级。整座塔（连塔基）共 261 英尺，用砖构造，外层则用各色瓷片镶嵌，主要是绿色、红色、黄色和白色的瓷片。每一层都有飞檐，上面覆盖绿瓦，角上挂有铃铛。塔身内部的壁龛中放置了很多镀金的雕像，显得过于炫丽。整座建筑完成于 1430 年，花费了 19 年的时间。"③这座塔是永乐皇帝为报答母后大恩而建造的，到他的儿子即位后才完工。

---

① 下文关于《中国总论》1848 年和 1883 年版本的评述，参考了多篇西文书评，主要有：The Middle Kingdom.*The United States Magazine and Democratic Review*,1848,Vol.22,No.118；The Middle Kingdom.*Christian Review*,1848,Vol.13,No.50；Review of *The Middle Kingdom.New Englander*,1849,Vol.7,No.26；China.*The Dial*,1883.Vol.4,No.43；Review of The Middle Kingdom.*The China Review*,1883-1884,Vol.12；Wentworth E.Williams's Middle Kingdom.*Methodist Quarterly Review*,1884,Vol.66.

② Williams S W.*The Middle Kingdom*. 1848,Vol.1,pp.25-27.

③ Williams S W.*The Middle Kingdom*. 1848,Vol.1,pp.82-83,pp.88-142,p.209.

南京之外江南最重要的城市是有"人间天堂"之称的苏州和杭州,刚刚开放的上海还只是一个小镇,"与江苏省的其他城镇相比建筑简陋,房子基本上都是砖瓦结构,街道很狭窄,白天挤满了人"。广州和澳门是作者生活多年的城市,当然不会略过,特别是对自己居住的夷馆给予了详细的描述。香港在成为英国的租界地后大兴土木,人口也大量增加,作者估计 1845 年 6 月已经达到 25000 人。①

为了给美国读者一个关于中国的更清晰的地理概念,卫三畏还特地请纽约的一位绘图师阿特武德(J. M. Atwood)雕刻了一幅中国全图(Map of the Chinese Empire),这幅地图折叠后附在《中国总论》的第一卷中。能够随书附上一幅精确的地图是卫三畏的夙愿,而在当时要实现这个愿望绝非易事,因为虽然已经五口通商(五座城市的小地图放在大地图的四角),但中国的大部分国土都还处在外国人的足迹之外。地图的绘制参考了当时可以找到的各种中国地图,包括早年天主教传教士参与绘制的《皇舆全览图》和英国海军的作战地图。卫三畏的这幅地图被后来很多地图册收入,成为很长一段时间内标准的中国地图。

关于中国的人口,虽然不少西方人士对中国政府的统计表示怀疑,但卫三畏认为在无法进一步确证的情况下应该以清政府的 21 次人口统计为准,特别是 1711 年、1753 年、1792 年、1812 年四次的统计数字可信度尤其高,根据 1812 年的统计,中国的人口是 362,467,183 人。② 中国的自然资源一直是卫三畏关心的课题,在《总论》第 6 章中他用简明扼要的语言说明了中国的矿物、动物、植物资源。在接下来的第 7、第 8 两章中卫三畏全面介绍了以清朝为中心的中国的司法和行政管理体制。《大清律例》在作者看来是一部颇为完备的法典,而清政府的各大行政部门也能做到分工明确,各司其职。他一一介绍了 13 个重要部门:内阁、军机处、吏部、户部、礼部、兵部、刑部、工部、理藩院、督察院、通政司、大理寺、翰林院。另外,对光禄寺和钦天监他也作了简单的描述。在介绍完了中央政府之后,作者将话题转向地方政府。卫三畏首先解释了总督和巡抚的差别和关系,这确实是一个让外国人不太容易搞清楚的问题,接着一一介绍了督抚之下的各级官员。从总体上说,作者认为清朝的地

---

① Williams S W. *The Middle Kingdom*. 1848, Vol. 1, pp. 82–83, pp. 88–142, p. 209.

② Williams S W. *The Middle Kingdom*. 1848, Vol. 1, pp. 82–83, pp. 88–142, p. 209.

方管理是令人羡慕的,因为两百多年来一直比较太平。当然乡绅和族长在中国的地方管理(特别是农村基层管理)上的作用是不容忽视的,对此作者也给予了一定篇幅的介绍。在清朝的官员中,外国人比较熟悉的除林则徐外,就是耆英了。耆英是《望厦条约》谈判时的中方代表,卫三畏与他有过直接的接触,另外,耆英在解除清政府关于基督教的禁令上起过重要的作用,卫三畏在《中国总论》中放入了他的一幅画像。

卫三畏对作为中国古代思想文化核心的孔子学说是这样进行评述的:"孔子哲学最大的特点是对尊长的服从,以及温和正直地和同辈人交往。他的哲学要求人们在现实世界中,而不是从一个看不见的神灵那里,寻找约束力,而君主也只需要在非常有限的范围内服从一个更高的裁判。从子女对父母的责任、荣誉和服从出发,孔子进而向人们灌输妻子对丈夫、臣民对君主、大臣对国王的责任,以及其他社会责任。孔子认为,政治的清白必须建立在个人正直的基础上,在他看来所有进步的开始都蕴藏在'认识你自己'之中。毋庸置疑,他的许多思想是值得赞扬的。就是与希腊和罗马圣人的学说相比,他的作品也毫不逊色,并在两个方面大大超出:一是其哲学被广泛应用于他所生活的社会,二是其哲学突出的实用性质。"①这段论述十分准确也很精辟,抓住了以"礼"和"仁"为核心的孔子思想的精髓。确实,与同时代的西方思想家相比,孔子学说的"实践理性"色彩十分明显,它的最大特点,正如李泽厚先生所总结的那样,"不是用某种神秘的热狂而是用冷静的、现实的、合理的态度来解说和对待事物和传统",它是一种"理性精神或理性态度"。② 对此,卫三畏也有深刻的认识。不仅如此,卫三畏还注意到这样一个事实:孔子学说对中华民族的文化—心理结构产生了深刻而持久的影响力,而这种影响力在其他民族文化中是很难找到的。卫三畏将这种现象归结为中国人对教育的重视:"中国伟大的立言者对其同胞的良好影响要远远超过西方的圣人们,如柏拉图、塞内加、亚里士多德。直到今天仍是这样。……对全民进行教育的重要性在孔子之前就得到承认,并且得到很好的实行,而在同一时期其他国家还没有

---

① Williams S W.*The Middle Kingdom*. 1848,Vol.1,p.530.
② 李泽厚:《中国思想史论》(上),安徽文艺出版社 1991 年版,第 34 页。

这样的制度。……《礼记》中写道:'古之教者,家有塾,党有庠,术有序,国有学。'就我所知,这比同时代的犹太人、波斯人、叙里亚人都要优越得多。"①这是完全符合历史事实的。如果从汉武帝元朔年间中国建立最早的学校算起,中国的教育至少有长达两千年的历史,而在这两千年中,以孔子思想为核心的儒家经典一直是古代中国教育的最重要内容。出于同样的原因,经学也一直是古代中国学术的中心,对此卫三畏在书中给予了详细的论述。此外,作者用同样的篇幅对中国学术文化的其他三大门类——史学、诸子学、文学——也给予了介绍。在史学家中,除了司马迁和司马光外,还特别提到了马端临和他的《文献通考》,认为"一个国家能够拥有这样的著作,真使我们刮目相看"。②在诸子百家中,作者对李时珍的《本草纲目》特别关注,在前文讨论自然资源的第6章中曾经多有引证。在文学方面,作者介绍了中国的诗歌、戏剧和小说,特别摘抄了李白杯酒戏权贵的故事以及《三国演义》中王允巧施美人计的段落,以增加阅读的趣味。另外他还摘抄了《聊斋志异》中的《种梨》和《骂鸭》两则故事,这是西方语言中关于《聊斋志异》故事的最早翻译和介绍。值得一提的是,卫三畏后来曾着手将《东周列国志》翻译成英文,从手稿看共完成了19回,③其中第1、2回发表在1880年1月的《新英格兰人》(*New Englander*)杂志上。作者选择翻译这部作品是因为"历史小说"的翻译在西方几乎还是"一个不为人所知的领域",④确实,自17世纪以来,中国文学被翻译成西方文字的主要是戏剧、诗歌和才子佳人小说。19世纪早期英、法的一些汉学家,如德庇时、雷慕沙、儒莲(Stanislas Julien)、巴赞(Antoine Bazin)等把翻译的重点放在了元杂剧上。

对于自己钻研多年、颇有心得的汉语,卫三畏的介绍显得言简意赅、深入浅出。在第10章对汉语的介绍中卫三畏提到了一位美国学者杜彭寿(Peter S.Du Ponceau)。杜彭寿在1836年写了一篇关于汉语的文章,首次使用词素

---

① Williams S W.*The Middle Kingdom*.1848,Vol.1,p.421,p.549.

② Williams S W.*The Middle Kingdom*.1848,Vol.1,p.421,p.549.

③ Lieh Kwoh Chi.*Samuel Wells Williams Family Papers*,Series 2,Box 13.《东周列国志》共108回,以《周宣王闻谣轻杀,杜大夫化厉鸣冤》始,以《兼六国混一舆图,号始皇建立郡县》终。

④ Williams S W.*A Chinese Historical Novel*.*New Englander*,1880,p.30.

文字(lexigraphic,一个字代表一个词)来描述汉语的特征,以区别于字母(alphabetic)文字,另外,他认为汉语也是一种音节(syllabic)文字,因为每一个汉字都代表一个音节。① 他的这些观点得到了欧洲学者的认可。另外,杜氏还指出,中国文字不是一般人认为的象形文字,对此卫三畏也表示赞同,因为象形只是"六书"之一。杜氏从来没有来过中国,也从不认为自己是汉学家,他只是通过阅读马礼逊、雷慕沙等人的著作获得了一些关于汉语的知识,但作为语言哲学家,他利用自己丰富的普通语言学和比较语言学的知识来研究汉语,得出了颇为独到的见解。杜氏是美国最早研究东方语言的学者,早于来华的传教士,但也是19世纪唯一一位依靠书本来研究汉语的学者。② 在结束本章之前,卫三畏告诉读者,汉语并不像想象的那么难学:"从上面的论述中我们可以看出,只有经过多年的练习,才能熟悉数量众多的汉字,清楚地发出那些区别细微而且短促的单音节,写一手清晰优雅的文章。这对于希腊语、拉丁语、英语以及其他已经定型的语言来说是一样的,都需要付出辛苦的劳动。学习汉语只是需要花费更多的时间来记忆汉字而已。"③在下卷的一开始卫三畏介绍了中国的建筑、服饰、饮食以及社会生活的其他方面。在其后的第15、16两章中介绍了中国在工艺和科技方面的成就。对于中国历史的叙述被放在了第17章,而且也比较简短,这是值得关注的。我们知道,明清之际的来华传教士是特别关注中国历史的,因为它和《圣经》的历史年代之间存在冲突,如果不把中国的历史记录纳入《圣经》的框架之内,则存在着颠覆圣经历史的危险。这一问题到19世纪已经不那么重要,同样,关于汉语是否是"巴别塔"建造之前就存在的古老语言的问题也无人再提及,④19世纪的汉学家感兴趣的不再是寻找汉语的普世性而是汉语的词汇和语法。西方的汉学研究已经显示

---

① Letter from Peter S.Du Ponceau to John Vaughan, Esq.on the Nature and Character of the Chinese System of Writing.*Transactions of the Historical and Literary Committee of the American Philosophical Society*,1838,Vol.2,p.36.

② Pickering J,Peter S.Du Ponceau LL.D.*Journal of the American Oriental Society*,1834−1844,Vol.1,pp.161−173.

③ Williams S W.*The Middle Kingdom.* 1848,Vol.1,p.498.

④ 关于19世纪前西方学者对汉语的"普世性"研究,可参看 Knowlson J.*Universal Language Schemes in England and France 1600−1800.*University of Toronto Press,1975。

出从想象、"索隐"、抽象走向具体、实证的态势。在第 18、19 两章中卫三畏介绍了中国的宗教和基督教在华传播史。新教的第一座教堂是在马礼逊去世一年后(1835)建立的,此后新教的发展速度仍然很慢,直到鸦片战争后才得以改观。卫三畏在《中国总论》的最后四章对于鸦片战争前中外交通的状况以及由于鸦片贸易所带来的中英战争进行了详细的描绘。

在早期来华的传教士当中,除了马礼逊之外,卫三畏最尊敬的一位是雅裨理。雅氏 1804 年 6 月 12 日生于新泽西州的新布伦斯威克(New Brunswick),1829 年受美国海员之友协会(American Seamen's Friend Society)的派遣前往中国,1830 年 2 月 25 日与美部会第一位来华传教士裨治文同船抵达广州。他一开始的主要工作是向在广州的美国海员布道,1830 年 12 月转入美部会,并前往东南亚,在当地的华人中传教,后因身体欠佳不得不于 1833 年 5 月返回美国。1839 年他再次来到中国,其后数年间一直被疾病困扰,1844 年回美国,于 1846 年 9 月 4 日去世。① 为了纪念这位同行,卫三畏将他的一幅画像放进了《中国总论》的下卷之中。另外,值得一提的是,雅裨理是鸦片战争后最早前往厦门的传教士之一,并与徐继畬有过交往。徐继畬为了撰写《瀛寰志略》,不仅查考中文典籍和当时的各种有关资料,还虚心地向西方人请教,其中雅裨理对他的帮助最大,他在《瀛寰志略·自序》中说:"道光癸卯,因公驻厦门,晤米利坚人雅裨理,西国多闻之士也。能做闽语,携有地图册子,绘刻极细。苦不识其字,因钩摹十余幅,就雅裨理询译之,粗知各国之名。"②《瀛寰志略》出版于 1848 年,与《中国总论》正好同一年,前者是中国人对西方的研究,而后者是西方人对中国的研究,这两部重要著作的出现,无疑大大加深了中西之间的互相理解。

从共时性的角度来看,卫三畏力求全面地介绍中国的方方面面,正如一位

---

① Wylie A.*Memorials of Protestant Missionaries to the Chinese*,pp.72-75.关于雅裨理一生的活动,可参阅 Abeel D. *Journal of a Residence in China and the Neighboring Countries*,second edition.New York:J.Abeel Williamson,1836;Williamson G R.*Memoir of the Rev.David Abeel*.New York:Robert Carter,1848。

② 徐继畬:《瀛寰志略校注》,宋大川校注,文物出版社 2007 年版,第 9 页。徐继畬 1868 年为丁韪良所著《格物入门》一书作序时再次提到雅裨理对他的帮助,详见李志刚:《基督教与近代中国文化论文集(二)》,台湾宇宙光出版社 1993 年版,第 70 页。

评论者所说:"这部著作是关于中国最详细完整的论述,包含了一个人想知道的所有内容。"①从历时性的角度来看,卫三畏则注意到古今结合。最后的几章基本是谈当下的问题,前面的章节也常常在介绍完历史后转入对现状的描述。比如,在介绍中国的文学时,作者不仅介绍了李白和苏轼的诗,也引用了一位姓马的病人在接受白内障手术后所写的一首诗,诗中表达了自己重获光明的喜悦和对来自"花旗国"的伯驾大夫的赞美。伯驾的眼科医院是早期新教在华最成功的事业之一。

卫三畏能够在短短两年内写出这样大部头的著作,原因是多方面的。首先他在中国已经生活了十多年,特别是经历了鸦片战争前后中国的深刻变化,具有丰富的感官认识。此外他利用工作之余不断地研究汉语和中国社会文化,积累了越来越多的理性认识。在耶鲁大学所藏卫三畏档案中,有一份书单,记录了这样一些书籍:《周易详注》《易图说》《书经体注》《九州山水考》《毛诗正义》《诗地理考》《毛诗鸟兽草木考》《周礼详解》《礼记集说》《春秋左传杜林详注》《孝经正义》《七经精义》《四书撮言》《孔子家语》《史记》《国语》《十七史详节》《纲鉴易知录》《大清一统志》《文献通考》《大清律例》《驳案新编》《百僚金鉴》《武备志》《性理大全》《朱子读书法》《农政全书》《本草纲目》《新法算书》《钦定协纪》《卜法详考》《乐典》《舞志》《琴谱大全》《康熙字典》《御定佩文韵府》《山海经广注》《御定全唐诗》《历代诗话》《酒边词》《山中白云词》《古文分编》《列国》《三国志》《说唐》《今古奇观》《聊斋》《西厢》《致富奇书》《智囊》《搜神记》《朱子家训》《风俗通义》《饮食须知》《茶经》《北山酒经》《芥子园》《朝野金载》《铭心宝鉴》《谈征》《故事寻源》《尔雅》《十才子》《成语考注》《大清会典》《瀛寰志略》《三字经》《千字文》《状元幼学诗》《道德真经注》《释氏稽古略》《神仙传》《庄子解》《耕织图诗》。② 这些应该只是卫三畏看过或者查阅过的中文书籍的一部分。除了中文书籍,卫三畏阅读和参考的西文书籍也为数不少,这从《中国总论》的注释中可以窥见一斑。从早期的安文思(Gabriel de Magalhaens)、李明(Louis Le Comte)、宋君荣(Antoine

①　*Christian Review*,1848,Vol.13,No.50,p.271.
②　*Samuel Wells Williams Family Papers*,Series 4,Box 26.

Gaubil)到当代的马礼逊、米怜、麦都思、德庇时都在他的引用范围之内,另外,19 世纪法国专业汉学家克拉普洛特、雷慕沙、儒莲、毕瓯(Edouard C.Biot)等人的著作也是他的重要参考资料。从 18 世纪以来,法国一直是西方的汉学大国,卫三畏对法国学者的成果一向非常关注。在回美国途中他路过巴黎,在那里他买了不少相关的法文书籍,在卫三畏的档案中有一份购书清单,其中包括雷慕沙的《新亚细亚论集》(*Nouveaux mélanges asiatiques*)、《东方历史与文学遗稿》(*Mélanges posthumes d'histoire et de littérature orientales*)、儒莲翻译的《孟子》(*Meng Tseu*)、《赵氏孤儿》(*L'orphelin de la Chine*)、《白蛇传》(*Blanche et Bleue*)、巴赞翻译的《琵琶记》(*Histoire du luth*)等书。① 这些对于他理解中国文化特别是中国文学显然是大有助益的。从数量上看,卫三畏引用《中国丛报》上的文章是最多的,这不难理解,他负责《中国丛报》的印刷和部分的编辑工作,对其中的内容最为熟悉,而且他本人在上面也发表过大量的文章。1848年,在《中国总论》出版之前,卫三畏已经在《中国丛报》上发表过五十多篇文章,内容涉及中国贸易、农业、地理、自然资源、科学技术、风土人情、语言文学等多个方面(详见第三章附录)。这些文章都为他在写作《中国总论》的相关部分时打下了扎实的基础,也使他在短期内完成《中国总论》成为可能。

《中国总论》的出版为卫三畏赢得了不小的学术声誉,1848 年夏天美国协和学院(Union College)授予他荣誉法学博士学位。②

二、国内与国际

早在独立战争之前就有一些美国人表现出了对中国的兴趣,最著名的莫过于杰出的学者和政治家富兰克林了。他对于中国的热情虽然比不上法国的伏尔泰和德国的莱布尼茨,但很赞赏中国的道德哲学、政府管理和农业技术。与 18 世纪的许多美国人一样,富兰克林关于中国的知识完全来自书本,来自

① *Samuel Wells Williams Family Papers*,Series 2,Box 14.
② WilliamsF W.*The Life and Letters of Samuel Wells Williams*,p.162.

欧洲人的著作。从《马可·波罗游记》《利玛窦中国札记》到安森(George Anson)的《环球旅行记》,从柏应理(Philippe Couplet)的《中国哲学家孔夫子》到杜哈德(Du Halde)的《中华帝国全志》,欧洲进口的各类著作长期以来成为美国人了解中国的唯一信息来源。18世纪末中美直接贸易关系建立后,美国商人开始把他们在中国的所见所闻记录下来,美国人终于有了自己的信息来源。美国出版的最早一部关于中国的著作出自范罢览(Andrew E. van Braam)之手。范氏出生于荷兰,1758年被荷兰东印度公司派往中国,在澳门和广州先后工作了十五年,他早在1777年就表现出了对美国的兴趣,1783年英美签订《巴黎和约》宣告美国正式独立后,他移居到美国并于次年成为美国公民。此后他又重新效力于荷兰东印度公司,在广州出任代理人。1794年,他作为德胜(Isaac Titsingh)使团的一员前往北京庆祝乾隆登基六十周年纪念。这次特别的经历为他提供了写作素材,1797年,他的著作被从荷兰文翻译成法文在费城出版,书名是《1794—1795年荷兰东印度公司赴中华帝国使团纪实》(*Voyage de l'ambassade de la compagnie des Indes orientales Hollandaises, vers l'empereur de la Chine, dans les annees* 1794 & 1795)。这本书出版以后没有引起什么反响,究其原因,一是它是法文著作,在以英语为主要语言的美国自然不容易打开市场,更重要的是就在同一年斯当东(George Leonard Staunton)爵士出版了广受欢迎的《英使谒见乾隆纪实》(*An Authentic Account of an Embassy from the King of Great Britain to the Emperor of China*)。英国的马戛尔尼使团在荷兰使团前一年出发,虽然没有达到与中国建立正式关系的目的,但产生了几部名噪一时的纪实作品,斯当东的这一部以其记录得翔实最为知名。此后美国商人又出版几部作品,均反响平平。①

1847年面世的《山茂召日记》(*The Journals of Major Samuel Shaw, the First American Consul at Canton*)是一部引起美国人关注的作品。作为1784年第一艘到达中国的美国商船"中国皇后号"的商务代理人和最早的美国驻华代表,山茂召的日记提供了美国人关于中国的最早记录,但由于多种原因直到作者

---

① 参见 Aldridge O. *The Dragon and the Eagle: The Presence of China in the American Enlightenment*. Wayne University Press, 1992, p.268。

去世后才出版。该书的内容包括编者约瑟夫·昆西(Joseph Quincy)撰写的山茂召的生平以及山茂召的四篇日记:《第一次广州之行》("中国皇后号"首航中国)、《第二次广州之行》、《槟榔屿之行》、《返回广州与回国之行》。这部日记的出版并没有改变欧洲人的著作在美国大行其道的状况。19世纪以来,欧洲来华传教士凭借他们熟练的汉语技能和丰富的中国经验写出了多部有影响的作品。郭实猎于1831年至1833年不顾清政府的禁令三次沿中国海岸航行,他的冒险经历曾以日记的形式在《中国丛报》上连载,1834年结集出版,受到热烈的欢迎。① 此后德庇时推出了《中国人:中华帝国及其居民概况》(*The Chinese:A General Description of the Empire of China and its Inhabitants*,1836)(以下简称《中国人》),麦都思出版了《中国:现状与未来》(*China:Its State and Prospects*,1838),为希望了解中国的人士提供了重要的信息来源。两书各有侧重,麦都思在书的前一部分介绍了中国的历史文化,后面更大的篇幅则描述了基督教在中国以及东南亚的传播。② 德庇时则给予中国以全面的介绍,全书分21章,内容如下:(1)早期欧洲与中国的交往;(2)英国与中国的交往;(3)英国与中国的交往(续);(4)地理概况;(5)中国简史;(6)政府管理与法制;(7)中国人的性格与习俗;(8)风土人情;(9)风土人情(续);(10)城市:北京;(11)城市:南京与广州;(12)宗教:儒教;(13)宗教:佛教;(14)宗教:道教;(15)语言与文学;(16)文学(续);(17)艺术与发明;(18)科技;(19)自然资源和物产;(20)农业和各类数据;(21)商业。在解释自己为什么要写这样一部全面介绍中国的书时,德庇时说:"我们在中国的利益大于任何欧洲大陆国家,但到目前为止英国还没有一部全面和系统的论述中国的书籍……杜赫德神父的《中华帝国全志》仍然是唯一的信息来源。但那部卷数众多、在不少

---

① 除日记外,该书还收入了郭实猎的两篇文章:《中国的宗教》(Religions of China)、《基督教在中国》(Christianity in China),参阅 Gutzlaff K. *Journal of Three Voyages along the Coast of China in 1831,1832 & 1833*. London:Frederick Westley and A.H.Davis,1834。

② 章节如下:(1)历史和地域;(2)人口;(3)人口普查;(4)关于人口的思考;(5)文明程度;(6)政府管理与法制;(7)语言与文学;(8)宗教;(9)天主教传播史;(10)新教在广州的传播;(11)新教在广州的传播(续);(12)新教在马六甲的传播;(13)新教在巴达维亚的传播;(14)沿中国海岸航行;(15)中国海岸航行纪实;(16)在山东北部的活动;(17)在山东南部的活动;(18)在江苏的活动;(19)在浙江、福建的活动;(20)后来的活动;(21)中国所需要的人才;(22)在中国传教的迫切需要。

方面也很有价值的书问世已经整整一个世纪了,它的很多内容早已过时,对于一个不熟悉中国的人来说,区分哪些是可靠和有用的信息、哪些是偏见、歪曲和无稽之谈,是很不容易的。"①《中国人》出版后受到西方人士的好评。②

德庇时的《中国人》成为卫三畏必须面对的最重要的"前文本"。从某种意义上来说,《中国总论》的价值的大小就在于它比《中国人》前进了多少。卫三畏在"前言"中没有回避这个问题,他说:"有人认为,在德庇时爵士系统而简明的著作出版后很快再推出一部全面论述中国的书是没有必要的,《中国人》是值得大力赞扬的一部著作,我在写作中常常克制自己不去频繁地征引它,并简略地论述它已经详细讨论过的部分。但这本书出版于十年前,那时中国还是一个不容易接近的国家,美国人即使读过这本书,了解的也是那个时期的情况,面对今天中国的开放,美国人会对中国产生更浓厚的兴趣,也会很乐意了解那带来中国开放的战争的前因后果。"③确实,鸦片战争虽然没有彻底改变中国社会的性质和中国人的生活方式和思维习惯,但却大大改变了中国和西方的关系。卫三畏抓住了这个契机大做文章,在整合前人成果的基础上结合自己的知识和经验有所突破和创新,终于完成了《中国总论》这部后来居上的著作,正如一位评论者所说的那样,"这是美国最好的对中国的介绍,是作者的一座丰碑"。④ 更有意义的是,《中国总论》出版后受到了欧洲人士的关注和欢迎,并被翻译成德文、西班牙文等国文字。它使西方世界在中国问题上首次听到了美国的声音,改变了美国长期以来依赖欧洲了解中国和一味进口欧洲汉学的局面。

法国学者高第在《西人论中国书目》中将《中国总论》放在第一部分《中国总说》的第一类"综合著作"中,⑤这是放入这一类别中的第一部美国著作,从这个意义上讲,将《中国总论》说成是美国汉学兴起的标志,应该是符合事实的。卫三畏在《中国总论》"前言"中说,他写这部书的目的之一,在于"剥离中

---

① Davis J F. *The Chinese*. London: Charles Knight & Co., 1836, Vol.1, pp.1-2.
② *Chinese Repository*, Vol.5, p.280.
③ Williams S W. *The Middle Kingdom*. 1848, Vol.1, p.xvi, p.xiv.
④ *Christian Review*, 1848, Vol.13, No.50, p.296.
⑤ Cordier H. *Bibliotheca Sinica*. 1904, p.85.

国人和中国文明所被给予的那种奇特而无名的可笑的印象"。① 18世纪欧洲大陆(特别是法国)的"中国热"(chinoiserie)虽然影响了美国的一些人士(如富兰克林),但总体上对美国民众的影响很小。美国从更深的文化根源上来说更接近英国。根据钱钟书的研究,英国在17、18世纪"对中国的兴趣只是偶发的、半心半意的、处于'冷漠中心'的边缘",②其对中国的好感主要集中在对于中国物品的喜好,而非对于思想文化的欣赏。19世纪以来,英国和中国的贸易量不断增加,但这没有带来英国人了解中国、研究中国的热情。德庇时在1822年曾发出这样的感慨:"在我们英国人总体的知识成就中,关于中华帝国的知识是微不足道的。我们与中国进行着如此频繁的贸易往来,但在马戛尔尼使团之前却对这个民族几乎一无所知。而法国人在几乎一个世纪之前就已孜孜不倦地开展了对这个民族的研究,并取得了一定的成绩。英国在这一领域表现出一种出奇的漠视。"③打破这种漠视显然也是德庇时写作《中国人》的重要原因之一。

18世纪末美国建国时欧洲的"中国热"已经基本上过去了。欧洲的这股"中国热"在很大程度上归功于法国来华耶稣会士对中国的赞美,他们写的大量书信和著作给欧洲带去了一个文明昌盛的中国形象。但18世纪下半期以来,随着耶稣会士影响的减弱,特别是1773年耶稣会的解散,中国形象开始走向负面。鸦片战争以后中国的形象更是一落千丈,美国人在欧洲特别是英国的影响下逐渐形成了一种以轻蔑的口气谈论中国人的风气。

在这样的时代风气中,作为熟悉中国的卫三畏显然觉得有必要纠正国人的看法。与由于无知而对中国产生偏见的美国人相比,由无知而对中国漠然置之的人可能更多。这可以解释为什么《中国总论》在被威利和帕特南公司接受之前会遇到种种挫折,许多出版商拒绝这部著作的理由就在于担心它不会引起人们的兴趣。这部书出版后受到热烈欢迎的事实,又说明19世纪上半

---

① Williams S W. *The Middle Kingdom*.1848,Vol.1,p.xvi,p.xiv.

② 钱钟书.China in the English Literature of the Seventeenth Century.*The Vision of China in the English Literature of the Seventeenth and Eighteenth Centuries*.Hsia A.ed.,Hong Kong:The Chinese University Press,1998,p.30。

③ Davis J F.*Chinese Novels*.London,1822,pp.1-2.

叶的美国人并不缺少了解欧洲以外世界的愿望,他们缺少的只是一本好的入门书。19 世纪 40 年代随着鸦片战争的爆发,特别是中美《望厦条约》的签订,越来越多的美国人开始关注中国,《中国总论》的出版是适逢其时的。

三、旧书新版

在《中国总论》出版 20 年后,美国又出版了三部全面论述中国情况的著作:卢公明的《中国人的社会生活》(*Social Life of the Chinese* ,1867)、倪维思(John L.Nevius) 的《中国与中国人》(*China and the Chinese* ,1868) 以及施惠廉(William Speer) 的《最老与最新的帝国——中国与美国》(*The Oldest and Newest Empire:China and the United States* ,1870)。[①] 卢公明长期在福州传教,倪维思的传教地点是山东登州,而施惠廉的传教对象是生活在加州的中国劳

---

① 《中国人的社会生活》为上下两册,上册除《导言》外,共分 18 章:(1)农业和家居生活;(2)订婚与结婚;(3)订婚与结婚(续);(4)婚后生活与子女问题;(5)治疗疾病的迷信方式;(6)死亡、悼念和埋葬;(7)死亡、悼念和埋葬(续);(8)祖先牌位和祠堂;(9)和尚、道士和儒生;(10)民间信仰的神祇;(11)民间信仰的神祇(续);(12)满清官员;(13)满清官员(续);(14)国教;(15)科举考试;(16)科举考试(续);(17)科举考试(续);(18)中国趣闻。下册共分 19 章:(1)习俗与节日;(2)习俗与节日(续);(3)习俗与节日(续);(4)个人和大众迷信;(5)商业习俗;(6)功德和慈善行为;(7)功德和慈善行为(续);(8)社会习俗;(9)社会习俗(续);(10)社会习俗(续);(11)杂谈中国人的观念和行为;(12)杂谈中国人的观念和行为(续);(13)符咒和先兆;(14)算命;(15)鸦片和鸦片吸食;(16)中国人和《圣经》中的习俗;(17)传教问题;(18)传教问题(续);(19)北京景观。《中国与中国人》共分 28 章:(1)中华帝国概观;(2)中华帝国概观(续);(3)孔子和儒学;(4)科举和学校;(5)政府机构;(6)中国宗教;(7)佛教;(8)佛教(续);(9)道教;(10)祭祀与礼仪;(11)宗教间的关系和影响;(12)关于神灵的迷信和风水学说;(13)占卜的不同方法;(14)汉语;(15)中国的慈善机构;(16)中国的道德宣传;(17)社会风俗;(18)节日和娱乐活动;(19)对中国人性格和中国文明的总体评估;(20)西方国家与中国的交往;(21)太平天国起义;(22)传教士在中国的生活;(23)传教的各个组织和不同方法;(24)传教的结果;(25)中国信徒的性格和经历;(26)罗马天主教在中国;(27)中华帝国现状和问题;(28)结论。《最老与最新的帝国——中国与美国》共分 23 章:(1)导言;(2)中国人的起源和人种;(3)地理、植物和动物;(4)社会生活、娱乐、节日;(5)早期父系社会;(6)奥古斯都时代的中国;(7)中古时代的中国;(8)元代;(9)明代;(10)清代;(11)康熙与乾隆;(12)道光与鸦片战争;(13)鸦片战争的结果;(14)美国与中华帝国的关系;(15)中国与美洲大陆在古代的联系;(16)中国的移民;(17)中国劳工;(18)中国的政府管理;(19)在加州的中国社群;(20)提交美国国会的谏书;(21)中国移民的宗教信仰;(22)美国的荣耀;(23)中国人的未来。

工。这三部著作都取材于作者自身的经历和对中国社会以及中国人的观察，但无论从讨论范围、权威性还是详尽程度上来看，三部著作都不如《中国总论》。尽管如此，它们对于加深美国人对中国的了解还是颇有价值的。三部著作中最重要的是卢公明的《中国人的社会生活》。卢公明是美部会传教士，1850 年 5 月抵达福州。在榕期间，卢公明对福州人的社会生活产生了浓厚的兴趣，通过与社会各阶层的交往以及亲自参加当地的各种民间活动，他掌握了大量第一手的资料，并陆续将之写成文章，1861 年至 1864 年以《略记中国人》（ *Jottings about the Chinese* ）为题陆续发表在香港的《中国邮报》（ *China Mail* ）上，1864 年卢公明短期回美国期间，在热心朋友们的鼓励之下，决心将这些文章结集成册，在改写已有部分的同时又增写了三四个章节，完成了他的这部代表作。[①] 该书以福州地区中国人的社会生活为描写重点，同时也广泛涉及中国人的宗教信仰、政府管理、教育事业和商业活动，其中关于科举考试的三个章节尤其为人所称道。在这三个章节中，卢公明不仅记录了考生从参加考试直到考试结束的整个流程，还对考试中的各种不良风气作了深刻的揭露，甚至细及考试中点点滴滴的"有趣"现象，[②]其翔实程度超过了卫三畏在《中国总论》中对科举考试的描写。但从总体上来说这部著作没有超越《中国总论》。

多年过去后，"德庇时的《中国人》已经难得一见，《中国总论》成为唯一的经典"，[③]实际上它不仅成为研究中国的学者们的标准参考书，而且被一些教育机构采用为教科书，多次再版。[④] 但是另一方面，随着时间的推移，《中国总论》的一些信息的不完整性和论述的不准确性也逐渐显露出来。1876 年，卫三畏离开北京时就萌发了修改旧作的想法，毕竟三十年过去了，中国已经发生了很大的变化。如果从到中国的那一年算起，四十三年已经过去，今昔对比，卫三畏不胜感慨："1833 年我初抵广州时，我和另外两个美国人被作为'番鬼'

---

① Doolittle J. *Social Life of the Chinese* , *with some account of their religious* , *governmental* , *educational* , *and business customs and opinions.* New York : Harper & Brothers, 1867, p.i.

② 详见林立强：《美国传教士卢公明眼中的清末科举》，《国际汉学》（第十辑），大象出版社 2004 年版，第 230—238 页。

③ *The China Review* , 1883–1884, Vol.12, p.196.

④ 1857 年已经出第四版，参见 Cordier H. *A Catalogue of the Library of the North China Branch of the Royal Asiatic Society.* Shanghai, 1872, p.53。

(洋鬼子)报告给行商经官,并接受他的管理。1874年作为美国驻华公使馆参赞,我陪同艾忭敏(Benjamin P.Avery)阁下面见同治皇帝,公使先生在完全平等的基础上向'天子'呈递了国书。"①对于卫三畏来说,这无疑是难忘的一幕。中国的变化当然不止政治方面,社会生活的方方面面都发生了程度不同的变化。另一方面,卫三畏对中国的了解和认识也同样今非昔比。1876年离开北京时,他已成为在中国生活工作时间最长的外国人,从资历上来说超过了其他所有的英美传教士和外交官。1874年,《汉英韵府》的出版给他带来了极大的声誉,也很好地说明了他的汉语和汉学研究水平已经达到了一个新的层次。

修订工作花去了卫三畏七年的时间,是当初写作时的两倍。这其中有多个原因,首先卫三畏毕竟已经六十多岁,视力严重下降,精力也大不如从前;另外,各种学术和社会活动占据了他大量的时间;而更为重要的是,他的修改不是小修小补,而是大规模的彻底改造。这首先可以从字数上看出来:修订版几乎是原书的两倍。晚年的卫三畏可以说已经功成名就,但却花费这么多的精力和时间来从事修订工作,原因何在呢? 他的传记作者这样告诉我们:"由于《中国总论》已经成为当时这个领域的权威(这让它的作者相当吃惊),卫三畏决心通过修订使作品与它的声名相符合。在出版商及时地宣布新版本即将问世之后,还有一些人继续购买旧版本,这一事实或可说明人们对这样一本书的持久和迫切的需求。"②显然,《中国总论》已经成为一个品牌,卫三畏希望通过修订来保持和扩大它的影响力。但是,修改有时并不比新写容易,如何增减,如何取舍,都是需要考虑和解决的问题。

修订版《中国总论》于1883年10月面世,初版的23章增加到现在的26章。新增加的三章是:(24)太平天国;(25)第二次鸦片战争;(26)最近的事件。这三章近200页的内容使现实问题在《中国总论》中的比例大大提高,现代中国的形象在古代中国的背景中更加凸显出来。原先各章的变化程度不等,有的基本信息未变,有的则重新编写。开头关于中国地理情况的几章基本

① Williams S W.*The Middle Kingdom*. 1883,p.xiv.

② Williams F W.*The Life and Letters of Samuel Wells Williams*.p.458.

上属于这两极之间的中间状态:有修改,也有保留,当初作者对一些地方的描述(比如长城)是来自书本和耳闻,而现在则可以结合实地的考察。对于北京的描述从原先的 15 页增加到了 22 页,在原有的北京地图之外又增加了安定门城楼、孔庙和黄寺的插图,另外,在上卷的目录之前还附上了一幅天坛的彩色插图。关于圆明园,作者在新版中加上了这样一句:"但所有这一切景观都在 1860 年被英法联军摧毁,留下的废墟至今仍然触动着中国官民的排外情绪。"①南京的报恩塔也在 1856 年毁于太平天国。1852 年美国传教士泰勒(Charles Taylor)访问了这座著名的建筑并在《中国五年》(*Five Years in China*)一书中进行了详细的描绘,卫三畏在新版中参考了这部著作并将它推荐给了对该建筑有兴趣的读者。就是关于广州的描述,1883 年版也在 1847 年版的基础上有所增加,特别是关于贡院的描述,作者在介绍中国教育情况的第九章中还附上了一幅北京贡院的插图,也是旧版所没有的。与这些老城市相比,上海、香港的变化要大得多。昔日人烟稀少的小镇现在已经成为华洋杂处的商埠。香港在 1845 年时只有 25000 居民,现在则迅速增加到 13 万人。从全国的情况看,中国的人口变化不大,1881 年的政府数字是 380000000,所以新版中关于人口统计的一章也就没有什么太多的变化。关于博物学的章节则几乎是完全重写的,卫三畏对这一领域的了解在过去的若干年中已经大大增加,而其他学者的相关成果也为作者所关注。卫三畏对博物学一直比较偏爱,关于这一部分的介绍在 1848 年版中本来就已经非常充实,现在重写后则更加丰富,从原先的 56 页增加到 84 页,并且增加了插图。此外其他章节也都有大小不同的修改。

卫三畏在新版中引用了二百多位作者的相关著述,原先过多依赖《中国丛报》的情况得到了根本的改变,这也从一方面说明了包括美国在内的整个西方汉学水平的提升。1848 年时《四书》只有马士曼和柯大卫的英译本,而现在理雅各(James Legge)的煌煌巨译《中国经典》(*The Chinese Classics*)已经出版,不仅包括《四书》,还有《尚书》《诗经》等多部经典。中国的宗教和传教问题也吸引了更多传教士的关注,艾约瑟和丁韪良都出版了颇有影响力的著作,

---

① Williams S W.*The Middle Kingdom*.1883,Vol.1,p.80.

所有这些著作都成为卫三畏的重要参考。可以说,到卫三畏修改《中国总论》时,他所担心的不再是信息不够,而是如何控制信息,使自己的著作不至于篇幅过长。正如他的传记作者所说:"如果对每一个事件都做详细的梳理将使这本书的容量大大增加,并因此会妨碍使用的方便。舍弃那么多积累起来的学识,再把其余的压缩在一个狭小的空间,这又不能不让他感到悲伤(对任何作者来说都是悲伤的),但他还是坚决遵循了切合实际的目标。对于许多主题他只是说明了范围,然后便一笔带过,而有些则在给出参考书目后完全省略。尽管这样做导致了某些不和谐,以及因为新旧引文不同而偶尔产生的不衔接,但总体效果是令人满意的。"①确实,新版问世后,立刻获得了众多好评,不少读者赞美它是"里程碑式的著作","对中美之间的了解作出了重大的贡献"。②

与多年前屡遭出版商拒绝完全不同的是,新版的推出十分顺利,查尔斯·斯克莱布诺家族公司(Charles Scribner's Sons)在推出新版前就大做广告,予以宣传。如果在出版过程中有什么问题的话,首先就是1848版的出版社威利公司认为自己对于修订版还有一定的权益,于1881年12月向查尔斯·斯克莱布诺家族公司提出协商,但问题很快就在卫三畏出面澄清的情况下得到了解决。③ 另外一个问题则是出现在卫三畏和查尔斯·斯克莱布诺家族公司之间。尽管卫三畏对旧版做了重大的修改,但在"前言"的初稿中,他只是做了轻描淡写的交代,这自然引起了出版社的不满,在给卫三畏的信中这样写道:

> "前言"这样写很可能会引起读者的误解,使他们无法正确了解我们修订再版这部书的目标和所做的工作。您的大著在近四十年的时间里一直是这个领域的经典,而您称之为"浅见"(a superficial view),这是不恰当的。同样不恰当的是,您把一些章节说成是"在篇幅允许的范围内提供的尽可能准确的信息",而实际上它们是最为权威的论述。但最重要

---

① Williams F W. *The Life and Letters of Samuel Wells Williams*, p.459.

② WentworthE. Williams's Middle Kingdom. *Methodist Quarterly Review*, 1884, Vol. 66, pp. 526–527.

③ Charles Scribner's Sons to S.W. Williams, 5 Dec.1881. *Samuel Wells Williams Family Papers*, Series 1, Box 7.

的问题还是您的"前言"几乎没有强调增加和修订部分的重要性,谈老的
部分太多,而谈新的部分太少。①

出版商似乎很难欣赏和接受一个作者的虚怀若谷。卫三畏不愿意自吹法
螺,但也不得不考虑出版商的利益,于是他请儿子卫斐烈来修改自己的"前
言",我们现在看到的这个前言就是父子合作的产物。实际上,由于卫三畏晚
年身体欠佳,卫斐烈在修订工作中给予父亲很大的帮助,在这一过程中他也逐
渐成长起来。修订《中国总论》是卫三畏晚年最主要的工作,他的生命和活力
似乎也与这项工作联系在了一起。1883 年 10 月,他这部一生中最重要的著
作以新的面目问世。此后他的身体和精神状态均急转直下,很快于 1884 年年
初去世。

《中国总论》一书很早就进入了中国学者的视野,莫东寅在 1949 年出版
的《汉学发达史》中就提到过这部著作。该书给美国汉学的篇幅非常有限,在
描述美国汉学起源时作者写道:"美国完成独立在一七八三年(乾隆四十六
年),及释奴战终,统一南北之集权政府成立,已在 19 世纪中叶(1865,同治四
年),收夏威夷菲利宾在 19 世纪末(1898,光绪二十四年),其注意禹城,视欧
人晚甚。其国民尚科学重实用,于中国历史文献之研究,初极忽视。……卫三
畏……其《中国总览》(*The Middle Kingdom*,1848)一书,凡两巨册二十六章,叙
述中国历史地理人民政治文学社会艺术等概况,后由其子为复刊,流传甚广,
为美人中国研究之见端。"②这段论述不但过于简单,而且有一些错误。但是
直到今天,国内学术界对卫三畏其人其作的认识还基本停留在五十多年前
《汉学发达史》的水平上,没有什么突破。所以拙文对此作了一些探讨,并希
望引起更多学者的关注。

(本文原载于《汉学研究通讯》2002 年第 3 期)

---

① Charles Scribner's sons to S.W.Williams,12 July 1883.*Samuel Wells Williams Family Papers*,
Series 1,Box 7.

② 莫东寅:《汉学发达史》,北平文化出版社 1949 年版,第 141 页。

费正清的第一篇论文

费正清(John King Fairbank,1907—1991)是 20 世纪美国最著名的中国研究专家,被誉为美国汉学之父。他一生出版各类学术著作 60 多种,其中《美国与中国》《剑桥晚清史》早已成为西方汉学界的名著,但很多人可能不知道,这位学术大师的第一篇正式发表的论文是在中国学者的指导下完成,并发表在中国的学术刊物上。

这篇题为《1858 年条约前鸦片贸易的合法化》(*The Legalization of the Opium Trade before the Treaties of* 1858)的论文是费正清在北京留学期间(1932—1935)撰写的。论文围绕这样一个中心问题展开:为什么鸦片输入中国为合法这一条款会被写入 1858 年 11 月 8 日中英签订的《通商章程善后条约》? 是由于英国的武力逼迫(这是普遍流传的看法)还是有其他原因。

中国人对鸦片并不陌生,制造鸦片的罂粟早在唐代的文献中就提到过,但只是用来入药。吸食鸦片的方法则是 17 世纪以来从传入中国的吸食烟草的方法发展来的。一般说来,服用鸦片的其他国家民众都是把鸦片从口吞食到胃里去,唯有中国人是吸食的。外国鸦片流入中国始于 18 世纪初葡萄牙人的贩运,开始时每年只有几百箱,但随着中外贸易特别是中英贸易的扩大,鸦片的进口量越来越大,到 1836 年已经达到一年两万箱之巨。① 鸦片不仅毒害中国人的身体和精神,而且导致大量白银外流,国内银价上涨,所以清朝皇帝自雍正起就屡申禁令,但只是收效于一时,而无法彻底杜绝,直到 1907 年 12 月,

---

① 参见马士:《中华帝国对外关系史》第一卷,张汇文等译,上海书店出版社 2006 年版,第192—208 页。

中英两国终于达成《禁烟协定》六条。1911 年 5 月中英又达成《禁烟条约》十条,同意在中国禁烟确有成效时停止对华鸦片输入。中国由此开始了近代历史上第一次成功的禁烟运动。

费正清的论文共分六个小节:一、19 世纪五十年代的间歇期;二、英国政府的鸦片政策;三、中国实施禁烟;四、中国对鸦片贸易课税的建议;五、中国地方当局征收烟税的情况;六、一点阐释。在文章的开篇,费正清明确指出,"鸦片贸易是 19 世纪的一件大事,历史学家迟早都应该分析其原因、活动和影响。它同中外关系的各个方面——商业、政治和文化息息相关,因此它的具体情况应该和其他方面一样考订出来,并把两者之间的关系阐述清楚。"[1]他写这篇文章正在于利用掌握的资料,揭示事实,引起更多学者对这一问题的关注。在文章的第一小节,费正清指出,1850 年代英美商人为了能在条约口岸买到更多的丝绸和茶叶,必须在口岸外销售更多的鸦片,以便筹集必要的资金。"由于中国人不买外国制成品,外国商人购买中国产品最方便的方法,要么像 17、18 世纪那样使用带来的成船的白银,要么像 19 世纪初以来日益普遍的做法那样,使用成箱的鸦片"。[2] 这样丝、茶贸易和鸦片贸易就像一个连体婴儿那样不可分离,但问题在于前者是合法的,而后者是非法的——1842 年的《南京条约》没有给予鸦片贸易以法律根据。在接下来的两个小节中,费正清考察了 1842—1858 年中英双方的政策,中国是厉行禁烟,而英方则采取不予支持和保护,实际是放任自流和纵容的政策。但中方的禁止也不是各地都一样,"禁烟在北方较为得力,特别是京畿地区,一直坚持到较后的日子;在南方各省,鸦片输入与日俱增,种植鸦片也已经开始,而镇压措施却越来越少。"[3]在鸦片泛滥、难以禁止的情况下,中国官员开始陆续建议将鸦片作为合法贸易进行征税。费正清在文章的第四小节对此进行了考察,他指出,第一个建议征收烟税的官员是湖广监察御史汤云松,时间是 1851 年 1 月 16 日,但这位御史的

---

[1] FairbankJ K.The Legalization of the Opium Trade before the Treaties of 1858.*Chinese Social and Political Science Review*,1933,Vol.17,No.2,p.215,p.216,pp.225–226.

[2] FairbankJ K.The Legalization of the Opium Trade before the Treaties of 1858.*Chinese Social and Political Science Review*,1933,Vol.17,No.2,p.215,p.216,pp.225–226.

[3] FairbankJ K.The Legalization of the Opium Trade before the Treaties of 1858.*Chinese Social and Political Science Review*,1933,Vol.17,No.2,p.215,p.216,pp.225–226.

奏疏未见下文。两年后张炜、吴廷溥两位御史上了同样内容的奏折,这次得到了皇帝和军机处的重视,但他们的意见未被采纳,军机大臣在答复中强调补救的办法不是使鸦片合法化,而是更严厉的镇压。但不久太平军占领了南京(1853年3月)并席卷东南几个最富庶的省份,造成了清政府的财政危机,于是征收烟税的问题再次提出并在一些地区得到了部分实施。在文章的第五节,费正清以上海、宁波、福州、厦门四个口岸为例,具体说明了1855—1858年征收鸦片烟税的情况。1853年以来尽管北京政府还在强调禁烟,但地方政府为了解决军饷等财政问题已经开始悄悄地向鸦片征税,而福州、厦门则更把征税公开化(1857),这些都成为在全国范围内将鸦片贸易合法化的前奏。通过以上的分析,费正清在结论部分指出,那种认为1858年英国强迫清政府使鸦片贸易合法化的流行说法是不完全正确的,只说出了一半事实。另一半事实是"中国人希望通过对鸦片贸易全面征税,增加收入",所以"应该承认鸦片贸易也是中国内政问题产生的结果"。①

费正清的这篇文章的重大突破在于使用了中文资料,特别是军机处档案。在费正清之前,马士在《中华帝国对外关系史》一书中也讨论过鸦片贸易问题(第一卷第八章《鸦片问题》、第二十三章《鸦片,1842—1858》),但马士完全依靠外文材料,没有直接使用中文资料,他所使用的一点中文材料来自《北华捷报》(North China Herald)、《中国丛报》(Chinese Repository)上英译的清朝文献的片段,所以在讨论中国官方的政策时就显得比较薄弱。费正清论文的一半是讨论1853—1858年中国地方官员如何不执行中央政府的禁烟令而自行征收烟税的,这部分内容在马士的书中是完全没有的。利用原始的中文档案进行近代史研究是费正清的一大特色。

这一特色的形成除了费正清自己的努力之外,更大大得益于蒋廷黻的指导与帮助。蒋廷黻于1895年出生于湖南,早年在美国基督教长老会所办的益智学堂学习,1912年赴美留学,先后就读于派克学堂、奥柏林学院、哥伦比亚大学,1923年获博士学位后回国任教,先后任南开大学、清华大学历史系教

---

① Fairbank J K.The Legalization of the Opium Trade before the Treaties of 1858.*Chinese Social and Political Science Review*,1933,Vol.17,No.2,p.263.

授。1935年后从政,效力于国民党政府,1965年在纽约病逝。蒋廷黻作为学者是中国近代外交史研究的开创者,所著《中国近代史》和所编《中国近代外交史资料辑要》影响深远。

费正清早在哈佛读本科的时候就从一位访问学者那里听说过蒋廷黻的名字,这位访问学者名叫韦伯斯特(Charles Webster),当时是英国威尔士大学国际政治学教授。他在来哈佛之前曾对中国和其他东亚国家进行了访问,会见了包括蒋介石在内的中国政要以及蒋廷黻等一批学者。在1929年初哈佛大学学生俱乐部的一次午餐会上,韦伯斯特介绍了自己的中国之行,特别提到了《筹办夷务始末》的出版,对它的使用前景感到异常兴奋。他认为"这一文献能更清楚地说明东亚的疑难问题,所以,它可能对改写中西关系史有着决定性的意义"①。参加宴会的费正清当时正上四年级,对近代史领域有浓厚的兴趣,但对于具体研究哪个国家的近代史,则还在犹豫。韦伯斯特的讲演使他茅塞顿开,几天后他去拜访韦伯斯特,并与他进一步讨论了这个十分吸引人的课题,韦伯斯特建议费正清要用外国人了解甚少的中国原始资料来研究中国近代史。1929年秋费正清前往牛津大学攻读博士学位,并把中国近代外交史确定为自己的研究方向。

韦伯斯特在讲演中提到的《筹办夷务始末》和蒋廷黻有着很大的关系。蒋廷黻在美国读书时,就对中国近代外交史很感兴趣,当时有关中国外交的标准书籍是马士的三卷《中华帝国对外关系》,蒋廷黻认为该书的英文资料无懈可击,但同时觉得马士的著作观点是片面的,因为他忽视了中文资料。蒋廷黻在哥大时就开始收集中文资料,回国后继续收集,在这一过程中发生了一件有趣的事情:"当外界获悉我对清代历史文献有兴趣时,各方鉴定家和收藏家都来和我接头。透过一位朋友的介绍,某君带来大批资料。这批资料原标题为《筹办夷务始末》,实则可称之为《中国外交文献史》。就我所见,这份资料几乎包括了满清皇帝所发的每项命令,大臣们所有的奏折以及各地大臣向皇帝奏请有关中国外交事务的材料。我发现这简直是一座宝库,因而急于要为南

---

① Evans P M.*John Fairbank and the American Understanding of Modern China*.New York:Basil Blackwell,1988,pp.15-16.

开图书馆弄到这份资料。但物主开价三千银元,南开实在买不起。……我从南开转到清华时,我可以自由支配经费购买书籍和资料。我立志要完成我的愿望,首先要买上述那份资料。但,事实竟有出人意料者,我到北平清华任教不久,常赴故宫博物院。有一天,和某保管人闲谈,他拿出一份上述资料故宫本给我看。经我鉴定,证明故宫本才是原本。而前述的私人本乃是抄本。我立刻建议故宫博物院当局将它影印。后来博物院采纳了我的建议,发行影印本,每套一百银元。那份抄本,经此一来,竟抵不上影印本的价值。"①韦伯斯特向费正清介绍的应该就是这套影印版。

1931 年年底费正清向牛津大学提出前往中国进修的申请,并于 1932 年年初到达北京。到北京后,费正清立刻和蒋廷黻取得了联系,并就如何使用《筹办夷务始末》和其他中文资料向蒋廷黻请教。费正清的第一篇论文正是在蒋廷黻的指导下完成的。

在这篇文章中,费正清并没有怎么使用《筹办夷务始末》,因为该文献"1842 年以后很少提到鸦片的问题",他所依据的材料"主要来自藏于北平大高殿未出版的军机处档案"。② 对此费正清在注释 6 中做了这样进一步的说明:"这项资料是从编纂《筹办夷务始末》的同一档案中搜集来的,其中有的文件没有收入《筹办夷务始末》中。得以使用该项资料,我要十分感谢清华大学的蒋廷黻教授。"③军机处是清政府的重要机构,对于和它有关的资料蒋廷黻自然不会放过,他在回忆录中有这样的记叙:"清华五年是我一生中最快乐的岁月。我乘便可以接触故宫博物院的档案。有一段时间,我们有好些人在故宫博物院抄录档案,把未公布的重要文件抄录下来。故宫中收藏的最重要档案是清代军机处的。自 18 世纪 30 年代起到清代终止为止,军机处是大清皇帝的真正秘书处。该处人员管理档案非常制度化,每天来文均由收发登记,这些来文主要的是中央各部及地方首长的奏折。此外,对皇帝批复的奏折也有专人登记。每件档案都详细登录日期及摘要。这种简单小心处理档案的制

---

① 《蒋廷黻回忆录》,岳麓书社 2003 年版,第 100—101、132—133 页。

② Fairbank J K.The Legalization of the Opium Trade before the Treaties of 1858.*Chinese Social and Political Science Review*,1933,Vol.17,No.2,p.172,p.205.

③ 《蒋廷黻回忆录》,岳麓书社 2003 年版,第 100—101、132—133 页。

度,对满清政府来说实在是一种光荣。由于革命和武装政变在北平接二连三的发生,有些老衙门的档案均被弃置,无人管理。有些档案在北平当废纸卖。我为清华成吨购买。清华图书馆所存的资料大部分都是清朝军机处和海军方面的资料。"①蒋廷黻本人利用这些资料写了不少文章,是最早使用这批材料的中国学者。而在他的指导下费正清则成为利用这一资料最早的外国学者。

费正清的这篇论文完成后,发表在《中国社会及政治学报》17 卷 2 期(1933 年 7 月)上。中国社会及政治学会(Chinese Social and Political Science Association)是 1915 年由一批中外人士共同发起建立的。1916 年,该会创办了会刊《中国社会及政治学报》,第一期于 4 月出版,以后每个季度出版一期,4 期为一卷。1941 年终刊。蒋廷黻在北京期间一直是该刊的编辑。在蒋廷黻的帮助下,费正清的处女作得以在这个英文刊物上发表。此后,费正清又陆续在这个刊物上发表了其他两篇文章,②同样得到了蒋廷黻的关照。

(本文原载于《历史档案》2011 年第 1 期;收入《2012 北京市哲学社会科学规划项目阶段成果选编》,首都师范大学出版社 2013 年 3 月版)

---

① Fairbank J K.The Legalization of the Opium Trade before the Treaties of 1858.*Chinese Social and Political Science Review*,1933,Vol.17,No.2,p.172,p.205.

② Fairbank J K.The Provisional System at Shanghai in 1853-1854(Ⅰ).*Chinese Social and Political Science Review*, 1935,Vol.18,No.4;Fairbank J K.The Provisional System at Shanghai in 1853-1854(Ⅱ).*Chinese Social and Political Science Review*,1935,Vol.19,No.1;Fairbank J K.The Creation of the Foreign Inspectorate of Customs at Shanghai(Ⅰ).*Chinese Social and Political Science Review*,1936,Vol.19,No.4;FairbankJ K.The Creation of the Foreign Inspectorate of Customs at Shanghai(Ⅱ).*Chinese Social and Political Science Review*,1936,Vol.20,No.1.

美国汉学家卜德的秦史研究

卜德(Derk Bodde,1909—2003)是美国著名的中国学家,曾长期执教于宾夕法尼亚大学(1938—1975)。他在中国思想、文学、历史、民俗等领域成就卓著,曾当选 1968—1969 年度美国东方学会主席;1985 年获得美国亚洲学会杰出贡献奖。在美国汉学史上,卜德是多个研究领域的开拓者,秦代史是其中之一。

一

《中国第一个统一者:从李斯的一生研究秦代》(*China's First Unifier: a Study of the Ch'in Dynasty as Seen in the Life of Li Ssu*)是卜德的博士论文,该文以李斯的生平事迹为切入点,从政治、社会、经济和哲学活动等方面探讨了秦朝统一中国的原因。1938 年卜德凭借这篇论文获得荷兰莱顿大学博士学位。

该文分为十二个章节,分别是:(一)秦国的状况;(二)《史记·李斯列传》英译;(三)其他有关李斯生平的资料;(四)李斯传记评析;(五)秦始皇与李斯;(六)帝国的概念;(七)封建制的废除;(八)统一文字;(九)李斯的其他政策;(十)李斯的哲学背景;(十一)李斯的论辩方法;(十二)结论。此外还有一个附录讨论古代中国郡县制的兴起。

论文以专著形式出版后,受到国际汉学界的好评,多位评论者一致认为,该书填补了西方学者秦代研究的空白。卜德显然也是深感这方面的不足而选取这一研究课题的,他在"前言"一开头写道:"关于中国早期的历史和制度,西方学者已经出版了不少著作,但对于如此重要的秦朝,他们却很少涉及,这不能不让人备感诧异。在我看来,随着秦朝建立所带来的社会、政治和经济变动具有极其深远的影响,西方人长期以来一直顽固地认为东方是停滞的,我希望本书对这些变动的研究可以彻底打破这一错误观念。"①这些将要研究的变动包括帝国的建立、郡县制的推行、法典的实施、文字的统一、货币的标准化等等。评论者们还一致指出,虽然该书是以李斯为中心,但并不只是李斯的传记研究,而是涵盖了秦朝历史的各个方面,是一部对秦代进行全面研究的专著。在卜德这本书出版之前,西方唯一一部有关秦代的著作出自法国来华传教士彭安多(AlbertTschepe,1844—1912)之手,②但该书完全是根据《史记》有关章节的编译,按年罗列秦朝历代君王的事迹,不能算是研究著作。

在这本书中,卜德在哲学和思想史方面的特长也得到了充分的展现。在谈到这类问题时卜德总是能够追本溯源,而不是就事论事,这突出地体现在第六章《帝国的概念》之中。在这一章中,卜德详细考察了"帝"这个字如何从商代甲骨文中表示祭祀的概念演变成公元前三世纪表示最高权威的政治概念。卜德的特长更突出地体现在第十章《李斯的哲学背景》之中。这一章基本上是一个简要的先秦哲学史,但卜德的论述没有按照儒家、道家、墨家这样的门派来分类,而是选取了贯穿于各派的五种思想来进行讨论:(一)权力主义;(二)法治;(三)帝王术;(四)功利主义;(五)历史观。对于建立一个大一统的帝国来说,独裁主义的思想是至关重要的。卜德在考察先秦的权力主义思想时,发现这一思想并非只是法家的专利,孔子、墨子的思想中都有权力主义的成分,而作为李斯老师的儒家大师荀子,其思想中的权力主义成分则更加显著。卜德认为荀子关于"势"的论述最值得关注:"夫民易一以道而不可与共故。故明君临之以势,道之以道,申之以命,章之以论,禁之以刑。故其民之化道也如神,辨势(当作"说",此字依卢文弨校改)恶用矣哉!今圣王没,天下乱,奸言起,君子无势以临之,无刑以禁之,故辨说也。"(《荀子·正名》)势就是权势、威势,是一种具有绝对权威不能不服从的强制力,这一术语此后不断

---

① Bodde D.*China's First Unifier*.Leiden:E.J.Brill,1938,p.v.

② 详见 Tschepe A.*Histoire du royaume de Ts'in*.Shanghai:Mission Catholique,1909。

出现在法家的文本之中,最有代表性的是韩非所引慎子的一段话:"飞龙乘云,腾蛇游雾,云罢雾霁,而龙蛇与蚓、蚁同矣,则失其所乘也。贤人而诎於不肖者,则权轻位卑也;不肖而能服于贤者,则权重位尊也。尧为匹夫,不能治三人,而桀为天子,能乱天下。吾以此知势位之足恃,而贤智之不足慕也。夫弩弱而矢高者,激于风也;身不肖而令行者,得助于众也。尧教于隶属而民不听,至于南面而王天下,令则行,禁则止。由此观之,贤智未足以服众,而势位足以屈贤者也。"(《韩非子·难势》)同样的思想也体现在李斯的作品中,他在给秦二世的上疏中说:"凡贤主者,必将能拂世磨俗,而废其所恶,立其所欲,故生则有尊重之势,死则有贤明之谥也。"(《史记·李斯列传》)这种所谓"明君独断"的思想为秦国建立帝业提供了思想资源和精神动力,但也为它的暴政和迅速灭亡埋下了祸根。

李斯在秦朝统一的过程中无疑起了重要作用,可以说是秦帝国政策的主要制定者,选择他作为切入的角度也无疑是明智的选择。但卜德的研究给人的印象是他过于突出了李斯,而掩盖了秦始皇的作用。美国汉学家毕士博在书评中写道:"卜德认为秦始皇的许多功业实际上都来自李斯的建议,这在某些方面——可能在很多方面——都是事实,我们无须质疑。但通观秦始皇的一生,我觉得他绝对不是一个听人摆布的傀儡。他有自己的思想,能够选择英才为自己服务。在这些人当中,李斯无疑是才能最杰出的,但尽管才能出众,李斯也只是'始皇帝'在完成统一大业过程中的一个助手而已。秦始皇当然是时代的产物,但同时他又按照自己的想法塑造了那个时代,就此而言他是历史上少有的天才。此外,我们必须充分认识到,我们现在有关他的信息都来自后人并不友善的记录。"①这种"不友善"从思想上来说主要是来自后世儒家的正统观点,最早的这类文字大概要算贾谊的《过秦论》,他认为"以六合为家,崤函为宫"的大秦帝国之所以"一夫作难而七庙堕"就是因为"仁义不施",司马迁在《史记》中对秦始皇的评价也几乎是同一思路:"秦王怀贪鄙之心,行自奋之智,不信功臣,不亲士民,废王道,立私权,禁文书而酷刑法,先诈力而后仁义,以暴虐为天下始。"(《秦始皇本纪》)作为"暴秦"的丞相,李斯自然也逃

---

① Bishop C W.Review of *China's First Unifier.Pacific Affairs*,1939,Vol.12,No.1,pp.88-89.

脱不了后人不客观的记录和评价。司马迁的评价同样可为代表："李斯以间阎历诸侯,入事秦,因以瑕衅,以辅始皇,卒成帝业,斯为三公,可谓尊用矣。斯知六艺之归,不务明政以补主上之缺,持爵禄之重,阿顺苟合,严威酷刑,听高邪说,废适立庶。诸侯已畔,斯乃欲谏争,不亦末乎!"(《李斯列传》)①所以要透过这样的记录和评价来还原历史绝不是一件容易的事情。

卜德写作此文依据的基本史料是《史记》中记载秦国的部分:卷五《秦本纪》、卷六《秦始皇本纪》、卷八十五《吕不韦列传》、卷八十七《李斯列传》、卷八十八《蒙恬列传》。在讨论秦国宗教、水渠和经济发展时卜德主要利用了《史记》中的三书:《封禅书》《河渠书》《平准书》(卷二十八至卷三十)。此外卜德较多利用的文献还有《战国策》《韩非子》《商君书》等。当时许多深埋在地下的资料还没有出土,卜德能利用的也就只能是这些传世的书面文献了。

面对长期以来形成的一些不利于秦始皇和李斯的观念,卜德在书中花了不少篇幅来予以反驳,如关于秦始皇是吕不韦私生子的问题,他认为这完全是后人写入《史记》中的,为的是通过诽谤秦始皇的出生以说明其统治的非正统性。又如关于"焚书"的问题,他认为事情并没有后世想象的那么严重,一方面秦始皇准许博士官保存《诗》《书》、百家语,另一方面焚书真正实施的时间不大可能超过五年(即从公元前213年颁布禁令至公元前208年李斯去世),造成的损害甚至不如公元前206年造成的损害——这一年项羽焚毁了秦朝的宫殿。另外,卜德特别给出了一组数字:《汉书·艺文志》中列出的677种著作中,大约524种,即77%,现在已不复存在。卜德认为这组数字足以说明,"汉以后的几个世纪,特别是在印刷术流行前,文献损坏所造成的总的损失,也许甚至大于秦代的焚书。因此,可以想象,即使没有焚书之事发生,传下的周代的残简也不可能大大多于现在实际存在的数量。"②卜德的反驳有一定的

---

① 后人也偶有为李斯辩护者,如清人赵翼在《陔余丛考》卷四十一《李斯本学帝王之术》条中写道:"《史记·李斯传》:斯少时从荀卿学帝王之术。而《贾谊传》:河南守吴公,治行为天下第一,故与李斯同邑而尝师事焉。然则李斯之师乃大儒,而斯之弟子,又能以经术饰吏事,独斯则焚诗书,严法令,为祸于天下何也?盖斯本学帝王之术,以战国时,非可以此干世,乃反而为急功近名之术,以佐秦定天下。及功已成,自知非为治之正道,恐人援古以议己,故尽毁诸书以灭帝王之迹,欲使己独擅名耳。"赵翼:《陔余丛考》,商务印书馆1957年版,第905页。

② Bodde D.*China's First Unifier*.p.165.

道理,但对焚书坑儒这个事件,无论从当时的作用还是从以后的影响来看,都应该抱完全否定的态度。

当然,卜德并非一味专做翻案文章,他希望做的是尽量贴近历史,实事求是,最能体现这一点的是他关于李斯与韩非关系的讨论(第三章第三节)。卜德详细考察了相关的材料——《史记》中的《秦始皇本纪》《韩世家》《老子韩非列传》《李斯列传》以及《韩非子·存韩》《战国策·秦策五》——有关韩非之死的记录,指出了其中矛盾和令人困惑的地方(如《李斯列传》中无此事的记载,韩非使秦后李斯又去韩国游说),在明确论证了姚贾害死韩非不可信之后,卜德谨慎地认为《史记》中的两条材料大致可以认定李斯对于韩非之死难辞其咎:一、"李斯使人遗非药,使自杀。"(《老子韩非列传》)二、"韩非使秦,秦用李斯谋,留非,非死云阳。"(《秦始皇本纪》)

卜德的论文出版后,立刻引起了著名汉学家德效骞(Homer H. Dubs,1892—1969)的关注。在德效骞看来,尽管卜德仍然没有能够完全摆脱儒家道德主义观念的阴影,但他力图贴近历史,还原秦代面貌的努力是非常值得赞赏的。德效骞认为,从人类历史上看,大的政治家从来不会是道德的楷模,对他们进行评价主要看事功,李斯的各种事功(特别是取消封建制建立中央集权制)使他完全可以被称为世界史上最伟大的政治家之一,卜德的研究拨开了历史的迷雾,重塑了李斯的形象,堪称佳作(an excellent piece of scholarship)。① 德效骞是当时英语世界汉学研究的权威,他对卜德此书的评价可谓一锤定音。

卜德的著作出版后,也受到了中国学术界的关注。王伊同在燕京大学《史学年报》第三卷第一期(1939)上发表了长篇书评。王伊同首先充分肯定了卜德选择秦代进行研究的眼光和作出的贡献:"自来学者,治乙部书,或以嬴秦峻法严诛,享国二世,顾而唾之,不之重;或以李斯倍师售友,身备五刑,委而弃之,不之惜。嗟乎,秦史胡可忽,李斯胡可轻哉! 夫秦立国十余年,不可谓久固矣。然而上承七国分崩之余,下开两汉一统之局。若官制之釐订,封建之

---

① Dubs H H.Review of *China's First Unifier*.*The American Historical Review*,1939,Vol.44,No.3,p.640.

罢废,郡县之创设,思想之会同,文物之齐整,莫不包举兼蓄,承先启后。总领统摄者始皇,推澜助波者李斯也,而可以成败衡轻重哉!近读美人鲍氏(按即卜德)书,识力深微,慧眼独具,信矣海外多奇士也。鲍之为书,以嬴秦为躯壳,李斯为灵魂。凡三大部,首举斯事略,次功业,复次学术。冠以导论,殿以附录。议论所及,上接三代,下抵两汉,凡制度、名物、食货、刑法、礼仪、学术、靡不溯本穷源,张纲举目。且持论中肯,断案允平。如谓秦尚刑名,而亡于汉,故汉儒言胜代事,常失之诬。李斯为相,不能督制内库;且国内经济,未尝一统,为失国主因。又谓汉代民生,未必胜秦;特贤良对策,民瘼上达,所以相异。其论墨子也,谓宗教血诚,略同释家;墨门之后,巨子相继,盖其要旨,与《尚同》同归。又谓吾国文学,常左右思想,思想既成,又令文学蒙影响。凡此诸论,类皆得之钻研,非同浮掠。"①对于卜德在本书中的翻译工作,王伊同认为从总体上来看也是上乘的。

在肯定的同时,王伊同也对卜德书中的一些观点提出了商榷。卜德认为李斯的政术基本上是异儒而类法,"终生都致力于推翻儒家对于传统礼法和古代圣王的尊崇",②对此王伊同提出了不同意见:"盖斯尝毁《诗》《书》,坑儒生,严法禁,峻徭役。其论督责也,有云:惟明主能灭仁义之途,荦然独行其恣睢之心。论者不察,因以致疑;实则未必也。史称斯从荀卿,学帝王之术,知六艺之归。其弟子,以经术饰吏治。是斯之为儒可知矣。……然则李斯之言督责,亦行荀子持宠固位之术而已。方战国之世,诸侯专横,斯乃罢封建,置郡守,统而一之。周室卑弱,王纲崩圮,斯乃尊天子,抑臣下,七国之际,礼乐失所,律度纷岐,文字纠乱,斯乃制朝仪,一度衡,同文字。夷翟道长,侵陵华夏,斯乃拓疆土,攘异类。诸侯专政,天变不足畏,人事不足惜,斯乃信灾祥,重五行。不特此也,《史记·货殖列传》谓巴寡妇清,能守其业,用财自卫,不见侵犯,秦始皇以为贞妇而客之,为筑女怀清台。又秦刻石,往往以禁止淫佚,男女有别为训,是斯之尊贞女也。《始皇本纪》:非博士官所职,天下有敢藏《诗》《书》百家语者,悉诣守尉杂烧之;是斯所毁,止民间之书,而博士诵《诗》《书》

① 王伊同:《书评:李斯传》,《史学年报》1939年第3卷第1期,第128—129页。

② Bodde D. *China's First Unifier*. p.99, p.13.

百家语自若也。故始皇时，每有建设，博士常与议；汉初经师，亦多秦旧。若三十五年坑儒之令，乃因卢生之狱所牵致。不然，天下儒者，恐不止四百六十余人。是斯未尝毁经术，废博士，又安在其背师，安在其为法家也？……且斯生当衰运，意在匡时，或尚王道，或宗霸术，或反经合义，曲成其道；唯时君所择而趋于治。道既成，志既得，不亦儒教之大效欤？世之疑斯者，未会其旨，遽加侮蔑，要非持平之论矣。"①前文提到，卜德写此书的目的在于为李斯翻案，肯定他的业绩。但从王伊同的评论来看，卜德的翻案文章显然还做得不够。

在翻译方面，王伊同也指出卜书中几处不妥之处。如李斯第一次向秦王游说时说过这样一段话："胥人者，去其几也。成大功者，在因瑕衅而遂忍之。……夫以秦之强，大王之贤，由灶上骚除，足以灭诸侯，成帝业，为天下一统，此万世之一时也。今怠而不急就，诸侯复强，相聚约从，虽有黄帝之贤，不能并也。"（《史记·李斯列传》）对于"胥人者，去其几也"这句话，卜德的翻译是："The small man is one who throws away his opportunities。"②王伊同认为更好的翻译是："He who does not take prompt action when others offer a chance is really missing his opportunities。"王伊同的依据是清人王念孙对这句话中的几个关键字的解释："胥，须也，待也；去当作失。言有人衅可乘，不急乘其衅而待之，是自失其机也。"③另外，王伊同将卜德此书的书名翻译成《李斯传》，也可备一说。

王伊同（Wang Yi-t'ung，1914—2016）写这篇书评的时候还在燕京大学求学，后来他到美国留学，1944 年获哈佛大学博士学位，此后长期执教于匹兹堡大学，是该校中国研究的开创者。

除了王伊同的书评外，《图书季刊》新一卷第四期（1939）还在《学术及出版消息》一栏中介绍了卜德的博士论文，署名"毓"的作者简述了全书十二章的内容，最后写道："国人研究古史者，尚少此类综合性之著述。故不惮辞费，为 Bodde 氏书介绍如上。"④《图书季刊》是民国时期北京图书馆创办的一份学

---

① 王伊同：《书评：李斯传》，《史学年报》第 3 卷第 1 期，第 137—139、144 页。
② Bodde D.*China's First Unifier*. p.99、p.13.
③ 王伊同：《书评：李斯传》，《史学年报》第 3 卷第 1 期，第 137—139、144 页。
④ 毓：《书介：China's First Unifier》，《图书季刊》1939 年新一卷第四期，第 480 页。

术杂志,内容包括论著、书评、图书介绍、学术界消息等门类。1934 年创刊,因战乱频仍,该杂志出了四卷共十六期后停刊。1939 年在昆明复刊,但仅出版到第三卷又因经费问题而停刊,直到 1943 年再度复刊,至 1948 年停刊。《图书季刊》不仅介绍国内出版的新书,对于海外研究中国的新书也十分关注。卜德的博士论文出版于 1938 年,1939 年就有王伊同和"毓"的两篇书评发表,国内学界对于域外汉学的反应可谓迅速,如果考虑到当时正是抗日战争时期,这一速度就更让人惊叹了。

二

在写这篇博士论文的同时,卜德也在翻译冯友兰的《中国哲学史》,冯著无疑为卜德撰写第十章《李斯的哲学背景》提供了最为近便的参考。除冯著外,卜德还参考了其他不少当代中国学者的著作,这也是他的这篇论文获得成功的重要原因之一。根据页下注和文后的参考书目,他主要参考和引用的著作如下:

张荫麟《周代的封建社会》,《清华学报》第 10 卷第 4 期(1935 年 12 月)

陈垣《史讳举例》,《燕京学报》第 4 期(1928 年 12 月)

姜蕴刚《李斯的政治思想》,《东方杂志》第 31 卷第 1 期(1934 年 1 月)

钱穆《先秦诸子系年》,商务印书馆 1936 年版

胡适《名教》,《胡适文存》三集,1928 年版

容庚《秦始皇刻石考》,《燕京学报》第 17 期(1935 年 6 月)

顾颉刚、杨向奎《三皇考》,燕京大学 1936 年版

马非百《秦汉经济史资料》1—7,《食货》第 2—3 卷(1935—1936 年)

邓之诚《中华二千年史》第二版,商务印书馆 1935 年版

王国维《汉代古文考》,《学术丛编》第十一册(1916 年)

姚舜钦《秦汉哲学史》,商务印书馆 1936 年版

对这些中文文献,卜德有的采用其材料,有的引用其观点,有的全盘接受,有的则提出商榷和补充。试举两例以明之。

在李斯的成就中,卜德认为文字的统一是意义最为重大的,因为这奠定了政治统一和文化统一的坚实基础。但统一前的文字到底是怎样的,李斯又是如何统一的,大篆、小篆、古文是什么关系,《史籀篇》和《仓颉篇》又是什么关系? 关于这些问题,《史记》《汉书》《说文解字》中的记载不仅语焉不详,而且概念不清。这些困扰了中国学者两千年的问题也同样困扰着卜德。在阅读了王国维的著作,特别是《汉代古文考》后,他有眼前一亮的感觉。王国维在该文中提出了"秦用籀文六国用古文"的著名见解:"故古文、籀文者,乃战国时东、西二土文字之异名,其源皆出于殷周古文。而秦居宗周故地,其文字尤有丰镐之遗。故籀文与自籀文出之篆文,其去殷周古文反较东方文字(即汉世所谓'古文')为近。……故自秦灭六国以至楚汉之际,十余年间,六国文字遂遏而不行。汉人以六艺之书皆用此种文字,又其文字为当日所已废,故谓之'古文'。此语承用既久,遂若六国之古文即殷周古文,而籀、篆皆在其后,如许叔重《说文序》所云者,盖循名而失其实矣。"① 王国维的论述也使卜德认识到瑞典汉学家高本汉的一个错误,高在 1923 年的一部著作中认为,所谓"书同文"的意思是,李斯"创造了一种新的、更加简单实用的书写系统"。② 卜德赞同王国维的观点,认为"李斯不可能创造一种'新的'书写系统,实际上他只是在他认为最标准的书写形式——大篆——上做了一些修正和简化的工作,同时使这种形式通行全国"③。所以李斯的工作主要不在文字方面,而在政治方面,统一文字更重要的是有利于政治的统一。李斯所确定的形式就是所谓小篆,或称秦篆。

卜德写作博士论文时,王国维已经去世(1927),所以提到王时,卜德常常使用"已故"(late)字样。除了像王国维这样已经去世的大师而外,卜德对当时活跃在学界的学人也同样关注。当他动手撰写博士论文时,钱穆的《先秦诸子系年》刚刚出版(商务印书馆 1936 年版),它立刻成为卜德参考的重要文献。在上文提到的有关李斯与韩非之死的讨论中,卜德参考了钱著第 156 节《李斯韩非考》。钱穆在这一节中对于有关韩非之死的各种记载作了辨析,发

---

① 《王国维全集》第八卷,浙江教育出版社 2009 年版,第 197—198 页。

② Karlgren B. *Analytic Dictionary of Chinese and Sino-Japanese*. Paris:P.Geuthner,1923,p.2.

③ Bodde D. *China's First Unifier*. pp.153-154.

现多处"不类""不合",由此得出如下结论:"惟下流未易居,自古已然。李斯晚节不终,为世诟病,众恶皆归。所谓潜杀非者,今亦未见其必信耳。"①卜德基本同意钱穆的考证,但认为尽管史料记载有矛盾和费解之处,李斯出于公私考虑仍然是韩非之死最大的嫌疑犯。从私人方面讲,他嫉妒同窗的才华——"俱事荀卿,斯自以为不如非"(《史记·老子韩非列传》),从公的方面讲,他认为韩非"终为韩不为秦"(《史记·李斯列传》),早晚是秦国之患。

三

卜德的博士论文开启了西方的秦代研究,同时也成为一种中国历史研究模式的奠基之作。就整个美国和西方的汉学史来看,关于中国历史发展大致有四种研究模式,分别是:帝国模式、朝代循环模式、农业文明和游牧文明斗争模式、城市化和商业化模式。② 所谓帝国模式,就是认为秦朝结束封建制度统一中国后,尽管有分裂割据,中国总体上一直是一个大帝国,直至1912年民国创建。卜德的论文是帝国模式研究最早的成果,他也由此成为西方秦朝研究的最大权威。所以当费正清和崔瑞德(Denis Twitchett, 1925—2006)在1960年代策划《剑桥中国史》时,卜德成为执笔秦朝的不二人选。

《剑桥中国史》第一卷《秦汉史》英文本于1986年面世,卜德当时已经从宾夕法尼亚大学荣休。对比他为这卷所写的第一章《秦国和秦帝国》和五十年前的博士论文,我们会发现,主体内容并无太大变化。最大的变化来自新材料的使用,特别是睡虎地秦墓竹简(1975年湖北云梦县出土),它为深入讨论秦代的行政和法律提供了宝贵的原始文献。卜德发现,这些出土的文献"和单凭阅读关于商鞅政策的传统记载所产生的印象相比,表现出一种更实用、更折中、更少片面性的行政方法。……在秦帝国时期法家理论在日常生活中的

---

① 钱穆:《先秦诸子系年》,九州出版社2011年版,第497页。
② 关于这四种模式有很多讨论,其中城市化和商业化模式遭到的质疑最多,早期的讨论主要参见以下两本书:Meskill J.ed., *The Pattern of Chinese History : Cycles, Development, or Stagnation?* Boston : Heath,1965;Elvin M.*The Pattern of the Chinese Past.*Stanford University Press,1973。

应用,也不像人们根据史籍记载的个别事件(著名的有焚书和可能是不可信的坑儒)或后世儒家作者的责难所设想的那样教条,而是比较通情达理的。"① 更有意思的是,从一些出土的法律材料来看,它们"颂扬的法律是法家的,但其目的却是维护儒家主张的价值观",由此卜德得出这样的结论:"儒家的社会和道德价值观念在秦始皇统治期间似乎非常成功地与法家思想并存。"②换句话说,秦代并非只是一味暴政,毫无仁义可言,它在某种程度上也是恩威并施的。这批出土的文献不仅在具体问题上提供了新的资料,也在总体上反映了"一个远比传统形象更为合理的秦代形象"。③ 后者应该说是更有意义的。

自选择秦代作为博士论文以来,卜德始终坚信,秦帝国虽然时间短暂,但历史意义重大。在《秦国和秦帝国》一章的最后,卜德重申了自己五十年前的看法:"尽管昙花一现,秦朝成功地把一套国家官僚机器的制度传给了它的政治继承者,这套制度经过了汉代的完善和巩固,又继续推行了一千七百年,其间只逐步地作了修正。……它是在本世纪以前中国唯一的真正革命。"④

卜德的博士论文从英文文献的角度来看,最大的贡献是将《史记·李斯列传》翻译成了英文,这是英语世界最早的全译文。在完成博士论文后,卜德意犹未尽,又翻译了《史记》中和秦朝关系最为密切的三个传记——《吕不韦列传》、《刺客列传》中的荆轲部分、《蒙恬列传》。这三个传记和对它们的评述以《古代中国的政治家、爱国者和将军》(Statesman, Patriot, and General in Ancient China)为名于1940年出版,这是卜德在博士论文之后,对西方秦代研究的又一大贡献。该书出版后受到国际汉学界的欢迎,中国学界也很快给予

① 崔瑞德等编:《剑桥中国秦汉史》,杨品泉等译,中国社会科学出版社1992年版,第70—71、85页。

② 崔瑞德等编:《剑桥中国秦汉史》,杨品泉等译,中国社会科学出版社1992年版,第71、81页。卜德为此举了一个例子,是公元前227年南郡郡守散发的告诫文告中的一段话:"古者,民各有乡俗,其所利及好恶不同,……是以圣王作法度,以矫端民心,凡法律令者,以教道(导)民,去其邪避(僻)……而使之之于为善殹(也)。"《睡虎地秦墓竹简》,文物出版社1978年版,第15页。

③ 崔瑞德等编:《剑桥中国秦汉史》,杨品泉等译,中国社会科学出版社1992年版,第70—71、85页。

④ 崔瑞德等编:《剑桥中国秦汉史》,杨品泉等译,中国社会科学出版社1992年版,第70—71、85页。

了关注。北京图书馆的《图书季刊》曾评介过卜德的博士论文,这次又在1941年卷中刊发了刘修业对新书的介绍。刘在文末的总结中写道:"Bodde 氏译《史记》已有四篇,皆为秦代重要人物。国人以秦祚未永,且恶始皇之所施为,因而二千年来,秦代独无专史,欲言秦代掌故,厥惟太史公书,氏译《李斯传》时,以'中国第一统一者'名其书,可引起吾人注意不少,因觉秦代文献,实有及早收拾,勒为一书之必要。又近来欧美学者之言中国古器物者,每谓某铜器为'秦器',某花纹始于'秦器',某形制为秦器所独有,于是在考古学上,'秦'之一字,又别成一专名词。氏于此四篇译文中,已略述秦代文化之来源与分布,若能尽将《史记》中有关秦代者翻译而研究之,勒成一书,不但在史学上成为不朽之业,今之言古器物学者,借以深明夫秦代政治武功与其疆域文化等,然后方可重新作定'秦器'一名词是否适当也。"①可惜卜德后来没有再做这方面的翻译,虽然他对秦代的研究一直在继续。

在《古代中国的政治家、爱国者和将军》一书的"前言"中,卜德交代了他翻译所使用的《史记》版本是"1923年中华书局的影印本",从这个提示我们知道,这个版本的底本是清光绪十八年(1892)武林竹简斋石印本,除原文外,还包括裴骃集解、司马贞索隐和张守节正义。这个版本也是卜德此前翻译《李斯列传》和撰写博士论文时使用的版本。

(本文原载于《江苏大学学报》2013年第5期)

---

① 刘修业:《史记吕不韦列传荆轲列传蒙恬列传之研究》,《图书季刊》1941年新第3卷第1、2期合刊,第156页。

美国第一位女汉学家

1928 年 2 月孙念礼（Nancy Lee Swann, 1881 — 1966）将论文《班昭传》（*Pan Chao, Foremost Woman Scholar of China*）提交给哥伦比亚大学，通过答辩获得博士学位，成为美国第一位科班出身的女汉学家。孙的导师是以研究中国印刷术闻名世界的卡特（Thomas F. Carter），可惜 1925 年就英年早逝，看不到自己的学生戴上博士帽了。

孙念礼于 1881 年出生于德克萨斯州的泰勒（Tyler），是家里六个孩子中的老五。从德克萨斯大学毕业后，她加入基督教女青年会在中国工作了七年。回美国后她于 1919 年获得硕士学位，然后重返中国，在中国又工作了三年。1923 年回到美国后她在哥伦比亚大学注册成为博士生。为了更好地完成博士论文，孙念礼于 1925 年来到北京，在华文学校进修汉语并从事汉学研究，1928 年获得博士学位后任职于加拿大麦吉尔大学，担任葛思德图书馆馆长，1937 年随图书馆迁移至位于美国普林斯顿的高等研究院，继续担任馆长至 1948 年退休。孙念礼于 1966 年去世。

一

班昭（约 45 —约 117）是东汉著名才女，班彪之女，班固、班超之妹。因嫁曹世叔，后世常称她为曹大姑。班昭生平事迹的主要材料见于《后汉书·列女传》："扶风曹世叔妻者，同郡班彪之女也，名昭，字惠班，一名姬。博学高才。世叔早卒，有节行法度。兄固著《汉书》，其八表及《天文志》未及竟而卒,和帝诏昭就东观藏书阁踵而成之。帝数召入宫,令皇后诸贵人师事焉,号曰大家。每有贡献异物,辄诏大家作赋颂。及邓太后临朝,与闻政事。以出入之勤,特封子成关内侯,官至齐相。时《汉书》始出,多未能通者,同郡马融伏于阁下,从昭受读,后又诏融兄续继昭成之。永初中,太后兄大将军邓骘以母忧,上书乞身,太后不欲许,以问昭。昭因上疏曰:……太后从而许之。于是骘等各还里第焉。作《女诫》七篇,有助内训。其辞曰:……马融善之,令妻女习焉。昭女妹曹丰生,亦有才惠,为书以难之,辞有可观。昭年七十余卒,皇太后素服举哀,使者监护丧事。所著赋、颂、铭、诔、问、注、哀辞、书、论、上疏、遗令,凡十六篇。子妇丁氏为撰集之,又作《大家赞》焉。"清人章学诚认为班昭一生的文字事功"可谓旷千古之所无矣"。(《文史通义·妇学》)

班昭本是有文集的,《隋书·经籍志》著录有《曹大家集》三卷,可惜唐初就散佚了。所以孙念礼要完成博士论文,第一步的工作就是收集班昭上邓太后疏和《女诫》之外的其他所有作品。经过查询,她在《后汉书·班超传》中找到了代兄超上疏,在《昭明文选》中找到了《东征赋》,在《文选》李善注中找到了《禅赋》,在《艺文类聚》中找到了《大雀赋》,在《太平御览》中找到了《针缕赋》,并把它们首次翻译成了英文。[①]《汉书》中的八表及天文志虽然经班昭之手而得以完成,但她的编写到底占多大比例,并没有明确的记载,因此孙念礼在《班昭传》中并没有把它们当做班昭独立的作品而加以翻译。在翻译的基础上,孙对班昭所处的时代和所取得的文学成就做了综合研究。

该论文经过修订后于 1932 年在美国出版。[②] 出版后受到国际汉学界的欢迎。恒慕义在书评中写道:"该书不仅向我们展示了中国古代一位才女的创作,也生动地描绘了她那个时代的社会和思想状况。"[③]谢理雅也指出:

---

① 《女诫》在此前有一个译本:Baldwin S L.trans.,*The Chinese Book of Etiquetteand Conduct for Women and Girls*.New York:Eaton & Mains,1900。但只是意译,很不准确。

② Swann N L.*Pan Chao*,*Foremost Woman Scholar of China*.New York:The Century Co.,1932.

③ Hummel A W.*Pan Chao by Nancy Lee Swann*.*The American Historical Review*,1933,Vol.38,No.3,p.562.

"《班昭传》写得很出色,不仅是作者本人的荣耀,也是美国汉学界的荣耀。"①
他进而认为美国历史学会(American Historical Association)赞助这本书的出版
是十分明智的决定。

《班昭传》出版后,也受到中国学者的关注。《燕京学报》第22期(1937
年)《国内学术界消息》一栏中发表了齐思和的书评,篇幅不长,但切中要害:
"此书共分四卷十二章,首有序言,末附译文表及全书引得。首卷述大家之时
代,略论当时之政治与思想背景,次卷述班氏之家世及大家生平事迹,大抵本
《汉书·叙传》及大家本传,三卷论大家之文学作品,大部为《女诫》,《东征》
等赋,上疏等译文,并论大家与《汉书》之关系,末卷则综论大家之道德哲学,
人生观,文学造诣,都约八万言。全书大体考证精密,议论平允,足征作者于汉
学造诣之深及其用力之勤。现今西人研究汉学风气多注重上古与近世,两汉
之史,治者尚少,作者自谓本书所论,多系未经前人探讨之新域,自西洋汉学言
之,固非夸语也。亦惟以此故,琐小疏失,亦不能免。如大家之著作除孙女士
所举者外尚有《幽通赋注》,李善《文选注》引之颇详,《后汉书》本传所谓注者
殆即指此。严可均《全上古三代魏晋六朝文》所收仅限于文,故未网罗,作者
于此注亦未加申论,似属遗漏。又如大家著作,除《女诫》、二疏,及《东征赋》
外,俱已亡佚,今所存者皆出自类书征引(惟《针缕赋》见《古文苑》,然《古文
苑》固极可疑之书也),只辞片语,残阙不完。如《蝉赋》一篇即系由三处辑出,
作者俱谓之短赋,不知汉赋无如此之短者,直至六朝始有此体。又如作者谓大
家为中国惟一帝廷女史家,不知女史之职,由来已久,《后汉书·后妃传》叙、
章学诚《文史通议·妇学篇》考之甚详。女史例以宫妃充之,大家教育后妃,
实是女师而非女史也。《诗·葛覃》:'言告师氏,言告言归。'毛传:'师女师
也。古者女师教以妇德、妇言、妇容、妇功。'女师之职,由来久矣。又如据本
传曹世叔早卒,但按《女诫》大家十四岁归曹氏,作《女诫》时年已将六十,尚有
在室之女,而汉时女嫁甚早,年十三四便即适人,则其夫卒时至少已五十左右,

---

① Shryock J K.Review of Pan Chao:Foremost Woman Scholar of China.*Journal of the American Oriental Society*,1933,Vol.53,No.1,p.91.

传云早卒殆非,此则前人论之已详,而应于传中述及者。"①

齐思和指出《班昭传》在西方汉代史研究方面的开拓作用,是非常具有学术眼光的评论。他指出的问题都很中肯,但有两点值得做更细致的探讨。一是关于《幽通赋》的问题,《幽通赋》是班固的作品,收入《文选》第十四卷中,李善在为此篇做注时曾大量引用班昭的注释。班昭的作品传世的不多,这篇注释显然弥足珍贵,孙念礼没有将《幽通赋》连同班昭的注释翻译出来收入书中,确实是个不小的疏漏。二是关于女史的问题,女史之职,确实由来已久,《周礼》中就有记载:"女史掌王后之礼职,掌内治之贰,以诏后治内政。"(《周礼·天官·女史》)体会孙念礼的意思,她认为班昭是唯一帝廷女史家主要是想说班昭参与了《汉书》的纂修,是中国历史上第一个女史家,也是唯一参与正史写作的女学者。

在初版问世七十年后,《班昭传》作为"密歇根中国研究经典丛书"(Michigan Classics in Chinese Studies)的一种由密歇根大学中国研究中心于 2001 年再版。当代著名汉学家曼素恩(Susan Mann)在重版前言中充分肯定了这本书的学术价值,特别是从当下后现代主义和女权主义的视角来看,价值尤为凸显。② 她认为孙念礼在 20 世纪初期就注意到了中国历史上的女性,是超越了自己所处时代的。确实,《班昭传》不仅在西方汉代史研究方面是个突破,在中国妇女史研究方面也是一个突破。

孙念礼在北京期间结识了不少中国学者,其中对她写作博士论文帮助最大的是杜联喆(1902—1994)。杜联喆 1902 年生于天津,就读于燕京大学历史系,1924 年获得学士学位,两年后又获得硕士学位。1931 年后她旅居美国,曾两度担任国会图书馆的研究助理,在此期间投入大量精力参与编写《清代名人传略》。1945 年她被聘为哥伦比亚大学中国历史计划的副研究员,1952年她转入斯坦福大学,担任胡佛图书馆中国分馆馆长。1961—1963 年,她应聘为澳大利亚国立大学研究院高级研究员。1963 年应哥伦比亚大学邀请,她

---

① 齐思和:《评〈班昭传〉》,《燕京学报》1937 年第 22 期,第 315—316 页。

② Mann S.in Swann N L.*Pan Chao*,*Foremost Woman Scholar of China*. Ann Arbor:Center for Chinese Studies,The University of Michigan,2001,pp.ix-xiii.

返回美国担任该校《明代传记辞典》的助理编译工作。1978 年她获得哥伦比亚大学荣誉人文学博士学位。1994 年杜联喆去世。① 杜联喆的丈夫房兆楹（1908—1985）也是著名的明清史专家，他早年就读于燕京大学，后去美国工作，对《清代名人传略》和《明代传记辞典》的编写作出了巨大贡献。1978 年与杜联喆同时获得哥伦比亚大学荣誉人文学博士学位。②

除杜联喆外，孙念礼还曾向梁启超、冯友兰、顾颉刚、吴宓等学者请教。顾颉刚在 1926 年的日记中多次提到孙念礼。《古史辨》第一册出版后，顾颉刚还特地送给孙一本。③ 就吴宓日记来看，他与孙念礼在 1925 年就已经认识。吴宓日记中两次提到与孙的交往。一次是 1925 年 12 月 3 日："下午，复 Miss Nancy L.Swann 信，可于城中晤谈。拟著中国古来能文学之女子史略，可先写一节略来。当为供给中国旧籍中材料。"另一次是 1925 年 12 月 5 日："至华文学校访 Miss Swann。允为归校代作一应用书目寄来。"④

二

正如齐思和在书评中所说，汉代研究在 20 世纪初期的西方汉学界一直是个薄弱环节，孙念礼是这个领域的开拓者。在《班昭传》出版前后，她都有相关成果问世。在《班昭传》写作和修改的过程中，孙念礼将和熹邓皇后（邓绥，

---

① 燕京研究院编《燕京大学人物志》（第一辑），第 294—295 页。

② 夫妻两人几乎承担了《清代名人传略》一半的编写工作，影响广泛。当代美国最受欢迎的中国历史学家史景迁在回忆自己早年经历时说他最佩服的就是这对夫妇："1962 年 2 月，我还是耶鲁大学三年级的研究生，……芮玛丽（Mary Wright）教授问我是否还想继续研究清初的历史，我做了肯定的回答。于是她告诉我说应当做一些文献研究，而她恐怕自己不能胜任讲授那个时期全部文献的工作，这样，她就建议我另外一名教授。当时我正在读《清代名人传略》，受其启发，我回答说我只想拜两名杰出的专家为师，一位是房兆楹教授，一位是杜联喆教授。玛丽教授听了我的回答，忍不住大笑起来，她说我很幸运，因为杜联喆就是房兆楹夫人，而且她认识这对夫妇。他们住在澳大利亚的堪培拉，玛丽教授建议我写信给房先生夫妇，看看是否愿意接受我这个学生。信发出去了，很快便收到了房先生客气的回信，信中说他同意接受我。"详见史景迁著，夏俊霞等译：《中国纵横》，上海远东出版社 2005 年版，第 410 页。

③ 详见《顾颉刚日记》（卷一），第 745、748、767、800 页。

④ 《吴宓日记》（第三卷），生活·读书·新知三联书店 2006 年版，第 104—105 页。

81—121)的传记(载《后汉书·皇后纪上》翻译成了英文(Biography of the Empress Teng),发表于 1931 年第 2 期的《美国东方学会学报》。[①] 邓绥是东汉和帝刘肇(88—106 年在位)的皇妃,永元十四年(102)冬被立为皇后,和帝去世(106 年初)后,邓皇后迅速进入政治权力的中心,直到去世,实际掌握朝政的时间达十六年之久,是中国历史上第一位垂帘听政的太后。对于邓太后的功过得失,范晔有这样一段总体评价:"对后称制终身,号令自出,术谢前政之良,身阙明辟之义,至使嗣主侧目,敛衽于虚器,直生怀懑,悬书于象魏。借之仪者,殆其惑哉!然而建光之后,王柄有归,遂乃名贤戮辱,便孽党进,衰斁之来,兹焉有征。故知持权引谤,所幸者非己;焦心恤患,自强者唯国。是以班母一说,阖门辞事;爱侄微愆,髡剔谢罪。将杜根逢诛,未值其诚乎!但蹊田之牛,夺之已甚。"(《后汉书·皇后纪上》)可惜的是,这一段评论孙念礼没有翻译,她的译文只到"在位二十年,年四十一。合葬顺陵。"

　　孙念礼翻译邓皇后的传记,一方面固然因为她是影响东汉历史的重要人物,而另一方面则因为她是班昭的学生,传记中说邓绥"自入宫掖,从曹大家受经书,兼天文、算数"。正因为有这层关系,所以邓绥摄政后常常问政于老师,班昭的传记中比较详细地记载了一次:"永初中,太后兄大将军邓骘以母忧,上书乞身,太后不欲许,以问昭。昭因上疏曰:'伏惟皇太后陛下,躬盛德之美,隆唐、虞之政,辟四门而开四聪,采狂夫之瞽言,纳刍荛之谋虑。妾昭得以愚朽,身当盛明,敢不披露肝胆,以效万一。妾闻谦让之风,德莫大焉,故典坟述美,神祇降福。昔夷、齐去国,天下服其廉高;太伯违邠,孔子称为三让。所以光昭令德,扬名于后世者也。《论语》曰:能以礼让为国,于从政乎何有!由是言之,推让之诚,其致远矣。今四舅深执忠孝,引身自退,而以方垂未静,拒而不许;如后有毫毛加于今日,诚恐推让之名不可再得。缘见逮及,故敢昧死竭其愚情。自知言不足采,以示虫蚁之赤心。'太后从而许之。于是骘等各还里第焉。"班昭这篇上疏是现存仅有的两篇之一,另外一篇是班昭代兄超上疏(载班超传中)。孙将这两篇上疏都翻译成了英文,放在《班昭传》第三章第

---

　　① Swann N L.Biography of the Empress Teng:A Translation from the Annals of the Later Han Dynasty.*Journal of the American Oriental Society*,1931,Vol.51,No.2,pp.138-159.

二节(Two Memorials)之中。

英译《和熹邓皇后传》发表于1931年,比《班昭传》早一年,是孙念礼最早的出版物。她在译文的第一个注释中写道:"本文译自东汉(25—220)正史《后汉书》卷十,使用的版本是清末学者王先谦(1842—1918)的《后汉书集解》(1915年长沙刊刻本)。就译者所知,这篇传记此前还没有被翻译成任何西方语言,西方的历史学家对其中的内容也一无所知。"①由此我们可以说,孙念礼开创了《后汉书》的英译史。

在《班昭传》出版两年后,孙念礼又发表了一篇讨论汉代商业的论文《女富商巴清》。②关于巴清,《史记》有这样的记载:"而巴寡妇清,其先得丹穴,而擅其利数世,家亦不訾。清,寡妇也,能守其业,用财自卫,不见侵犯。秦皇帝以为贞妇而客之,为筑女怀清台。……清穷乡寡妇,礼抗万乘,名显天下,岂非以富邪?"(《史记·货殖列传》)《汉书·食货志》中对巴清也有类似的记载。孙念礼的这一研究成果为她后期的汉代经济史研究打下了基础。

三

博士毕业后,孙念礼加盟加拿大的麦吉尔大学,成为该校葛思德图书馆馆长。图书馆的创建人葛思德(Guion M.Gest,1864—1948)是一位美国商人,20世纪初他在北京友人义理寿(Irvin V.G.Gillis,1875—1948)的帮助下,在中国购买了大量珍贵书籍。到1926年时,购书总量已达232种,8000册,存放立刻成了一个问题,而且购买还在继续。葛思德的公司在加拿大蒙特利尔有一家办事处,和当地的麦吉尔大学经常打交道。经过协商,麦吉尔大学同意为这批中文书建立一个专藏,并于1926年初对外开放。葛思德图书馆的第一任馆长中文能力不足,并影响工作的正常开展。于是麦大于1928年初聘请刚刚获

---

① Swann N L.Biography of the Empress Teng:A Translation from the Annals of the Later Han Dynasty.*Journal of the American Oriental Society*,1931,Vol.51,No.2,p.138.

② Swann N L.A Woman among the Rich Merchants:The Widow of Pa(3rd Century B.C.).*Journal of the American Oriental Society*,1934,Vol.54,No.2,pp.186-193.

得博士学位的孙念礼为助理。1931 年,孙升任馆长,并担任馆长直至 1948 年,前后共十七年之久。

这十七年当中发生的最大变动是葛思德图书馆从加拿大移师美国。1930 年代美国遭遇空前的经济危机,葛思德公司深受影响,到 1936 年时葛思德开始考虑转手这批藏书,但麦吉尔大学无力收购,一番周折之后这批珍贵的文献于 1937 年落户位于美国普林斯顿的高等研究院(Institute for Advanced Study)。孙念礼跟随这批藏书回到了自己的祖国。1948 年高等研究院将这批藏书转让给邻居普林斯顿大学,但这次孙没有跟着这批文献一起搬家,年届六十七岁的她就此退休了。接任她的是不久后来到美国的胡适,胡成为葛思德图书馆的第三任馆长。

胡适在担任馆长期间(1950—1952)曾经写过两篇相关的英文文章,一篇是《我与葛思德图书馆早期的联系》(*My Early Association with the Gest Oriental Library*),另一篇是《普林斯顿大学的葛思德图书馆》(*The Gest Oriental Library at Princeton University*)。[①] 通过这两篇文章,我们可以更好地了解这个图书馆的早期历史。

图书馆的创建人葛思德 1914 年在纽约创办了一家以他的名字命名的建筑工程公司。随着业务的扩大,葛思德在 1920 年代多次来到北京,并结识了美国驻华使馆海军武官义理寿。义理寿后来辞去了公职,专门在北京帮助葛思德购买书籍,完全可以看作是图书馆的另一位创建人。

葛思德患有绿内障(青光眼),在美国和欧洲多次寻医问药,但效果不佳,一直饱受痛苦。在北京使馆结识义理寿后,义氏建议他试试中医,并推荐了"马应龙定州眼药"。马应龙眼药始创于明万历年间,创始人马金堂是河北定州人,起初叫"八宝眼药",清乾隆年间马金堂的后人马应龙将"八宝眼药"定名为"马应龙定州眼药",从此遐迩闻名。民国初年北京有不少店家靠卖这一种眼药就足以维持门市。葛思德一试之下,发现效果果然不错,虽然没有完全根治他的青光眼,但大大缓解了病症。这让葛思德对中医产生了极大的好感

---

① 前文载 *Green Pyne Leaf* 1951 年第 6 期,后文载 *The Princeton University Library Chronicle* 1954 年第 3 期,两文现收入《胡适英文文存》(一),外语教学与研究出版社 2012 年版,第 240—245 页和第 246—276 页。

和兴趣,于是他给了义理寿一笔钱,让他公务之余收购有关中医中药的书籍,葛思德图书馆的第一批书籍由此而来。

在义理寿的建议和参谋下,葛思德对中文书籍的兴趣逐渐扩大,投入的资金也越来越多,到 1926 年时,购书总量已达 232 种,8000 册,这批书籍落户麦吉尔大学后,更多书籍经义理寿之手源源不断地从北京运往麦吉尔,到 1931 年总量已达七万五千册,到 1936 年则猛增至十万册。

1930 年代美国遭遇空前的经济危机,葛思德公司深受影响,到 1936 时葛思德开始考虑转手这批藏书,但麦吉尔大学无力收购,一番周折之后这十万册珍贵书籍于 1937 年被位于普林斯顿的高等研究院收购,并最终于 1948 年正式归属普林斯顿大学,同年葛思德与义理寿相继去世,这批书籍的最终归属应该足以让两位创始人安心地离去。

1946 年,在欧美搜求珍稀中文文献的著名学者王重民应邀访问普林斯顿大学,在查阅了葛思德图书馆大约三分之一的藏书后,他惊讶地发现经部中有百分之七十的版本是美国国会图书馆或北京图书馆所没有的,而集部中则有一半的版本是另外两家没有的。仅此两个数字就足以证明葛思德藏书的质量和价值了。

如此大量中文珍本的汇聚,完全是义理寿的功劳。义氏虽然行伍出身,但是他精通汉语,又娶了一位满族女子做太太,加上购买的过程本身也是学习的过程,义理寿在这一过程中逐渐成长为一名相当专业的版本目录学家,虽然他从来没有受过这方面的专门训练。同时义理寿又具有商人的精明,知道如何把钱花在刀刃上。他不和中、日书商争购宋版书,而是把主要精力放在了明版上,其中标点本佛经(1399 年刻本)、朱载堉《乐律全书》(1599 年刻本)、钱谦益《初学集》(1643 年刻本)最能显示义理寿的眼光。在清版书中,义理寿相当看好武英殿聚珍版丛书,这套丛书共 138 种,原版刊刻时间前后相距三十年,每种印量大约不超过 300 册,所以要凑成一套绝非易事,近代藏书家缪荃孙经过一生寻觅才实现了这一宏愿。义理寿在果断地买下艺风老人这一套后,又四方寻求,凑足了另外三套(包括替哈佛燕京学社代购的一套),在当时全世界仅有的五套中独占四套(另有一套藏于故宫),完成了一项几乎无法完成的工作。除了眼光、经验、生意经之外,义理寿也不缺少运气。1926 年左右义理寿听说北京西山八大处之一的大悲寺有一套大藏经出售,在初步判断有价值后,义理寿买下了这套5348册的佛经。他当时万万没有想到,这套他称之为"大悲寺经"的古籍就是中国佛教史上十分著名的《碛砂藏》。《碛砂藏》原刻本于南宋后期至元代中叶陆续完成,大悲寺藏的这套虽然是抄配、补配的《碛砂藏》,但其中宋元刻本也达到了两千册之多。另外,据胡适后来的检视,其中不少配补的明刻本也很有价值,特别是《南藏》本和建文元年天龙山刻本都是难得一见的珍稀文献。义理寿的这桩买卖,再次验证了一句老话——踏破铁鞋无觅处,得来全不费工夫。

义理寿在四处打探和购买的同时,为这批书籍编写了一份详细的目录(Title Index to the Catalogue of the Gest Oriental Library),1941年在北京刊印,大大便利了后人的查阅和研究。

胡适上任后,根据义理寿的目录对藏书进行了全面的清理。在葛思德十万册藏书中,胡适认为有版本价值的约四万册,具体说来可以分成十组:(一)宋版书700册,(二)元版书1700册,(三)明版书24500册,(四)稿本3000册(其中抄写于1602年以前的2150册);(五)雍正六年(1728)铜活字排印本《古今图书集成》5020册,(六)武英殿聚珍版丛书1412册,(七)武英殿本二十四史754册,(八)翻刻宋元明本2000册,(九)蒙文《甘珠尔》109册,(十)中医中药书2000册。

孙念礼在担任馆长期间,一方面对已有的书籍进行整理编目;另一方面积极协助葛思德、义理寿购买新的书籍。1931年她接任馆长时图书总量是七万五千册,到1936年则猛增至十万册。后来虽然由于经济问题不再购买,但十万册中文藏书也已经洋洋大观,数量之多仅次于美国国会、哈佛大学、哥伦比亚大学的中文藏书。

孙念礼在公务之余没有忘记自己的学术研究,沿着早年的学术兴趣,她逐渐将精力集中于对汉代经济史的研究。她后期的代表作是将《汉书·食货志》及相关文献(《史记·货殖列传》和《汉书·货殖传》)译成英文,并做了详细的注释,1950年以 Food and Money in Ancient China 为题由普林斯顿大学出版社出版。该书面世后受到广泛的好评,杨联陞在同年十二月《哈佛亚洲学报》的书评中盛赞该书是一部翻译杰作,"大大提升了西方世界对于中国经济史的认识"。① 胡适还专门为该书题写了中文书名。两位学者在孙念礼翻译的过程中都曾给予过不少帮助。

孙念礼一生致力于汉学研究,结识了不少中国师友。后期主要是胡适、杨联陞。早期则有杜联喆、顾颉刚、吴宓等,1920 年代孙念礼在北京留学期间曾多次向这几位学者请教。另外一个她多次致谢的友人是江亢虎。江亢虎(1883—1954)是近代中国著名的政治活动家,早年倡导社会主义,曾建立并领导"中国社会党",后来跟随汪精卫堕落为汉奸。江同时又是学问家,中英文俱佳,1913—1920 年曾在伯克利加州大学教授中国文化,1930—1934 年又执教麦吉尔大学。孙念礼在修改《班昭传》时曾就近向江请教,小叩大鸣,得到不少指点。1932 年《班昭传》出版时江应孙之请题写了中文书名——《曹大家文征》。这个书名相当文雅,但考虑到该书并不只是将班昭的传世文章进行翻译,还有大量的研究,所以本文使用《班昭传》作为书名的中译——这也是齐思和书评中所用的书名。

孙念礼在翻译《和熹邓皇后传》时同样也得到了江亢虎的帮助,她在译文一开始就特别感谢江"在一些段落的解读上给予的指导"。②

(本文原载于《北美中国学的历史与现状》,上海辞书出版社 2013 年 3 月版)

---

① Yang L S.Notes on Dr.Swann's *Food and Money in Ancient China*.*Harvard Journal of Asiatic Studies*,1950,Vol.13,No.3/4,p.524.

② Swann N L.Biography of the Empress Teng:A Translation from the Annals of the Later Han Dynasty.*Journal of the American Oriental Society*,1931,Vol.51,No.2,p.138.

顾颉刚与美国汉学家的交往

顾颉刚是中国 20 世纪的史学大师,一生交游广阔,其交友范围除了中国学人之外,还有不少外国学人。本文利用《顾颉刚日记》和其他中英文资料探讨 1937 年抗战全面爆发前顾颉刚与几位在北京进修的美国汉学家的交往。他们的交往见证了中美之间的学术交流,促进了美国汉学的发展,也成为顾颉刚著作向海外传播的开始。

一、恒慕义(Arthur William Hummel)

恒慕义(1884 — 1975)是美国国会图书馆东方部创建人和首任主任(1928—1954),曾担任 1940—1941 年度美国东方学会主席,1948 年远东学会(后改名为亚洲学会)成立后担任首任主席。

恒慕义在北京进修期间(1924—1927)结识了顾颉刚,是最早接触古史辨运动的西方学者。译介《古史辨》成为他一生学术的起点。

古史辨运动导源于 1920 年胡适与顾颉刚关于整理历代辨伪著作的往返通信,最初公开发表的文字是 1923 年顾颉刚与钱玄同在《努力周报》增刊《读书杂志》上的一系列有关古史的讨论。此后刘掞藜、胡堇人、丁文江、柳诒徵、魏建功、容庚等纷纷加入了讨论,讨论内容于 1926 年由顾颉刚编辑为《古史辨》第一册出版,立刻在学术界产生了重大影响。到 1941 年,《古史辨》共出版了七册,成为现代中国史学研究最引人瞩目的成果之一。

《古史辨》第一册刚一问世,就引起了当时正在北京进修的恒慕义的高度关注。《古史辨》第一册是 1926 年 6 月 11 日出版的。同年 11 月恒慕义就在《中国科学美术杂志》(*China Journal of Science and Arts*)第 5 卷第 5 期上撰文予以介绍。① 1929 年,恒慕义又在《美国历史评论》(*The American Historical Review*)上再次撰文,介绍古史辨运动。②

除了介绍,恒慕义还决心把《古史辨》第一册全书译成英文。但后来由于各种原因,只翻译注释了顾颉刚的长篇自序,并于 1931 年作为荷兰莱顿大学汉学研究书系(Sinica Leidensia)的第一种在荷兰出版。在说起自己的动机时,恒慕义在"译者前言"中写道:

> 1926 年 6 月,顾颉刚先生的《古史辨》出版时,我正在北京,因想将其《自序》译成英文。读了第一册使我觉得它是现代中国学者的工作及态度最好的介绍,中国文化革新的各大问题,西洋科学方法的运用,及本国固有成绩的继续,无不叙述尽致。同年十月间,胡适博士做了一篇长评,说它"是中国史学界的一部革命的书"(见《现代评论》1926 年 10 月 11 日刊,或《古史辨》第二册,第 334 页)。其实就是百年来中国古史最重要的贡献。胡博士得到我的同意引用我的话,说至少这篇自序应译成英文。因为这篇不独是一位中国史家的自述,抑亦过去三十年来风行中国的思潮最好的评述。到现在还没有人做这个工作,所以我得到顾先生的同意着手译出。本想和 1920 至 1925 年间文学革命诸领袖的文章书札多篇订成一书,但自序颇长,又是完整的作品,遂单印了。③

---

① Hummel A W. Ku Shih Pien (Discussions in Ancient Chinese History) Volume One. *China Journal of Science and Arts*, 1926, Vol. V., No. 5, pp. 247-249. 此文后收入《古史辨》(第二册),第 364—369 页。

② Hummel A W. What Chinese Historians are Doing in Their Own History. *The American Historical Review*, 1929, Vol. 34, No. 4, pp. 715-724. 该文的中译文题为《中国史学家研究中国古史的成绩》(王师韫译),载《国立中山大学语言历史学研究所周刊》1929 年第 9 集第 101 期,后又收入《古史辨》(第二册),第 443—454 页。

③ Hummel A W. *The Autobiography of a Chinese Historian : being the preface to a symposium onancient Chinese history*. E. J. Brill, 1931, p. v. 该"译者前言"由顾颉刚在燕京大学的学生郑德坤译成中文,题为《近百年来中国史学与古史辨》,载《史学年报》1933 年第 1 卷第 5 期,第 147—161 页。本文引用参考了郑德坤译文。

顾颉刚的自序不仅具有重要的学术价值,而且从文体上来看也别具一格,特别是和西方的同类作品进行比较更是如此。恒慕义在"译者前言"中写道:

> 自序这一类的文章,英文没有相当的名词。自序就是作者自述其家世,教育及其知识之发展,使读者容易明白他思想的来源及其工作的缘由。诚然,我们的博士论文也附有关于作者个人生活的叙述,但是太正经简略了,一点儿没有生气。我们还有无数的日记自传,但是都不像中国人的自序,目的在说明作品产生的原因。[①]

胡适在评论《古史辨》第一册时也指出了顾颉刚自序的文学价值:"这篇六万多字的自序,是作者的自传,是中国文学史上从来不曾有过的自传。"[②]以前人写的自序,无论是司马迁的《史记·太史公自序》、王充的《论衡·自纪篇》,还是刘知几的《史通·自叙》都比较短,不像顾颉刚的自序这样洋洋洒洒,内容丰富。著名汉学家谢理雅(J.K.Shryock)在读了恒译后写下了这样的评论:"《自序》的第一部分描述了作者的教育背景,如果一个美国人想要了解中国人的思想,这一部分必须仔细阅读。接下来的部分描述了一个受过良好教育的中国人在文化和价值观念急剧转型时期的思想斗争,引起斗争的原因有时也许很简单,但反映出来的问题却是真实而生动的。顾先生在文章中还提供了有关中国民俗和宗教的大量信息。他向我们展示了一个传统的中国高级知识分子在突然面对西学时的彷徨和转向。读了这篇长文后,我感觉我对顾先生的了解要超过我对不少美国朋友的了解。"[③]

恒慕义的翻译工作是1927年底返回美国后完成的,但想法则是在北京期间就早已形成了。在北京的三年中恒慕义和顾颉刚有比较密切的交往。从《顾颉刚日记》中我们能找到不少证据。除了日常的拜访、吃饭、闲谈之外,还有1926年7月12日的代读论文:"到华文学校,备演讲质询。……余前作《秦汉统一的由来及战国人对于世界的想像》一文,承恒慕义先生完全译出,代予

① Hummel A W.*The Autobiography of a Chinese Historian*,p.vi.
② 《古史辨》(第二册),北平朴社1930年版,第335页。
③ Shryock J K.Review of *The Autobiography of a Chinese Historian*.*Journal of the American Oriental Society*,1932,Vol.52,No.1,p.100.

诵之。予往,备听者质询耳。"①华文学校是当时为来华的英美人士提供汉语培训的专门学校,恒慕义是该校的历史教员,负责用英文教授中国历史,同时自己进修中文。

不难想象,恒、顾两人交往中的一个重要话题就是古史辨,关于自序的翻译,《顾颉刚日记》中有多处记载,值得全部转录:

> 1926 年 7 月 13 日:恒慕义先生欲以英文为余译《古史辨》序,日来又为余译《秦汉统一》一文,西洋人方面亦渐知予矣。

> 1928 年 1 月 28 日:芝生(按即冯友兰)来信,谓恒慕义君回美国后,拟将《古史辨》译为英文,在美国出版。

> 1928 年 2 月 1 日:与恒慕义书,劝其节译《古史辨》,因零碎材料或为欧美人士所不易理解也。

> 1932 年 10 月 17 日:德坤来,看其所译恒慕义译《古史辨自序》之序。

> 1934 年 1 月 30 日:闻刘毓才君言,印度 Rahkit 君读恒慕义所译之《古史辨自序》,欲作一文介绍于印度学界。②

从日记中我们可以知道,顾颉刚曾就《自序》的翻译给恒慕义写过信,但这些信件均没有收入已经出版的《顾颉刚书信集》(中华书局 2011 年版),估计在多次动荡中已经丢失,这是十分可惜的,否则我们可以知道两人交往的更多细节。从上述抄录的日记中我们看到,顾颉刚在 1928 年 2 月 1 日的信中劝恒慕义"节译《古史辨》,因零碎材料或为欧美人士所不易理解也"。这应该也是后来恒慕义只翻译顾颉刚自序,而不是整个《古史辨》第一册的一个重要原因。

二、卜德(Derk Bodde)

1934 年 10 月 14 日,顾颉刚在日记中写道:"将卜德(Derk Bodde)所著

---

① 《顾颉刚日记》(卷一),中华书局 2011 年版,第 767 页。此文后刊载于三个刊物:《孔德旬刊》1926 年第 34 号;又《国立中山大学语言历史学研究所周刊》1927 年第 1 集第 1 期;又《古史辨》(第二册上编)。收入《古史辨》(第二册)时顾颉刚在题注中说在华文学校发表演讲的时间是 1926 年 6 月 1 日,与日记所记 1926 年 7 月 12 日有出入。

② 详见《顾颉刚日记》(卷一)第 768 页;(卷二)第 128、130、699 页;(卷三)第 155 页。

《左传与国语》汉文本重作,一天毕,约四千字。……卜德,哈佛大学派到北平之研究生,来平两年,竟能以汉文作文,其勤学可知。所作《左传与国语》一文,写来已数月,予初托孙海波君改,谢不敏。希白亦谓无办法。予嘱其寄来,今日费一日之力为之,以就稿改削不便,索性猜其意而重作之,居然可用矣。"①这篇由顾颉刚根据卜德意思大加改写而成的论文两个月后即刊发于《燕京学报》第 16 期(1934 年 12 月,第 161—167 页)。《燕京学报》第 16 期本来应该由顾颉刚主编,但因为继母 1934 年 8 月去世,顾回杭州奔丧并处理后事,编辑工作交给了燕大国学院同事容庚(希白)。据日记可知,顾颉刚在离开北京前就已收到了卜德的论文,但修改工作一直没能落实,最后只好让容庚把稿子寄到杭州,自己动手来改。

替别人改文章是一件难事,更别说是为一个美国人改中文文章,所以即使是容庚、孙海波这样的国学专家也只好敬谢不敏。但会者不难,顾颉刚居然用一天时间就修改完毕,难怪他不无得意,他在这一天日记的最后写道:"我真不懂,别人的本领何其小,我的本领何其大? 大约此无他,有胆量敢负责任否尔。"②如果没有顾颉刚的胆量和负责,卜德的这篇论文恐怕就无缘《燕京学报》了。

卜德在北京留学期间(1931—1937)曾写过几篇英文文章,但中文文章则只有《左传与国语》,就笔者所知这也是他一生中所写的唯一一篇中文文章。

关于《左传》与《国语》的关系,康有为在《新学伪经考》中提出过一个大胆的看法:《左传》与《国语》本来是一本书,所谓《左传》是刘歆割裂《国语》而成。晚清以来,支持这一观点的有梁启超、钱玄同等今文学者,反对者则有以章太炎为代表的古文学者。卜德是第一个对此发表见解的美国学者,他的观点是认为《左传》与《国语》是两本书。

在这篇文章中,卜德首先从语言层面分析了两书的一个明显差异。他指出,"《左传》最喜欢引《书经》和《诗经》,《书》,它引过四十六次;《诗》,引过二百零七次。但是那部比《左传》分量约少了一半的《国语》,所引《诗》、《书》

---

① 《顾颉刚日记》(卷三),第 247—248 页。
② 《顾颉刚日记》(卷三),第 247—248 页。

并不止减少一半,它只引了十二次《书》,二十六次《诗》。这实在太少了! 尤其是《诗》的比例,只有八分之一。况且《国语》引《诗》不但只有二十六次,而在这二十六次之中,有十四次都在一篇里。所以,除了这一篇之外,其余十分之九的书里,只引了十二次《诗经》而已。"对于这个大不相同的情形,卜德认为只有两种解释:"一、《左传》和《国语》所根据的材料不同;二、《国语》的作者对于《诗》学没有深研,或者他对于引《诗》的癖好及不上《左传》的作者。"除此之外,卜德又指出另外一个语言上的差异:"《左传》和《国语》中提到的'天'字,真是多不胜数。然而'帝'或'上帝'两个名词(用作'天'解,不作'皇帝'解),在《左传》中只有八次,而在分量少了一半的《国语》里却已说到十次。'上帝'不单称'帝',《左传》中只有四次,而在《国语》的十次之中,只有一次单言'帝',余俱为'上帝'。"①这样的大差别,显然不是偶然的。在分析完语言上的差异后,卜德又分析了两书内容上的差异。

十多年后,顾颉刚仍然没有忘记卜德和他的这篇论文。1947 年顾颉刚出版了《当代中国史学》一书,在论述古书年代考订的一节中他写道:"除了《尚书》以外,比较地为中外学者所深切注意的,便是《左传》和《国语》的著作时代问题,因为这个问题已为晚清今文家所提出而没有解决的。国外学者对于这问题有研究的要算高本汉了,他著有《左传真伪考》,从文法上证明《左传》非鲁人作,而《左传》与《国语》确为用同一方言人所作,但决非一人之作品。此外卜德著有《左传与国语》一文,由二书的引《诗》多寡上及用'帝'与'上帝'的多寡上,证明二书原非一物。国内学者对此问题作考论的很多,冯沅君、童书业、孙海波、杨向奎诸先生对此问题都曾作比较研究。……关于这个问题到现在还没有得到定论,总之,《左传》和《国语》二书决非春秋时代的作品,是可以无疑的了。"②顾颉刚的《当代中国史学》出版后很快成为一部名著,它全面总结了百年(1845—1945)中国历史学的发展,其中直接提到的外国人不多,且多是日本老牌汉学家,卜德是极少数西方学者之一,这对于一个年轻的汉学家来说,不能不说是一个无上的荣誉。

---

① 卜德:《左传与国语》,《燕京学报》1934 年第 16 期,第 162—163 页。
② 顾颉刚:《当代中国史学》,上海世纪出版集团 2006 年版,第 123—124 页。

顾颉刚在上文中提到的瑞典学者高本汉（Bernhard Karlgren）是 20 世纪西方最重要的汉学家之一，他的一大贡献就在于创造性地使用纯粹语言学的方法来解决中国古籍的校释、考证和年代等问题。他的《左传真伪考》（*On the Authenticity and Nature of the Tso Chuan*）一文最初发表于 1926 年的《哥德堡大学年刊》上，1927 年由陆侃如翻译成中文于该年 10 月由上海新月书店出版，胡适曾专门为该译本撰写序言——《〈左传真伪考〉的提要与批评》（后收入《胡适文存三集》），可见中国学者对此文以及高本汉研究方法的重视。卜德在语言层面对《左传》和《国语》的比较并指出两者的差异显然是受到了高本汉的启发，并继续向前迈出了一大步。

除了 1934 年 10 月 14 日有关《左传与国语》一文的记录外，我们还能在《顾颉刚日记》中看到他们两人交往的更多情况：

1933 年 2 月 9 日：博晨光偕卜德来访。

1934 年 5 月 18 日：开哈燕社同学会。……今午同席：Sickman、Bodde、Creel、亮丞、文如、煨莲、希白、东荪、予、博晨光（以上客）、司徒雷登（主）。

1935 年 11 月 27 日：写卜德信。

1936 年 5 月 31 日：今午同席：毕乃德夫妇、博晨光、海松芬、容八爱、谢强、李瑞德夫妇（先行）、薛瀛伯、起潜叔、卜德、朱士嘉、予（以上客）、邓嗣禹（主）。

1936 年 6 月 4 日：写卜德信。

1936 年 6 月 11 日：到西裱褙胡同卜德家吃饭。十时辞出。……今晚同席：福开森、汤用彤、张亮丞、袁同礼、尚有美国人二、予（以上客）、卜德（主）。

1937 年 3 月 26 日：今午同席：魏道明、富路德、卜德、鞠清远、马乘风、方志澎、予（以上客）、魏特夫（主）。

1937 年 5 月 30 日：到西大陆春赴卜德宴。……今午又同席：芝生、亮丞、汤用彤、佟晶心、罗文达、尚有西人二人、王继曾、王君、予（以上客）、卜德（主）。

1937 年 6 月 16 日：到同和居宴客，九时散。……今夜同席：魏特夫夫妇、卜德、刘寿民、汪叔棣、周杲、张铨、林卓园、连士升(以上客)、予(主)。①

三、顾立雅(Herrlee Glessner Creel)

顾立雅(1905—1994)是美国芝加哥大学汉学研究创始人,长期担任该校教授(1936—1973),曾任 1955—1956 年度美国东方学会主席。

作为哈佛燕京社派遣的留学生,顾立雅在北京期间(1932—1936)和燕京大学的不少学者都有交往,其中与顾颉刚的关系尤为密切。《顾颉刚日记》中多次提到顾立雅:

1934 年 3 月 8 日:今午同席:Sickman、Creel、张东荪、容希白、予(以上客)、博晨光(主)

1934 年 5 月 18 日:开哈燕社同学会。……今午同席:Sickman、Bodde、Creel、亮丞、文如、煨莲、希白、东荪、予、博晨光(以上客)、司徒雷登(主)。

1934 年 5 月 19 日:十时半,上汽车,到西直门车站,乘火车到三家店,遇克利尔夫妇。

1935 年 1 月 6 日:点顾立雅文,未毕。

1935 年 2 月 26 日:看顾立雅所作《释天》一文。……写顾立雅信。

1935 年 6 月 3 日:访顾立雅,亦遇之。

1935 年 6 月 17 日:到顾立雅处,晤之。……天津女师齐院长来平聘教员,予因以四人荐:闻在宥(国文)、蒙文通(中国史)、顾立雅(西洋史)、顾立雅夫人(音乐)。

1935 年 7 月 13 日:今午同席:顾立雅夫妇、寇恩慈女士、煨莲、予、元胎、八爱(以上客)、希白夫妇(主)

1935 年 10 月 4 日:顾立雅来。

1935 年 10 月 5 日:写齐璧亭快信,为顾立雅事。

---

① 《顾颉刚日记》(卷三),第 13、190、414、480、482、484、623、647、648、655 页。

1935 年 10 月 14 日:顾立雅来。

1935 年 11 月 3 日:到于思泊,王姨母,福开森,顾立雅四家,均遇之。

1935 年 11 月 22 日:到顾立雅处,晤其夫人。①

从日记中可以得知,顾立雅的《释天》一文是经过顾颉刚审阅后发表于《燕京学报》18 期(1935 年 12 月)的。另外,顾颉刚曾推荐顾立雅夫妇去天津任教,但未果,主要原因应该是顾立雅 1935 年下半年正忙于写作《中国之诞生》(The Birth of China)②一书。

顾立雅在北京期间亲身感受到了古史辨派的巨大影响,作为该派领袖的顾颉刚成为他经常引用的对象。如在《原道字与彝字之哲学意义》(载 1933年《学衡》第 79 期)中,他一开始就引用了顾颉刚关于《尚书》28 篇中只有 13篇幅可信的观点,这个观点见诸顾颉刚《论今文尚书著作时代书》一文(《古史辨》第一册第 47 篇),顾颉刚将《尚书》28 篇分为三组,认为只有第一组 13 篇"在思想上,在文字上,都可信为真"。这 13 篇是:《盘庚》、《大诰》、《康诰》、《酒诰》、《梓材》、《召诰》、《洛诰》、《多士》、《多方》、《吕刑》、《文侯之命》、《费誓》、《秦誓》。③ 后来顾颉刚的观点又发生变化,顾立雅有幸亲耳聆听,并记在《释天》一文中:"《古史辨》第一集顾颉刚先生谓《盘庚》为商书中之唯一可信者,至于近年,顾氏之意见已与前日不同。顾氏曾与余言,《盘庚》乃周初人所作,至东周以后曾经学者所修改,则《盘庚》亦非商代文字。"④

关于顾立雅和顾颉刚的交往,海伦·斯诺(斯诺夫人)的回忆录中有一段记录:"顾立雅……对古代和孔子十分崇拜。我记得有一天,我请他和顾颉刚一块吃午饭,因而引起一场激烈的争论——顾对研究古代的学术工作毫无敬意。顾颉刚这个批判性的学者是我们在中国结交的最有吸引力的朋友之一,他的思想诚实正直进步——这在中国尤其罕见。"⑤可见顾立雅和顾颉刚之间也有争论,但学术观点上的争论并不妨碍他们之间的友谊。

---

① 《顾颉刚日记》(卷三),第 167、190、294、312、350、356、366、396、397、400、407、412 页。

② 《中国之诞生》于 1936 年正式出版,是西方第一部利用甲骨文和金文对商周史进行综合描述的著作。

③ 《古史辨》(第一册),北平朴社 1926 年版,第 201 页。

④ 顾立雅:《释天》,《燕京学报》1935 年第 18 期,第 63 页。

⑤ 海伦·斯诺:《旅华岁月》,世界知识出版社 1985 年版,第 86 页。

除了以上三位外,和顾颉刚有过交往的美国汉学家还有富路特(Luther Carrington Goodrich)和孙念礼(Nancy Lee Swann)。① 富路特在北京进修期间 (1930—1932)曾得到顾颉刚的指点。1938 年富路特将顾颉刚《明代文字狱祸考略》翻译成英文出版。顾颉刚的原文发表于《东方杂志》32 卷 14 期(1935 年 7 月),译文则刊登在 1938 年 12 月出版的《哈佛亚洲学报》3、4 期合刊上。富路特在译文第一个注释中说,他感到"遗憾的是不能将翻译的全文给作者过目,否则他一定会指出不少错误来"。② 孙念礼在北京留学期间(1925—1928)曾就自己的博士论文《班昭传》(Pan Chao, the Foremost Woman Scholar of China,后于 1932 年出版)向顾颉刚请教。顾颉刚在 1926 年 5—7 月的日记中多次提及孙念礼。③

恒慕义、卜德、顾立雅等人是美国第一批专业汉学家,他们都曾在 1920—1930 年代在北京留学,回国后则一起开创了美国汉学的新纪元。④ 他们留学的年代正是中国学术的繁荣时代,一大批优秀的中国学者汇聚在北京,其中不少人都曾给予这批美国留学生以指点和帮助,也在一定程度上促进了美国专业汉学的产生。顾颉刚与这批留学生的交往无疑是最好的例证。此外,这批美国汉学家关于他们北京留学生活的记录很少,顾颉刚的日记(可惜书信均丢失)恰好填补了这方面的空白。中外学者的密切交往也是民国时期北京(中国)学术繁荣的一个显著特点。

（本文原载于《国际汉学》2015 年第 3 期,中国人民大学复印报刊资料《历史学》2016 年第 1 期全文转载）

---

① 富路特(Luther Carrington Goodrich, 1894—1986),美国哥伦比亚大学汉学研究创始人,长期担任该校教授(1927—1961)。曾担任 1946—1947 年度美国东方学会主席,1956—1957 年度美国亚洲学会主席。孙念礼(Nancy Lee Swann, 1881—1966)是美国第一位获得汉学博士学位的女学者,长期担任葛思德东方图书馆馆长(1931—1948)。

② Ku C K, Goodrich L C. A Study of Literary Persecution During The Ming. *Harvard Journal of Asiatic Studies*, 1938, Vol.3, No.3/4, p.254.

③ 详见《顾颉刚日记》(卷一),第 745、748、767 页。

④ 详见拙文《第一批美国留学生在北京》,《读书》2010 年第 4 期,第 96—101 页。

跨文化翻译研究

《诗经》英译赏析四题

　　《诗经》是中国最早的诗集,也是被翻译成英语最多的中文诗集。就全译本来说,重要的有 1871 年理雅各(James Legge)本、1937 年魏理(Arthur Waley)本、1950 年高本汉(Bernard Karlgren)本、1954 年庞德(Ezra Pound)本。本文将主要利用这些全译本以及其他一些译文对《诗经》中的四首作品进行赏析,力图说明诗歌翻译不只是语言问题,更重要的是理解问题。

一

　　《周南·卷耳》是《诗经》中的名篇。据我的初步研究,最早从原文将之翻译成英文的是美国传教士娄理华(Walter M.Lowrie),娄氏的译文和简短的评论发表在 19 世纪美国人在广州创办的英文刊物《中国丛报》(*The Chinese Repository*,1832—1851)第 16 卷第 9 期(1847 年 9 月)。为了便于分析,将原文和译文对照抄录如下:

> 采采卷耳,不盈顷筐。嗟我怀人,寘彼周行。
>
> I gather and gather again the Mouse Ear plant,
>
> But my bamboo basket I cannot fill;
>
> Alas! I am thinking about my lord,
>
> And the basket I have laid by the broad road side.
>
> 陟彼崔嵬,我马虺隤。我姑酌彼金罍,维以不永怀。
>
> I wish to ascend yon stone covered hill,

But my palfrey is lame, and cannot go up;

Then bring me the storm-cup of gold all enchased,

That I for a while my long griefs may not cherish.

陟彼高冈，我马玄黄。我姑酌彼兕觥，维以不永伤。

I wish to ascend yon high hill's back,

But alas my black palfrey all sickly and wan;

Then bring me that cup of the unicorn's horn,

That I for a while my long woes may forget.

陟彼砠矣，我马瘏矣！我仆痡矣，云何吁矣。

I wish to ascend that rock hill's gentle slope,

But alas my poor palfrey all weak with disease,

My page too! unable to walk;

Then I alas! what shall I do!

　　关于《卷耳》的理解，历来众说纷纭。其中一个争论的焦点是诗中的"我"是谁？第一章中的"我"和后面三章中的"我"是否是一个人？从娄理华的翻译和译文后的解说，我们看到他是将全部四章中的"我"都看作一个人——文王之妻太姒，她所怀的人是文王，背景或是文王朝会征讨之时，或是羑里拘幽之日。娄氏的理解基本是依据朱熹《诗集传》："后妃以君子不在而思念之，故赋此诗。"但这样的理解有两个大问题，一是以后妃之尊去大路边采卷耳，已经是有失体统，二是因为思念文王而大喝其酒（酌彼金罍，酌彼兕觥），更是有损后妃的形象。朱熹本人也认识到了这个问题，他的解释是这两个行动都是所谓"托言"——不是实有其事，只是为了抒发感情的臆想。但这样的解释实在勉强。

　　后来的译者开始认识到这两个难以解释的问题。理雅各认为这首诗的作者不太可能是太姒，而宁愿相信这是一个普通人在怀念自己的至交（some one is lamenting in it the absence of a cherished friend）。但和娄理华一样，理雅各依然将诗中的"我"看成是同一个人。在"我"的理解上突破前人成见的是魏理，他在译文中将"我"都翻译成"I"，似乎和前人没有任何差异，但在译文后的解说中极为高明地指出："第一章出自留在家中的妻子之口，后面三章出自在外服役的丈夫之口。"(In the first verse it is the lady left at home who speaks; in the remaining verses it is the man away on a perilous journey.)继魏理之后,庞德同样高明地处理了角色转换的问题,他直截了当地在第一章前面加上了"She:"(她说),第二章前面加上了"He:"(他说),明确表明这首诗分为两个部分。有意思的是,魏理、庞德两人的理解与钱钟书先生的观点不谋而合:"二、三、四章托为劳人之词,'我马'、'我仆'、'我酌'之'我',劳人自称也;'维以不永怀、永伤',谓以酒自遣离忧。思妇一章而劳人三章者,重言以明征夫况瘁,非女手拮据可比,夫为一篇之主而妇为宾也。男女两人处两地而情事一时,批尾家谓之'双管齐下',章回小说谓之'话分两头'。"①

还有一种观点也颇具影响力,其代表是余冠英先生,他在《诗经选》中指出该诗"是女子怀念征夫的诗。她在采卷耳的时候想起了远行的丈夫,幻想他在上山了,过冈了,马病了,人疲了,又幻想他在饮酒自宽。"②程俊英女士在《诗经译注》中亦持此论。这个看法有一定的道理,但问题在于一个妻子想象丈夫做某事时,一般不会用"我",常见的是"君",如"当君白首同归日,是我青山独往时"(白居易《九年十一月二十一日感事而作》);"君边云拥青丝骑,妾处苔生红粉楼"(李白《捣衣篇》)。

高亨先生关于这首诗有一个独到的见解,他认为不仅是二至四章,首章也是出自男主人公之口,"采采卷耳,不盈顷筐"是他想象妻子在采卷耳,"嗟我怀人"是他怀念妻子,至于最后也是最麻烦的一句"寘彼周行",他这样解释:"寘借为(彳是),行也。周行,往周国去的大道。此句是作者自言在周道上奔走"。③ 这样讲倒也能自圆其说,但短处在于使相思变成了单向的,只有丈夫思念妻子,而没有了妻子对丈夫的思念。要知道,妻子因为思念丈夫无心采摘而将筐放在大路边的形象是多么动人啊。

可惜的是,以毛、郑为代表的古代注家对这一动人形象缺乏理解,他们为了说明整首诗表现的是"后妃之志"(《小序》)、"后妃求贤审官"(《大序》)而把"寘彼周行"解释为"置贤人于周官的行列",或"置贤人于各种官职中的一

① 钱钟书:《管锥编》(第一册),中华书局 1986 年版,第 67—68 页。
② 余冠英:《诗经选》,中华书局 2012 年版,第 7 页。
③ 高亨:《诗经今注》,上海古籍出版社 2009 年版,第 5 页。

个"。朱熹虽然没有否定后妃之说,但却是第一个将"周行"解释为"大道"的人。这个解释为英译者们所普遍接受。娄氏将"寘彼周行"译为:The basket I have laid by the broad road side;理雅各译为:I placed it there on the highway;魏理译为:I laid it there on the road。这三个译文应该说都是比较准确的。

除了"周行",这首诗中还有一个字眼值得讨论——"采采卷耳"的"采采",不少注家认为是"采了又采"的意思,但似乎不如理解为"多"或"茂盛"为佳。清人马瑞辰申说道:"此诗及《芣苢》诗俱言'采采',盖极状卷耳、芣苢之盛。《芣苢》下句始云:'薄言采之',不得以上言'采采'为采取。此诗下言'不盈顷筐',则采取之义已见,亦不得以'采采'为采取也。"(《毛诗传笺通释》)卷耳非常茂盛,到处都是,但女主人公却因为思念亲人心不在焉,无法采满一个"斜口的筐子"(顷筐),这种筐后高前低,本来是很容易装满的。娄理华显然没能体认到这一层意思,他还是将"采采"翻译成 gather and gather again(采了又采),后来的译者也大都如此,只有魏理技高一筹,他将此句翻译成:Thick grows the cocklebur,将茂盛(thick)的意思和盘托出。

此外诗中形容马的状态的三个词语也不好翻译:虺隤、玄黄、瘏,这几个词古人都训为"病",失之泛泛。根据近贤闻一多先生等学者的详细考证,其意思还是各有所指的,虺隤的意思是"腿软";玄黄的意思是"眼花";瘏的意思是"疲劳力竭",与虺隤的意思相近。根据这样的解释我们来看娄理华的翻译就更为清晰了,他用 weak with disease(因生病而无力)翻译"瘏"大致可以,用 lame(瘸腿)翻译"虺隤"则欠准确。问题最大的是"玄黄",sickly and wan(病怏怏、软绵绵)完全没有表达出"眼花"的意思,我们遗憾地发现,娄氏之后的西方翻译家同样没有能够准确把握这个词的意思。理雅各译为 turned of a dark yellow(变成了暗黄色),魏理译为 sick and spent(生病且疲惫),均不得要领。就我有限的了解,将"陟彼高冈,我马玄黄"译得最好的是国内资深翻译家许渊冲先生,他的译文是:The height I'am climbing up has dizzied my horse in strife。①

---

① 许渊冲译《诗经》,五洲传播出版社 2012 年版,第 17 页。

二

《诗经》特别是国风部分的情诗为数不少;爱情总是有甜蜜就有痛苦,整部《诗经》中只写甜蜜而无痛苦的似乎只有《邶风·静女》这一首:

静女其姝,俟我于城隅。爱而不见,搔首踟蹰。

静女其娈,贻我彤管。彤管有炜,说怿女美。

自牧归荑,洵美且异。匪女之为美,美人之贻。

后两章写姑娘主动送给(贻、归——即馈)小伙子一支彤管,显然是愉快地接受了他的追求,这让他异常高兴(说怿)。此前他曾焦急地等待姑娘的出现,"爱而不见,搔首踟蹰"。该诗的精彩之处(所谓"诗柄")不在二、三章,而正在这第一章,因为短短四句就生动地描绘出了恋爱中男女的风情。

这首诗最初被看成政治讽刺诗,《诗序》云:"《静女》,刺时也。卫君无道,夫人无德。"郑《笺》云:"以君及夫人无道德,故陈静女贻我以彤管之法,德如是,可以易之,为人君之配。"直到废序运动兴起的宋代,这首诗才被剥去强加给它的政治外衣。欧阳修率先指出,"《静女》一诗,本是情诗。"(《诗本义》)朱熹也认识到了这一点,只是板起他道学家的面孔指摘道:"此淫奔期会之诗也。"(《诗集传》)

近代以来,这首爱情诗被多次翻译成英文,英译者们都试图捕捉首章中的男女风情,在我看来传达得最到位的要算英国汉学家魏理:

Of fair girls the loveliest.

Was to meet me at the corner of the Wall.

But she hides and will not show herself;

I scratch my head, pace up and down.

从字面上看,将"爱而不见"翻译成 she hides and will not show herself 似乎很不对应。爱不是 love 吗?这是稍微懂点英语的人都知道的。

民国时期曾有不少中国学者热烈地讨论过《静女》这首诗,并把它翻译成白话文。顾颉刚对"爱而不见"的翻译是"我爱她,但寻不著她";谢祖琼的翻

译是"我爱她,但她还没有来";魏建功的译文更简洁热烈:"我爱心肝见不
着。"①可见他们都将"爱"理解成了表示男女之情的 love,这是再自然不过的。
但问题在于《诗经》是古老的文本,在流传过程中多有异文。许慎在解说"僾"
字时说:"僾,仿佛也;从人,爱声。《诗》曰:'僾而不见'。"(《说文解字》)可见
在许氏所见的《诗经》文本上,"爱而不见"的"爱"字是写作"僾"的,"僾而不
见"的意思是仿佛不见,根据上下文,可以理解为姑娘和小伙子开玩笑,原先
说好在城角楼(城隅)上约会,却故意藏起来,让他看不见。这显然比"我爱
她,但她还没有来"有意思得多。恋爱中的男女往往会表现出更多的情趣,静
女平时应当是很"静"的,但一旦落入情网就活泼起来了,她没有乖乖地在约
好的地方静候她的情人,却同他躲迷藏,开玩笑。从这个意义上来说,"僾"显
然优于"爱",1920 年代参与《静女》讨论的刘大白就力主此说,这也为后来多
数中国学者所接受。

魏理眼光独到地选择了"僾",所以他的译文中没有出现 love 的字样。他
的英国前辈理雅各则固守"爱"字,他将"爱而不见,搔首踟蹰"翻译成 Loving
and not seeing her,I scratch my head,and am in perplexity。踟蹰是彳亍、徘徊的
意思,理雅各翻译成 in perplexity(困惑)不太符合原意,远不如魏理的 pace up
and down(来回走动)来得贴切。

固守"爱"字并非没有充足的理由,爱情诗中没有一个"爱"字,似乎怎么
也说不过去。但考察整部《诗经》中的爱情诗,却很难发现"爱"字的踪影。除
本篇外,大约只有两处可寻,一处是"岂敢爱之,畏我父母"(《郑风·将仲
子》);另一处是"心乎爱矣,遐不谓矣"(《小雅·隰桑》)。但"岂敢爱之"的爱
是"珍惜"的意思,其对象是物而非人;只有"心乎爱矣"中的爱是不折不扣的
love。《诗经》中表示亲爱的意思多用"好"字,如"惠而好我,携手同行"(邶
风·北风)、"人之好我,示我周行"(《小雅·鹿鸣》)。魏理把这两句分别译
成了 Be kind to me,love me,/ Take my hand and go with me 和 Here is a man
that loves me / And will teach me the ways of Chou。这里我们终于看到了 love
的身影。

---

① 详见顾颉刚编著《古史辨》(第三册),北平朴社 1931 年版,第 510—538 页。

　　魏理之后影响最大的《诗经》译者是美国诗人庞德,他将"爱而不见,搔首踟蹰"译成:Love and see naught;shift foot and scratch my poll。显然他也和理雅各一样固守"爱"字,但是他用 shift foot(走来走去)来翻译"踟蹰"还是比理雅各高出一筹。庞德翻译首章的主要问题在于"俟我于城隅"一句,从他的译文 I wait by nook,by angle in the wall 我们知道,他把"俟"(等待)的主语理解为男主人公——也就是诗的作者。但上下文很清楚地显示这里的主语应该是女主人公。魏理没有搞错,理雅各同样没有,他将这句译成:She was to await me at a corner of the wall。有意思的是,魏理和理雅各在这句的翻译上都选用了过去将来时 was to meet / await,所表达的意思是,姑娘上次见面时说她今天将在城角楼等我。这样处理的好处是可以避免原诗中的一点矛盾:前句刚说"俟我于城隅",后句又说"爱而不见"。汉语本来就不太讲究时态,古诗更用不着管什么时态;而且诗歌毕竟不是说明文,本身无须过于坐实,读诗意思到了就行。有些诗意本属于可以意会,难以言传。但是翻译家却要考虑英语的用法和西方人的思维习惯,他们干的正是"言传"的活儿,所以寥寥几个汉字到了他们笔下会变成长长的一句英文。

　　《诗经》中的时态很简单,但名物却十分复杂。古史辨学者讨论《静女》时的一个热点是"彤管"。这当然不是新问题,朱熹在《诗集传》中就坦率地表示"未详何物",后来的研究者提出笔管、针管、乐器等多种解释,但始终莫衷一是。1920 年代讨论的一个最新成果是认为彤管和第三章中的"荑"乃是一样的东西,代表人物是董作宾,他明确认为荑是茅芽中的穰(可食用),荑外面裹的嫩红色的叶托就是彤管。他的新说建立在早年生活经验和古文献记载的坚实基础之上,很快得到了学界的认可,成为很有影响的一家之言。

　　从《静女》的各种英译文来看,没有一个译者将彤管和荑视为一物,魏理也不例外,他将二者译为 red flute(红色长笛)和 rush-wool(灯芯草)。如果说他在第一章的翻译中有超群的表现,那么这里只能说他已泯然众人矣。其实不去征引各类文献,光从诗的上下文来看,将彤管和荑视为一物也有其合理性。小伙子在"搔首踟蹰"后终于见到了姑娘,姑娘一下子送他两件礼物似乎有些过分,而且从"自牧归荑"推断,姑娘很可能是位牧羊女(许渊冲就将这首诗的题目翻译成 A Shepherdess———一位牧羊女),不属于知识阶层,送情人一点草木符合她的身份,送长笛、笔管之类高雅礼物,可能性不大——那也未免太小资了。

三

《齐风·鸡鸣》是《诗经》中非常有特色的一篇,全诗以一对男女的对话写成,在各种英译本中,魏理的翻译最清晰地体现了这一特点:

The Lady:The cock has crowed;it is full daylight.

The Lover:It was not the cock that crowed;it was the buzzing of those green flies.

The Lady:The eastern sky glows;it is broad daylight.

The Lover:That is not the glow of dawn,but the rising moon's light. The gnats fly drowsily;it would be sweet to share a dream with you.

The Lady:Quick! Go home! Lest I have cause to hate you!

为了清晰地表明说话者是谁,魏理在译文中特别标注了 The Lady 和 The Lover,这在原诗中是没有的。根据魏理的翻译,可以把原诗做如下的标点:

"鸡既鸣矣,朝既盈矣。""匪鸡则鸣,苍蝇之声。"

"东方明矣,朝既昌矣。""匪东方则明,月出之光。

虫飞薨薨,甘与子同梦。""会且归矣,无庶予子憎。"

男女两人对话的内容很简单,但写得饶有风味。女子催促男子起床,而男子找借口赖床,说女子听错了,不是鸡叫,是"苍蝇之声";也看错了,不是天亮,是"月出之光"。从魏理的翻译来看,两人显然是一对情人,除了 The Lover 这个称谓,最后一句中的 Quick! Go home!(快! 回家去!)也证明他们不是夫妻,否则还要回什么家呢?

查阅其他几个英译本,不难发现与魏理的不同之处。最大的不同在于"朝既盈矣""朝既昌矣"的翻译,理雅各的译文是:The court is full;高本汉的译文是:The court is in full array;庞德的译文是:Court is met。显然,他们都把"朝"理解为朝廷、朝堂(court)、而不是早晨、晨光(daylight)。相应的,"会且归矣"也不再是 Quick！Go home！而是 The assembly will presently return home（会朝人士将回来，此处用高本汉译文）。这样的翻译使男子的身份十分明确，他乃是一位朝廷命官，而催促他赶紧上朝的乃是他的贤妻，两人的对话不再只是幽会的情人之间的戏谑，而是具有了比较严肃的内容。20世纪以来的中国学者基本也是持这一观点，魏理的理解更为大胆，但也不乏知音，如刘毓庆先生，他认为"这是一首情人幽会的情歌，诗中表现了男子与女子各自不同的心理状态"。①

　　和《诗经》中不少作品一样，这首描写私生活情趣的诗歌从一开始就被强加上了政治的外衣。《毛诗序》云："《鸡鸣》，思贤妃也，哀公荒淫怠慢，故陈贤妃贞女夙夜警戒相成之道焉。"朱熹认为该诗主题是赞美贤妃（《诗集传》），另一位宋人严粲则认为是"刺荒淫"（《诗辑》），直到清人崔述还以为是"美勤政"（《读风偶识》）。同样，在近代以前，人们也没有体认到该诗的对话性质，他们认为始终是女子在说话，男子沉默无语，只有诗歌作者介入其中，起解说作用。唐人孔颖达的观点最有代表性，他在注疏首章"鸡既鸣矣，朝既盈矣。匪鸡则鸣，苍蝇之声"时写道："以哀公荒淫怠慢，无贤妃之助，故陈贤妃贞女警戒其夫之辞。言古之夫人与君寝宿，至于将旦之时，乃言曰：'鸡既为鸣声矣，朝上既以盈满矣。'言鸡鸣，道己可起之节。言朝盈，道君可起之节。己以鸡鸣而起，欲令君以朝盈而起也。作者又言，夫人言'鸡既鸣矣'之时，非是鸡实则鸣，乃是苍蝇之声耳。夫人以蝇声为鸡鸣，闻其声而即起，是早于常礼，恭敬过度，而哀公好色淹留，夫人不戒令起，故刺之。"（《毛诗正义》）根据孔氏的理解，《鸡鸣》一诗应该这样标点：

　　　　"鸡既鸣矣，朝既盈矣。"匪鸡则鸣，苍蝇之声。
　　　　"东方明矣，朝既昌矣。"匪东方则明，月出之光。
　　　　"虫飞薨薨，甘与子同梦。会且归矣，无庶予子憎。"

　　也就是说，《鸡鸣》首次两章上两句为夫人之言，下两句是诗人对夫人话语的评判，卒章皆为夫人之辞。这样的理解当然并非完全没有道理，但在钱钟

---

① 刘毓庆译注：《诗经》，中华书局2011年版，第240页。

书先生看来,显然不如"作男女对答之词,更饶情致"。① 此外,除非夫人的耳朵有毛病,或者古代的苍蝇是别样的品种,否则蝇声与鸡鸣并不难区分,无须诗人跳出来郑重其事地予以纠正。

也许由于时代较早,理雅各在翻译这首诗时仍然沿用了孔颖达的思路:

"The cock has crowed; the court is full."

But it was not the cock that was crowing;—it was the sound of the blue flies.

"The east is bright; the court is crowded."

But it was not the east that was bright;—it was the light of the moon coming forth.

"The insects are flying in buzzing crowds; it would be sweet to lie by you and dream, but the assembled officers will be going home.—Let them not hate both me and you."

最后一句"无庶予子憎"的意思历来有分歧,有的认为是"别让人骂你",有的认为是"别让人骂我"。魏理的翻译是"别让我骂你"(Lest I have cause to hate you),也无不可。相比而言,理雅各这里译成"别让人骂我和你"(Let them not hate both me and you)似乎更好,夫妻应该是有"骂"同当的。

四

"乐子之无知"是《桧风·隰有苌楚》中的一句。常见的几种英译是:

I should rejoice to be like you,[O tree],without consciousness.(理雅各译本)

Oh, cherry tree, how I envy thee, as thou growest in bright unconscious beauty!(Clement F.R.Allen 1891 年译本)

Would I could share that shrub's unconsciousness.(庞德译本)

---

① 钱钟书:《管锥编》(第一册),中华书局 1986 年版,第 111 页。

三位译者都将"无知"理解为没有知觉(unconsciousness),所谓"草木有生而无知"(《荀子·王制》),这也是符合中国传统诗经学的一种理解。

《隰有苌楚》全文如下:

> 隰有苌楚,猗傩其枝,夭之沃沃,乐子之无知!
>
> 隰有苌楚,猗傩其华,夭之沃沃,乐子之无家!
>
> 隰有苌楚,猗傩其实,夭之沃沃,乐子之无室!

诗分三章,每一章的前三句都描写了苌楚(羊桃树)欣欣向荣的样子,最后一句则表达了作者的感叹。关于前三句的理解意见基本一致,而关于作者为何感叹则有不同看法。朱熹的看法是:"子,指苌楚也。政烦赋重,人不堪其苦,叹其不如草木之无知而无忧也。"(《诗集传》)后来的学者进一步研究,认为这是桧国在东周初年被郑国所灭前后的作品,清人方玉润的观点可为代表:"此必桧破民逃,自公族子姓以及小民之有室有家者,莫不扶老携幼,挈妻抱子,相与号泣路歧,故有家不如无家之好,有知不如无知之安也。而公族子姓之为室家累者尤甚。"(《诗经原始》)近人也基本认为这是破落贵族的悲观厌世之作。郭沫若说得好:"这种极端的厌世思想在当时非贵族不能有,所以这诗也是破落贵族的大作。"[1]从以上的译文不难看出,三位译者对该诗的理解基本是沿着朱熹以来的路径。

对于该诗还有一种更古老的理解。《毛诗序》:"《隰有苌楚》,疾恣也。国人疾其君之淫恣,而思无情欲者也。"此后郑玄、孔颖达基本沿着这个路径来理解。《郑笺》云:"疾君之恣,故于人年少沃沃之时,乐其无妃匹之意。"孔颖达在对该诗第一章的"正义"中进一步发挥说:"此国人疾君淫恣情欲,思得无情欲之人。言隰中有苌楚之草,始生正直,及其长大,其猗傩然枝条柔弱,不妄寻蔓草木,以兴人于少小之时能正直端悫,虽长大亦不妄淫恣情欲。故我今日于人夭夭然少、沃沃然壮佼之时,乐得今是子之无配匹之意。若少小无配匹之意,则长大不恣其情欲。疾君淫恣,故思此人。"孔氏还进而断定"此人"的年纪应当是"十五六",因为"初生幼小之时,悉皆正直,人性皆同,无可羡乐。"(《毛诗正义》)按照这一古老的思路,"无知"在这里被理解为无情无欲,或所

---

① 郭沫若:《中国古代社会研究》,商务印书馆 2011 年版,第 173 页。

谓"情窦未开"。作者用少年的清纯来讽喻国君的淫佚。更重要的是,根据这一思路,这首诗每章的前三句对于苌楚的描写都是"兴",都是为最后一句的"美刺"做出铺垫。而根据朱熹等人的解读,整首诗都是"赋"。乐子之无知、无家、无室中的"子"是指苌楚,几位英译者也正是这样翻译的。

除了以上两种理解,是否还有其他可能呢? 法国汉学家葛兰言(Marcel Granet)做了这样的尝试。他认为这首诗与桧君的淫恣、破落贵族的哀叹均毫无关系,不过是一首"订婚歌"(chanson d'accordailles)而已:"在第三章中,女子表达了对自己看中的小伙没有与他人订婚的喜悦,那个年轻小伙在第二章中也唱出了同样的心声,第一章则是两人的合唱:'你没有朋友,我多么高兴!'(Quelle joie que tu n'aies pas de connaissance!)"①葛兰言在翻译这首诗时,曾参考了前辈汉学家顾赛芬(Séraphin Couvreur)的《诗经》译本(1896年版),顾将"乐子之无知"翻译成:Je te félicite d'être dépourvu de sentiment。可见他把"知"理解为感知(sentiment),和上文几个英译者的思路是一样的。葛兰言是西方最早用社会学和民俗学来研究《诗经》的学者,其成果最终结集为《古代中国的节庆与歌谣》(Fêtes et chansons anciennes de la Chine)一书(1919年初版),其中打破了很多成见,提出了不少新说。他对《隰有苌楚》的解读就是一个最好的例证。

葛兰言在翻译"乐子之无知"时用了一个很巧妙的字眼来对应"知":connaissance,这个词有知识、感觉、相识等多层意思。所以如果光看这句的译文,似乎看不出与顾赛芬以及几位英译者的差异,但再看第二章和第三章的翻译,就明白这里的 connaissance 是相识、朋友的意思。后来英国汉学家魏理在葛兰言的影响下,将这句话译成:Glad I am that you have no friend。他所使用的 friend 一词比较单纯,就是朋友的意思,丝毫不含有知识、感觉等其他意思。魏理也是我目前所见之唯一将"无知"翻译成 no friend 的英译者。

现将葛兰言的译文抄录于下,供有兴趣的读者参考:

> Au val est un carambolier;
>
> douce est la grâce de ses branches!

---

① Granet M. *Fêtes et Chansons Anciennes de la Chine*. Paris:E.Leroux,1919,p.32.

Que sa jeunesse a de vigueur!

quelle joie que tu n'aies pas de connaissance!

Au val est un carambolier;

douce est la grâce de ses fleurs!

Que sa jeunesse a de vigueur!

quelle joie que tu n'aies pas de mari!

Au val est un carambolier;

douce est la grâce de ses fruits!

Que sa jeunesse a de vigueur!

quelle joie que tu n'aies pas de femme!

（本文原载于《比较文学与世界文学》第八期，北京大学出版社 2015 年 12 月版）

"子罕言利与命与仁"的英译问题

  英国汉学家理雅各(James Legge)的《论语》译本(*Confucian Analects*)自1861年问世以来,一直是西方汉学的经典之作。理雅各无疑是19世纪儒学造诣最深的外国学者,但对于中国圣人的语言和思想有时也难免感到困惑。

  《论语》中最让理雅各困惑不解的是"子罕言利与命与仁",这是《子罕》篇的首句。理雅各将这句话译成:The subjects of which the Master seldom spoke were—profitableness,and also the appointments of Heaven,and perfect virtue。按照理雅各的翻译,这句话的意思是:孔子很少谈论利、命、仁这三个问题。在整个《论语》中,孔子确实很少谈利的问题,但谈论命、特别是仁的地方却很多。理雅各也意识到了这个问题,在给出上面的译文后,他加了一个注释:"《论语》第四篇几乎都在谈仁,仁无疑是孔子思想中一个最重要的命题,这里说孔子很少谈仁,我觉得有问题,但不知道如何解决。"①

  这个问题当然不是理雅各第一个发现的,中国古人早已注意到了,并且想出了解释的方法。何晏注云:"罕者,希也。利者,义之和也。命者,天之命也。仁者,行之盛也。寡能及之,故希言也。"邢昺疏云:"此章论孔子希言难考之事。……孔子以其利、命、仁三者常人寡能及之,故希言也。"②何晏与邢昺的解释前后呼应,都认为利、命、仁三者,常人难做到,所以罕言。在何与邢之后,还有一些人也提出了类似的解释,其中朱熹无疑是最权威的,他在《论语集注》这一句下写道:"罕,少也。程子曰:'计利则害义,命之理微,仁之道

---

  ① Legge J.*The Chinese Classics*,Vol.1.Second edition,London:N.Trubner & Co.,1869,p.167.

  ② 何晏、邢昺:《论语注疏》(十三经注疏整理本),北京大学出版社2000年版,第124页。

大,皆夫子所罕言也。'"①但这种解释过于牵强。《论语》全书中"仁"字出现一百零八次之多,几乎每篇都有,根本不稀罕。而且"仁"是孔子思想的核心,如果罕言,孔子学说又如何建立呢?

1930年代初,年轻的美国汉学家卜德(Derk Bodde)在细读理雅各的《论语》译本时注意到了"子罕言利与命与仁"这句话的翻译和注释。他认为理雅各太迷信何晏、朱熹等人的权威解释,所以把"与"理解为"和",这样就造成了翻译的困难。卜德认为要解决这个困难,必须打破权威。"与"在一般情况下理解为一个连接词是可以的,但在这里却应该被理解为一个动词。为了支持自己的看法,卜德翻阅了不少古籍,并找到了一位知音——宋代学者史绳祖,他在《学斋佔毕》一书中举了《论语》里四个"与"作为动词的例子:(一)吾无行而不与二三子者,是丘也。(《述而》)(二)与其进也,不与其退也,唯何甚?(《述而》)(三)吾与点也。(《先进》)(四)吾非斯人之徒与而谁与?(《微子》)在此基础上史绳祖给出了自己对"子罕言利与命与仁"的独到见解:"盖子罕言者,独利而已,当以此句作一义。曰命曰仁,皆平日所深与,此句别作一义。"②参考史绳祖的意见,卜德认为这里的"与"应该是"许"——"认同"的意思。根据这一理解,他把这句话翻译成:The Master rarely spoke of profit. But he gave forth his ideas concerning the appointments of Heaven, and also gave forth his ideas concerning perfect virtue。③

把"子罕言利,与命与仁"中的"与"理解为一个动词,还可以找出另外一个理由。卜德发现,《论语》中在列举多样事物时,一般很少用"与"来连接,以下四个例子可以说明这一点:(一)子所雅言,诗书执礼,皆雅言也。(《述而》)(二)子不语怪力乱神。(《述而》)(三)子以四教:文行忠信。(《述而》)(四)子绝四:毋意,毋必,毋固,毋我。(《子罕》)根据这样的结构特征,特别是参照"子不语怪力乱神"这一句来看,"子罕言利与命与仁"一句中的利、命、

---

① 朱熹:《四书章句集注》,中华书局1983年版,第109页。
② 史绳祖:《学斋佔毕》,中华书局1985年版,第13页。卜德使用的是嘉庆十年(1805)收入张海鹏编《学津讨原》十二集的刻本。
③ Bodde D. A Perplexing Passage in the Confucian Analects. *Journal of the American Oriental Society*, 1933, Vol. 53, No. 4, pp. 347-351.

仁如果是并列关系的话,行文不免显得相当累赘,远不如"子罕言利命仁"来得简洁。

理雅各在翻译《论语》等儒家经典时,经常参考阮元刊刻的《皇清经解》,收入其中的《四书考异》(翟灏著,卷四四九至四八四)在讨论《子罕》篇时曾引用史绳祖的观点,但理雅各显然没有留意,这让卜德感到遗憾。而让他更觉遗憾的是,19世纪末以来西方几位重要的汉学家和《论语》译者——顾赛芬(Séraphin Couvreur)、苏慧廉(William E. Soothill)、卫礼贤(Richard Wilhelm)——都没有能够超越理雅各,都在各自的翻译中将"与"作为连词来理解,而中国翻译家也是重蹈覆辙,辜鸿铭的译文是:Confucius in his conversation seldom spoke of interests, of religion or of morality。①

卜德将自己的意见写成一篇论文,题为《论语中使人困惑的一句》(A Perplexing Passage in the Confucian Analects),发表于1933年12月《美国东方学会学报》(Journal of American Oriental Society)第53卷第4期。该文发表后,立刻引起了著名汉学家劳费尔(BertoldLaufer)的注意,他很快发表了一篇很短的商榷文章,刊登在下一期的《美国东方学会学报》上(54卷第1期,1934年3月)。劳费尔同意卜德将"与"理解为一个动词,但不同意把"与"解释为"许",因为《论语》中没有其他的例证。② 卜德看到这篇文章后,认为劳费尔的意见是站不住脚的,因为《论语》中将"与"理解为"许"还至少可以再举其他两例:(一)子曰:"与其进也,不与其退也,唯何甚?"(《述而》)(二)夫子喟然叹曰:"吾与点也。"(《先进》)但卜德还没有来得及将自己的反驳意见写下来,劳费尔便于同年九月去世了。卜德一直很景仰劳费尔,所以虽然不同意劳费尔的商榷,但很珍视他的这篇绝笔之作,多年之后还为劳费尔的自杀早逝深感惋惜。③

在劳费尔的文章发表20年后,著名华裔学者陈荣捷在讨论"仁"的一篇文章(载Philosophy East and West1955年第4卷第4期)中再次对卜德的论文提出了商榷。他认为"子罕言利与命与仁"中的"与"还是应该理解为"和",

① 《辜鸿铭文集》(下卷),海南出版社1996年版,第406页。辜译《论语》初版于1898年。
② LauferB.Lun Yü IX,1.Journal of the American Oriental Society,1934,Vol.54,No.1,p.83.
③ Bodde D.Essays on Chinese Civilization.Princeton University Press,1981,p.27.

因为"与"作为连词在《论语》中并不少见,如"富与贵,是人之所欲也"(《里仁》)、"夫子之言性与天道,不可得而闻也"(《公冶长》)等等。同时,陈荣捷也承认,将这里的"与"解释为"和"使这句话的意思与《论语》整个的精神不合,于是他认为解决这一问题的最好办法是"暂时搁置,并等待更多证据的出现"。① 卜德在读到陈荣捷这篇文章后,认为陈的反对意见没有抓住自己的要领。卜德同意在《论语》中"与"常常用来连接两个事物,但他在 1933 年那篇文章中所要强调的是:《论语》中在列举多样事物时,一般很少用"与"来连接。他仍然坚持自己早年的观点,并且认为将这里的"与"理解为动词可以很好地解决问题。1981 年卜德在为自选集 Essays on Chinese Civilization 所写的"前言"中再次旧事重提,并很有感触地指出:"古汉语中哪怕是很短的一句话,只要对其中一个关键字的理解不同,整个句子的意思也就会完全不同。"②

卜德的文章发表后引起的反响说明,"子罕言利与命与仁"这句话到底如何解释,很难定于一尊。时至今日,将"子罕言利与命与仁"中的两个"与"字理解为连词者仍然大有人在;但比较起来,卜德的解释显得更有说服力。参考一下 20 世纪几位中国学者的理解,也能证明这一点。钱穆对这句话的翻译是:"先生平日少言利,只赞同命与仁。"③李泽厚的译文是:"孔子很少讲利。许命,许仁。"④在前人众多的解释中,李泽厚所赞同并加以引用的正是史绳祖在《学斋佔毕》中的见解,在这一点上和卜德完全相同。

(本文原载于《读书》2013 年第 2 期)

---

① Chan W T.The Evolution of the Confucian Concept Jen.*Philosophy East and West*,1955,Vol. 4,No.4,p.297.

② Bodde D.*Essays on Chinese Civilization*.pp.28-29.

③ 钱穆:《论语新解》,生活·读书·新知三联书店 2002 年版,第 220 页。该书初版于 1963 年。

④ 李泽厚:《论语今读》,安徽文艺出版社 1998 年版,第 213 页。

《诸蕃志》译注：一项跨国工程

　　《诸蕃志》是中国古代记录海外地理的一部名著。它成书于宋理宗宝庆元年(1225)，分上下卷，上卷《志国》记录了占城、真腊、大秦、大食等海外诸国的风土人情，下卷《志物》记载了乳香、没药、芦荟、犀角等海外诸国的物产资源，为研究宋代海外交通提供了重要的文献。该书作者赵汝适(1170—1228)为宋太宗八世孙，曾任福建路泉州市舶司提举，任职期间与当时的外国商人，特别是来自阿拉伯地区的商人，有比较多的接触，了解了不少海外各国地理、风土、物产等方面的情况，并一一记录下来，正如《四库全书总目提要》(史部地理类四)所评价的那样："是书所记，皆得诸见闻，亲为询访。宜其叙述详核，为史家之所依据矣。"该书原本已佚，后来从《永乐大典》卷四二六二"蕃"字韵下辑出，旧刻有《函海》本和《学津讨原》本，近代则有冯承钧的《诸蕃志校注》本(商务印书馆1940年版)。

　　《诸蕃志》作为中外关系上的一部重要著作，在19世纪末期就受到了西方学者的关注。首先对这本书表现出兴趣的是德国汉学家夏德(Friedrich Hirth，1845—1927)。夏德于1870年来华，在中国生活了二十多年，曾先后在厦门、上海、镇江、重庆等地的海关任职，直至1897年辞职回国。夏德在华期间潜心研究中外交通史和中国古代史，著有《中国与罗马人的东方》(有朱杰勤节译本，改名《大秦国全录》，商务印书馆1964年版)、《中国古代的海上交通》、《中国艺术中的外来影响》等多部著作。由于他的突出成就，曾被选为1886—1887年度的皇家亚洲文会北中国支会会长。英国皇家亚洲文会建立于1823年，总部在伦敦，其后在亚洲各地建立分会，北中国分会(设在上海)建立于1858年，其后一直运行到1951年，是近代在中国存在时间最长，影响最大的汉学研究机构,其会长在绝大部分时间都是由英美人士担任,夏德作为一个德国人能够出任此职,足以说明他的学术成就。另外一个能够说明他学术影响力的事实是,1901 年美国哥伦比亚大学创设首个汉学讲座,即于次年聘请夏德为第一任教授。夏德在哥大一干就是十五年,其间出版了具有广泛影响的《周朝末年以前的中国古代史》,在 1917 年离美还乡之前还参加了胡适的博士论文答辩。夏德在 1890 年左右着手《诸蕃志》的翻译工作,但由于种种原因在翻完几段后就停止了。

在夏德之后对《诸蕃志》产生兴趣的是美国外交官汉学家柔克义(William Woodville Rockhill,1854—1914)。柔克义于 1884 年来华,长期在中国任职,并于 1905—1909 年出任美国驻华公使。在华期间他先是对中国的边疆地理进行了比较深入的研究,曾独自一人两次进入西藏地区考察,并根据考察所得陆续出版了《喇嘛之国》和《1891 和 1892 年蒙藏旅行日记》。这两部著作大大增加了西方读者对蒙古、西藏的了解。进入 20 世纪后他的研究兴趣逐渐转向了中外关系,陆续发表了《15 世纪至 1895 年间的中朝交通》和《中国朝廷上的外交觐见》等论著。1900 年他还将《鲁布鲁克东行记》从拉丁文译成英文。13 世纪时法国人鲁布鲁克(William of Rubruck)受路易九世派遣出使中国,留下了中世纪外国人对中国的珍贵记录。《诸蕃志》同样出现在 13 世纪,它是当时中国人对外国的认识,其价值同样珍贵,柔克义想把它译成英文,是非常自然的。

1904 年当夏德听说柔克义想把《诸蕃志》翻译成英文的消息后,立刻与他取得了联系,于是两位大汉学家联手展开了翻译。《诸蕃志》部头并不大,但翻译工作却历时六年才告完成。为什么会花这么长时间呢?最主要的原因是两人都无法全身心地投入这一工作,夏德要教书,而柔克义作为驻华公使有大量的公务要处理,1909 年后他又被调任美国驻俄罗斯大使,学术研究工作只能挤业余时间进行。从两人的通信可以看出他们的合作方式是这样的:夏德先翻译一个初稿,然后寄给柔克义进行修订并做注解,最后再由柔克义撰写一篇导言。

翻译此书就难度很大,而撰写注释和导言则更需功力。在洋洋万言的导言中,柔克义回顾了自古代至 12 世纪的中外关系史,其中不仅引用了中国的正史材料,还使用了古希腊、阿拉伯和欧洲中世纪的大量文献。这种扎实的文献功夫也体现在注释中,柔克义在解释《诸蕃志》中出现的国家和物品时,将中文文献和德文、法文、英文文献进行对照,互相发明。在这一工作中,夏德也给予了积极的帮助,夏德在来中国之前曾在多所德国著名大学受过严格的学术训练,而比较语文学正是德国人最为擅长的学术研究方法。

这样一部高水平的学术著作完成后,出版却成了问题。柔克义和夏德希望这本书能以中英文对照的方式呈现在读者特别是专家的面前,因为只有这样才便于人们判断和检验他们翻译和注解的正确与否;可是当时美国国内没有一家出版社能够排印汉字,他们不得不在别的地方想办法,作为驻俄大使的柔克义最终找到了圣彼得堡的皇家科学院印刷所。全书于1911年9月印刷完成。此后不久,柔克义离开了俄罗斯,出任美国驻土耳其大使。

译本出版时在标题上做了一些改变,为的是让西方读者更为一目了然,其英文标题为 Chau Ju-kua: His Work on the Chinese and Arab Trade in the Twelfth and Thirteenth Centuries, Entitled *Chu-fan-chi*(《赵汝适:他关于12和13世纪中国和阿拉伯贸易的著作,名为〈诸蕃志〉》)。两位汉学家对这样一本专业性很强的书之读者反应没有抱过高的期望,觉得顶多只会在汉学研究的小圈子里产生一些影响,没想到结果却大大出乎他们的意料。1912年12月29日《纽约时报》周末书评版用了近一版的篇幅来介绍这本书的内容,给予两位译者以非常高的评价,在谈到柔克义时,文章指出,"他是凭借业务能力而不是政治背景被任命为驻外大使的,这可以算是美国国务院有史以来第一遭。"这里显然不无调侃的味道,但只限于美国政治。就柔克义而言,他完全够得上学而优则仕、仕而优则学这个古老的标准。

这部集翻译与研究于一体的重要著作出版后,很快也引起了中国学术界的关注。1930年代,著名中外关系史学者冯承钧在为《诸蕃志》进行校注时就大量吸收了这本书的成果,正如他在序言中所说:"民元德国学者 Friedrich Hirth 与美国学者 W.W.Rockhill 曾将是编迻译,并为注释,……博采西方撰述,注释颇为丰赡,然亦不乏讹误,今采其精华,正其讹误,补其阙佚,凡标明译注者,或是全录其文,或是节取其说,间有其说创自译注,而在本书中变更抑补充者,则不标译注二字,非敢掠美,恐有讹误,不愿他人负己责也,计所采译注之文十之五六，馀则采近二十余年诸家考证之成绩，间亦自出新说者，然无多也。"所谓"近二十余年诸家考证之成绩"，主要是指法国大汉学家伯希和（Paul Pelliot）对南海史地的研究。试举两例以明之。《诸蕃志》原文记弼琶啰国一种野兽道："兽名徂蜡，状如骆驼，而大如牛，色黄，前脚高五尺，后低三尺，颈高向上，皮厚一寸。"其后的注是这样写的："译注，按 giraffe 波斯语名 zurnapa，阿剌壁语名 zarafa，《瀛涯胜览》阿丹（Aden）条名麒麟，盖 Somali 语 giri 之对音，《星槎胜览》天方（Mekka）条名祖剌法，则为此徂蜡之同名异译，并本阿剌壁语。参看《西域南海史地考证译丛》续编一二七至一三一页，最古之著录见《续博物志》卷十，'拨拔力国有异兽名驼牛，皮似豹，蹄类牛，无峰，颈长九尺，身高一丈余。'此经伯希和检出。"这种野兽就是我们今天通常说的长颈鹿。又《诸蕃志》中记录了一个"城方一千余里"的茶弼沙国，对此冯承钧写道："译注，此茶弼沙显为阿剌壁人故事相传西方日没之 Djabulsa，Djabirso，Djaborso 城，《三才图会》有茶弼沙人礼拜日没之图。伯希和说，茶弼沙并见记《古滇说》，《岛夷志略》卷末著录，参看《远东法国学校校刊》第九卷六六三页。"伯希和是冯承钧留学法国时的老师，他的很多研究"四裔之学"的重要成果都被冯承钧陆续译成了中文，其中一些收入了《西域南海史地考证译丛》正续四编之中。冯承钧除法文外，还通晓英文、梵文、蒙古文、吐火罗文等多种文字，著译等身，是民国时代首屈一指的中外交通史专家。他的作品新中国成立后不断地被重印，其中《诸蕃志校注》有中华书局 1956 年的新版本。

中外关系史是一个难度很大的研究领域，需要掌握中文和多种外文资料才能做好。在柔克义、夏德之前，中国古代学者如李调元也曾给《诸蕃志》做过注释，但由于条件所限，只能在中国文献内部做文章，难以深入。近代以来德、美、法等国学者的加入使外文文献的佐证作用大大地彰显出来，弥补了中国学者的不足。冯承钧的贡献主要不在于发掘更多的新材料，而是利用自己过人的中外文能力将前人的成果加以吸收和整合，与时俱进，踵事增华，使《诸蕃志》的注释达到了空前未有的高水平。也正是在他的手中，这项跨国工程获得了堪称完美的结局。

顾炎武《日知录》卷十九《著书之难》条云："宋人书如司马温公《资治通鉴》、马贵与《文献通考》，皆以一生精力为之，遂为后世不可无之书。而其中小有舛漏,尚亦不免。若后人之书愈多而愈舛漏,愈速而愈不传,所以然者,其视成书太易,而急于求名故也。"所言极是;而从现在的情形看去,有些书简直非多国多人联手合作为之不可。地球是个村子,有不少事情须结为互助组,通力合作,才能做好。

(本文原载于《书屋》2010 年第 2 期)

也说《聊斋志异》在西方的最早译介

　　关于《聊斋志异》在国外的传播,长期以来国内学界普遍采用王丽娜的研究成果;①关于《聊斋》在西方语言中的最早译介,王丽娜认为:"最早发表《聊斋志异》单篇译文的译者是卫三畏。他的两篇英译文《种梨》和《骂鸭》,收在他1848年编著的两卷本《中国总论》第一卷中(693—694页)。"②这一结论在2008年受到了挑战,王燕在该年《明清小说研究》第2期上发表了《试论〈聊斋志异〉在西方的最早译介》一文,认为德国传教士郭实腊(Karl Gutzlaff, 1803—1851)才是最早的译介者,因为他1842年就在《中国丛报》(The Chinese Repository)第11卷第4期上"简介了《聊斋志异》的9篇小说,比卫三畏翻译的两篇作品早6年,当为目前所知《聊斋志异》西传第一文"。③ 这9篇故事是:《祝翁》、《张诚》、《曾友于》、《续黄粱》、《瞳人语》、《宫梦弼》、《章阿端》、《云萝公主》、《武孝廉》。王燕的论文无疑很有价值。但根据笔者看到的材料,卫三畏与《聊斋》的关系并不局限于《中国总论》,他在更早的时候已经翻译过《聊斋志异》中的作品。到底谁是西方世界《聊斋》的最早译者,还值得继续探讨。

　　《聊斋志异》是中国古代文言短篇小说的代表作。19世纪以后,它逐渐进入了西方人的视野。19世纪美国来华传教士卫三畏(Samuel W. Williams, 1812—1884)是最早接触这部著作的西方人士之一。卫三畏于1833年来华,

---

　　① 　如许多高校使用的袁行霈主编的"面向21世纪课程教材"《中国文学史》有关《聊斋》的章节就是如此,详见该书第四卷,高等教育出版社1999年版,第333页。

　　② 　王丽娜:《中国古典小说戏曲名著在国外》,学林出版社1988年版,第214页。

　　③ 　王燕:《试论〈聊斋志异〉在西方的最早译介》,《明清小说研究》2008年第2期,第215页。

在广州、澳门、北京工作四十三年后于 1876 年回到美国,第二年被任命为耶鲁大学首位(也是美国历史上首位)汉学教授。《聊斋》中故事的译文曾多次出现在这位 19 世纪美国最重要的汉学家的著作中。

1842 年,卫三畏编写的《拾级大成》(*Easy Lessons in Chinese*)一书在澳门出版,这是一部汉语工具书,"是为刚刚开始学习汉语的人编写的,读者对象不仅包括已经在中国的外国人,也包括还在本国或正在来中国途中的外国人。"①全书的内容如下:(1)部首;(2)字根;(3)汉语的读写方式介绍;(4)阅读练习;(5)对话练习(与老师、买办、侍者);(6)阅读文选;(7)量词;(8)汉译英练习;(9)英译汉练习;(10)阅读和翻译练习。在这 10 个章节当中,有 3 个章节采用了《聊斋志异》中的 17 个故事,具体情况如下:第 4 章阅读练习选用了《种梨》、《曹操冢》、《骂鸭》;第 8 章汉译英练习选用了《鸟语》、《红毛毡》、《妾击贼》、《义犬》、《地震》;第 10 章阅读和翻译练习选用了《鸲鹆》、《黑兽》、《牛飞》、《橘树》、《义鼠》、《象》、《赵城虎》、《鸿》、《牧竖》。由于这 17 个故事分布在不同的章节,服务于不同的教学目的,所以为它们作注解和翻译的情况也就相应地各有不同。

对于第 4 章中的 3 个故事,作者的编排是先给出中文,然后是拼音,然后是逐字的英译,最后是符合英语习惯的翻译,如《种梨》的第一句话:

有乡人货梨于市颇甘芳价腾贵

yau heung yan fo li u shi po kom fong ka tang kwai

was village man peddled plums in market rather sweet fragrant price rise dear

Once there was a villager selling plums in the market which were rather sweet and fragrant, and the price was high.②

到了第 8 章中的 5 个故事,情况发生了一些变化:卫三畏在给出中文后,只提供了拼音和逐字的英译,不再提供符合英语习惯的翻译,显然他是将这一工作留给读者去做练习。而到了最后的第 10 章,则连拼音和逐字的英译也不

① Williams S W.*Easy Lessons in Chinese*.1842,p.i.

② Williams S W.*Easy Lessons in Chinese*.p.117.

再提供,卫三畏只列出了中文原文让读者进行阅读和翻译。

这样的安排显示了此书由易而难,循序渐进、逐级提升的编写宗旨。从一开始提供示范译文到最后不再提供任何译文,卫三畏显然希望通过这些练习能够使学习者比较快地掌握汉语。如果像卫三畏所设想的那样,一个学习者通过前面的操练最终能够完成书末成段的中译英练习,那么他就算已经"大成"了。

《拾级大成》虽然选取了 17 个《聊斋》故事,但真正翻译成英文且符合英语习惯的,只有《种梨》、《曹操冢》、《骂鸭》3 篇。这其中的《种梨》、《骂鸭》2篇后来又被他收入了《中国总论》一书之中。

《中国总论》(*The Middle Kingdom*)出版于 1848 年,全书凡 23 章,全面地介绍了中国的政治、经济、文化和社会状况。① 在第 12 章《雅文学》中卫三畏比较全面地介绍了中国的诗歌、戏剧和小说的发展历史。在讲到短篇小说时,他这样写道:"许多小说都是用纯粹的风格来写作的,特别是 16 卷的《聊斋志异》,其内容的多样性和语言的表现力都是很突出的,值得那些想研究博大精深的汉语的人仔细研读。"②接着他摘抄了《种梨》、《骂鸭》两个故事,以此来说明作者蒲松龄的奇思妙想和道德劝诫。

除了《种梨》、《曹操冢》、《骂鸭》之外,卫三畏完整翻译的第四个故事是《商三官》,译文刊登在《中国丛报》第 18 卷第 8 期(1849 年 8 月)。在《译后小记》中卫三畏写道:"商三官的这种复仇行为在中国的道德家看来是值得称赞的,否则由于官员的疏漏或不公正就会使罪犯逍遥法外而不受应有的惩罚。不管这件事是真是假,这个故事说明中国人普遍认为父母之仇是必须要报的,在这一点上完全可以和希伯来人以血还血的观点相比较。"③

---

① 这 23 个章节是:(1)地理区划与特征;(2)东部行省;(3)西部行省;(4)边疆地区;(5)人口;(6)自然资源;(7)法律与政府机构;(8)司法;(9)教育与科举;(10)语言结构;(11)经典文献;(12)雅文学;(13)建筑、服饰、饮食;(14)社会生活;(15)工艺;(16)科技;(17)编年史;(18)宗教;(19)基督教在华传播史;(20)商业;(21)中外交通史;(22)中英鸦片战争;(23)战争的发展与中国的开放。不难看出,《中国总论》几乎涵盖了中国社会与历史文化的所有重要方面,将其书名定为"总论",是很贴切的。

② Williams S W.*The Middle Kingdom*.New York:Wiley & Putnam,1848,Vol.1,p.561.

③ *The Chinese Repository*,Vol.18,pp.400—401.

从上文可以看出,卫三畏曾经在三种书刊上译介过《聊斋》中的故事,其中最早也最多的是1842年出版的《拾级大成》;由此可以修正王丽娜的结论,而且除了《种梨》和《骂鸭》外,最早被卫三畏完整翻译成英文的还有《曹操冢》。另外,王丽娜所记《种梨》和《骂鸭》之译文在1848年版《中国总论》中的页码(693—694页)颇可存疑,据笔者看到的版本是在561—562页。

法国学者高第(Henri Cordier)在权威性的《西人论中国书目》(*Bibliotheca Sinica*)中将《中国总论》放在第一部分《中国总说》的第一类"综合著作"中,①这是列入这一类别中的第一部美国著作。《中国总论》可以说是美国汉学兴起的标志,所以比较容易受到关注。2003年,程章灿在《也说〈聊斋志异〉"被洋人盗用"》一文中提到的第一部著作也是《中国总论》(其依据也是王丽娜),他在考察了《聊斋》在西方的多种翻译后发现,"《种梨》在欧美译文中出现的频率几乎可以与最有名的《劳山道士》等篇相媲美。从这一点来看,说《种梨》是在欧美国家(这里主要指英美法德)中最为流行的《聊斋志异》篇目之一,应该是不过分的。"②《种梨》构思奇妙、语言生动,确实是《聊斋志异》中的精品;《骂鸭》、《曹操冢》、《商三官》也都是《聊斋》中文学性比较高的篇章,卫三畏选择这几篇进行全文翻译颇足以表明他的文学眼光。

《拾级大成》出版于1842年,郭实腊的文章也发表在1842年,要确定谁是西文中最早的《聊斋》译介者有相当的难度。从王燕的论述中我们知道,郭实腊的文章"没有标题,每段介绍一篇,大致粗陈梗概,可谓错漏百出。我们只能从其叙述中大致猜测译介的究竟是哪一篇。"③由此可知郭实腊的重点在"介",而不在"译"。所以如果说最早的"译"者,应该还是非卫三畏莫属。另外王燕认为,卫三畏之所以关注《聊斋》是受到了郭实腊的影响,卫三畏"对于《聊斋志异》,乃至中国小说的看法,也在很大程度上继承了郭实腊的观点。"④这显然是把卫三畏最早翻译《聊斋》的时间误系于1848年而得出的结

① Cordier H.*Bibliotheca Sinica*.1904,p.85.

② 程章灿:《也说〈聊斋志异〉"被洋人盗用"》,《中华读书报》2003年9月24日。

③ 王燕:《试论〈聊斋志异〉在西方的最早译介》,《明清小说研究》2008年第2期,第220、225、222页。

④ 王燕:《试论〈聊斋志异〉在西方的最早译介》,《明清小说研究》2008年第2期,第220、225、222页。

论。现在我们知道,卫三畏翻译《聊斋》的时间并不晚于郭实腊,两者之间有无影响,以及谁影响谁,就很难确定了。更值得指出的是,卫三畏对《聊斋》的文学价值有比较深入的体认,而根据王燕的看法,郭实腊"对于《聊斋志异》的文学成就视而不见、闭口不谈"。① 所以这种影响即使存在,也不可能是卫三畏"在很大程度上继承了"郭实腊。

《拾级大成》是卫三畏编写的第一部著作,也是美国人有史以来编写的第二部汉语学习工具书,近年来逐渐受到研究汉语史学者的关注,可惜还没有引起文学研究者的重视。实际上,这本书中的很多例句,特别是阅读和翻译部分的例句有不少都采自《三国演义》、《子不语》等文学著作,很值得引起关注。这本 287 页的著作对于研究中国文学,特别是中国文学的海外传播具有不可忽略的价值。该书中文书名页的内容是:"咪唎坚卫三畏鉴定,《拾级大成》,香山书院梓行,道光辛丑年镌";英文书名页的内容是:"Easy Lessons in Chinese:or Progressive Exercises to Facilitate the Study of That Language,Especially Adapted to the Canton Dialect,by S.Wells Williams,Macao:Printed at the Office of the Chinese Repository,1842"。

卫三畏的档案现存美国耶鲁大学,其中有一份书单,记录了卫三畏购买的书籍数十种,其中就有《聊斋志异》②,可惜其原书却未能保留,估计是在 1856 年的一场大火中被烧掉了。这一年因为"亚罗号"事件,中英之间关系再度紧张,12 月 14 日外国人在广州的夷馆被烧,其中的印刷所也被毁,卫三畏作为传教士于 1833 年 10 月到达广州后一直负责这家印刷所的工作,他所主持的主要印刷品就是前文提到的英文月刊《中国丛报》(1832 年 5 月创办,1851 年 12 月停刊)。这场大火不仅使他的印刷材料付之一炬,也使他失去了全部家当。③ 卫三畏后来没有再翻译《聊斋》中的故事,估计与此有关。

《聊斋志异》的版本情况非常复杂,卫三畏在《中国总论》中提到的是 16

---

① 王燕:《试论〈聊斋志异〉在西方的最早译介》,《明清小说研究》2008 年第 2 期,第 220、225、222 页。

② *Samuel Wells Williams Family Papers.* Yale University Library Manuscript Group 547,Series 4,Box 26.

③ Williams F W.*The Life and Letters of Samuel Wells Williams.* New York:G.P.Putnam's Sons,1888,p.242.

卷本,在更早的《拾级大成》中介绍蒲松龄的一段文字中也提到了该书的版本:"《聊斋志异》是短篇小说集,常见的是 16 卷本,作者蒲松龄是一位山东的杰出学者,他生活于康熙年间,他的序言系于 1679 年。这是一部具有完美风格的高超的作品,用纯正的汉语写成。"①据此我们推测卫三畏使用的翻译底本应该是青柯亭本,即乾隆三十一年(1766)赵起杲刻本,或称赵本,该本此后有过许多翻刻本和重印本,在传播《聊斋》的过程中起过很大的作用。后来发现了更近于原本的铸雪斋抄本是 12 卷,蒲松龄的稿本存世者已有残缺,大约也是 12 卷,所以近人整理的会校会注会评本《聊斋志异》(张友鹤辑校,上海古籍出版社 1962 年第一版,1978 年新一版,凡四册,简称三会本)仍作 12 卷。青柯亭 16 卷本与现在通行的 12 卷本之间篇目对应的关系很混乱,但就卫三畏翻译的几篇内容来看,它们之间在文字上并没有什么差异。

(本文原载于《明清小说研究》2012 年第 3 期)

---

① Williams S W. *Easy Lessons in Chinese*. p.157.

卜德与《燕京岁时记》

　　《燕京岁时记》是一部记录北京岁时风物民俗的专书，以新年第一天开始，逐日逐月地介绍各种节日、庙会、食物、游戏以及有关的名胜古迹，生动而全面展现了老北京的风俗画卷。该书作者为满族人富察敦崇（礼臣），作品完成于 1900 年，刊印于 1906 年。鉴于这部作品的价值，1961 年北京出版社根据原刻本重新标点排印出版（与清初潘荣陛的《帝京岁时纪胜》合为一册），这就是我们现在看到的通行版本。该本的《出版说明》称，《燕京岁时记》"这本书曾有过法文和日文的译本"①。据笔者所知，日译本是有的（1941 年小野胜年译本），法译本大约并没有，日译本之前有 1936 年出版的英译本，书名为 Annual Customs and Festivals in Peking，译者是美国学者卜德（Derk Bodde，1909—2003）。

　　卜德于 1930 年哈佛大学本科毕业后继续留校攻读汉学方向的研究生，1931 年他获得哈佛燕京学社的资助来到北京进修，从此在北京度过了六年时光。《燕京岁时记》的翻译和出版就是在这段时间里完成的。

　　卜德在北京进修的主要科目是中国哲学史，特别是儒家哲学（他后来把冯友兰的《中国哲学史》译成英文），但随着阅读范围的扩大和生活体验的丰富，卜德逐渐认识到，中国的文化精神是异常丰富的，不仅体现在四书五经和其他经典著作中，也体现在老百姓日常的衣食住行之中。《燕京岁时记》这本书打动他的一点就是"书中一次都没有直接提到孔夫子"，他认为由此可以看出，"儒家虽然形塑了统治阶层和知识分子阶层的思想和道德，但对于一般老

---

① 潘荣陛、富察敦崇：《帝京岁时纪胜、燕京岁时记》，北京出版社 1961 年版，第 2 页。

百姓的影响却相对很小，他们的思想意识更多地体现在日常的节日和习俗中。"①1930 年代虽然离敦崇写作《燕京岁时记》的年代相去不远，但其中记录的一些节日已在淡化或消失。卜德在留学过程中对北京的生活越来越迷恋，他的翻译就个人来说是出于思古之幽情，而从学术上来说则是为了让西方读者更好地了解老北京的生活，从而让他们从社会底层的方面了解中国的思想。

翻译《燕京岁时记》的一大困难在于其中有太多太多的专有名词，很难逐译。卜德的做法基本上是直译，遇到个别极难翻译之处则采取意译或部分省略的方法。例如在《灯节》一节中，敦崇列举了多种烟火的名目，卜德一一做了翻译：盒子（small boxes）、花盆（flower pots）、烟火杆子（fire and smoke poles）、线穿牡丹（peonies strung on a thread）、水浇莲（lotus sprinkled with water）、金盘（golden plates）、落月（falling moons）、葡萄架（grape arbors）、旗火（flags of fire）、二踢脚（double-kicking feet）、飞天十响（ten explosions flying to heaven）、五鬼闹判儿（five devils noisily splitting apart）、八角子（eight-cornered rockets）、炮打襄阳城（bombs for attacking the city of Hsiang Yang）、天地灯（lanterns of heaven and earth），如此等等。又如在《九花山子》一节中敦崇列举的菊花名目多达一百三十三种，卜德翻译了绝大部分，个别实在难以传达的只好略而未译，如"汉皋解佩"、"文经武纬"、"沉香贯珠"，对此，卜德在页下的注释中请求读者予以谅解②。

卜德在译文中所做的注释大部分是针对原文中一些西方人不了解的人名和地名。如上文列出的烟火名目中有一种叫"炮打襄阳城"，对于"襄阳城"卜德做了如下的注释："位于湖北省汉水之滨，历来是兵家必争的战略要地。"卜德在两处注释中还指出了原作者的错误。一处是关于"清明"，敦崇在这一节开头写道："清明即寒食，又曰禁烟节。"卜德在注释中说："作者这里说错了，寒食应该在清明前一天，清明节如果用阳历来计算，一般在每年的 4 月 5 日左右。"③另一处是在"戒台"一节，敦崇在原文中写道："寺后有太古、观音、化

① Bodde D.*Annual Customs and Festivals in Peking.*Peiping：Henri Vetch，p.x.

② Bodde D.*Annual Customs and Festivals in Peking.*p.7，pp.72-73.

③ 潘荣陛、富察敦崇：《帝京岁时纪胜、燕京岁时记》，第 54、57、59 页；Bodde D.*Annual Customs and Festivals in Peking*，p.26，p.34，p.39.

阳、庞涓、孙膑五洞,寺西五里有极乐峰。"卜德在注释中指出,"化阳乃华阳之讹,华阳是陕西的一个县,曾经一度在芈戎的管辖之下,芈戎是宣太后的弟弟,宣太后则是秦惠文王的夫人。芈戎后来隐居在这个洞中,就用以前管辖的那个县的名字命名自己隐居的这个洞。"①

卜德的注释不仅具有知识性,也具有学术性。上文关于华阳洞的来历就显示了他的历史考据功夫,虽然没有列出参考文献,但熟习中国历史的人都知道,他依据的是《战国策》和《吕氏春秋》。在其他一些注释中,他则引经据典,比如他在解释寒食的时候就引用了《左传》和《史记》中关于晋文公的记载。更为难能可贵的是,卜德还注意到了当代学者的著述。敦崇在描述妙峰山碧霞元君庙时有这样一段文字:"庙东有喜神殿、观音殿、伏魔殿,庙北有回香亭。庙无碑碣,其原无可考。然自雍乾以来即有之,惜无记之者耳。"针对这段话卜德做了如下注释:"妙峰山是北京周边最受人欢迎的进香之地,但现存的记录却如此之少,实在值得关注。容庚在探讨妙峰山香火起源的文章中,全文引用了敦崇的这段话,作为几乎是唯一的详细描述。他同时还提供了另外一条材料,说明妙峰山早在 1629 年就已经香火颇盛,因此其作为进香之地完全可以追溯到明朝。容庚的文章刊载在《妙峰山》一书中,该书由顾颉刚主编,1928 年出版。顾颉刚在收入该书的自己的一篇文章中指出,妙峰山只是在清代才真正受欢迎起来,在明代人们最常去朝拜的是离北京更近的五座碧霞元君庙,分别位于北顶、南顶、东顶、西顶和中顶。对这五处地方《燕京岁时记》均有记载。"②

卜德对于古代和当代材料的熟练掌握和运用,一方面固然是基于他日益深厚的汉学功力;另一方面也得力于中国学者的指点和帮助,这从卜德在"译者前言"最后开列的致谢名单中可以不难看出,其中引人注目的是特别提到著名学者张星烺(时任辅仁大学历史系主任)和洪业(时任燕京大学哈佛燕京学社主任)。

---

① 潘荣陛、富察敦崇:《帝京岁时纪胜、燕京岁时记》,第 54、57、59 页;Bodde D. *Annual Customs and Festivals in Peking*, p.26, p.34, p.39.

② 潘荣陛、富察敦崇:《帝京岁时纪胜、燕京岁时记》,第 54、57、59 页;Bodde D. *Annual Customs and Festivals in Peking*, p.26, p.34, p.39.

　　卜德的"译者前言"写于 1935 年 9 月 21 日,由此可知他在此前已经完成了翻译工作。译本正式出版是在 1936 年,出版者是当时在北京十分活跃的法文书店,其老板是热心文化事业的法国人魏智(Henri Vetch),书店的办公室设在北京饭店。1937 年卜德英译本冯友兰《中国哲学史》上卷也是由法文书店出版的。误以为《燕京岁时记》有法文译本,也许是由于出版者是法文书店而来。

　　卜德的《燕京岁时记》英译出版后,受到了国际汉学界的广泛好评。荷兰的戴闻达(J. J. L. Duyvendak)、英国的魏理(Arthur Waley)、美国的魏鲁男(James R. Ware)等著名学者均发表书评,对卜德的工作表示祝贺和肯定。在表扬的同时,他们也提出了一些商榷意见。戴闻达认为,"压岁钱"翻译成"cash to pass the year"固然可以,但没有能够同时传达出其中所隐含的压"祟"(cash to press down evil influences)的意思。魏理认为将"豆泥骨朵"按照拼音翻译成 tou-ni-ku-to 虽然不错,但很费解,实际上这是一个蒙古语,意思是肉饺(meat dumplings)。魏鲁男认为将"打冰"翻译成 striking ice 过于拘泥于字面,getting in the ice 在他看来更好一些。①

　　卜德的英译本在中国国内也不乏关注者,其中最重要的是周作人。他在阅读了英译本和日译本后,于 1942 年 8 月 19 日写了一篇题为《关于〈燕京岁时记〉译本》的文章(署名药堂,刊于 1942 年 10 月 1 日《国立华北编译馆馆刊》第 1 卷第 1 期)。此文周作人未编入文集,至近年来始收入《周作人集外文》(海南国际新闻出版中心 1995 年版)和《周作人散文全编》二书。

　　在文章的开头,周作人写道:"敦崇所著《燕京岁时记》是我所喜欢的书籍之一,自从民国九年初次见到,一直如此以至今日。原书刻于光绪丙午,距今才三十六年,市上尚有新印本发售,并不难得,但是我有一本,纸已旧敝,首页有朱文印二,曰铁狮道人,曰姓富察名敦崇字礼臣,篆刻与印色均不佳,所可重者乃是著者之遗迹耳。寒斋所得此外尚有《紫藤馆诗草》,《南行诗草》,《都门

---

① Duyvendak J J L. Review of *Annual Customs and Festivals in Peking*. *T'oung Pao*, 1937, Vol. 33, Livr.1, p.104; Waley A. Review of *Annual Customs and Festivals in Peking*. *Folklore*, 1936, Vol.47, No. 4, p.403; Ware J R. Review of *Annual Customs and Festivals in Peking*. *Harvard Journal of Asiatic Studies*, 1937, Vol.2, No.1, p.11.

纪变三十绝句》,《画虎集文钞》,《芸窗琐记》,《湘影历史》等六种,但是最有意思的,还要算这《岁时记》,近七八年中英文日文译本都已出来,即此也可见为有目所共赏了。英译本名 Annual Customs and Festivals in Peking,译者 Derk Bodde,一九三五年(按应为 1936 年)北京法文书店发行,价十三元半,但是现售加倍了。日译本名《北京年中行事记》,小野胜年译,昭和十六年岩波书店发行,价金六十钱也。"①接着周作人指出了翻译中的一些错误,就卜德的英译本来说,有以下几条:一、《端阳》一节中描述粽子有一段话:"以竹筒子贮米,投水以祭之,以楝叶塞其上,以彩丝缠之,不为蛟龙所窃。"②其中卜德将"楝叶"翻译成了 lily leaves(莲叶)是不对的,应该译为 Persian lilac。二、《江南城隍庙》一节最后一句话是:"每岁中元及清明、十月一日有庙市,都人迎赛祀孤。"③卜德将"祀孤"翻译成 give offerings to these lonely gods,即以孤为孤神,是误解了原文,"其实这里的神们都不孤独,不但城隍皆有夫人,即从神亦犹官衙之吏胥,徒党甚众也",④所以这里所祭祀的应该是"孤魂"(lonely spirits of the departed)。三、卜德在译本序言中,根据《紫藤馆诗草》卷首《铁狮道人传》将敦崇的去世系于宣统三年(1911),时年五十七岁。周作人指出,卜德对这份传记材料存在误读,尤为严重的是忽略了其中的一段话:"惟遇隆裕皇太后大事,成服而出,缟素二十七日。"从这段话可知,民国二年(1913)裕皇太后葬礼举行时,敦氏尚在,其年五十九。至于敦崇到底死于何时,周作人认为由于没有确切的材料,可以存疑,但"不如译者所说死于辛亥也明甚。"⑤

戴闻达和魏理的文章发表后,卜德很快就看到了,而周作人的文章则是由好友费正清(John K.Fairbank,卜德北京留学时期的同学,后来成为哈佛大学著名教授)告知后才找来一读。对于中外专家们提出的意见,卜德基本都同意,但要落实这些意见,只有等待修订再版。在初版问世近三十年后,香港大学出版社于 1965 年推出了《燕京岁时记》英译的第二版,其后又于 1968 年和

① 《周作人散文全集》(第 8 卷),广西师范大学出版社 2009 年版,第 643、645、644 页。
② 潘荣陛、富察敦崇:《帝京岁时纪胜、燕京岁时记》,北京出版社 1961 年版,第 62、72 页。
③ 潘荣陛、富察敦崇:《帝京岁时纪胜、燕京岁时记》,北京出版社 1961 年版,第 62、72 页。
④ 《周作人散文全集》(第 8 卷),广西师范大学出版社 2009 年版,第 643、645、644 页。
⑤ 《周作人散文全集》(第 8 卷),广西师范大学出版社 2009 年版,第 643、645、644 页。

1987 年两次重印这一版本。在为第二版所写的序言中,卜德特别提到了自己早年对于敦崇死期的错误判断,他感谢周作人的指正,同时也很困惑于自己当年为什么竟然会把敦崇"因病请假就医"轻率地理解为一病不起。

可能还是由于年轻吧。1935 年时的卜德毕竟还只是一名初出茅庐的研究生,犯一点错误在所难免。到 1965 年,他已是宾夕法尼亚大学汉学教授,著作等身的大学者,但看到自己早年的译著再版仍然抑制不住内心的激动,因为《燕京岁时记》的翻译是他"第一部尝试进入汉学研究领域的著作(first book-length venture into Chinese scholarship)。"[1]人生的第一次总是让人难忘和激动。这次最初的尝试也影响了卜德日后的研究方向。中国的节日始终是他的一个关注重点,1975 年,卜德出版了他的代表作《古代中国的节日》(Festivals in Classical China),在该书"前言"的一开头,卜德写道:"笔者对中国节日这个课题感兴趣已经有四十年了。笔者早在 1936 年就翻译过一本有关北京岁时的著作,该书写于 1900 年,作者是一位满族人。对该书的翻译成为笔者最早的一本著作。《古代中国的节日》一书的研究对象是二千年前汉代的节日和庆典,这一课题此前还没有人研究过。"[2]当卜德写下这段话的时候,他的脑海中浮现的,一定是自己四十年前的留学生活吧。尽管日军即将兵临城下,卜德的翻译进度不减;但战争的爆发无疑影响了《燕京岁时记》英译本初版的发行和销售,卜德对第二版的热情也是希望自己最初的工作能够为更多人的所了解和利用。

(本文原载于《民俗研究》2011 年第 3 期)

---

① Bodde D.*Annual Customs and Festivals in Peking.* Hong Kong University Press,1965,p.xvi.

② Bodde D.*Festivals in Classical China.*Princeton University Press,1975,p.xi.

冯友兰《中国哲学史》的英译本

冯友兰的《中国哲学史》是 20 世纪中国学术史上的一部名著,也是最早被翻译成英文的著作之一。冯友兰晚年在《三松堂自序》中谈到这本代表作时说:"听说一直到现在在西方各大学中,讲中国哲学史的,都还以这部书为依据。这是因为一直到现在,还没有新的外文的《中国哲学史》出现。"①冯友兰说这些话的时候,离《中国哲学史》上册英文本问世(1937 年)已将近半个世纪了。

一

冯著《中国哲学史》分上下册,上册(《子学时代》)由神州国光社于 1931 年出版,1934 年上册和下册(《经学时代》)全部由商务印书馆出版。该书出版后受到中国学界的高度评价,被认为"取材谨严,持论精确"。② 同时它也引起了海外学者的关注,随着英译本的出现,它逐渐成为西方学者研究中国哲学的必读书。

冯著上册的英译本于 1937 年由北京的法文书店出版(1952 年由普林斯顿大学出版社再版),下册的英译本 1953 年由普林斯顿大学出版社出版。前后两册的出版时间相隔如此之长,主要是由于战争和动荡的政治局势。这两

---

① 冯友兰:《三松堂自序》,生活·读书·新知三联书店 1984 年版,第 230、229、229 页。

② 陈寅恪 1930 年代为冯著上下两册所写审查报告中的用语,详见陈寅恪:《金明馆丛稿二编》,生活·读书·新知三联书店 2001 年版,第 279、282 页。

册均是由卜德翻译的。

卜德在北京的六年中,进修的主要科目是中国哲学史。1931 年他一到北京就去拜访冯友兰并在清华旁听相关课程。冯友兰回忆说:"我在清华讲中国哲学史的时候,有一个荷兰裔的美国人卜德,在燕京大学当研究生。他的名字挂在燕京,但是来清华听我的课。那时候,《中国哲学史》上册已经由神州国光社出版。卜德向我建议说,他打算用英文翻译我的《中国哲学史》,请我看他的翻译稿子。他翻译完一章,就把稿子给我看一章。到 1935 年左右,他把上册都翻完了。那时候,有一个法国人 Henri Vetch(魏智)在北京饭店开了一个贩卖西方新书的书店,名叫'法文书店'。他听到卜德有一部稿子,提议由他用法文书店的名义在北京出版。卜德和我同意了,他拿去于 1937 年出版。"①卜德的译序写于 1937 年 5 月 18 日,离卢沟桥事变不到两个月。中日战争爆发后,冯友兰随清华向内地迁移,卜德则返回美国,下册的翻译工作只得高高挂起。

抗战胜利后,机会来了。冯友兰回忆说:"到 1945 年日本投降,我在昆明接到卜德的来信说,他现在美国本薛文尼(宾夕法尼亚)大学,已经向洛氏基金请到一笔款子,算是捐给这个大学。这个大学用这笔款请我于 1946 年去当个客座教授,讲中国哲学史,主要是同他合作,继续翻译《中国哲学史》的第二部分。我答应了,于 1946 年 9 月到本薛文尼(宾夕法尼亚)大学,继续翻译工作。……到 1947 年暑假,卜德的翻译工作没有完成,但是我的任期已满,不得不离开。"②翻译工作又一次中断。

好在 1948 年秋卜德获得了富布莱特奖学金,作为访问学者再次来到了北京,下册的翻译工作再一次得以继续。当时中国正处于大变局的时代,冯友兰和卜德的合作注定还要经历一番波折。冯友兰继续回忆说:"卜德住在北京,经过平津战役,在围城之中,继续他的翻译工作,到朝鲜战争爆发的时候,他已经翻译完毕。他看见中美关系不好,恐怕交通断绝,就带着稿子回美国去了。此后音信不通。一直到 1972 年邮政通了,我才知道,这部《中国哲学史》英文

---

① 冯友兰:《三松堂自序》,生活·读书·新知三联书店 1984 年版,第 230、229、229 页。
② 冯友兰:《三松堂自序》,生活·读书·新知三联书店 1984 年版,第 230、229、229 页。

稿,包括以前在北京出版的那一部分,都已经由普林西顿(普林斯顿)大学出版社于 1952 年(按:应为 1952—1953 年)出版。"①冯友兰大约未必知道,其大著的英译本自出版后不断重印,到 1973 年已经印刷了七版。

Habent sua fata libelli——这句拉丁文的意思是说:书也有命运。至于人的命运,则更是风云莫测。1978 年 10 月,第一个美国学术代表团访问中国,卜德是成员之一,据代表团团长余英时记载,"自从代表团组建以来,冯友兰就是他最想见的人。尽管我们反复要求,但冯从未露面。"②直到 1980 年代冯友兰走出"文化大革命"阴影,两位合作者才于隔绝三十年后再次见面。

二

《中国哲学史》本来是为中国学人而写的专著,现在要翻译成英文,内容宜乎有所调整。

为了便于西方读者接受,卜德在征得冯友兰同意后在翻译中对原著做了一些增删。首先是在正文之外增加了五个辅助部分:译者前言、中国哲学家年表、参考书目、索引、战国地图。正文中的增加主要是背景知识,有些直接加在正文中,有些则以译注的形式放在页下。如讲到墨子的时候,卜德有页下注云:"墨子的本名是墨翟,放在很多哲学家名字中的这个子(Tzu)字——如墨子、庄子等等——并不是他们的名字,而是一种尊称,意思是'墨大师'、'庄大师'。"③在讲到孟子贵王贱霸的思想时,卜德的注释是这样的:"周朝的统治衰落后,它的权威被一些强有力的诸侯僭越,这些诸侯凌驾在其他诸侯之上,多次召集联盟会议,就被称为'霸'(Pa)。根据传统的算法,春秋时期共有五霸:齐桓公(公元前 685 —前 643 在位)、秦穆公(公元前 659 —前 621 在位)、宋襄公(公元前 650 —前 637 在位)、晋文公(公元前 636 —前 728 在位)、楚庄

---

① 冯友兰:《三松堂自序》,生活·读书·新知三联书店 1984 年版,第 230 页。
② 余英时:《十字路口的中国史学》,上海古籍出版社 2004 年版,第 32 页。
③ Bodde D.trans., *A History of Chinese Philosophy*.Peiping:Henri Vetch, 1937, Vol.1, p.76, p. 112,p.124.

公(公元前 613—前 591 在位)。"①除了这一类介绍背景的文字,卜德也会偶尔就翻译问题出注,例如关于人性问题,告子有一个重要观点:"生之谓性"(《孟子·告子上》);卜德将这句话译成"That which at birth is so is what is called nature",又出一注释道:"这句话意思含混,是中国哲学文献中最难确切传达的观点之一,关于对它的多种解释,读者可以参阅理查兹(I.A.Richards)的《孟子论心性》(*Mencius on the Mind*)一书的第 23 至 28 页。告子认为人性无所谓好坏,也不牵涉道德问题。他这句话大概就是说人性就是人生下来的时候所具有的性情,其中不含有孟子所说的那种道德品质。关于告子观点的详细论说,可以参见本书下文第七章《战国时之百家之学》中有关告子的部分。"②

　　直接加在正文中的内容可以举论述孔子的一章为例。为了让不熟悉孔子的西方读者对这位中国圣人的生平有所了解,卜德在第四章《孔子及儒家之初起》的一开头增加了一段介绍文字:"我们对于中国早期哲学家的生平一般知道得很少,孔子则相对要多一些,这主要得力于《史记》卷四十七《孔子世家》中的专门记录。根据这一记录,我们知道孔子生于公元前 551 年,他是鲁国人,出生地在今天山东省曲阜市附近。他的祖先是宋国(位于鲁国西南,在现在河南省)的宗室,移居至鲁国是在他曾祖的时候,在鲁国他的家族衰落了。孔子和后来几个世纪中出现的不少哲学家和政治家一样,都属于破落贵族阶级。Confucius 是'孔夫子'的音译,意思是孔大师。他的本名是孔丘、字仲尼。一般认为孔子三岁的时候父亲就去世了,他是由母亲抚养大的。他的父亲是鲁国一个颇有权力的军官。他十九岁的时候结婚,也大约在同时他开始任职,一开始负责管理仓库,后来负责管理土地。此后一段时间他的经历(包括在临近的齐国生活了若干年)究竟是怎样的,现在已无法完全确定。可以确定的是,公元前 501 年,他做了鲁国的宰相——他一生中最高的职位。按照《史记》的记载,他在这个位置上治理鲁国非常成功,引起了临近的齐国的

---

　　① Bodde D.trans., *A History of Chinese Philosophy*. Peiping: Henri Vetch, 1937, Vol.1, p.76, p.112, p.124.

　　② Bodde D.trans., *A History of Chinese Philosophy*. Peiping: Henri Vetch, 1937, Vol.1, p.76, p.112, p.124.

担忧,于是齐国送给鲁国君主一批歌女和舞女,使他耽溺于声色而不问国事。孔子非常失望,辞去了自己的职务,在众多弟子的陪同下,于公元前497年开始周游列国,这段游历前后长达十三年,期间经历了不少苦难和危险。最终他回到了故土,在生命的最后三年,他致力于学术研究和教授门徒。他死于公元前479年,葬在曲阜。他的墓直到今天依然存在。"①

这些增添的背景知识在今天看来都是常识,是稍微对中国文化有所了解的人都知道的。但是在1930年代这样的增添却是必不可少的,因为当时西方人对中国的了解是相当少的,他们所知道的古代哲学和古代文化只局限于希腊和罗马。这也是卜德为什么要翻译冯著的一大原因,他在序言中写下了这样一段话:"尽管现代的各种发明使世界各国之间的接触越来越频繁,但阻碍人们进行思想和精神交流的障碍依然广泛存在。从人类历史来看,精神的交流总是落后于物质的交流,现在物质交流的手段已经越来越多了,从精神层面去理解其他民族就变得更为迫切了。即使在今天,我们还是经常听到西方的学者说这样的话:'欧洲的中世纪把全世界带进了文化的谷底',他们完全不知道,当时中国的唐朝正在呈现人类最灿烂的文化,人类有史以来的第一部印刷品也在九世纪的中国问世。我们很多的西方人至今还像中国道家哲人庄子所谓的井底之蛙一样,以为自己所看到的那一角天空就是全部的风景。许多人死守着希腊罗马的文化遗产,以为这就是所有的文明,而实际上现在我们比以往任何时候都更迫切地需要用一种比较的眼光去看待其他文明,这样做不仅是为了去了解这些异族的文明,也是为了用一种客观的态度来反观我们自己的文明。"②确实,自18世纪欧洲"中国热"过去后,一个多世纪以来西方人对中国和中国文化的了解实在是太少了。汉学家有责任为他们的同胞提供最新的知识和信息。

与增添相比,删节是比较少的,最主要的是冯友兰的三份序言没有翻译。另外第一章《绪论》中介绍哲学的内容和方法的几节没有翻译。"哲学本一西洋名词",③正如冯友兰开篇所说,这些内容对西方人来说是常识,就没有翻译

① Bodde D.trans.,*A History of Chinese Philosophy*.Vol.1,p.43,p.i.

② Bodde D.trans.,*A History of Chinese Philosophy*.Vol.1,p.43,p.i.

③ 冯友兰:《中国哲学史》(上),生活·读书·新知三联书店2009年版,第3、18页。

的必要了。

　　冯著的一个重大特点是大量抄录原文,冯友兰说自己这样做是继承了中国以往的学术传统:"中国人所写此类之书几皆为选录式的;如《宋元学案》、《明儒学案》,即黄梨洲所著之宋、元、明哲学史;《古文辞类纂》、《经史百家杂钞》,即姚鼐、曾国藩所著之中国文学史也。"①这样写有它的好处,但也有学者批评冯友兰"直用原料的地方太多"而线索不清,②作为译者卜德倒没有这样的感觉,他在译序中写道:"冯著大量引用原始资料,这使本书不仅成为中国哲学的一个有价值的文献选编,而且让这些古老的文本表达自己的观点,这非常重要,因为关于这些文本的解释往往是多样的。译者尽可能地贴近原文,但也充分利用了已有的西文的翻译,但很少原文照录,而是做了自己的修正,使翻译更加准确。"③

　　根据卜德在文中做的注释和最后列的参考文献,他参考过多种已有的英文翻译,例如就四书五经而言,他的主要参考对象是理雅各的五卷本巨译《中国经典》(*The Chinese Clssics*):第一卷为《论语》《大学》和《中庸》(*Confusian Analects*,*The Great Learning*,*and The Doctrine of the Mean*);第二卷为《孟子》(*The Works of Mencius*);第三卷为《尚书》(*The Shoo King*,*or The Book of Historical Documents*);第四卷为《诗经》(*The She King*,*or The Book of Poetry*);第五卷为《春秋左传》(*The Chun Tsew*,*with the Tso Chuen*)。其他重要参考文献包括:翟理斯的《庄子》译本(*Chuang Tzu*,1926)、德效骞的《荀子》译本(*The Works of Hsuntze*,1928)、魏理的《老子》译本(*The Way and Its Power*,1934)、梅贻宝的《墨子》译本(*The Ethical and Political Works of Motse*,1929)。至于没有现成译本可以参考的,如《公孙龙子》《韩非子》等等,卜德提供了最早的译文。

　　理雅各是卜德最为敬重,也是在翻译中借鉴最多的前贤;但仔细对比每一段译文就会发现,卜德都会多多少少做一些修订。试举一例。关于人性善,孟子有一段著名的论述,以"人皆有不忍人之心"开始,最后得出的结论是:"恻隐之心,仁之端也;羞恶之心,义之端也;辞让之心,礼之端也;是非之心,智之

---

①　冯友兰:《中国哲学史》(上),生活·读书·新知三联书店 2009 年版,第 3、18 页。

②　张荫麟:《评冯友兰〈中国哲学史〉》,《大公报·文学副刊》1931 年 6 月 8 日。

③　Bodde D.trans.,*A History of Chinese Philosophy*.Vol.1,pp.xi-xii.

端也。人之有是四端,犹其有四体也。"(《公孙丑上》)。这段话的理雅各译文是:

> The feeling of shame and dislike is the principle of righteousness. The feeling of modesty and complaisance is the principle of propriety. The feeling of approving and disapproving is the principle of knowledge. Men have these four principles just as they have their four limbs.[1]

卜德的译文修订为:

> The feeling of commiseration is the beginning of human-heartedness. The feeling of shame and dislike is the beginning of righteousness. The feeling of modesty and yielding is the beginning of propriety. The sense of right and wrong is the beginning of wisdom. Man has these four beginnings just as he has his four limbs.[2]

对比两份译文,可以看出虽然句式几乎没有变化,但几个关键词的翻译则差异很大,理雅各将"端"译成"principle",不是十分贴切,卜德译成"beginning",应该说更好。更重要的是,理雅各把"仁"翻译成"benevolence",用的是一个现有的英文词,而卜德则使用了一个新生造的词"human-heartedness"。两者孰优孰劣,很难判定,但卜德的修改无疑反映了他的独立思考。

"仁"是孔子思想中最重要的概念之一,如何翻译,不仅牵涉到语言问题,更牵涉到思想问题,所以历来众说纷纭,比较常见的有 morality, virtue, goodness, altruism, humanity, true manhood 等。卜德的译本出版后,像理雅各的 benevolence 和其他"仁"的译法一样,human-heartedness 也遭到了质疑,卜德在《中国哲学史》下册译本中改用了 love 一词,但同样不能让所有人满意。

曾长期在美国教授中国哲学史的陈荣捷在 1963 年比较了各种译法后认为 humanity 最好,[3]但当代最新的儒学研究者认为,"仁"在不同的语境中意思是不一样的,任何一个固定的译法都无法涵盖所有的语境,所以他们倾向于直

---

① Legge J. trans., *The Chinese Classics*, Vol. II, Second edition. London: N. Trubner & Co., 1869, pp.173-174.

② Bodde D. trans., *A History of Chinese Philosophy*. Vol.1, pp.120-121.

③ Chan W T. *A Source Book in Chinese Philosophy*. Princeton University Press, 1963, p.789.

接用音译 ren 而不是用英语中现有的某个词来对应"仁"。① 这或许不失为一个平息争论的办法。

三

　　卜德的译本出版后,受到国际汉学界的广泛好评,1937 年上册在北京出版后,著名汉学家魏特夫(Karl A.Wittfogel,1896—1988)第一时间就读到了,他后来在书评中说:"西方学术界应该感谢卜德博士将这样一本书很准确地翻译了过来。他所做的注释、索引以及列出的参考书目也是不可或缺的,对阅读正文起到了很好的帮助作用。"②魏特夫在书评最后表示非常期望读到下册的英译本。但好事多磨,下册直到 1953 年才在美国问世。

　　上下两册出版后,当时旅居美国的胡适很快就看到了,并特别撰文予以评论,他赞扬卜德的翻译是"非常忠实于原著的上乘之作"(most faithful and excellent job),这应该可以看作是最有权威性的评价了。当然,对于其中的一些词语,特别是一些重要概念的翻译,胡适也提出了商榷意见。比如他认为卜德把"灾"、"异"翻译成"visitations"和"prodigies"是不太恰当的,建议使用"calamities"和"anomalies"。③

　　在与译者卜德商榷之后,胡适把批评的矛头主要指向了作者冯友兰。胡适认为冯著中给予道教和禅宗的部分过少,与它们在中国思想史上的地位不相适应。造成这一状况固然有篇幅的原因,但更重要的还是由于冯友兰"正统派"的观点——以儒家为中国思想的正统。作为五四健将的胡适显然是反对正统派的,早在冯著中文本上册出版时他就表示过不满,但那时的读者还是

---

　　① 参见 Brooks E B,Brooks A T.*Original Analects:sayings of Confucius and his successors*.Columbia University Press,1998 一书。

　　② Wittfogel K A."Review of *A History of Chinese Philosophy*".*Pacific Affairs*,1941,Vol.14,No.4,p.483.

　　③ Hu S.Review of *A History of Chinese Philosophy*.*The American Historical Review*,1955,Vol.60,No.4,pp.898-900.

中国人,现在英文本出版了,读者扩大到整个西方世界,胡适更加感觉到重申以前观点的必要。

除了学术观点的不同,还存在一个学术话语权的问题。胡适在美国的博士论文《先秦名学史》(*The Development of Logical Method in Ancient China*)1922年由上海亚东图书馆出版后,作为中国人最早的英文哲学著作,一直是西方汉学家的案头之作。但该书只讨论中国古代哲学方法,时间范围也只与冯著上册相当。冯著上下两册英文本出版后,大有取代胡著之势。① 从胡适这段时期的日记来看,他一直希望把自己计划中的《中国思想史》写完,并出版英文本或英文简本。他所计划中的英文本显然是以冯著为对手的。可惜胡适成名太早,一生受累,长期杂务缠身,直至去世也没有能够完成计划中的中英文本的《中国思想史》。

冯著英文本出版以来,不仅为西方学者广泛使用,也成为中国学者研究和教学的重要参考。历史学家何炳棣在回忆自己早年求学经历时特别提到他对1937年英译本的感激之情:"从三十年代起,我对英文字汇就相当用心。历史这门学问的字汇要比其他专业的字汇广而多样,但中国哲学、思想方面字汇,英译的工作困难较大,并非历史学人所能胜任。所以七七事变前夕,我以十五元的高价在东安市场买了刚刚出版的卜德英译的冯友兰《中国哲学史》上册,奔波流徙中始终随身携带。没有它,中国哲学史的字汇英文很难'通关'。卜德这部英译'杰作'大有益于我在海外的中国通史教学。"②15元在当时确实价值不菲,但应该说完全是物有所值。何炳棣早在学生时代就听过冯友兰的课,并且一生都很敬重这位老师。

1937年《中国哲学史》上册的英文本现在已经难得一见了,好在就正文来看,1952年的版本并无丝毫的改动。对于1937年版上的印刷错误和其他不足之处,卜德没有在新版正文上直接改动,而是另外列出了一个"修正和增补表"(Revisions and Additions),放在正文之前。这实在是一个聪明的办法。

① 冯著中文本出版后就已经有取代之势了,杨树达1935年9月21日在师范大学遇到从美国留学回国的齐思和,齐告诉杨,美国"学哲学者近皆读冯友兰所著书,不复及胡适矣。"详见杨树达:《积微翁回忆录》,北京大学出版社2007年版,第73页。

② 何炳棣:《读史阅世六十年》,广西师范大学出版社2009年版,第247页。

值得说明的是,在下册英文本 1953 年出版前,卜德将翻译好的其中三个章节(下册共十六个章节)单独发表在《哈佛亚洲学报》上,具体情况如下:第十三章《朱子》(*The Philosophy of Chu Hsi*)载第 7 卷第 1 期(1942 年 4 月);第十章《道学之初兴及道学中"二氏"之成分》(*The Rise of Neo-Confucianism and Its Borrowings from Buddhism and Taoism*)载第 7 卷第 2 期(1942 年 7 月);第一章《泛论经学时代》(*A General Discussion of The Period of Classical Learning*)载第 9 卷 3、4 期合刊(1947 年 2 月)。此外,冯友兰认为《中国哲学史》中文本下册中关于魏晋的部分比较简略,所以 1946—1947 年在宾大讲学期间对其做了一点增补,让卜德翻译后直接加入译本中,所以这一部分的中英文本稍有不同。

(本文原载于《中华读书报》2012 年 6 月 20 日)

关于鲁迅著作的英文译本

一

综括多年来鲁迅研究成果的《鲁迅大辞典》(人民文学出版社 2009 年 12 月版)一书中有"纪念附册",其中"鲁迅著作的外国译本"(按国家分类,按出版年代编排)之"英译本"条下列出一种:

《无声的中国——鲁迅作品选》(英文本)英国伦敦牛津大学出版社 1973 年出版。戴乃迭译。32 开平装本。封面上有毛泽东录鲁迅《戌年初夏偶作》手迹。正文前译者写了一篇序言,详细介绍鲁迅生平及作品。本书虽以鲁迅《三闲集》中一篇杂文《无声的中国》为书名,但收入的作品除了杂文、随笔十三篇以外还有选自《呐喊》、《彷徨》、《故事新编》的小说五篇,选自《朝花夕拾》的回忆散文四篇、《南腔北调集》等的散文诗和杂文十二篇,是一本综合性的选集。

又"美译本"条下列出四种:

《鲁迅诗选》(英文本)美国亚利桑那国立大学亚洲研究中心 1988 年版。陈颖译。选鲁迅诗六十八首。

《狂人日记及其他故事》(英文本)美国夏威夷大学 1990 年出版。威廉·莱尔译。

《中国小说史略》(英文本)美国康涅狄格州韦斯特波特海泼里翁出版社 1990 年版。

《鲁迅文选》(英文本)美国耶鲁大学远东出版社出版。威廉·莱尔编译。①

这里说得既不够全面,也不尽准确。据笔者所知,鲁迅作品在英美出版的译本有如下一些(按出版时间顺序):

《阿 Q 及其他:鲁迅小说选集》(*Ah Q and Others:Selected Stories of Lusin*,Columbia University Press,1941)。这个选集是由当时在美国哥伦比亚大学执教的华裔学者王际真(Chi-ChenWang)翻译的,1941 年由哥伦比亚大学出版社出版。该书收入了鲁迅的 11 篇小说,除《阿 Q 正传》外,还有:《狂人日记》、《头发的故事》、《风波》、《故乡》、《祝福》、《在酒楼上》、《肥皂》、《孤独者》、《伤逝》、《离婚》。在翻译鲁迅之外,王际真还翻译了张天翼、老舍、巴金等人的作品,1944 年他将这些作品结集成《当代中国小说选》(*Contemporary Chinese Stories*)一书出版,由于前此他在 1941 年已经出版过专门的鲁迅小说选集,所以《当代中国小说选》只收了鲁迅的《端午节》和《示众》2 篇小说——这 2 篇是先前没有翻译的。

《鲁迅小说集》(*A Lu Hsun Reader*,New Haven:Far Eastern Publications,Yale University,1967)。这部由美国学者威廉·莱尔(William A.Lyell)编选的集子(耶鲁大学远东丛刊 1967 年版)收入了《呐喊自序》、《狂人日记》、《随感录三十五》、《肥皂》、《随感录四十》、《阿 Q 正传》、《孔乙己》7 篇作品。编排方式是先中文原文,其后是对每一篇中的字词做详细的英文注释。编者之所以没有给出一字一句的翻译,是因为"学生们一旦明白了关键词语的意思,他们可以从字典中找到最合适的翻译。"②所以这个集子不能算是严格意义上的译本,只是帮助美国学生了解鲁迅和学习中文的一个读物。《鲁迅大辞典》将此书列入译本自无不可,但应作出必要的说明;又《大辞典》将这个集子称为《鲁迅文选》,也有一点问题,因为这本书封面上的中文名称是《鲁迅小说集》,尽管其中所收的并不都是鲁迅的小说。

《无声的中国——鲁迅作品选》(*Silent China:Selected Writings of Lu Xun*,

---

① 《鲁迅大辞典》,人民文学出版社 2009 年版,第 1204—1206 页。

② LyellW A.*A Lu Hsun Reader*.New Haven:Far Eastern Publications,Yale University,1967,p.iii.

Oxford University Press，1973）。该书由戴乃迭（Gladys Yang）编辑和翻译，牛津大学出版社 1973 年出版，共分四个部分，第一部分小说（stories），收入《狂人日记》《阿 Q 正传》《白光》《在酒楼上》《出关》；第二部分回忆散文（reminiscences），收入《狗·猫·鼠》《阿长与山海经》《五猖会》《父亲的病》；第三部分诗和散文诗（poems and prose poems），收入《哀范君三章》《复仇（其二）》《希望》《狗的驳诘》《失掉的好地狱》《立论》《这样的战士》《聪明人和傻子和奴才》《淡淡的血痕中》《惯于长夜》《悼杨铨》《无题》（万家墨面没蒿莱）《亥年残秋偶作》；第四部分散文（essays），收入《我的节烈观》《娜拉走后怎样》《论"费厄泼赖"应该缓行》《无声的中国》《再谈香港》《中国无产阶级革命文学和前驱的血》《帮闲法发隐》《论秦理斋夫人事》《倒提》《中国人失掉自信力了吗》《几乎无事的悲剧》《答托洛斯基派的信》《死》。戴乃迭在序中说，她希望"通过这个选集展示鲁迅各个方面的文学才能，但是由于篇幅所限，以及有些文章如果不了解其背景便很难理解，所以一些重要的作品没有选译，如论述文学与革命关系的文章。"①需要特别提出的是，该书封面上毛泽东手书的鲁迅诗作是《无题》（"万家墨面没蒿莱，敢有歌吟动地哀。心事浩茫连广宇，于无声处听惊雷。"），而非《戌年初夏偶作》——鲁迅没有写过这个题目的诗。

《中国小说史略》（*A Brief History of Chinese Fiction*，Westport，Conn.：Hyperion Press，1973）。这是一个翻印本，由海泼里翁出版社于 1973 年出版。原本是北京外文出版社（Foreign Languages Press）1959 年杨宪益、戴乃迭译本。《鲁迅大辞典》将这个翻印本的出版时间说成是 1990 年，不确，正确的时间是 1973 年。

《鲁迅：为革命而写作》（*Lu Hsun：Writing for the Revolution*，San Francisco：Red Sun Publishers，1976）。该书由旧金山的红太阳出版社于 1976 年出版，分 8 个部分收录了鲁迅的文章和"文化大革命"当中一些关于鲁迅的评论文章，鲁迅本人的文章如下：《三闲集序言》《二心集序言》《且介亭杂文序言》《对于左翼作家联盟的意见》《文学与出汗》《文学与革命》《中国无产阶级

---

① Yang G.*Silent China*：*Selected Writings of Lu Xun*，Oxford University Press，1973，p.xii.

革命文学和前驱的血》、《论第三种人》、《看书琐记(二)》、《记念刘和珍君》、《为了忘却的记念》、《全国木刻联合展览会专辑序》、《白莽作孩儿塔序》、《未有天才之前》、《流产与断种》、《一八艺社习作展览会小引》、《娜拉走后怎样》、《关于妇女解放》、《礼》、《不知肉味和不知水味》、《在现代中国的孔夫子》、《庆祝沪宁克复的那一边》、《论"费厄泼赖"应该缓行》。

《鲁迅小说选》(*Selected Stories of Lu Hsun*,New York:Norton,1977)。这是诺顿出版社 1977 年翻印杨宪益、戴乃迭 1954 年的译本(北京外文出版社)。共收入鲁迅作品 19 篇:《呐喊自序》、《狂人日记》、《孔乙己》、《药》、《明天》、《一件小事》、《头发的故事》、《故乡》、《阿 Q 正传》、《社戏》、《祝福》、《在酒楼上》、《幸福的家庭》、《肥皂》、《孤独者》、《伤逝》、《离婚》、《奔月》、《铸剑》。1994 年位于旧金山的中国书刊出版社(China Book & Periodicals)又再次翻印了此书。

《鲁迅小说全集》(*Complete Stories of Lu Xun*,Bloomington:Indiana University Press,1981)。该书由美国印第安纳大学出版社 1981 年出版,分《呐喊》(Call to Arms)和《彷徨》(Wandering)两部分,收入了鲁迅的 25 篇小说。译者是杨宪益、戴乃迭夫妇。这个译本是印第安纳大学出版社联合外文出版社一起推出的(published in association with Foreign Languages Press,Beijing)。

《鲁迅诗歌全译注释》(*Lu Hsun:Complete Poems*,Temp,Ariz.:Center for Asian Studies,Arizona State University,1988)。该书由美国亚利桑那州立大学亚洲研究中心 1988 年出版,收录了鲁迅的全部诗作:旧体诗 49 首、白话诗 14 首、其他诗作 5 首。译者为华裔学者陈颖(David Y.Chen)。关于翻译的缘起和特点,陈颖在"中文自序"中这样写道:"鲁迅非以诗鸣者,然每以感时愤世之长愁,撰即兴应酬之短韵。警句奇篇,世多传诵。编集梓行已数数矣。晚近复有二三英译选本问世,其文则沿习现代西方自由诗体,虽行式犹在,而韵叶阙如。盖中诗乃有韵之文。韵之为用,如鸟振翼,如弓鸣弦,腾声飞响,悦耳动心。斯汉字之特征,亦中诗之要素也。爱酌采英诗韵律,迻译鲁迅各体诗歌全目,并详加诠译,缀以导言。藉飨同好,就正大方。"[1]从这篇"中文自序"我们

---

[1] Chen D Y.*Lu Hsun:Complete Poems*.Temp,Ariz.:Center for Asian Studies,Arizona State University,1988,p.10.

知道,陈颖给这本书确定的中文名称是《鲁迅诗歌全译注释》,《鲁迅大辞典》称之为《鲁迅诗选》,是不确切的。另外,美国没有国立大学,只有州立大学,《鲁迅大辞典》所谓亚利桑那"国立"大学应为亚利桑那"州立"大学。继陈颖之后,美国学者寇志明(Jon Eugene von Kowallis)1996年在夏威夷大学出版社出版了《全英译鲁迅旧体诗》(*The Lyrical Lu Xun:AStudy of His Classical-style Verse*,Honolulu,Hawaii:University of Hawaii Press,1996),共49首,按时间顺序排列,以1900年3月的《别诸弟三首》开始,1935年12月的《亥年残秋偶作》结束。这与陈颖的安排有所不同,陈颖将鲁迅的49首旧体诗分成古体(ancient style)和律诗(regulated style)。其中古体6首:《祭书神文》、《替豆萁伸冤》、《哈哈爱兮歌三首》、《赠冯蕙熹》、《湘灵歌》、《教授杂咏四首》,其余为律诗,也是按时间顺序,从《别诸弟三首》至《亥年残秋偶作》。

《狂人日记和其他小说》(*Diary of a Madman and Other Stories*,Honolulu,Hawaii:University of Hawaii Press,1990)。该书由夏威夷大学出版社1990年出版,收录了《呐喊》、《彷徨》中所有的25篇小说,以及鲁迅最早的一篇小说《怀旧》,是鲁迅小说的一个非常完整的译本。关于这个译本,威廉·莱尔在"序言"中这样写道:"这个集子中的所有小说此前都被很好地翻译过(就我所知,由我第一个翻译的只有《兄弟》一篇,刊登在1973年《翻译》的创刊号上)。在美国,第一个广为人知的鲁迅小说译本是王际真的《阿Q及其他》(1941年),收入了一篇导论和11篇小说。王将这些故事翻译成流畅的美国英语。此后是杨宪益和戴乃迭翻译的四卷本《鲁迅选集》,这煌煌巨译由北京外文出版社于1956至1960年推出,这是第一次系统地将鲁迅的作品译成英文。第一卷收入了18篇小说和一些回忆散文和散文诗,后三卷则全部是匕首投枪式的杂文——鲁迅十分擅长的关于政治和文化问题的评论。1981年杨宪益夫妇又出版了《呐喊》和《彷徨》的全译本,但他们所使用的是英国英语(British English),所以我可以不谦虚地说我是第一个把鲁迅的全部小说译成美国英语(American English)的人。"①

---

① LyellW A.*Diary of a Madman and Other Stories*.Honolulu,Hawaii:University of Hawaii Press,1990,pp.xli-xlii.

《阿 Q 正传》(*True Story of Ah Q*, Boston:Cheng & Tsui,1990)。这是 1990年波士顿一家出版社翻印杨宪益和戴乃迭的译本,杨宪益夫妇译本由外文出版社出版,有 1953 年、1955 年、1960 年、1964 年、1972 年等多个版本,是《阿 Q正传》的一个经典译本。

《阿 Q 正传和其他故事》(*The Real Story of Ah-Q and Other Tales of China*, London &New York:Penguin,2009)。这是 2009 年由企鹅书店推出的鲁迅小说全集的英译,已被列入企鹅书店经典丛书(Penguin Classics),译者是英国汉学家蓝诗玲(Julia Lovell)。与以往杨宪益、戴乃迭、威廉·莱尔等人的译本相比,这个新译本的语言风格是更加"简明"和"润畅"①。它的出版必将更进一步扩大鲁迅在英语世界的阅读。

二

在鲁迅的所有作品中,小说是被翻译最早、最多,也是影响最大的。1926年美籍华人梁社乾英译的《阿 Q 正传》(*The True Story of Ah Q*)由上海商务印书馆出版,揭开了鲁迅小说英译的序幕,此后《呐喊》、《彷徨》中的作品不断被翻译出来,有的还被多次翻译。本节将概述 1954 年《鲁迅小说选》(*Selected Stories of Lu Hsun*,杨宪益夫妇英译,北京外文出版社出版)之前的翻译情况,目力所及,难免遗漏,仅供学者和读者参考。

需要首先说明的是,伊罗生(Harold R.Isaacs)编选的《草鞋脚:现代中国短篇小说选》(*Straw Sandals:Chinese Short Stories*,1918 — 1933)收入了鲁迅的《狂人日记》、《孔乙己》、《药》、《风波》、《伤逝》,由于各种原因该书迟至 1974年才由美国麻省理工学院出版社正式出版,但是由金守拙(George A. Kennedy)翻译的五篇鲁迅作品在 1932 — 1934 年已经完成,所以以纳入本文的概述。

《狂人日记》:(1)金守拙译本(Diary of a Madman),1934 年完成,收入伊

---

① 详见宫泽真一:《鲁迅翻译杂感》,《鲁迅研究月刊》2011 年第 2 期。

罗生编选《草鞋脚》;(2)王际真(Chi-Chen Wang)译本(The Diary of a Mad-man),收入1941年美国哥伦比亚大学出版社出版的王际真英译《阿Q及其他——鲁迅小说选集》(*Ah Q and Others*:*Selected Stories of Lusin*)。

《孔乙己》(1)米尔斯(E.H.F.Mills)译本(Con Y Ki),收入1930年英国伦敦乔治·鲁特里奇书局出版的米尔斯英译《阿Q的悲剧和其他当代中国短篇小说》(*The Tragedy of Ah Qui and Other Modern Chinese Stories*);(2)金守拙译本(K'ung I-chi),载《中国论坛》(*China Forum*)第1卷第14期(1932年5月),后收入伊罗生编选《草鞋脚》;(3)未署译者译本(The Tragedy of K'ung I-Chi),载《民众论坛》(*The People's Tribune*)第13卷第2期(1936年4月);(4)斯诺(Edgar Snow)和姚莘农合译本(K'ung I-chi),收入1936年英国伦敦乔治·哈拉普书局出版的斯诺编选《活的中国:现代中国短篇小说选》(*Living China*:*Modern Chinese Short Stories*)。

《药》:(1)金守拙译本(Medicine),载《中国论坛》第1卷第5期(1932年3月),后收入伊罗生编选《草鞋脚》;(2)斯诺和姚莘农合译本(Medicine),载美国《亚洲》(*Asia*)第35卷第2期(1935年),后收入斯诺编选《活的中国》。

《明天》:(1)王际真译本(Dawn),载美国《远东杂志》(*Far Eastern Maga-zine*)第3卷第3期(1940年3月);(2)约瑟夫·卡尔莫(Joseph Kalmer)译本(At Dawn),载英国《生活与文学》(*Life and Letters*)第60卷第137期(1949年1月)。

《一件小事》:斯诺和姚莘农合译本(*A Little Incident*),收入斯诺编选《活的中国》。

《头发的故事》:王际真译本(*The Story of Hair*),收入王际真英译《阿Q及其他》。

《风波》:(1)金守拙译本(*A Gust of Wind*),完成于1932年,收入伊罗生编选《草鞋脚》;(2)林疑今译本(*Storm in the Village*),载《民众论坛》第11卷第3期(1935年11月);(3)王际真译本(*Cloud over Luchen*),载美国《远东杂志》第2卷第3期(1938年10月),后收入王际真英译《阿Q及其他》;(4)袁家骅和罗伯特·白英(Robert Payne)合译本(The Waves of the Wind),收入两人合编的《当代中国短篇小说选》(*Contemporary Chinese Short Stories*,1946年英国

跨大西洋艺术出版公司出版）。

《故乡》:（1）米尔斯译本（*The Native Country*），收入米尔斯英译《阿 Q 的悲剧和其他当代中国短篇小说》;（2）林疑今译本（*My Native Town*），载《民众论坛》第 11 卷第 6 期（1935 年 12 月）;（3）金守拙译本（*The Old Home*），载美国《远东杂志》第 3 卷 5/6 期合刊（1940 年）;（4）王际真译本（*My Native Heath*），收入王际真英译《阿 Q 及其他》。

《阿 Q 正传》:（1）梁社乾译本;（2）米尔斯译本（*The Tragedy of Ah Qui*），收入米尔斯英译《阿 Q 的悲剧和其他当代中国短篇小说》;（3）王际真译本（*Our Story of Ah Q*），连载于《今日中国》（*China Today*）第 2 卷第 2—4 期（1935—1936 年），后收入王际真英译《阿 Q 及其他》。

《端午节》:（1）未署名译者译本（*The "Dragon Boat" Settlement*），载《民众论坛》第 12 卷第 5 期（1936 年 3 月）;（2）王际真译本（*What's the Difference*），收入王际真英译《当代中国小说选》（*Contemporary Chinese Stories*，1944 年哥伦比亚大学出版社出版）。

《鸭的喜剧》:诺克（C.H.Kwock）译本（*The Comedy of the Ducks*），载美国《东方文学》（*Journal of Oriental Literature*）第 1 期（1947 年 7 月）。

《祝福》:（1）林疑今译本（*The New Year Blessing*），载《民众论坛》第 12 卷第 1 期（1936 年 1 月）;（2）斯诺、姚莘农译本（*Benediction*），收入斯诺编选《活的中国》;（3）王际真译本（*Sister Sianglin*），载美国《远东杂志》第 2 卷第 4—5 期（1938—1939 年），修订本（*The Widow*）收入王际真英译《阿 Q 及其他》。

《在酒楼上》:（1）未署名译者译本（*Old Friends at the Wine-shop*），载《民众论坛》第 12 卷第 6 期（1936 年 3 月）;（2）王际真译本（*Reunion in a Restaurant*），收入王际真英译《阿 Q 及其他》。

《幸福的家庭》:王际真译本（*A Happy Family*），载上海《中国杂志》（*China Journal*）第 33 卷第 2 期（1940 年 8 月）。

《肥皂》:王际真译本（*The Cake of Soap*），收入王际真英译《阿 Q 及其他》。

《示众》:王际真译本（*Peking Street Scene*），收入王际真英译《当代中国小说选》。

《高老夫子》:未署名译者译本（*Professor Kao*），载上海《中国杂志》第 33

卷第 1 期（1940 年 7 月）。

《孤独者》：王际真译本（*A Hemit at Large*），载上海《天下月刊》（*T'ien Hsia Monthly*）第 10 卷（1940 年），修订版后收入王际真英译《阿 Q 及其他》。

《伤逝》：（1）金守拙译本（*Remorse*），完成于约 1934 年，收入伊罗生编选《草鞋脚》；（2）王际真译本（*Remorse*），载《天下月刊》第 11 卷第 1 期（1940年），后收入王际真英译《阿 Q 及其他》。

《离婚》：（1）斯诺、姚莘农译本（*Divorce*），收入斯诺编选《活的中国》；（2）未署名译者译本（*A Rustic Divorce*），载《民众论坛》第 13 卷第 1 期（1936 年 4月）；王际真译本（*The Divorce*），后收入王际真英译《阿 Q 及其他》。

从以上内容可以看出，除了《白光》、《兔和猫》、《长明灯》、《弟兄》外，鲁迅的大部分小说在 20 世纪上半叶均有英译本，有的还不止一个。《孔乙己》、《风波》、《故乡》是被翻译最多的，均有四个译本，也从一个角度说明了它们是鲁迅小说中最有影响、最受人关注的作品。另外值得一提的是，鲁迅最早的小说《怀旧》被冯余声翻译成英文（*Looking Back to the Past*），载《天下月刊》第 6卷第 2 期（1938 年 2 月）。关于《孔乙己》、《怀旧》，下文将有详细的研究。

鲁迅小说早期的英译者有中国人，有外国人，也有中外合作的情况（如斯诺和姚莘农）。其中特别值得注意的是王际真、金守拙、林疑今，他们的翻译无论就数量还是质量来说都是相当突出的。

王际真（1899—2001）1921 年毕业于清华学堂，1922 年赴美国留学，先后在威斯康星大学、哥伦比亚大学学习。毕业后他留在美国，从 1929 年起一直在哥伦比亚大学教授汉语和中国文化，直到 1965 年退休。1941 年，王际真翻译的《阿 Q 及其他》由哥大出版社出版，是英语世界最早的鲁迅小说专集，收入鲁迅的十一篇小说，依次是：《故乡》、《肥皂》、《离婚》、《在酒楼上》、《头发的故事》、《风波》、《阿 Q 正传》、《孤独者》、《伤逝》、《祝福》、《狂人日记》。1944 年哥大出版社推出了他的另外一部小说译文集——《当代中国小说选》，收入了鲁迅的另外两篇作品：《端午节》、《示众》。此外王际真翻译，在刊物上发表但后来没有收入集子的还有《明天》、《幸福的家庭》。这样加起来，王际真总共翻译了鲁迅小说十五篇，贡献最为重大。王译《明天》所刊载的《远东杂志》是当时中国留美学生 1939 年在纽约创办的刊物，1941 年终刊；王译《幸福的家庭》所刊载的《中国杂志》(*China Journal*)1923 年由英国博物学家苏柯仁(Arthur Sowerby)和美国汉学家福开森(John Ferguson)创办于上海,月刊,1941 年被日军取缔。关于王,下文还有详细介绍。

金守拙(1901—1960)出生于浙江,父母是传教士,1918 年才随家人返回美国接受高等教育,所以从小就熟悉汉语。1926 年他返回中国,在上海以教授英语和汉语为生,1932 年前往德国攻读博士学位。博士毕业后一直在美国耶鲁大学执教,直到去世。金守拙在 1930 年代共翻译了《狂人日记》《孔乙己》《药》《风波》《故乡》《伤逝》6 篇鲁迅小说,《故乡》之外,其余均收入《草鞋脚》,可惜的是,当《草鞋脚》1974 年问世的时候,他已去世多年,无缘得见了。

林疑今(1913—1992)出身于英语世家,父亲林玉霖和五叔林语堂都是英语名家,林疑今早年毕业于上海圣约翰大学,后长期执教于厦门大学。林疑今1935—1936 年在《民众论坛》上连续发表了 3 篇译文《风波》《故乡》《祝福》,至今还少有人提及。

(本文原载于《中国图书评论》2012 年第 7 期)

《怀旧》的三个英译本

　　《怀旧》是鲁迅最早的一篇小说,但因为是用文言所写,且直到鲁迅身后才收入《集外集拾遗》,所以远不如他的白话小说那样受到英译者的关注。

　　海外学者最早将《怀旧》译成英文的是美国汉学家威廉·莱尔(William A.Lyell)。莱尔的译文作为附录发表于他 1976 年出版的研究专著《鲁迅的现实观》(*Lu Hsun's Vision of Reality*),后又收入他 1990 年出版的鲁迅小说全译本——《狂人日记和其他小说》(*Diary of a Madman and Other Stories*)。总体来说,莱尔的译文比较准确。但也有几处问题,最为严重的是两处。

　　第一处的原文是:"予……知耀宗曾以二十一岁无子,急蓄妾三人,而秃先生亦云以不孝有三,无后为大,故尝投三十一金,购如夫人一,则优礼之故,自因耀宗纯孝。"[1]莱尔的译文是:

> 　　I remembered that in the past Yao-tsung, having reached the ripe old age of twenty-one without having sired a son, had taken three pretty concubines into his household. Baldy had also started mouthing the saying "There are three things that are unfilial and to lack posterity is the greatest of these" as if to justify Yao-tsung's conduct. The latter was so moved by this that he gave Baldy twenty-one pieces of gold so that he too could buy a secondary wife. Thus I concluded that Baldy's reason for treating Yao-tsung with such unusual courtesy was that the latter had shown himself to be thoroughly filial.[2]

---

① 《鲁迅全集》第 7 卷,人民文学出版社 2005 年版,第 227、228 页。

② Lyell W A.*Lu Hsun's Vision of Reality*.University of California Press,1976,p.318,p.320.

这里莱尔将"三十一金"译成 twenty-one pieces of gold(二十一金)显然是笔误。更大的错误则在于,他认为这三十一金是耀宗因为感激秃先生的知遇之恩(was so moved)而送给秃先生用以购买小妾的。根据原文,我们知道"尝投三十一金,购如夫人一"的主语是承前句的"秃先生",这里丝毫看不出他接受耀宗馈赠的意思。

第二处的原文是:"王翁曾言其父尝遇长毛,伏地乞命,叩额赤肿如鹅,得弗杀,为之治庖侑食,因获殊宠,得多金。逮长毛败,以术逃归,渐为富室,居芜市云。时欲以一饭博安民,殊不如乃父智。"①莱尔的译文是:

> Old Wang too had once said that when his father encountered the Long Hairs, he kowtowed to them and begged for his life. In order to thoroughly convince them of his submission he had kept knocking his head on the ground until he had raised a big, ugly lump on it. But at least the Long Hairs had not killed him. Elaborating on the technique of feeding invading armies, old Wang's father had even gone a step farther and opened a kitchen to provide them with food. As a result the Long Hairs had become especially fond of him and he, in turn, had made a great deal of money. When they were finally defeated, he managed to get away from them, became wealthy in his own right, and finally settled down in Wu town. Thus, in a sense, Yao-tsung's plan of protecting the populace with a single feast was not nearly so farsighted as the stratagem that Old Wang's father had employed.②

这里莱尔将"其父"、"乃父"翻译成王翁的父亲(Old Wang's father),显然是不对的。如果他的父亲"逮长毛败,以术逃归,渐为富室",那么他本人应该是一个富家公子,至少也衣食无忧,而不可能如小说一开始即说明的那样是一个"家之阍人"——看门人,这和他的身份明显不符。这里的"其父"无疑是指耀宗的父亲,——小说在耀宗出场时有一句介绍:"耀宗金氏,居左邻,拥巨资。"③另外,在上述引文之前还有一段话也非常有助于我们的理解:"不知耀

---

① 《鲁迅全集》第7卷,人民文学出版社2005年版,第227、228页。
② Lyell W A. *Lu Hsun's Vision of Reality*. University of California Press, 1976, p.318, p.320.
③ 《鲁迅全集》第7卷,人民文学出版社2005年版,第226页。

宗固不论山贼海盗白帽赤巾,皆谓之长毛;故秃先生所言,耀宗亦弗解。'来时当须备饭。我家厅事小,拟借张睢阳庙庭飨其半。彼辈既得饭,其出示安民耶。'耀宗禀性鲁,而箪食壶浆以迎王师之术,则有家训。"耀宗要用请客吃饭的方式来对付长毛是从他父亲那里学来的,所谓"有家训",下面讲他父亲四十年前遭遇真正长毛的故事,是顺理成章的。

在莱尔之后,再次将《怀旧》译成英文的是英国汉学家蓝诗玲(Julia Lovell),她的译文发表于2009年出版的《阿Q正传和其他故事:鲁迅小说全集》(*The Real Story of Ah-Q and Other Tales of China*:*The Complete Fiction of Lu Xun*)。与莱尔的译文相比,蓝诗玲的译文更加流畅,也更加准确。仍以上面所引两段文字为例,蓝氏的翻译是:

(1)I knew that, having failed to generate a son by the age of twenty, Yaozong had hurriedly acquired three concubines. It was around this time that my teacher became a staunch defender of Mencius's dictum that there were three ways of betraying a parent—of which dying without descendants was the vilest—and promptly invested thirty-one pieces of gold in a wife for himself. His excessive respect for Yaozong was presumably down to the younger man's virtuosic show of filial virtue.

(2)Wang had told me that Yaozong's father had met the Long Hairs; he had flung himself on to the ground and begged for his life, knocking a big red lump up on his forehead. But he managed to stay alive, at least—and ingratiated himself by running a kitchen to keep them fed, turning a healthy profit on the proceeds. After the Long Hairs were defeated, he managed to get away from them and return to Wushi, where he gradually succeeded in becoming comfortably off. Yaozong's current plan—of winning them over with a single square meal—was nothing to his father's ingenuity.①

蓝译确实做到了踵事增华,后出转精。此外蓝译还有一个特点(如果不是缺点):凡是翻译人物年龄时都减去一岁。如耀宗"二十一岁无子"到了蓝

① Lovell J.*The Real Story of Ah-Q and Other Tales of China*.Penguin,2009,pp.4-5.

151

氏笔下就成了"二十岁无子"（failed to generate a son by the age of twenty），蓝氏这样做的理由是中国人计算年龄时往往都用虚岁，而西方人则用实际岁数。

可惜蓝诗玲译本问世时，莱尔已经去世（2005 年）而无缘得见了。莱尔在翻译《怀旧》时曾参考过冯余声的译本，这是笔者所知到目前为止唯一由中国人完成的译本（杨宪益夫妇翻译了全部《呐喊》和《彷徨》，但没有译过《怀旧》），发表于民国上海的英文刊物《天下》（*T'ien Hsia Monthly*）第 6 卷第 2 期（1938 年 2 月）。由于母语并非英语，冯译略显刻板。就准确性来看，冯译基本做到了"信"，但也存在一处严重的错误，有意思的是，他犯错的地方正是莱尔的第一个错误所在：

> I tried to find out the reason, and learned that Yiu Chung had bought three concubines when he was twenty-one, under the pretext of wanting a male child. To justify Yiu Chung's actions Mr. Baldhead had quoted Confucius' saying, "Of the three crimes against filial piety, not having a son comes first." Because of that, Yiu Chung had given Mr. Baldhead the sum of thirty-one dollars as a present, and with this Mr. Baldhead had also bought a concubine for himself. So his courtesy to Yiu Chung was due to the latter's friendly gift.[①]

这里冯余声也把"三十一金"看成是秃先生所接受的耀宗的馈赠，至于说因为这份大礼秃先生因而敬重耀宗（his courtesy to Yiu Chung was due to the latter's friendly gift）固然照顾到了译文的逻辑，但却不符合原文的意思，原文说得很清楚，"优礼之故，自因耀宗纯孝"。可以推测，莱尔在这段话上的翻译错误很可能受到了冯译的影响。但需要立刻指出的是，冯译在上文所引的第二段上没有犯任何错误，他准确地翻译出了耀宗"其父"的故事，没有把"其父"错认作王翁的父亲。所以在这后一段的翻译上，莱尔应该对其错误负完全的责任。

关于冯余声的生平，《鲁迅大辞典》有这样的记录："冯余声，又作冯余生，广东人，中国左翼作家联盟成员。1931 年，他将鲁迅的《野草》译成英文，曾致

---

① Feng Y S. Looking Back to the Past. *T'ien Hsia Monthly*, 1938, Vol.6, No.2, p.151.

函请求作序并索取照片。鲁迅于同年 11 月 6 日'回冯余声信并英文译本《野草》小序一篇,往日照相两枚。'后来他将译稿卖给商务印书馆,毁于上海'一·二八'战火(鲁迅 1933 年 11 月 5 日致姚克信),将序文编入《二心集》。"①在现有的这份记录之上,我们应该增加一句:"他是《怀旧》最早的英译者。"

(本文原载于《鲁迅研究月刊》2014 年第 3 期)

---

① 《鲁迅大辞典》,人民文学出版社 2009 年版,第 309 页。

王际真的鲁迅译介

鲁迅去世之前,他的名字和作品就开始在英语世界传播开来,此后则更加兴旺发达。在这一历史进程中,王际真(Chi-ChenWang)是一位重要人物。

1939 年,王际真撰写的《鲁迅年谱》(*Lusin:a Chronological Record*)是英语世界第一份鲁迅年谱。1941 年,王际真翻译的《阿 Q 及其他——鲁迅小说选集》(*Ah Q and Others:Selected Stories of Lusin*)由美国哥伦比亚大学出版社出版,则是英语世界最早的鲁迅小说专集。然而遗憾的是,关于王际真译介鲁迅的重大贡献,国内学者至今尚无专文予以讨论,这一局面显然不宜再继续下去了。

王际真 1899 年生于山东省桓台县,其父王寀廷是清朝光绪二十九年(1903)的进士。1910 年,11 岁的王际真进入清华附中学习,毕业后考入清华学堂,1921 年毕业。1922 年王际真赴美国留学,先在威斯康星大学念本科,1924—1927 年在哥伦比亚大学学习。哥大毕业后,王际真本想回国就业,但由于种种原因,他滞留在美国靠卖文为生。1928 年,由于在杂志和报纸上的文章广受好评,王际真被纽约大都会博物馆聘请为东方部的正式职员。1929 年,王际真节译的《红楼梦》出版后好评如潮,时任哥大东亚研究所主任的富路特(L.C.Goodrich)激赏之余,立即邀请王际真到哥大任教。此后王际真一直在哥大教授汉语和中国文化,直到 1965 年退休。2001 年,王际真在纽约去世。

王际真毕生致力于将中国文学介绍给西方。在古代文学中,他最喜欢《红楼梦》(1958 年又再次翻译);在现代作家中,他最推崇鲁迅。

1939 年 1 月,王际真编写的《鲁迅年谱》发表在位于纽约的中国学社

(China Institute)的通讯(Bulletin)上。王际真说他之所以采用年谱的形式,固然是想让西方读者知道中国的年谱是怎么一回事,更主要的还是因为资料的缺乏,而年谱是利用现有材料的最简便可行的方法。当然,在材料缺乏的情况下还要编这个年谱,还是出于王际真对于鲁迅的敬仰,也是他对鲁迅去世的一种纪念。根据王际真自己的交代,他编写年谱利用的材料主要是鲁迅本人的作品和周作人发表在《宇宙风》上的两篇纪念文章:《关于鲁迅》和《关于鲁迅之二》(1936 年 11—12 月)。

年谱将鲁迅的一生分为 9 个时期:青少年时期、南京求学时期、日本时期、辛亥前后、北京前期、北京后期、厦门广州时期、上海时期、最后的日子。在这 9 个时期之内王际真逐年介绍了鲁迅的活动,并就他的创作和思想作出简短的评论。应当说,这些评论中颇不乏洞见。如在 1918 年条下介绍过《狂人日记》的主要内容后,接着写道:"这篇小说可能是斯威夫特将人说成是最卑劣顽固的动物之后,对于人类社会最猛烈的攻击。……它对于了解鲁迅的性格是最为重要的文献之一。有人说,一个人攻击人类的弱点越是猛烈,他越是对人类充满信心。也许这已经是陈词滥调,但我觉得还是有必要重说一遍,因为还是有人不这么认为,他们还是把那些在大庭广众之下满口仁义道德,而私下里无情吞噬自己同胞的人奉为他们的领袖和恩主。鲁迅对于同胞的尖锐批评是出自对他们的爱。"[1]这确实道出了鲁迅的特色之一,在鲁迅身上,辣手著文章和铁肩担道义两者得到了完美的结合。

除了评论,王际真还在几处介绍了鲁迅作品已有的英文译本,为感兴趣的西方读者提供进一步阅读的线索。比如在 1921 年条下介绍完《阿 Q 正传》之后,接着写道:"这篇小说目前已有 3 个英译本。第一个是梁社乾的译本,1926 年由上海商务印书馆出版,英文题目是 The True Story of Ah Q,这是一个没有任何删节的完整的译本。第二个译本是根据敬隐渔的法文译本转译的,收在 1931 年日晷出版社(Dial Press)出版的《〈阿 Q 正传〉和其他现代中国小说》(*The Tragedy of Ah Qui and Other Modern Chinese Stories*)一书中,这个译本没有翻译第一章。第三个译本是我本人的,分 3 期连载在《今日中国》(*China Today*)

---

[1]　Wang C C.Lusin:A Chronological Record.*China Institute Bulletin*,1939,Vol.3,No.4,p.112.

杂志 1935 年 11 月号至 1936 年 1 月号上。"①《阿 Q 正传》是王际真翻译的第一篇鲁迅小说,此后他又翻译了多篇,并于 1941 年结集出版。

王际真编写年谱的时候,抗日战争正处于相持阶段。王际真虽然远在美国,但时刻关注着祖国的命运,他在编年正文之前的导论中写道:"中国对日宣战的决定虽然是政府做出的,但如果中国还是由阿 Q 精神主导,那么中国也不能够坚持抵抗这么久。即使阿 Q 未死,阿 Q 精神也不再是中国精神的主导。相反的,中国现在由一种新精神主导着,这种精神便是自由与勇气;中国由一种新的信仰主导着,这便是:与其在屈辱中活着,不如在反抗中死去。而鲁迅在这一转变中扮演着最重要的角色。"②这里虽然是联系当下借题发挥,但无疑表现了王际真对于祖国的信心和对于鲁迅的敬仰。

在导论的开头,王际真对鲁迅有一段总体的评价,非常精彩,值得全文引用:"鲁迅是中国现代文学最重要的代表人物。他常常被人称为中国的高尔基、或是中国的伏尔泰、或是中国的斯威夫特,这样的称呼不无一定的道理。他和高尔基一样一生都处于革命运动的漩涡中;他像伏尔泰一样不知疲倦地写作,作品中充满了隽永的幽默和辛辣的讽刺;他和斯威夫特一样痛心疾首于人类的堕落和愚昧,并施之以猛烈的攻击。但是细细考察,就会发现这类比较只流于表面,只会误导读者,而其中的欧洲中心主义也是显而易见的。鲁迅不同于高尔基,他来自不同的背景,采用了不同的表达方式,面对的也是不同的读者。他不同于伏尔泰,他隽永的幽默和辛辣的讽刺不仅针对别人,也针对自己,而伏尔泰则以攻击别人为乐,有点过于爱出风头。他也不同于斯威夫特,他从来没有政治野心,也从来不会自怨自艾,更不会以统治阶级自居。鲁迅如果出身于无产阶级家庭,或许他会更像高尔基;如果中国像法国和英国一样独立自由,鲁迅可能会像伏尔泰那样漫不经心或像斯威夫特那样自我中心。中国的国情使鲁迅摆脱了伏尔泰的轻浮和斯威夫特的自私,对于中国的屈辱和中国人的痛苦,鲁迅始终保持着清醒的认识,就这一点来讲他更像高尔基——

---

① Wang C C.Lusin:A Chronological Record.*China Institute Bulletin*,1939,Vol.3,No.4,p.115,p.100,p.99.

② Wang C C.Lusin:A Chronological Record.*China Institute Bulletin*,1939,Vol.3,No.4,p.115,p.100,p.99.

如果我们一定要做比较的话。而就他的社会背景和批判风格来看,他则更接近于伏尔泰和斯威夫特。"①在英语世界里,首先将鲁迅和高尔基、伏尔泰等人进行比较的是斯诺。② 这样的比较并非毫无价值,特别是在西方读者还不知道鲁迅为何许人的时候还是有一定意义的,人们总是要借助于已经知道的东西去了解不知道的东西。但是一旦知道以后,显然不宜长期停留在简单比附的阶段,而必须不断深入下去。王际真用心地编写这份《鲁迅年谱》,显然是希望加深西方读者对鲁迅的了解,这样的目标应当说已经达到。

《鲁迅年谱》发表两年后,王际真又于 1941 年出版了《阿 Q 及其他——鲁迅小说选集》。这是鲁迅小说在英语世界最早的专集。该书收入了鲁迅的 11 篇小说,依次是:《故乡》(*My Native Heath*)、《肥皂》(*The Cake of Soap*)、《离婚》(*The Divorce*)、《在酒楼上》(*Reunion in a Restaurant*)、《头发的故事》(*The Story of Hair*)、《风波》(*Cloud over Luchen*)、《阿 Q 正传》(*Our Story of Ah Q*)、《孤独者》(*A Hermit at Large*)、《伤逝》(*Remorse*)、《祝福》(*The Widow*)、《狂人日记》(*The Diary of a Madman*)。

鲁迅小说的艺术成就甚高当然是王际真首先选取鲁迅作品来译介的原因,而更重要的还在于鲁迅小说的社会价值和认识价值。王际真在导言中做了这样的说明:"在鲁迅的这几篇小说中,读者将通过中国现代最伟大的一位文学家的锐敏和透彻的目光观察中国。这里,读者找不出故作姿态的怜悯(它的骨子里多半是屈尊俯就的傲气),也看不到作为阿 Q 主义标记的自我辩解和自卑感,鲁迅并不努力显得高雅,他也不着意于粉饰中国的弱点或者掩盖甚至抹杀她身上的创伤。"③对于西方人来说,了解现代中国固然可以有多种途径,而阅读鲁迅的小说无疑是最为简便易行并且会大有收获的途径。

选集中的这 11 篇小说的译文都曾以单篇的形式在美国和中国的英文刊

---

① Wang C C.Lusin:A Chronological Record.*China Institute Bulletin*,1939,Vol.3,No.4,p.115,p.100,p.99.

② 参看斯诺为:《活的中国:现代中国短篇小说选》(*Living China:Modern Chinese Short Stories*)所写的序言、《中国的伏尔泰——一个异邦人的赞辞》,《大公报》1936 年 11 月 25 日等文章。

③ Wang C C.trans.,*Ah Q and Others:Selected Stories of Lusin*.Columbia University Press,1941,pp.vii-viii,p.172.

物上发表,但在收入本集时都做了一定程度的修订。我们以《伤逝》为例,这篇译文曾发表在上海的《天下月刊》(*T'ien Hsia Monthly*)第 11 卷(1940 年 8—9 月)。在《伤逝》中有一段话描写涓生的心理活动,很能代表鲁迅对于爱情和人生的思考:

那里虽然没有书给我看,却还有安闲容得我想。待到孤身枯坐,回忆从前,这才觉得大半年来,只为了爱,——盲目的爱,——而将别的人生的要义全盘疏忽了。第一,便是生活。人必生活着,爱才有所附丽。世界上并非没有为了奋斗者而开的活路;我也还未忘却翅子的扇动,虽然比先前已经颓唐得多……①

《天下月刊》上这一段的译文是这样的:

Though there were no books that I wanted to read, I did find quiet and a chance to think, and then I realized that I had during the past seven or eight months, overlooked because of love—a blind love—the meaning and significance of human existence. The most important thing is life. One must live in order to embody love. It is not that there is in the world no road to life for those who are willing to make the struggle and I had not yet forgotten how to flap my wings, though somewhat less effectively than before...②

《鲁迅小说选集》中修订为:

Though there were no books that I cared to read, I did find the atmosphere quiet and conducive to meditation. As I sat in the reading room and reviewed the past, I realized that during the past seven or eight months I had neglected—because of love, this blind love—other things in life just as important. The first of these is life itself, which is necessary for the embodiment of love and without which love cannot exist. There are still in this world roads to life for those who are willing to make the struggle, and I had not yet forgotten how to flap my wings, though I had become so much more ineffectual than

① 《鲁迅全集》(第 2 卷),人民文学出版社 2005 年版,第 124 页。
② *T'ien Hsia Monthly*, 1940, Vol.11, p.78.

I used to be.①

细读这前后两份译文不难发现,后者显然更加忠实于原文,原文"待到孤身枯坐,回忆从前"在前一段中没有翻译出来,而在后一段中落实为"As I sat in the reading room and reviewed the past";前文用"the meaning and significance of human existence"来翻译"别的人生的要义"也不够准确,特别是没有翻译出"别的"这层意思,后译用"other things in life"则要好得多。另外用 neglect 代替原来的 overlook 也更接近于"全盘疏忽"的原文表达。从这个例子可以看出王际真对翻译的精益求精。

王际真的译本出版后,其上乘的翻译质量立刻得到了广泛的好评。一篇发表于美国《远东季刊》(The Far Eastern Quarterly)上的评论是这样写的:"《阿 Q 及其他》不仅是鲁迅的,也是王际真的。……王际真是中国文学优秀的传播者和介绍者。他的每一篇作品都译出了原作的精髓,同时又能够为英语国家的读者所理解。他的这册鲁迅小说选集虽然部头不大,却填补了中文书架上一个巨大的空隙。"②

除了以上的 11 篇外,王际真还翻译了《端午节》(What's the Difference?)、《示众》(Peking Street Scene),稍后收入王际真的另外一部小说译文集《当代中国小说选》(Contemporary Chinese Stories,1944 年哥伦比亚大学出版社出版)。在这部《当代中国小说选》中,除了鲁迅之外,王际真还翻译了张天翼、老舍、巴金等人的作品。

王际真 1940 年代出版的这两本英译小说选集对此后美国的中国现代文学翻译和研究产生了深远的影响。夏志清称赞王际真是"中国现代小说翻译的先驱者"(pioneering translator of modern Chinese fiction),并将自己 1971 年翻译的《20 世纪中国短篇小说选集》(Twentieth-Century Chinese Stories)献给了王际真。事实上正是由于王际真的提携,夏志清才得以于 1961 年开始执教于哥伦比亚大学,并在王际真退休后接替了这位先驱者的工作。

---

① Wang C C.trans.,*Ah Q and Others*:*Selected Stories of Lusin*.Columbia University Press,1941, pp.vii-viii,p.172.

② Kao G.Review of *Ah Q and Others*.*The Far Eastern Quarterly*,1942,Vol1,No.3,p.281.

最后值得一提的是王际真对于鲁迅名字的拼写——Lusin,这和当时西文中常见的拼法不同。王际真在《鲁迅年谱》中解释说:"用通行的威妥玛氏(Wade System)拼音,鲁迅名字的正确拼法是 Lu Hsün,但鲁迅本人似乎更喜欢 Lusin,他在《华盖集》封面上用的就是这个拼法,所以我使用这个拼法,也建议别人使用。"①但王际真这一强调应尊重鲁迅本人译法的建议并没有被别的翻译家采纳,于是 Lusin 也成为王际真译介鲁迅的一大标志。

(本文原载于《新文学史料》2012 年第 3 期)

---

① Wang C C.Lusin:A Chronological Record.*China Institute Bulletin*,1939,Vol.3,No.4,p.99.

《草鞋脚》与《中国论坛》的关系

1934年美国记者伊罗生(Harold R.Isaacs)编选了一部英文版中国现代短篇小说集,就是著名的《草鞋脚》(*Straw Sandals：Chinese Short Stories*,1919—1933)。编选工作得到了鲁迅、茅盾的大力支持,特别是在选目方面。根据两位新文学大师最初的建议,确定的选目如下,共26篇:鲁迅《风波》《伤逝》;茅盾《大泽乡》《春蚕》;丁玲《莎菲女士日记》《水》;楼适夷《死》;张天翼《一件寻常事》;葛琴《总退却》;东平《通讯员》;应修人《金宝塔银宝塔》;郁达夫《迟桂花》;张瓴《骚动》;叶圣陶《多收了三五斗》;艾芜《咆哮的许家屯》;沙汀《老人》;夏征农《禾场上》;何谷天《雪地》;王统照《五十元》;欧阳山《水棚里的清道夫》;涟清《我们在地狱》;草明《倾跌》;魏金枝《制服》;巴金《将军》;吴组湘《一千八百担》;冰心《冬儿姑娘》。①

遗憾的是,《草鞋脚》的编选翻译工作完成后未能及时出版,②直到40年后(1974年)才由美国麻省理工学院出版社推出,可谓好事多磨。但这本正式出版的《草鞋脚》在选目上(共25篇)和当初鲁迅、茅盾推荐的26篇已经发生了很大的变化:鲁迅《狂人日记》《药》《孔乙己》《风波》《伤逝》;茅盾《喜剧》《春蚕》《秋收》;郭沫若《卓文君》(节译);郁达夫《春风沉醉的晚上》;叶圣陶《潘先生在难中》;丁玲《莎菲女士日记》;蒋光慈《野祭》;楼适夷《盐场》《死》;

---

① 鲁迅、茅盾选编,蔡清富辑录:《草鞋脚》,湖南人民出版社1982年版,第571—572、624页。

② 根据伊罗生的说法,编选工作于1934年完成,"在以后的两年里,《草鞋脚》遭到一个又一个出版商的拒绝。当1936年斯诺(Edgar Snow)没有遇到障碍出版了他编辑的一本中国现代短篇小说集时,我们完全气馁了,只得懊丧地将《草鞋脚》搁置一旁,作为我们的纪念品之一了。" IsaacsH R.ed.,*Straw Sandals：Chinese Short Stories*,1918-1933.The MIT Press,1974,p.xliv.

胡也频《同居》;柔石《为奴隶的母亲》;丁玲《某夜》;应修人《金宝塔银宝塔》;叶圣陶《多收了三五斗》;王统照《五十元》;夏征农《禾场上》;东平《通讯员》;何谷天《雪地》;殷夫《血字》。

两相对照不难发现,伊罗生在 1974 年版上删去了鲁迅、茅盾当初确定的 26 篇中的 15 篇,同时增加了 14 篇,变动超过了一半。为什么会发生这些变动? 1981 年,蔡清富在辑录原版《草鞋脚》(按照鲁迅、茅盾当年的选目)的"后记"中,认为伊罗生"增加了自己所喜欢的一些作家作品"。① 茅盾在为这个版本所写的序言——《关于〈草鞋脚〉》——中给出的解释是:"美国记者都有自己的选择。"②这都过于简单,不能说明问题。

比较详细,且更为让人信服的解释出现在茅盾晚年的回忆录《我走过的道路》之中。在《一九三四年的文化"围剿"和反"围剿"》一节中,茅盾用了 6 页的篇幅回顾了有关编选《草鞋脚》的往事。根据茅盾的说法,鲁迅和他本人应伊罗生之请确定最初篇目是在 1934 年年初,但到 1934 年 6 月左右伊罗生就已经有了自己的想法,在给鲁迅、茅盾的第二封信中"提出了一个新的选目",而之所以要这样,"他(按指伊罗生)的解释是:字数太多,请人翻译困难,所以采用了原来在《中国论坛》上刊登过的一些译文(共有九篇,其中只有一篇是原选目中有的)。"③《中国论坛》(The China Forum)是伊罗生在上海主编的一份英文报纸,历时两年(1932 年 1 月 13 日至 1934 年 1 月 13 日,共 39 期)。该报停办后,伊罗生即着手《草鞋脚》的编选,这两件工作前后相继,有密切的联系,是顺理成章的。

但茅盾所说的 9 篇译文具体是哪些,在《中国论坛》上刊载情况如何? 此外《中国论坛》上是否还有其他新文学作品的英译文? 这些问题,就笔者初步检索,自茅盾回忆录出版以来,一直没有人给予研究。

最近笔者仔细阅读了这份报纸,从第二期开始,该报于 1932 年上半年密

---

① 鲁迅、茅盾选编,蔡清富辑录:《草鞋脚》,湖南人民出版社 1982 年版,第 571—572、624 页。

② 茅盾:《关于〈草鞋脚〉》,载鲁迅、茅盾选编,蔡清富辑录:《草鞋脚》,湖南人民出版社 1982 年版,第 5 页。

③ 茅盾:《我走过的道路》(中册),人民文学出版社 1984 年版,第 244—245 页。

集地刊载了14篇中国现代文学作品的英译文,目录如下:

胡也频《同居》,第 2 期(1932 年 1 月 20 日)

林疑今《旗声》(节译),第 3 期(1932 年 1 月 27 日)

郁达夫《春风沉醉的晚上》,第 4 期(1932 年 3 月 15 日)

鲁迅《药》,第 5 期(1932 年 3 月 25 日)

叶圣陶《抗争》,第 6 期(1932 年 4 月 2 日)、第 7 期(1932 年 4 月 9 日)

柔石《为奴隶的母亲》,第 8 期(1932 年 4 月 16 日)

鲁迅《孔乙己》,第 14 期(1932 年 5 月 2 日)

殷夫《血字》,第 15 期(1932 年 5 月 28 日)

应修人《金宝塔银宝塔》,第 15 期(1932 年 5 月 28 日)

柔石《一个伟大的印象》,第 16 期(1932 年 6 月 4 日)

殷夫《小母亲》,第 17 期(1932 年 6 月 11 日)

茅盾《喜剧》,第 18 期(1932 年 6 月 18 日)

张天翼《二十一个》,第 19 期(1932 年 6 月 25 日)

丁玲《某夜》,第 21 期(1932 年 7 月 9 日)

在这 14 篇当中,有 9 篇后来收入 1974 年版《草鞋脚》,比例不可谓不高。其中只有 1 篇是鲁迅、茅盾最初目录中有的,即应修人《金宝塔银宝塔》,其他 8 篇则是最初目录中没有的,即:鲁迅《药》《孔乙己》;郁达夫《春风沉醉的晚上》;丁玲《某夜》;茅盾《喜剧》;胡也频《同居》;柔石《为奴隶的母亲》;殷夫《血字》。显然,伊罗生在制定自己的篇目时充分利用了已有的翻译成果,这也进一步证实了茅盾回忆的可靠性。

茅盾可能不知道的是,《中国论坛》中的 14 篇译文出自一人之手——Sze Ming-Ting(水门汀)。他的真名是 George A.Kennedy,中文名金守拙。① 他于 1901 年 5 月 17 日出生于杭州,父母是来华传教士。金守拙从小学习汉语,能说流利的杭州话,到上海读中学后又掌握了上海话。1917 年中学毕业,第二年回美国就读于伍斯特(Wooster)学院,1922 年以优异的成绩获得本科学位。

---

① 直到现在还有研究者不清楚此人的情况,有的根据声音写成“司明廷”(刘小莉:《史沫特莱与中国左翼文化》,浙江大学出版社 2012 年版,第 58 页),其实这个名字来自英文单词 cement(水泥),上海方言就是“水门汀”。

1923 年进入匹兹堡的西方神学院(Western Theological Seminary)学习,后转学至纽约的协和神学院(Union Theological Seminary),同时在哥伦比亚大学选修有关汉学的课程。1926 年结婚后不久携妻子回到上海,以教授英语和汉语为生。1932 年由于与妻子不和(后来离婚),于 11 月 4 日只身离开上海,前往德国柏林大学留学,继续学习汉学(后于 1937 年获得博士学位)。在德国留学两年后于 1934 年回到美国,就职于国会图书馆东方部。1935 年秋被耶鲁大学聘任,此后一直在这所大学工作,主要从事古代汉语的教学与研究,逐渐成为这一领域的知名专家。1960 年 8 月 15 日因罹患癌症去世。[①]

从以上的简要生平介绍可以看出,金守拙作为译者是非常理想的——母语是英语,同时又在中国生活、工作多年,精通汉语。伊罗生主办《中国论坛》时,金守拙正好就在上海,找他来帮忙翻译中国现代文学作品是再合适不过的了。伊罗生非常看重他的翻译,每次都不忘记在译文前面加上一句说明——"本译文专门为《中国论坛》提供"("Especially Translated For The China Forum")。这也可以解释,为什么《中国论坛》上的译文都集中在 1932 年上半年,因为下半年金守拙离开上海前往德国后,伊罗生再也找不到他那样理想的译者了。

伊罗生在 1974 年版《草鞋脚》序言中讲到翻译问题时说:"在校改翻译中的错误和提高译文的忠实程度方面,我做了相当多的努力,尤其是对最初不是金守拙翻译的那些译文。"[②]可见他对金的译文是非常放心的,其他的则要费心做若干加工。因此,他删减鲁迅、茅盾推荐的篇目,而增加金守拙已翻译得很好的 9 篇作品,是完全可以理解的。需要讨论的是,《中国论坛》上还有 5 篇译文后来没有收入 1974 年版《草鞋脚》,即:林疑今《旗声》、叶圣陶《抗争》、张天翼《二十一个》、殷夫《小母亲》、柔石《一个伟大的印象》,它们同样是金守拙的精心之作。这显然不能完全从翻译的角度来解释了。

在谈到《中国论坛》缘起时,伊罗生说:"左联五烈士的命运成了我生活境

---

① 金守拙一生重要学术论文身后结集为 Selected Works of George A. Kennedy. Yale University Press,1964,他的生平参见论文集编者、耶鲁大学同事李田意(Tien-yi Li)的序言。

② IsaacsH R. ed.,*Straw Sandals:Chinese Short Stories*,1918-1933. The MIT Press,1974,p.xlvi, p.xxvii.

遇中的重要一环,它是促使我在上海创办《中国论坛》的因素之一。几乎正好在他们被捕和被害整整一年之后,这份小报于 1932 年 1 月 13 日出版。"①这就不难理解,《中国论坛》创刊后首先发表了胡也频的小说,其后则有柔石、殷夫的作品,而且每人都是 2 篇——和鲁迅在同一个数量上。伊罗生还在《为奴隶的母亲》译文后特别附上了柔石的生平简介和照片,这也是只有鲁迅才享受到的待遇(生平和照片附在《药》之后)。

到了 1974 年版《草鞋脚》中,情况发生了很大的变化。鲁迅的位置已经是别人无法企及的了,书前唯一的照片是鲁迅的,同时他也是第一个入选的作家,而且作品多达 5 篇——一人独占全书的五分之一。这当然不是鲁迅的初衷,他在给伊罗生的推荐书目中只选了自己的 2 篇。他和茅盾当初选篇的出发点是推出左联成立后的新人新作,所以除了鲁迅的《风波》《伤逝》和丁玲的《莎菲女士日记》外,其他都是 1930 年后发表的作品。对比伊罗生改动后的篇目,我们发现,他大幅度地删减了新人新作,增加了 1930 年前的作品至 11 篇,形成了一个新旧作品平分秋色的局面。

茅盾晚年回忆自己看到这个目录后的第一反应是:"伊罗生……不仅删掉了篇幅长的,而且把他不熟悉的新进作家的作品几乎都删去了,而增加的是老作家的作品,以及他熟悉的'革命文学'时期一些作家的作品,……为什么伊罗生作了这样的变动,是否在北平受到了什么影响,就不得而知了。"②鲁迅、茅盾推荐篇目是在 1934 年年初,伊罗生离开上海是 3 月底,提出自己的篇目是 6 月份,中间有 3 个月左右的时间,所以茅盾怀疑他在北京受到了影响,但具体什么影响没有说明。但这足以引导我们从更深刻的思想层面来考虑问题。

其实,伊罗生的思想变化在上海时就已经开始了。1932 年初他是在共产国际、美国共产党和中国共产党的领导和支持下创办《中国论坛》的,主要目的在于揭露国民党的白色恐怖和反动统治。但不久他的自由主义倾向逐渐显露出来,并开始接受托洛茨基学说的影响。这导致了他和领导机构的分歧和

---

① IsaacsH R.ed., *Straw Sandals:Chinese Short Stories*,1918-1933.The MIT Press,1974,p.xlvi, p.xxvii.

② 茅盾:《我走过的道路》(中册),人民文学出版社 1984 年版,第 244 页。

决裂,1934 年年初《中国论坛》因此停刊。① 伊罗生移居北京后,把主要精力投入写作一本有关国共两党斗争和中国大革命的历史著作,1938 年以《中国革命的悲剧》(*The Tragedy of the Chinese Revolution*)为名正式出版,为该书作序的不是别人,正是托洛茨基。

创办《中国论坛》时伊罗生是热情支持左联的,后来这股热情即使没有熄灭,至少也冷淡了很多。他在《中国论坛》上最早刊载了有关五烈士的消息,并在最初的几期大篇幅地追怀他们,以此颂扬共产党人的革命精神,抨击国民党的反动统治。但到了《中国革命的悲剧》一书中,他已经完全相信了这样一个传闻:五烈士以及其他在龙华被害的共产党人是党内政治斗争的牺牲品,"清除异己是为了确立王明的绝对领导地位。"②这个例子应该完全可以说明伊罗生前后思想变化的剧烈了。

(本文原载于《鲁迅研究月刊》2016 年第 12 期)

---

① 这个问题很复杂,详细的研究参看唐宝林:《伊罗生与〈中国论坛〉》,《近代史研究》1995 年第 6 期、Chen J X.*Harold R.Isaacs in the China Scene*,1930-1935(美国托莱多大学 1997 年博士学位论文)等专题论文。

② IsaacsH R.*The Tragedy of the Chinese Revolution*.London:Secker & Warburg,1938,p.407.此后在英语世界对此问题最详细的讨论是夏济安(Tsi-an Hsia)1962 年的论文"Enigma of the Five Martyrs",后作为第 5 章收入他的专著 *The Gate of Darkness:Studies on the Leftist Literary Movement in China*. The University of Washington Press,1968。

鲁迅的苏联文学理论翻译与
左翼文学运动

一

　　1929—1930 年是鲁迅集中翻译苏联文学理论著作的年代。这一时期他翻译了四部论著：一、《艺术论》，卢那卡尔斯基的专著，1929 年 4 月译成，初版于同年 6 月，由上海大江书铺出版，列入《艺术理论丛书》；二、《文艺与批评》，卢那卡尔斯基的文艺论文集，1929 年译成，初版于 1929 年 10 月，由上海水沫书店出版，为《科学的艺术论丛书》第六种；三、《文艺政策》，苏联关于党的文艺政策的会议记录和决议，1929 年译成，初版于 1930 年 6 月，由上海水沫书店出版，为《科学的艺术论丛书》第十三种；四、又一种《艺术论》，蒲力汗诺夫的艺术论文集，1929 年 10 月译成，初版于 1930 年 7 月，由上海光华书局出版，为新出之《科学的艺术论丛书》第一种。《科学的艺术论丛书》由鲁迅挂帅，冯雪峰等人运作①。稍早些时候，鲁迅还翻译过一部日本学者片上伸的《现代新兴文学的诸问题》，1929 年 4 月由上海大江书铺出版，列入《文艺理论小丛书》。这套丛书与《艺术理论丛书》都由当时担任大江书铺编辑的陈望道主

---

　　①　详见《冯雪峰忆鲁迅》，河北教育出版社 2001 年版，第 3 页。又施蛰存《关于鲁迅的一些回忆》，《鲁迅诞辰百年纪念集》，湖南人民出版社 1981 年版，第 410—411 页。

持,他是鲁迅的老朋友①。

鲁迅翻译这些作品是在 1927 年后无产阶级文学运动蓬勃兴起的大背景下发生的。1927 年,鲁迅从广州移居上海,开始了他人生最后十年的生活。一到上海,鲁迅就遭到了创造社、太阳社、新月社等团体从不同角度发出的攻击,其中大谈"革命文学"的创造社对鲁迅的攻击尤为不遗余力。

鲁迅对先前鼓吹"为艺术的艺术"而现在大谈革命文学和马克思主义的创造社非常不以为然,但他更不满意的是他们"不肯多介绍别国的理论和作品"②,而只是用新名词术语来批评人吓唬人,这样他们的批评往往是没有根据的,带着相当多的个人恩怨。鲁迅认为,与其陷入盲目的论争,还不如踏踏实实做一些基础性的工作,他明确地表示:

> 有马克斯学识的人来为唯物史观打仗,在此刻,我是不赞成的。我只希望有切实的人,肯译几部世界上已有定评的关于唯物史观的书——至少,是一部简单浅显的,两部精密的——还要一两本反对的著作。那么,论争起来,可以省说许多话。③

所以鲁迅亲自动手来翻译这些苏联文艺理论著作,一方面固然要献给创造社那些"速断的无产文学批评家"④,但更主要的可能还是要献给自己。

---

① 陈望道早在五四时期就同鲁迅有不少交往,曾将自己翻译的《共产党宣言》寄赠鲁迅,又曾代表《新青年》编辑部向鲁迅约稿。1927 年鲁迅到达上海后,陈望道约请鲁迅到复旦大学、江湾实验中学讲演。关于这两套丛书中收入鲁迅的译本,陈望道有如下回忆:"一九二九、三〇年间,我在大江书铺担任过一点编辑工作,和几个朋友商量拟定编集一套文艺理论丛书,来介绍新进的科学文艺理论。当时鲁迅先生也应约为这套丛书翻译了有关的论著。同时,还由我约请他译卢那察尔斯基的美学论著《艺术论》。鲁迅先生谦虚地说恐译不好,我就说,我们把它译出来,就是一个胜利。鲁迅先生赞同我的意见,他承担了这个翻译的责任。书是由日本文转译的,他采取直译的方法,极其慎重、认真和精心。译本由大江书铺作为甲等书籍出版。这本书,后来竟为国民党反动当局所查禁。"(《关于鲁迅先生的片断回忆》,载《鲁迅回忆录(一集)》,上海文艺出版社 1978 年版,第 14—15 页)这里所说的"翻译了有关的论著"即指《现代新兴文学的诸问题》,而卢氏《艺术论》则是陈望道特意请鲁迅翻译的。
② 《三闲集·现今的新文学的概观》,载《鲁迅全集》(第 4 卷),人民文学出版社 1981 年版,第 136 页。
③ 《三闲集·文学的阶级性》,载《鲁迅全集》(第 4 卷),人民文学出版社 1981 年版,第 127 页。
④ 《二心集·"硬译"与"文学的阶级性"》,载《鲁迅全集》(第 4 卷),人民文学出版社 1981 年版,第 210、209、209 页。

1926 年鲁迅离开北京,南下厦门、广州,目睹了中国新的革命形势,同时他也在思考中国的出路和自己下一步应该怎么走的问题。苏联作为无产阶级革命的发源地,自然吸引了鲁迅的目光,面对纷纷扰扰的关于无产阶级革命文学的争论,翻译苏联的文学理论成为鲁迅廓清自己思想的重要手段:

> 人往往以神话中的 Prometheus 比革命者,以为窃火给人,虽遭天帝之虐待不悔,其博大坚忍正相同。但我从别国里窃得火来,本意却在煮自己的肉的,以为倘能味道较好,庶几在咬嚼者那一面也得到较多的好处,我也不枉费了身躯:出发点全是个人主义,并且还夹杂着小市民性的奢华,以及慢慢地摸出解剖刀来,反而刺进解剖者的心脏里去的"报复"。……这样,首先开手的就是《文艺政策》,因为其中含有各派的议论。①

其实《文艺政策》和《艺术论》(蒲氏)在鲁迅动手以前已有画室和林柏的译本。鲁迅仍然坚持翻译这两本书,固然有反击创造社等客观因素②,但更清楚地说明他是为了自己:自己翻译一遍比看别人的译本要真切得多③。

让我们换一个角度来说明这一点,那就是"硬译"。鲁迅在翻译这些理论著作时,继续采用"硬译"的原则,而且其程度超过了以往所有的译作,对此鲁迅做了这样的解释:

---

① 《二心集·"硬译"与"文学的阶级性"》,《鲁迅全集》(第 4 卷),人民文学出版社 1981 年版,第 210、209、209 页。

② 参看鲁迅本人的叙述:"《文艺政策》另有画室先生的译本,去年就出版了。听说照例的创造社革命文学诸公又在'批判',有的说鲁迅译这书是不甘'落伍',有的说画室居然捷足先登。其实我译这书,倒并非救'落',也不在争先,倘若译一部书便免于'落伍',那么,先驱倒也是轻松的玩意。我的翻译这书不过是使大家看看各种议论,可以和中国的新的批评家的批评和主张相比较。与翻刻王羲之真迹,给人们可以和自称王派的草书来比一比,免得胡里胡涂的意思,是相仿佛的。"(《集外集·〈奔流〉编校后记(九)》,《鲁迅全集》(第 7 卷),人民文学出版社 1981 年版,第 180 页)"这书(按指蒲力汗诺夫的《艺术论》)所据的本子,是日本外村史郎的译本。在先已有林柏先生的翻译,本也可以不必再译了,但因为丛书的目录早经决定,只得仍来做这一番很近徒劳的工夫。"(《二心集·〈艺术论〉译本序》,《鲁迅全集》(第 4 卷),人民文学出版社 1981 年版,第 264 页)

③ 鲁迅曾出于经济方面的考虑劝别人不要重复译,"托罗茨基的书,已经译(傅东华译)载了不少了,似乎已译完。我想,这种书籍,中国有两种译本就怕很难销售。你的译文如果进行未多,似乎还不如中止。"(《鲁迅全集》(第 11 卷),人民文学出版社 1981 年版,第 540 页)而他本人却不惜重译蒲力汗诺夫《艺术论》,可见意在"煮自己的肉"。

推想起来,这是很应该跟着发生的问题:无产文学既然重在宣传,宣传必须多数能懂,那么,你这些"硬译"而难懂的理论"天书",究竟为什么而译的呢?不是等于不译么?我的回答,是:为了我自己,和几个以无产文学批评家自居的人,和一部分不图"爽快",不怕艰难,多少要明白一些这理论的读者。①

可见鲁迅首先是为自己翻译这些书的。当然无论是为谁,鲁迅都希望对原作做原汁原味的介绍。鲁迅通过日文转译苏联的文学理论,本来就隔着一层,所以他希望自己的译文至少和日译文没有丝毫出入,这样鲁迅的译文中就难免出现了不少很长而且难解的句子。试看《艺术论》中的一例:

约而言之,凡是那本身已经成了分明的过度消费的生命差的,或是成着有机体对于这样生命差的无力的分明的征候而显现的一切被低下了的生活,美学底地来看,则被知觉为消极底的东西。②

我们再看现代的译文:

一言以蔽之,凡本身即是表现出来的过度消耗的生命变异,或是机体面对这种生命变异所表现出的无可奈何的明显标志,各种各样的低级生命都被认为是某种审美上否定的东西。③

将长句拆开后的现代翻译显然要好懂得多,鲁迅并非不能做到这一点,但他为了保持意思的准确宁可"有些不顺"也在所不惜。再举一个例子,在《文艺与批评》中出现了"乳臭还未从唇边干透的无髭的青年"④这样一句译文,其实翻译成"乳臭未干的无髭的青年"是很顺手,意思也几乎相同的,但鲁迅显然认为"未干"没有"还未从唇边干透"来得精确。

鲁迅之所以亦步亦趋地跟随日文译本,固然有转译这一个原因,但更主要的原因还在于他对所翻译内容和原作者的陌生,这从鲁迅为各书所写的"序言"或"后记"中就可以看出,他基本是翻译或者杂采别人现有的成果,而不像

① 《二心集·"硬译"与"文学的阶级性"》,《鲁迅全集》(第4卷),人民文学出版社1981年版,第210、209、209页。
② 《鲁迅译文集》(第6卷),人民文学出版社1958年版,第52页。
③ 卢那察尔斯基:《艺术及其最新形式》,郭家申译,百花文艺出版社1998年版,第49页。
④ 《鲁迅译文集》(第6卷),人民文学出版社1981年版,第230页。

他为其他译著所写的类似文字那样基本是出于自己的观点。以《艺术论》(蒲氏)为例,"序言的四节中,除第三节全出于翻译外,其余是杂采什维诺夫的《露西亚社会民主劳动党史》,山内封介的《露西亚革命运动史》和《普罗列塔利亚艺术教程》余录中的《蒲力汗诺夫和艺术》而就的。"①对于自己不熟悉的东西,"硬译"不失为一个谨慎以至保险的办法。

二

鲁迅关心十月革命,一向注意俄国革命前后的真实情形特别是知识分子的处境和心态,他分明看出了一种在中国未曾出现过的情形,同时也提出了自己的分析:

> 近来虽然听说俄国怎样善于宣传,但在北京的报纸上,所见的却相反,大抵是要竭力写出内部的黑暗和残酷来。这一定很足以使礼教之邦的人民惊心动魄的罢。但倘若读过专制时代的俄国所产生的文章,就会明白即使那些话全是真的,也毫不足怪。俄皇的皮鞭和绞架,拷问和西伯利亚,是不能造出对于怨敌也极仁爱的人民的。
>
> ……
>
> 改革的标语一定是较光明的;做这书中所收的几篇文章的时代,改革者大概就很想普给一切人们以一律的光明。但他们被拷问,被幽禁,被流放,被杀戮了。要给,也不能。这已经都写在帐上,一翻就明白。假使遏绝革新,屠戮改革者的人们,改革后也就同浴改革的光明,那所处的倒是最稳妥的地位。然而已经都写在帐上了,因此用血的方式,到后来便不同,先前似的时代在他们已经过去。②

对于这样一个革命专政的道理,鲁迅比较容易接受,他先前就提出过"费

①　《二心集·〈艺术论〉译本序》,《鲁迅全集》(第4卷),人民文学出版社1981年版,第264页。

②　《集外集拾遗·〈争自由的波浪〉小引》,《鲁迅全集》(第7卷),人民文学出版社1981年版,第304—305页。

厄泼赖"应该缓行。最让他感到惊心动魄的是,若干曾经拥护革命、鼓吹革命的作家,在革命成功之后,处境相当困难,甚至活不下去。最典型的例子是象征主义诗人勃洛克(1880—1921),他向着革命突进,却终于受伤;诗人叶遂宁和小说家梭波里也是拥护革命的,革命后却大呼活不下去,终于自杀。于是鲁迅看出了这样的悖论:"俄国十月革命时,确曾有许多文人愿为革命尽力。但事实的狂风,终于转得他们手足无措。""叶遂宁和梭波里终于不是革命文学家。为什么呢,因为俄国是实在的革命。革命文学家风起云涌的所在,其实是并没有革命的。"①

究竟什么是无产阶级革命,什么是无产阶级文学,实在需要作深入具体的研究,乱起哄是毫无用处的。鲁迅当时翻译了许多苏联的理论作品,无非是为了弄明白到底什么是"无产阶级文学"。

关于这个问题,先前苏联内部曾经发生过激烈的争论,《文艺政策》一书就是那场争论的真实记录。苏联内部的争论可以分为三种不同的立场:一、由瓦浪斯基及托罗兹基所代表的立场;二、瓦进及其他"那·巴斯图"一派的立场;三、布哈林、卢那卡尔斯基等的立场。

瓦浪斯基的观点简单说来,就是强调无产阶级文学的文学性、艺术性,而瓦进则针锋相对,强调革命性、阶级性。这从瓦进对瓦浪斯基的批评可以看得一清二楚:

> 他的立场的最大的错处,是在,在他那里,阶级斗争是不存在的,革命的事是不存在的。他就大体判断,他拿出对于艺术,不可有什么整顿,什么政治底干涉这一种新发见来。同志瓦浪斯基是在生活和政治斗争之外的。②

无产阶级文学是"革命文学",到底是"革命"重要,还是"文学"重要,双方各执一辞。以布哈林、卢那卡尔斯基为代表的第三派可以说是折中派、调和派,他们反对用"纯政治底态度"对待文艺,但同时也认为文艺不能放弃政治标准,关于这两者的关系卢那卡尔斯基以俄国两位大作家

---

① 《而已集·革命文学》,《鲁迅全集》(第3卷),人民文学出版社1981年版,第544页。
② 《鲁迅译文集》(第6卷),人民文学出版社1981年版,第327、394、443页。

为例做了一番意味深长的论述：

> 现在假定为现有托尔斯泰或陀思妥夫斯基那么大的作家，写了政治底地，是和我们不相干的一种天才底小说罢。我呢，自然，也知道说，倘若这样的小说，完全是反革命底东西，则我们的斗争的诸条件，虽然很可惜，但使我们不得不挥泪将这样的小说杀掉。然而如果并无这样的反革命性，只有一点不佳的倾向，或者例如只有对于政治的无关心，则不消说，我们是大概不能不许这样的小说的存在的罢。①

卢那卡尔斯基在坚持政治标准的前提下，对文艺采取比较宽容的态度，允许那些"无害"或"尚无大碍"而艺术性很高的作品存在。他所代表的折中之论为这场论争之后形成的苏共的文艺政策确定了基调。1925 年 7 月 1 日《真理报》所载的《关于文艺领域上的党的政策——俄罗斯共产党中央委员会的决议》，就一方面强调党对文艺的领导，另一方面也指出"党应该竭一切手段，排除对于文学之事的手制的，而且不懂事的行政上的妨害。"②在这样一种比较宽松的政策之下，苏联无产阶级文艺逐渐繁荣起来。

鲁迅关注苏联的文艺论争，是因为中国关于无产阶级文学的论争也已经开始，1930 年更成立了"左联"。中国左翼文艺战线的形成迫切需要理论上和策略上的武装。

在翻译苏联文艺理论著作的过程中，鲁迅对于中国的无产阶级革命和左翼文学形成了自己的一套看法。

首先，鲁迅赞成文学为革命服务的观点。这一点很容易理解，鲁迅自弃医从文开始，就主张文学为社会、为人生服务。问题的关键在于如何服务，如何处理好文学与革命的关系问题："'革命'和'文学'，若断若续，好像两只靠近的船，一只是'革命'，一只是'文学'，而作者的每一只脚就站在每一只船上面。"③这样的革命文学家是未必能长久的。但是作为文学家，总必须考虑作品的文学价值。鲁迅最后十年没有写小说，而是写了大量的杂文来服务于革

---

① 《鲁迅译文集》(第 6 卷)，人民文学出版社 1981 年版，第 327、394、443 页。

② 《鲁迅译文集》(第 6 卷)，人民文学出版社 1981 年版，第 327、394、443 页。

③ 《二心集·上海文艺之一瞥》，《鲁迅全集》(第 4 卷)，人民文学出版社 1981 年版，第 298 页。

命,大约正是出于这一考虑。

其次,在党对文艺的领导问题上,鲁迅主张宽容的态度。他在校正《文艺政策》时说过这样的话:"我觉得耐人寻味的,是在'那巴斯图'派因怕主义变质而主严,托罗兹基因文艺不能孤生而主宽的问题。……这问题看去虽然简单,但倘以文艺为政治斗争的一翼的时候,是很不容易解决的。"①确实,左联成立后以周扬等人为核心的领导集体显然是"主严"的,而鲁迅则倾向于"主宽"。单从这一角度看去,他们的矛盾也就不可避免。

鲁迅"主宽"的根据在于,中国当时的社会还不具备产生无产阶级革命文学的条件。他用马克思主义历史唯物主义的观点深刻地指出:"各种文学,都是应环境而产生的,推崇文艺的人,虽喜欢说文艺足以煽起风波来,但在事实上,却是政治先行,文艺后变。倘以为文艺可以改变环境,那是'唯心'之谈,事实的出现,并不如文学家所豫想。所以巨大的革命,以前的所谓革命文学者还须灭亡,待到革命略有成果,略有喘息的余裕,这才产生新的革命文学者。为什么呢,因为旧社会将近崩坏之际,是常常会有近似带革命性的文学作品出现,然而其实并非真的革命文学。"②鲁迅 1927 年在黄埔军校的一次演讲中,也曾阐述过类似的观点:革命之前和革命当中都不会产生革命文学,只有革命后才能产生。在无产阶级革命刚刚开始的时候,就指望产生无产阶级革命文学,是不切合实际的。

那么,在当时中国的社会条件下,应当允许什么样的文学存在,而且实际上也是大量存在的呢? 那就是"反叛的小资产阶级的反抗的,或暴露的作品。"③工农出身的无产阶级作家还暂时不可能出现。其实即使是在革命成功后的苏联,作家仍是多出于"智识阶级",这是因为——如卢那卡尔斯基所

---

① 《集外集·〈奔流〉编校后记(四)》,《鲁迅全集》(第 7 卷),人民文学出版社 1981 年版,第 165 页。

② 《三闲集·现今的新文学的概观》,《鲁迅全集》(第 4 卷),人民文学出版社 1981 年版,第 134 页。周作人表达过类似的看法,认为文学只是反抗,不是革命,"能革命就不必需要文学及其他种种艺术或宗教,因为他已有了他的世界了。"详见《燕知草跋》,《永日集》,河北教育出版社 2002 年版,第 80 页。

③ 《二心集·上海文艺之一瞥》,《鲁迅全集》(第 4 卷),人民文学出版社 1981 年版,第 300 页。

说——"要做一个作家,必须有颇高的教养的缘故。……所以他如果是从大众中出来的,则或一程度为止,他大概一定要离开自己的阶级,接近智识阶级的集团去。"①托罗兹基甚至认为,即使是在革命成功以后很长时间内,苏联文学的中心力量仍是"同路人"。连苏联都容许为数众多的小资产者和他们的文学("同路人"文学)存在,革命尚远未成功的中国有什么理由不允许他们的存在呢?

基于以上的理由,鲁迅认为,决定革命文学的并非专看是否写工人、农民、红军,而是看作者有无革命的精神:

> 如果是战斗的无产者,只要所写的是可以成为艺术品的东西,那就无论他所描写的是什么事情,所使用的是什么材料,对于现代以及将来一定是有贡献的意义的。为什么呢? 因为作者本身便是一个战斗者。②

日本文学理论家青野季吉在《艺术的革命与革命的艺术》一文中也指出:"在自然主义运动以后的文学上,描写工人和农夫者,尤其不遑枚举。然而,不能说因为描写了工人和农民,便是无产阶级的文学。"③选择什么样的题材固然是一个问题,但题材并不能决定主题。青野季吉的这篇文章被鲁迅翻译成中文后收入 1929 年 4 月出版的《壁下译丛》一书中,该书中其他译文如《阶级艺术的问题》(片上伸)、《关于知识阶级》(青野季吉)、《最近的戈理基》(升曙梦)等,也都涉及无产阶级文学的问题,实际上,日本学者的此类文章正是鲁迅深入研究苏联理论作品的基础和向导。

三

1932 年 4 月,鲁迅在《三闲集》的序言中写道:"我有一件事是要感谢创造社的,是他们'挤'我看了几种科学底文艺论,明白了先前的文学史家们说了

---

① 《鲁迅译文集》(第 6 卷),人民文学出版社 1981 年版,第 395—396 页。
② 《二心集·关于小说题材的通信》,《鲁迅全集》(第 4 卷),人民文学出版社 1981 年版,第 367 页。
③ 《鲁迅译文集》(第 5 卷),人民文学出版社 1981 年版,第 320 页。

一大堆,还是纠缠不清的疑问。并且因此译了一本蒲力汗诺夫的《艺术论》,以救正我——还因我而及于别人——的只信进化论的偏颇。"①这段话告诉我们一个重要的信息:鲁迅的思想在这一时期已经发生了很大的变化。不少学者都曾论述过鲁迅从进化论到阶级论的转化,这里不妨从翻译的角度再来简单地谈一下这个问题。

蒲力汗诺夫是最早用唯物史观来研究美学和文艺问题的人,《艺术论》便是他用马克思主义的原理对于什么是美、艺术的起源等问题进行深入研究的成果。他在该书的开始部分就指出,达尔文的著作只能告诉我们"我们的审美趣味有时候是跟下等动物的趣味一致的。但是这些事实没有向我们说明上述趣味的起源。"而要探讨这一问题,就必须离开生物学,而进入社会学,因为"艺术是一种社会现象"②。接着蒲力汗诺夫就用大量具体的例子说明了生产力和生产关系的矛盾以及阶级间的矛盾如何对艺术的产生和发展发生了作用。

可以说,鲁迅是通过翻译这部著作进一步接触和了解到了马克思主义,虽然此后他并没有全面系统地研读过马克思的著作,但唯物史观和阶级论已被他熟练地运用到对于文艺以及中国社会的解剖中,他的《"硬译"与"文学的阶级性"》等杂文就是最好的说明。但鲁迅对于马克思主义的运用绝不是机械的,他在一篇文章中写道:

> 若据性格感情等,都受"支配于经济"(也可以说根据于经济组织或依存于经济组织)之说,则这些就一定都带着阶级性。但是"都带",而非"只有"。③

"经济基础"决定"上层建筑",但不是完全决定直接决定,阶级性也不能说明文学的所有问题。蒲力汗诺夫的著作主要集中探讨原始民族的艺术,在那里,生产技术和生活方式的决定作用确实非常直接,但人类社会是发展的,同时也是复杂的,对待任何理论都必须用一种辩证和发展的眼光。鲁迅很明白这个道理,他在翻译的同时也在进一步予以深入的思考。

---

① 《三闲集·序言》,《鲁迅全集》(第4卷),人民文学出版社1981年版,第6页。
② 曹葆华译:《普列汉诺夫美学论文集》,人民出版社1983年版,第313、308页。
③ 《三闲集·文学的阶级性》,《鲁迅全集》(第4卷),人民文学出版社1981年版,第127页。

鲁迅不仅在思想上发生了重大变化,在创作上也发生了重大变化:最后十年他没有写小说,但是写了大量的杂文。鲁迅从"文学革命"到"革命文学"时代的转变是非常值得研究的。鲁迅回忆自己早年参加"文学革命"的情况时说:

> 我的作品在《新青年》上,步调是和大家大概一致的,所以我想,这些确可以算作那时的"革命文学"。

> 然而我那时对于"文学革命",其实并没有怎样的热情。见过辛亥革命,见过二次革命,见过袁世凯称帝,张勋复辟,看来看去,就看得怀疑起来,于是失望,颓唐得很了。……不过我却又怀疑于自己的失望,因为我所见过的人们,事件,是有限得很的,这想头,就给了我提笔的力量。

> "绝望之为虚妄,正与希望相同。"

> 既不是直接对于"文学革命"的热情,又为什么提笔的呢?想起来,大半倒是为了对于热情者们的同感。这些战士,我想,虽在寂寞中,想头是不错的,也来喊几声助助威罢。……但为达到这希望计,是必须与前驱者取同一的步调的,我于是删消些黑暗,装点些欢容,使作品比较的显出若干亮色,那就是后来结集起来的《呐喊》,一共有十四篇。

> 这也可以说,是"遵命文学"。①

那么,我们要问,为什么鲁迅在新一轮的革命到来时,没有用小说去"呐喊"呢?首先可能是因为形势不同,上次革命时鲁迅是被争取的对象,是被作为朋友看待的;而这次的革命,鲁迅一开始却是被作为批判的对象,被扣上了"封建余孽"的帽子。尽管后来左联成立后鲁迅被作为领袖看待,但他始终隐隐地感觉到自己很可能就是这一场革命的对象:

> 革命者为达目的,可用任何手段的话,我是以为不错的,所以即使因为我罪孽深重,革命文学的第一步,必须拿我来开刀,我也敢于咬着牙关忍受。杀不掉,我就退进野草里,自己舔尽了伤口的血痕,决不烦别人傅药。②

---

① 《南腔北调集·〈自选集〉自序》,《鲁迅全集》(第4卷),人民文学出版社1981年版,第456页。
② 《南腔北调集·答杨邨人先生公开信的公开信》,《鲁迅全集》(第4卷),人民文学出版社1981年版,第628页。

尽管鲁迅意识到革命的结果可能对自己个人不利,但他还是抱着对苏联革命和中国革命的巨大热情和向往投入了这场革命,他一方面翻译苏联的理论和文学作品,一方面写了大量的"匕首和投枪"式的杂文。鲁迅一向主张不硬写,不写不熟悉的东西,只干能干的事情:"现在能写什么,就写什么,不必趋时,自然更不必硬造一个突变式的革命英雄,自称'革命文学'",①鲁迅熟悉的是旧式的农民和知识分子,工人、红军和新式农民是鲁迅所不熟悉的。不写小说而只从事翻译和写作杂文,并不像夏志清所说是鲁迅晚年创作力枯竭的"掩饰"和"自我安慰"②,而是他在现有的环境下所能做的最适合的事。从创作的角度来说,小说是鲁迅对"文学革命"的最大贡献,而杂文则是他对"革命文学"的最大贡献。

（本文原载于《扬州大学学报》2006 年第 3 期）

---

① 《二心集·关于小说题材的通信》,《鲁迅全集》(第 4 卷),人民文学出版社 1981 年版,第 369 页。

② HsiaC T. *A History of Modern Chinese Fiction*, second edition. Yale University Press, 1971, p.51, p.54.

翻译文学史可以这么写

改革开放三十年来,外国文学在中国的翻译可谓洋洋大观,从传统的批判现实主义到新潮的魔幻现实主义,从川端康成、艾特玛托夫到福克纳、博尔赫斯,从《钢铁是怎样炼成的》到《挪威的森林》……毫无疑问,这些翻译无论从数量还是丰富性上来说都大大超过了晚清以来的任何一个时期。

这些林林总总的翻译所构成的斑斓复杂的文学地图,很容易让人目迷五色、歧路彷徨,看不清其中的路径。幸运的是,向导及时出现了,最近出版的赵稀方所著《二十世纪中国翻译文学史·新时期卷》(百花文艺出版社 2009 年版)一书,在我看来正是起到了为广大读者包括研究者指点迷津的作用。

赵先生不仅梳理了最近三十年外国文学的译介情况,还详细分析了这一大规模的翻译活动和新时期话语实践之间的关系。换言之,他不仅考察了哪些作品被翻译成了中文,还试图说明为什么是这些作品而不是别的作品被翻译过来。书中仔细分析了这些被翻译过来的作品与新时期中国思想文化建设的互动作用,比如在谈到美国文学时,作者分析道:"在文学史上,海明威的贡献之一是与乔伊斯相抗衡,将文学从心理还原为行动,但具有讽刺意味的是,海明威在新时期最早、最有影响的小说恰恰是被视为意识流小说的《乞力马扎罗山的雪》";而造成这一现象的原因是"作为意识流小说来看,《乞力马扎罗山的雪》的线索过于清晰,这正符合新时期初期文坛的需要。"(第 123 页)值得引起深思的是,存在主义遇到了几乎同样的情况,"萨特的《存在主义是一种人道主义》早在 1980 年就有了译文,到处被望文生义地误用,而真正地释述存在主义理论的《存在与虚无》直至 1987 年才翻译出版。这个时间的差异,看似翻译难易的问题,其实显示了我们对于萨特的存在主义的接受程度,显示出新时期从人道主义到现代主义的深化。"（第 138 页）就当下依然活跃的后现代思潮,作者在深入研究后得出了这样的结论:"后现代其实并非中国土壤里结出来的东西,而不过是西方文学及理论旅行中国的结果,或者说不过是翻译的现实而已。"（第 181 页）

这样由表及里的研究给我们一个很大的启示:翻译文学不仅仅是外国文学,它同时也是或更是中国文化的一个部分——作为一种外来的文化资源,翻译文学一旦成为中文,就成了中国文化场域的一个重要部分,从而在中国的文化建构中担当着重要作用。我们甚至可以说,一种西方话语之所以流行于中国,主要是源自中国的内在需要,这在新时期看得尤为清晰,从人道主义、现代主义到弗洛伊德、后现代主义等,西方文学和文化思潮涌入中国的过程,表面上看去仿佛是来自外部的冲击,而实际上主要是由中国内部的历史原因决定的。翻译对象的选择,翻译的阐释权力,翻译的效果等无不来自内部,它折射了中国内部的文化需要和文化冲突。一个明显的反面证据是,在新时期之前,特别是"文革"时期,西方文学思潮无论多么强大,也难以在中国登陆。

由于作者非常关注来自中国内部的动力,所以这部新时期的翻译文学史也可以当作一部新时期的中国文学思想史来读。它以翻译为切入点,描述了中国在迅速工业化和市场化过程中思想观念和审美趣味的急剧变化及其逻辑。面对新时期以来西方文化纷至沓来,国内知识界趋之若鹜的现象,作者指出,这种将西方作为终点的进化史观,将"进步"看作是追逐西方的同义词的做法是需要警醒的,因为这会导致殖民化与自我殖民化的危险。应该说,这样的思考是很有深度,也很必要的。

赵著不仅有丰富的内容和深入的思考,写法也很有特色。正如作者开宗明义交代过的那样:"翻译文学史可以有多种写法,或以国别为单位,或以翻译家为单位等,都可以事无巨细地交代出翻译出版的状况。但我并不满足于此,因为觉得这些写法容易流于材料的平铺直叙,缺少思想史的脉络,无法体现翻译与新时期话语实践的关系。踌躇之后,本书试图采用话题式的论述结构,以事件为中心,兼顾国别,希望在交代翻译史的同时大致体现出新时期话语建构的过程。"（第 1 页）这样点面结合的结构虽然容易让面上难免会有些小小的疏漏,却十分有利于在点上作深度的挖掘,避免将翻译文学史写成一本流水账。

在作者精心选择的九个话题中,我觉得"《红与黑》事件"这个话题最有意思,也最引人深思。在这个第九章中,作者首先全面回顾了1995年围绕《红与黑》的多个译本(罗玉君、郝运、闻家驷、郭宏安、罗新璋、许渊冲诸先生的译本)所引发的翻译论战,接着便提出了翻译研究的新思路。作者认为围绕《红与黑》的讨论虽然热烈而且热闹,而所讨论的其实是一个"假"问题:"'假'问题的说法似乎有点过分,但这个问题的确是没有什么意义的。有关'直译''意译'的问题,自汉译佛经以来到本世纪,一直有人议论,但始终没有什么结果。到了90年代中期,居然又出现了这样一次大规模的争议,其中折射出的根本问题,是中国翻译研究的落后。"(第235页)中国翻译研究的落后确实是一个毋庸讳言的事实,直到今天,还有不少人认为,翻译研究无非就是研究翻译得对不对,是否"信、达、雅"。其实,除了语言层面之外,翻译还完全可以从政治、思想、文化等很多方面进行研究。可喜的是,近年来从这些方面进行翻译研究的学者越来越多,相关著作也陆续出现,赵先生的这部新著就是一个很好的范例,它告诉我们,"新时期中国"并不是一个不可化约的整体,其中存在着不同的利益集团和文化群体,作为一种外来思想资源的翻译便成为本土价值冲突的工具;它更向我们展示,深入地研究翻译,可以清晰地揭示这些文化群体之间的互动关系。本书的一大贡献就在于它提供了一个方法论的典范或参考,运用同样的方法我们可以去研究其他时段的文学翻译。

(本文原载于《中华读书报》2010年2月10日)

钱钟书对当代中国人文学术的启示：
从《管锥编》英译谈起

　　就在钱钟书先生去世的 1998 年，哈佛大学出版社推出了他的代表作《管锥编》的节译本（*Limited Views : Essays on Ideas and Letters*），译者是著名汉学家艾朗诺（Ronald Egan，时任加州大学圣芭芭拉校区教授）。翻译这部巨著绝不是一件容易的事，甚至可以说是吃力不讨好。但艾朗诺还是义无反顾地做了，因为"《管锥编》已被公认为钱钟书对中西传统文学研究的集大成之作"。[①]艾氏本人的专业是唐宋文学，[②]按理说，翻译《谈艺录》会更为得心应手，但还是优先考虑了《管锥编》，他在序言中这样写道："在钱钟书的全部著作中，《谈艺录》显然最接近《管锥编》，但两者的区别也很显著。后者论及的范围更加广泛，正如英译本副标题'关于思想与文学的札记'所显示的，钱钟书讨论的范围已经远远超出了唐宋以来的中国诗学，而是涵盖了整个中国人文传统。他的美学考察从文学扩展到了视觉艺术（书法和美术），他也更有意于建立文学和哲学、宗教之间的联系。《管锥编》采用了更大数量和范围的比较。钱钟书对西方文献的征引在《谈艺录》中已很突出，经过三十年的积累，他大大增进了对西方传统文学和现代批评的理解和把握，对比较研究效用的信心也更坚定了。更大的不同在于，同样是随笔和札记体著作，《管锥编》中的钱钟书

---

　　① Egan R. *Limited Views : Essays on Ideas and Letters*.Harvard University Asia Center,1998,p.1,p.5.

　　② 代表作有《欧阳修的文学创作》（*The Literary Works of Ou-yang Hsiu*. Cambridge University Press,1984）、《美的焦虑：北宋士大夫的审美思想与追求》（*The Problem of Beauty : Aesthetic Thought and Pursuits in Northern Song Dynasty China*. Harvard University Asia Center,2006）、《才女之累：李清照及其接受史》（*The Burden of Female Talent : The Poet Li Qingzhao and Her History in China*. Harvard University Asia Center,2013），后两书有中译本（上海古籍出版社 2013、2017 年版）。

更像一位批评家和思想家在表达自己的见解,左右逢源,张弛有度,更不用说视野的宽广了。我们不必同意他后来视《谈艺录》为'少作'的看法,但《管锥编》的确使我们领略到了更为老成阔大的境界。"①艾朗诺的选择和翻译工作体现了一个优秀学者的"公心"。

所以,中国真正有价值的学术作品,西方人会注意到,也会主动"拿来",用不着我们费力而未必讨好地"送去"。20世纪上半叶,无论是顾颉刚的《古史辨·自序》,还是冯友兰的《中国哲学史》上下册,都是美国人主动翻译,自行出版的,因为他们知道这些著作的价值。② 我们有时间、精力和费用,不如多翻译一些外国的好东西进来。

《管锥编》的英译本出版后,没有引起1980年代在中国国内那样的轰动效应,更没有形成"钱学"热。根据我在Jstor数据库上的初步检索,只有三篇书介,除了介绍书的内容,表扬艾朗诺的翻译工作之外,并无多少实质性的学术评论。③ 自20世纪末开始,张隆溪教授多次撰文,为钱先生和《管锥编》呼吁,希望引起欧美学界的重视,但效果一般。④ 其实早在1983年,法国学者李克曼(Pierre Rychmans)就在《世界报》(Le Monde)上盛赞过钱先生,说他的博学"在今日的中国,甚至全世界都是无人可以相比的。"⑤其他的赞誉之声也是此起彼伏,尽管如此,到目前为止的事实是:作为现代作家的钱钟书在海外的影响更大,《围城》早已被翻译成多种外语。最通行的英译本也是最早的,1979年就出版了(印第安纳大学出版社),2004年作为"新方向经典"("A

---

① Egan R. *Limited Views:Essays on Ideas and Letters.*Harvard University Asia Center,1998,p.1,5.

② 详见拙文《顾颉刚与美国汉学家的交往》,《国际汉学》2015年第3期;《冯友兰〈中国哲学史〉的英译本》,《中华读书报》2012年6月20日。

③ Lynn R J. Review of Limited Views:Essays on Ideas and Letters.*The Journal of Asian Studies*,1999,Vol.58,No.3;Kroll P W. Review of Limited Views:Essays on Ideas and Letters. *Journal of the American Oriental Society*,2000,Vol.120,No.1;Fuehrer B. Review of Limited Views:Essays on Ideas and Letters. *Journal of the Royal Asiatic Society*,Third Series,2001,Vol.11,No.1.

④ 详见 Zhang L X.Qian Zhongshu on Philosophical and Mystical Paradoxes in the Laozi. *Religious and Philosophical Aspects of Laozi.*Eds. Csikszentmihalyi M,Ivanhoe P J. State University of New York Press,1999.Zhang L X. Qian Zhongshu as Comparatist. *The Routledge Companion to World Literature.* Eds,D'haenT,Damrosch D,Kadir D. Routledge,2012.

⑤ 详见1983年6月10日《世界报》,转引自张隆溪:《走出文化的封闭圈》,生活·读书·新知三联书店2004年版,第202页。

New Directions Classic")再版时,著名历史学家史景迁(Jonathan D.Spence)专门写了一篇序言,2014 年更上一层楼,被收入在西方妇孺皆知的企鹅经典丛书(Penguin Classics)。此外,《人·兽·鬼》2011 年也有了全译本(哥伦比亚大学出版社)。

1985 年,钱先生和德里达(Jacques Derrida)、艾柯(Umberto Eco)、热奈特(Gérard Genette)、伊泽尔(Wolfgang Iser)等被选为美国现代语言学会(Modern Language Association of America)荣誉会员,这在西方人文学界是很高的荣誉,表明钱先生的学术成就已经在海外被高度认可。但和其他几位同年入选者相比,钱先生的影响力却要小得多。艾朗诺在分析原因时指出:"《管锥编》的重要性在海外没有引起像在中国国内那样的关注。胡志德(Theodore Huters)精心撰写的《钱钟书评传》(收入《退恩世界作家丛书》)完成之际,《管锥编》刚刚出版,因此《评传》对钱钟书的其他著作都辟专章进行了论述,却没能详细讨论该书。胡志德只是在前言中提到,《管锥编》博大精深,仓促间无法探讨。国外的译者们也都绕开《管锥编》。钱钟书的其他著作已被译成外文(例如长篇小说《围城》有英、德、日、俄译本,一些早年的随笔有法、英译本),但是《管锥编》却没有受到青睐。毫无疑问,该书独特的文体和行文造成了这种被忽略的状况。实际上,甚至在中国学者那里,《管锥编》也因纷繁复杂的内容和独具特色的结构而被视为奇书。估计这些原因也阻挡了国外专家进入其中开掘宝藏,迄今为止,西方学术界唯一对《管锥编》进行阐发的是德国人莫芝宜佳(Monika Motsch)。"[1]二十年过去了,相关论文有了一些,但专著仍然只有莫芝宜佳的《〈管锥编〉与杜甫新解》(*Mit Bambusrohr und Ahle*:*von Qian Zhongshus Guanzhuibian zu einer Neubetrachtung Du Fus*)。[2]

看来,《管锥编》在"走出去"的过程中远不如想象得那么顺利。正如艾朗诺指出的那样,问题出在它"独特的文体和行文"。典雅但晦涩的文言文不好理解,太多的引文(很多来自不太著名的作品,而且往往没有任何上下文)让人难以招架,更严重的是整本书由一千多则笔记组成,彼此之间没有逻辑联

---

① Egan R. *Limited Views*:*Essays on Ideas and Letters*. Harvard University Asia Center, 1998, pp.1-2.

② 德文版 1994 年由 Peter Lang 出版,中译本 1998 年由河北教育出版社出版(马树德译)。

系,最后也没有明确的结论。为了帮助西方学界读懂和欣赏《管锥编》,艾朗诺的译本精选了六十五则笔记并编排成六个专题:一、美学和批评概论,二、隐喻、象征和感知心理学,三、语义学和文学风格学,四、论老子,五、魔和神,六、社会和理想。这样一来,可读性确实大大增强了。可见艾朗诺不光是翻译,也是在归纳和总结《管锥编》的思想,这个工作类似于国内学者舒展编的《钱钟书论学文选》(六册,花城出版社 1989 年版),将讨论话题相近的笔记集中在一起,有助于理解钱先生对某一个问题的见解。舒展在中文语境中比较好办,艾朗诺在英文语境中还要同时做翻译,工作量太大,他不可能一下子完成,但他认为自己所选译的六十五则足以代表《管锥编》的精华。

可以设想,如果《管锥编》不是采用现在这样的体例,而是成系统的专著或论文,它可能早被全文翻译,影响也会更大。其实,钱先生并非不会写西方式样的标准论文。他早年在牛津大学完成的高级文学学士(B.Litt.)论文《十七十八世纪英国文学中的中国》(*China in the English Literature of the Seventeenth and Eighteenth Centuries*),就是最好的例证。[①] 他用白话文写的几篇二三万字的长文(后来收入《七缀集》者)也是现代论文。这说明他"非不能也,不为也"。他选用文言文和传统的笔记体来完成自己一生最重要的著作《管锥编》,可能有多个原因,但在我看来,一个重要的原因就是尊重自己的学术个性,不跟着别人后面走,表现出的是一种学术自信和文化自信。

作为中国 20 世纪的学术大师,钱先生无疑是新文化的产物,他的学术体现了那个世纪才有的特色,最显著的当然是他出众的外语能力,不仅精通英文,法、德、意、西、拉丁文也都达到了相当高的程度。在近代中国,可能只有辜鸿铭、方志彤[②]等少数几个语言天才能够和他相提并论。与此相连,他对于西学的熟悉也是前无古人的。但是另一方面,他并没有走上反传统、全盘西化的道路。相反,他饱览中国历代典籍,终其一生都是传统文化的捍卫者、研究者、

---

① 最初分三次连载于北平图书馆英文版《图书季刊》(*Quarterly Bulletin of Chinese Bibliography*)新第 1 卷和第 2 卷(1940—1941 年),后收入《钱钟书英文文集》,外语教学与研究出版社 2005 年版。

② 方志彤(1910—1995)是钱钟书在清华大学的同学和好友,1947 年后移居美国,长期执教于哈佛大学。艾朗诺的英译《管锥编》就是献给他的。

阐释者。只是他的研究和阐释完全不像老一代那样局限在中文世界内部,而是采用了世界的眼光和中西对话的格局。他是新派学者,但旧学根底深厚。这样的知识结构形成了他独特的学术个性。钱先生的魅力不只是他的学贯中西,也在于他的我行我素。

当代中国人文学术的问题之一就在于缺少个性,千人一面。除了学院派的论文和专著,其他似乎都是野狐禅。我每年都会硬着头皮读不少这一类的高头讲章,内容方面有教益,但文字实在不敢恭维,大多数是学术八股。其他学科也就罢了,很多文学研究论文也写得干巴巴,和其研究对象的文采飞扬之间形成鲜明的落差。

钱先生不仅学问做得好,也是文章高手。他的学术论文辞藻讲究,读起来是一种享受。给我印象最深的是各种俏皮话,如"尊严上帝,屏息潜踪,静如鼠子,动若偷儿","夫妻反目如巨剪之分张","徒以宣泄为快有如西人所嘲'灵魂之便溺'",等等。① 因为《管锥编》每则笔记篇幅所限,这类文字都是点到为止,到了长篇的白话论文中,钱先生的发挥就更加自如了,如谈到如何甄选宋诗时他写道:"我们也没有为了表示自己做过一点发掘工作,硬把僻冷的东西选进去,把文学古董混在古典文学里。假如僻冷的东西已经僵冷,一丝儿活气也不透,那末顶好让它安安静静的长眠永息。一来因为文学研究者事实上只会应用人工呼吸法,并没有还魂续命丹;二来因为文学研究者似乎不必去制造木乃伊,费心用力的把许多作家维持在'死而不朽'的状态里。"②文学批评完全可以写得像好的文学作品那样耐读,《文心雕龙》的骈体文是多么漂亮,更不用说杜甫、元好问的以诗论诗了。先秦诸子的文章以论为主(可以说是当时的学术论文),但并非不讲究文采,钱先生在评论《老子》七十二章后强调说:"盖修词机趣,是处皆有;说者见经、子古籍,便端肃庄敬,鞠躬屏息,浑不省其亦有文字游戏三昧耳。"③言之无文,一定行而不远。现在一个学科的论著很难引起其他学科人士的注意,除了术业有专攻之外,文字无味、无趣恐怕也是原因之一。

---

① 钱钟书:《管锥编》,生活·读书·新知三联书店 2007 年版,第 14、40、100 页。
② 钱钟书:《宋诗选注·序》,生活·读书·新知三联书店 2002 年版,第 20 页。
③ 钱钟书:《管锥编》,生活·读书·新知三联书店 2007 年版,第 715 页。

钱先生的文字好，与他有创作经验关系很大。前文提到，在海外他的《围城》更为读者所了解。钱先生那代学人，以及他老师辈的那代学人（如朱自清、吴宓），都不是只会写论文的学究，他们还写诗（包括新体旧体）、散文，乃至小说。和他们的丰富性相比，现在的大学教授太可怜了，借用马尔库塞（Herbert Marcuse）的术语，只是"单向度的人"（one-dimensional man）。

当然文字还是小问题，更大的问题是方法和话语。近代随着西学东渐，中国学术逐渐失去了自己的表述方式，所有的术语、概念，乃至理论、范式都来自西方。"失语"成为一个普遍的症候，人文研究领域尤为严重。如何重建中国的知识和话语，是当下学术界另一个热烈讨论的问题。在这方面我觉得《管锥编》同样可以提供不少启发。让我们看开篇第一则笔记：

> 《论易之三名》："《易纬乾凿度》云：'易一名而含三义，所谓易也，变易也，不易也。'郑玄依此义作《易赞》及《易论》云：'易一名而含三义：易简一也，变易二也，不易三也'"。按《毛诗正义·诗谱序》："诗之道放于此乎"；《正义》："然则诗有三训：承也，志也，持也。作者承君政之善恶，述己志而作诗，所以持人之行，使不失坠，故一名而三训也。"……胥征不仅一字能涵多意，抑且数意可以同时并用，"合诸科"于"一言"。黑格尔尝鄙薄吾国语文，以为不宜思辩；又自夸德语能冥契道妙，举"奥伏赫变"（Aufheben）为例，以相反两意融会于一字（ein und dasselbe Wort für zwei entgegengesetzte Bestimmungen），拉丁文中亦无义蕴深富尔许者。其不知汉语，不必责也；无知而掉以轻心，发为高论，又老师巨子之常态惯技，无足怪也；然而遂使东西海之名理同者如南北海之马牛风，则不得不为承学之士惜之。①

一名多意以及一字表示相反两种意思，中国上古的典籍中早有论述，只是黑格尔不知道，还盲目贬低汉语的丰富性。钱先生开篇就把矛头指向这位西方学术的"老师巨子"，不是没有考量的。他向人们昭示，西方很多貌似高深的理论和思想在中国也有，甚至出现得更早。比如20世纪的显学之一——阐释学，钱先生很早就给予了关注，但并不认为它就是太阳底下的新事物：

> 乾嘉"朴学"教人，必知字之诂，而后识句之意，识句之意，而后通全

---

① 钱钟书：《管锥编》，生活·读书·新知三联书店2007年版，第3—4、281—282页。

篇之义,进而窥全书之指。虽然,是特一边耳,亦只初桄耳。复须解全篇
之义乃至全书之指("志"),庶得以定某句之意("词"),解全句之意,庶
得以定某字之诂("文");或并须晓会作者立言之宗尚、当时流行之文风、
以及修词异宜之著述体裁,方概知全篇或全书之指归。积小以明大,而又
举大以贯小;推末以至本,而又探本以穷末;交互往复,庶几乎义解圆足而
免于偏枯,所谓"阐释之循环"(der hermeneutische Zirkel) 者是矣。《鬼谷
子·反应》篇不云乎:"以反求覆?"正如自省可以忖人,而观人亦资自知;鉴
古足佐明今,而察今亦裨识古;鸟之两翼、剪之双刃,缺一孤行,未见其可。①

从先秦的鬼谷子到清代的乾嘉诸老,对于阐释问题都有所思考和论述,只
是没有提出阐释学或"阐释之循环"这样的概念而已。再如黑格尔"否定之否
定"的宏论,根据钱先生的看法,只不过是对老子"反者,道之动"的衍义。②
所以中国学者用不着迷信西方,一味跟着走。中西方的学术和思想可以互相
比较和阐发,而作为一个中国学者,更应该以中为主。《管锥编》的做法正是
这样,钱先生总是先引出中文文献,首先在中文的语境中进行讨论,然后引出
各种西方文献作为比较和参照。他的主体性是非常明确的。

《管锥编》用众多例证雄辩地说明了,中国的文化典籍和学术思想不仅足
以与西方对话,也为建构自己的理论体例提供了丰富资源。就学养来说,钱先
生其实最有资格建构理论体系,但他又是最反对这么做的,他的理由我们早已
熟悉:

> 许多严密周全的哲学系统经不起历史的推排消蚀,在整体上都已垮
> 塌了,但是它们的一些个别见解还为后世所采取而流传。好比庞大的建
> 筑物已遭破坏,住不得人也唬不得人了,而构成它的一些木石砖瓦仍然不
> 失为可利用的材料。往往整个理论系统剩下来的有价值的东西只是一些
> 片段思想。脱离了系统的片段思想和未及构成系统的片段思想,彼此同
> 样是零碎的。所以,眼里只有长篇大论,瞧不起片言只语,那是一种粗浅
> 甚至庸俗的看法——假使不是懒惰疏忽的借口。③

---

① 钱钟书:《管锥编》,生活·读书·新知三联书店 2007 年版,第 3—4、281—282 页。
② 钱钟书:《管锥编》,生活·读书·新知三联书店 2007 年版,第 691 页。
③ 钱钟书:《七缀集》,生活·读书·新知三联书店 2002 年版,第 34 页。

这也就可以解释《管锥编》的体例。片段思想的价值不容否认,但零碎的写作方式值得商榷。特别是在我们已经失语多年的情况下,当代中国学人更应该勇于提出自己的理论,建构自己的学说,用中国的学术话语来表述人文学科的原理和方法。

从这个意义上来说,我更看重钱先生《七缀集》里面的文章,特别是《诗可以怨》这一篇。钱先生从《论语》中提出的这个概念出发,全面考察了古往今来中国和西方的文学实践,有力地阐明了"欢愉之辞难工,穷苦之言易好"的诗学原理。我觉得这一篇完全可以作为范本,它告诉我们如何用中国自身的话语来建构一个具有普遍性的文学理论。沿着这个思路我们同样可以建立具有中国特色的历史、哲学乃至更大范围的理论体系。

顺便值得一提的是,早在 1987 年,《七缀集》中的三篇文章就被汉学家郁白(Nicolas Chapuis)翻译成了法文,同年英文全译本的翻译工作也启动了。虽然直到 2014 年英文全译本才出版,但它是钱先生三部主要学术著作中唯一的全译本(《谈艺录》到目前为止还没有译本)。① 从这个角度也可以说明《七缀集》的重要性。

《七缀集》里面的《汉译第一首英语诗〈人生颂〉及有关二三事》同样值得高度关注。在这篇文章中,钱先生除了秉持一贯擅长的文本分析之外,把朗费罗(H.W. Longfellow)《人生颂》(A Psalm of Life)翻译传播的整个过程交代得非常清楚。这种明确的历史感在他的学术札记中是比较少见的。太关注字词语句和文本之间的联系,有时就会造成混淆时代先后顺序的错误。试举一例。钱先生在评论《全梁文》卷五十五时说:"刘勰与钟嵘为并世谈艺两大,……勰、嵘于陶潜均非知音,勰且受知昭明,乃皆不为势利转移,未尝违心两舌;其文德虽未足以比范缜之于神灭,固胜萧子云之于钟崺书矣"。② 专就文德立言,大约乃是有感于当时政治运动中"违心两舌"颇为常见的情形而发,可惜与史事不合,刘勰、钟嵘之书均成于萧统占据高位并编辑陶渊明集之前,无法

---

① 法文本详见 Cinq Essais de Poétique. Christian Bourgois Editeur, 1987;英文本详见 Duncan M C. trans., Patchwork: Seven Essays on Art and Literature. Brill, 2014。法文本收入《中国诗与中国画》《通感》《诗可以怨》《宋诗选注·序》《诗分唐宋》(《谈艺录·一》)五篇文章。

② 钱钟书:《管锥编》,生活·读书·新知三联书店 2007 年版,第 2252—2253 页。

说明"不为势利转移"的情形。钱先生在《谈艺录》中自述研究中国古代文学路径时说："……妄企亲炙古人,不由师授。择总别集有名家笺释者讨索之……以注对质本文,若听讼之两造然,时复检阅所引书,验其是非。欲从而体察属词比事之惨淡经营,资吾操觚自运之助。渐悟宗派判分,体裁别异,甚且言语悬殊,封疆阻绝,而诗眼文心,往往莫逆冥契。至于作者身世交游,相形抑末,余力旁及而已。"①紧紧抓住文本本身探讨诗眼文心,自是高妙;但由于相对忽略作者身世交游方面的考订,有时就会出现判断上的失误。

与《管锥编》中短小的学术札记不同,《七缀集》收录的都是两三万字的长文,虽然征引中西文献同样繁复,但无论是逻辑的严密性还是历史线索的清晰度,都要好得多。更重要的是,由于能够展开论证,所得出的结论更具有说服力。除了上文提到的《诗可以怨》之外,《通感》《读〈拉奥孔〉》《中国诗与中国画》都把各自所讨论的重要理论问题阐述得非常透彻。如果说一下子建构宏大理论比较困难的话,我觉得可以像这几篇文章一样,先从一个介于宏观和微观的"中层理论"(借用政治学研究的术语)开始做起。

钱先生虽然无意于理论建构,特别是从《管锥编》来看更是如此,但他绝不缺少宏大视野。他的《谈艺录》主要讨论唐宋以及明清的诗文,而《管锥编》则是以唐前的十部著作作为研究对象,可见他对整个中国古代文学和文化是有通盘考虑的。从这个意义上来说,他早年的几篇文章值得高度关注,特别是《中国文学小史序论》《中国固有的文学批评的一个特点》(后均收入《人生边上的边上》),从题目、内容以及后记我们可以比较明确地看到,钱先生早年抱有写中国文学史和中国文学批评史的宏愿。而且可以想象,他如果写出来,一定是采用中国学者的立场,也一定会对中国学术话语和理论体系的建构作出重大贡献。今天我们应该做的,正是继承钱先生的遗产,完成他未竟的事业。

(本文原载于《当代比较文学》第 5 辑,华夏出版社 2020 年 6 月版)

---

① 钱钟书:《谈艺录》,生活·读书·新知三联书店 2008 年版,第 68 页。

中外文学关系研究

文学家司马迁的异域知音：
华兹生与《史记》

华兹生（Burton Watson，1926—2017）是美国当代最负盛名的中国典籍翻译家，曾将孔、墨、老、庄等先秦诸子的著作和杜甫、苏轼、陆游等人的诗歌翻译成英文，影响极为广泛。《史记》是他翻译的起点，两卷本 1961 年由哥伦比亚大学出版社推出，此后五十多年一直是英语世界的标准译本。华兹生与《史记》携手走过了半个世纪。

一

华兹生第一次接触《史记》是在 1950 年的秋天，当时他正在哥伦比亚大学攻读汉学研究的硕士学位，为了寻找学位论文的题目，他选修了富路特（L. Carrington Goodrich）教授开设的中国文献学课程，在课上他读到了《史记·游侠列传》，立刻引起了浓厚的兴趣，并决定以此作为硕士论文题目。

在接下来的几个月中，华兹生一边逐字逐句地研读《游侠列传》，一边将其翻译成英文。当时在哥大教授汉语的是华裔学者、翻译家王际真（Chi-Chen Wang），每当遇到难解的字句和不熟悉的术语，华兹生就会向王老师请教。王际真学问很大，脾气同样很大，经常不留情面地教训学生："你竟然不知道这个词是什么意思？"①此时华兹生学习汉语已有五个年头，阅读一般文

---

① Watson B. The Shih Chi and I. *Chinese Literature：Essays，Articles，Reviews*，1995，Vol.17，p.199.

献毫无障碍,但对付太史公还是非常吃力。

碰巧的是,此时华兹生的室友韦伯(Herschel Webb,后来成为哥大的日本史教授)也在为太史公伤脑筋。韦伯的硕士论文是关于《大日本史》(江户时代水户藩编纂的汉文纪传体日本史),这部近四百卷的史书正是以《史记》为楷模,1715年德川纲条为该书撰写了序言,其中引用了《史记·伯夷列传》。韦伯硕士论文的一部分内容是将德川的序言翻译成英文,为此他和华兹生反复研读伯夷叔齐的故事,并就如何翻译成英文仔细推敲。

后来回忆这段经历时,华兹生认为自己最早接触的两卷——《游侠列传》和《伯夷列传》并不是进入《史记》最适合的门径,因为其中有不少晦涩和棘手的地方。但他认为这同时也是好事,从一开始就提醒自己:《史记》是不好对付的,翻译《史记》更是难啃的硬骨头。

1951年6月华兹生完成硕士论文后,为期三年的奖学金也结束了,这个奖学金是对他第二次世界大战期间服兵役的酬劳。继续读博士没有资金支持,找工作也很困难,只好寻找美国之外的出路。当时中国大陆和美国隔绝,香港和台湾也处于动荡中。于是华兹生决定去日本,他通过在哥大访学的一位日本教授在京都找到了两份工作,一是在同志社大学教英文,一是在京都大学做著名汉学家吉川幸次郎教授的研究助理。1951年8月他用最后的一点奖学金买了张去日本的船票。

当时吉川幸次郎得到美方的资助,正在研究中国文学中的对仗问题。华兹生的工作是将他的一些初步成果,特别是有关杜甫诗歌的研究翻译成英文。虽然在中文系注册为研究生,但由于日语水平太低(在去日本之前只学过一年),华兹生一开始根本没法听课。后来日语能力提高了,才上了吉川教授的几门课,但都是关于中国诗歌的,和《史记》基本无关。

大约一年后,华兹生接到哥伦比亚大学狄百瑞(Wm.Theodore de Bary)教授的来信,询问是否可以为其主编的《中国传统资料集》(*Sources of Chinese Tradition*,1960)撰写关于汉代的部分,华兹生经过考虑后答应了。汉代文献当时已经翻译成英文的有《论衡》《盐铁论》以及部分的《淮南子》,但是大多数著作,包括《史记》,都得读原文,工作量不小,有吸引力的是工作费用优厚。华兹生辞去了在同志社大学的英语教课任务,全力投入文献的阅读和写作。

《史记》再次进入他的视野。

完成《中国传统资料集》汉代部分(出版时作为该书的第7—10章)后,华兹生决心修改自己的硕士论文(关于游侠及其在汉代社会的地位)。在京都一年多时间里,他接触到不少《史记》研究的日文资料。他将修改后的稿子投给了《哈佛亚洲学报》(Harvard Journal of Asiatic Studies),结果被拒,但这不仅没有打击他,反而点燃了他继续认真研究《史记》的热情。他开始通读《史记》并做大量的笔记,使用的版本是泷川资言《史记会注考证》,该书广泛采纳了中、日关于《史记》的研究成果,历来为学界所推崇。华兹生随后将笔记进行了分类,以类相从,并据此写成小型论文,这一工作集中在1954年冬和1955年春。1955年夏返回纽约时,他的博士论文已经初步形成了。

此后的一年他一边帮忙编辑修订《中国传统资料集》,一边完成哥大对博士学位的各项要求。读博士正常的顺序是先修学分,后参加口试,再写论文。华兹生则是反其道而行,他修完学分参加口试时,博士论文的初稿早已在导师的手中了。1956年6月他带上了方帽子,此后根据王际真、富路特、狄百瑞的意见,他对论文进行了修改,并于两年后由哥大出版,题为《太史公司马迁》(Ssu-ma Ch'ien:Grand Historian of China),该书分为五个章节,全面论述了司马迁所处的时代和他杰出的史学成就。

不难想象,华兹生的下一步计划是更为全面地翻译《史记》,狄百瑞教授听说后,表示可以纳入他正在主持的"东方经典译丛"("Translations from the Oriental Classics"),并且建议华兹生申请哥大的研究经费。得到这笔经费后,华兹生决定将京都作为翻译工作的地点。富路特教授从提高汉语口语的角度出发,建议他去台湾(也为他日后回哥大教汉语打下基础),但是华兹生已经很习惯日本的生活,没有理会富教授的建议,于1956年秋再度前往京都。

在离开美国前,华兹生去拜访一位在哈佛的朋友,两人一同参观哈佛燕京学社,见到了那里的几位教授。当朋友向柯立夫(Francis W.Cleaves)教授介绍华兹生时,称他为"准备翻译《史记》的了不起的年轻人",柯立夫说他对《史记》一向很有兴趣,问了华兹生一些有关的翻译问题,最后又问:"你打算花多少年的时间来完成这一工作呢?"华兹生不假思索地回答说"三年",柯立夫的脸色一下子沉了下去,他转头看着窗外,大声说,"如果你说的是三十年,我差不多可以接受。"①两人的谈话就此结束了。

　　三年翻译《史记》绝不像说起来那么容易,只有一个人,而且资助也很有限。华兹生决定尽量压缩译者序言和注释的篇幅,并且选择《史记》中故事性比较强的内容,以便更适应普通读者的需求。他的想法得到了狄百瑞和哥大出版社的支持,他们希望《史记》的第一轮大规模英译本是更偏向于通俗性而不是学术性。

　　1956 年秋在京都安顿下来不久,期盼多年的《史记会注考证》再度印刷,华兹生终于拥有了自己的一套《史记》,不用再反复借图书馆的了。他基本在家里工作,只是偶尔去一下京都大学图书馆查找相关资料。在他翻译的过程中,多种《史记》的现代日语译本出版了,它们为华兹生的翻译提供了有益的参考。这些译本同样很少注释,目的读者也是普通大众,它们的出版对华兹生来说是个鼓励,既然日本读者对《史记》有这么大的需求,在美国,至少也有人会感兴趣吧。当然华兹生也清楚地意识到,大部分受过教育的日本人至少听说过《史记》,也知道它的重要性,但在 19 世纪五六十年代的美国这种情况是不存在的。

　　翻译开始后,华兹生很快发现,他的主要问题不在中文,而在英文。在中文的理解上,直接依靠中、日两国的注释家就可以了,不用太费神,但如何用英文传达太史公优美、简洁的笔法,特别是那些传神和富有表现力的对话,则是大费周章。另外大量的专有名词和花样繁多的称呼也是头疼的问题。

　　凡是讲究译文效果的人必须考虑这些问题,华兹生的情况也不例外,在这方面他的日本导师无法给他什么帮助。吉川教授,或者田中谦二教授(当时正在做一个《史记》的节译本),关于中文文本的问题大抵有问必答,而有关英文表达的问题,华兹生只能根据自己的判断了。

　　1959 年底,也就是三年后,华兹生的翻译工作按期完成。经过一年多的修改和编辑加工,两卷精装本英译《史记》于 1961 年秋天问世,题为 *Records of the Grand Historian：Translated from the Shih Chi of Ssu-ma Ch'ien*。此时华兹生

① Watson B. The Shih Chi and I. *Chinese Literature：Essays，Articles，Reviews*，1995，Vol.17，pp. 201-202.

已经回到哥大执教一年了。

二

华译《史记》没有按照原书的次第，而是根据主题进行了重新编排。

上卷《汉朝早期历史》(*Early Years of the Han Dynasty*)分为11章，展示了公元前209—141年汉朝的建立(1—6章)和对政权的巩固(7—11章):(1)反叛的开始——卷四十八《陈涉世家》;(2)被打败者——卷七《项羽本纪》;(3)胜利者——卷八《高祖本纪》、卷十六《秦楚之际月表》(节译);(4)重臣——卷五十三《萧相国世家》、卷五十五《留侯世家》、卷五十六《陈丞相世家》;(5)乱臣——卷八十九《张耳陈馀列传》、卷九十《魏豹彭越列传》、卷九十一《黥布列传》、卷九十二《淮阴侯列传》、卷九十三《韩信卢绾列传》、卷九十四《田儋列传》;(6)忠臣——卷九十五《樊郦滕灌列传》、卷九十六《张丞相列传》、卷九十七《郦生陆贾列传》、卷九十八《傅靳蒯成列传》、卷九十九《刘敬叔孙通列传》、卷一百《季布栾布列传》;(7)统治者——卷九《吕太后本纪》、卷十《孝文本纪》、卷十一《孝景本纪》、卷十二《孝武本纪》;(8)皇后——卷四十九《外戚世家》;(9)大家族——卷五十《楚元王世家》、卷五十一《荆燕世家》、卷五十二《齐悼惠王世家》、卷五十四《曹相国世家》(节译)、卷五十七《绛侯周勃世家》、卷五十八《梁孝王世家》、卷五十九《五宗世家》;(10)叛军领袖——卷一百六《吴王濞列传》(附《汉兴以来诸侯王年表》《高祖功臣侯者年表》《惠景间侯者年表》三卷节译);(11)能臣——卷八十四《屈原贾生列传》、卷一百一《袁盎晁错列传》、卷一百二《张释之冯唐列传》、卷一百三《万石张叔列传》、卷一百四《田叔列传》。

下卷《汉武帝时代》(*The Age of Emperor Wu*)紧接上卷，全面展示了公元前140—100年间的政治、经济和文化状况，分为4章:(1)天地人——卷二十八《封禅书》、卷二十九《河渠书》、卷三十《平准书》;(2)政治家、将军和外国人——卷一百七《魏其武安侯列传》、卷一百八《韩长孺列传》、卷一百九《李将军列传》、卷一百十《匈奴列传》、卷一百一十一《卫将军骠骑列传》、卷二十

《建元以来侯者年表卷》(节译)、卷一百一十二《平津侯主父列传》、卷一百一十三《南越列传》、卷一百一十四《东越列传》、卷一百一十五《朝鲜列传》、卷一百二十三《大宛列传》、卷一百一十六《西南夷列传》、卷一百一十七《司马相如列传》、卷一百二十《汲郑列传》;(3)叛乱策划者——卷一百一十八《淮南衡山列传》;(4)合传——卷一百二十一《儒林列传》、卷一百一十九《循吏列传》、卷一百二十二《酷吏列传》、卷一百二十四《游侠列传》、卷一百二十五《佞幸列传》、卷一百二十七《日者列传》、卷一百二十九《货殖列传》。

上下两册共翻译了 65 卷,正好是《史记》全部 130 卷的一半,从篇目不难看出,列传是华兹生的重点,内容最多,其次是世家,本纪和十表八书最少。华兹生在"译者前言"中表示,他希望自己的译本带给读者的是"一连串的好故事"(a collection of good stories),①换句话说,文学性是他选择的着眼点。从翻译手法来看,他也以流畅、优美为目标,极力体现司马迁作为文学家的成就。《史记》固然是史家之绝唱,也是无韵的《离骚》,华兹生显然更看重后一点。

两卷本出版后,虽然学界有一些批评的声音——特别是针对缺少学术性注释这一点,但真正的明眼人却给予了高度的评价。著名历史学家、哈佛大学教授杨联陞在书评(载《哈佛亚洲学报》1961 年卷)一开始就指出,华兹生是把《史记》作为文学经典(literary classic)而不是历史文献(historical data)来进行翻译的,所以用历史学的标准来要求无异于缘木求鱼。他在通读上下两卷后,认为"华兹生对《史记》的语言有出色的把握(superb grasp),译文的可读性(readability)和可信度(reliability)是上乘的。"②

精装本出版后销量不错,几年后出版社建议华兹生从两卷中选出一部分出平装本。华兹生部分接受了这一建议,在原有的译文中选了 14 篇,同时增译了汉代以前的 5 篇,形成了一个新旧结合的版本,内容依次为:《伯夷列传》《伍子胥列传》《田单列传》《吕不韦列传》《刺客列传》《项羽本纪》《高祖本纪》《秦楚之际月表》(节译)《萧相国世家》《留侯世家》《淮阴侯列传》《郦生

---

① Watson B. *Records of the Grand Historian*: *Translated from the Shih Chi of Ssu-ma Ch'ien.* New York: Columbia University Press, 1961, p.i.

② Yang L S. Review of *Records of the Grand Historian of China* by Burton Watson. *Harvard Journal of Asiatic Studies*, 1960-1961, Vol.23, p.214.

陆贾列传》《刘敬叔孙通列传》《河渠书》《魏其武安侯列传》《李将军列传》《大宛列传》《酷吏列传》《货殖列传》。列传在这里所占的比例更高了，《伯夷列传》和《货殖列传》恰好是《史记》列传部分的一头一尾，也被移植到了这里。单卷平装本于1969年出版，题目为 *Records of the Historian：Chapters from the Shih Chi of Ssu-ma Ch'ien*。

随着时间的推移，精装两卷本和平装一卷本在市面上都难以获得了。修订再版的想法逐渐浮上华兹生的心头。1989年他访问香港中文大学，和该校翻译研究中心负责人讨论了这一想法的可行性，翻译中心最终同意和哥大出版社合作推出三卷的新版本——前两卷为1961年版的修订本，是关于汉朝的内容，第三卷为新增的关于秦朝的历史。1990年华兹生在翻译中心工作了半年，全力进行修订和翻译。三卷精装本于1993年面世。新增的秦朝卷不像前两卷汉朝部分那样依据主题排列，而是直接按照《史记》原有的顺序选译了13卷：《秦本纪》《秦始皇本纪》《六国年表》《商君列传》《樗里子甘茂列传》《穰侯列传》《白起王翦列传》《范雎蔡泽列传》《吕不韦列传》《刺客列传》（节译）《李斯列传》《蒙恬列传》《滑稽列传》（节译）。

新的三卷本出版后，有学者建议华兹生将《史记》其他卷目也翻译出来，以成完璧。华兹生经过认真考虑后，决定止步于三卷选译本。他认为自己对《史记》的兴趣始终在文学方面，三卷本已将《史记》中文学性最强的内容全部呈现。再说，要翻译《史记》全文必须面对一些困难的章节，如礼书、乐书、律书、天官书等，需要非常专门的知识，而这是华兹生所不具备的。就学术而言，知其不可而不为，是明智的。

三

就三卷的大部分内容来说，华兹生应当视为《史记》最早的英译者。只有个别篇目前人也曾翻译过，比如《李斯列传》。

1938年美国学者卜德（Derk Bodde）出版了他的博士论文——《中国第一个统一者：从李斯的一生研究秦代》（*China's First Unifier：A Study of the Ch'in*

Dynasty as Seen in the Life of Li Ssu),该文以李斯的生平事迹为切入点,从政治、社会、经济和哲学活动等方面探讨了秦朝统一中国的原因。作为美国秦史研究的开山之作,该文从英文文献的角度来看,最大的贡献在于将《史记·李斯列传》翻译成了英文,是英语世界最早的全译文。在完成博士论文后,卜德意犹未尽,又翻译了《史记》中和秦朝关系最为密切的三个传记——《吕不韦列传》、《刺客列传》中的荆轲部分、《蒙恬列传》。这三个传记和对它们的评述以《古代中国的政治家、爱国者和将军》(*Statesman, Patriot, and General in Ancient China*)为名于1940年出版,这是卜德在博士论文之后,对西方秦代研究的又一大贡献。该书出版后受到国际汉学界的欢迎,中国学界也很快给予了关注。北平图书馆的《图书季刊》1941年7月刊发了刘修业对新书的介绍。刘在文末的总结中写道:"Bodde氏译《史记》已有四篇,皆为秦代重要人物。国人以秦祚未永,且恶始皇之所施为,因而二千年来,秦代独无专史,欲言秦代掌故,厥惟太史公书,氏译《李斯传》时,以'中国第一统一者'名其书,可引起吾人注意不少,因觉秦代文献,实有及早收拾,勒为一书之必要。"①可惜卜德后来没有再做这方面的翻译,五十年后华兹生译《史记·秦朝卷》的出版可以说才使"勒成一书"的愿景成为现实。

学术是在发展的。卜德之后有华兹生,华兹生之后则有倪豪士(William H. Nienhauser)。就在华兹生三卷本出版的第二年,倪豪士领衔的《史记》全译本第一册问世了,翻译工作从1980年代末开始,到目前为止,一共出版了6册,分别是汉以前的本纪、汉代的本纪、汉以前的世家(上)、汉以前的列传、汉代的列传(一)、汉代的列传(二)。根据计划,全部出齐将有12册之巨。倪豪士曾多次表示,希望在自己的有生之年完成这一名山事业。

对于倪豪士的翻译小组而言,华兹生的译本无疑是最为重要的参考。五十多年前,当华兹生独自一人开始翻译时,他能参考的英译本非常有限,对他帮助最大的是沙畹(Édouard Chavannes)的法译本(*Les Mémoires historiques de Se-ma Ts'ien*)。从1895年到1905年,沙畹用十年功夫将《史记》的十二本纪、

---

① 刘修业:《史记吕不韦列传荆轲列传蒙恬列传之研究》,《图书季刊》1941年新第3卷第1、2期合刊,第156页。

十表、八书、三十世家中的十七篇(至《孔子世家》)陆续翻译成法文并分五册出版。沙畹以"信"为最高目标,译文附加大量的实证性注释,学术性极强,不仅是他个人的最高成就,也成为西方汉学的标志性成果。

沙畹的五大册是学术性翻译的典范,彰显的是《史记》的史学价值。或许是因为有这样的典范在前,并且难以超越,华兹生才把文学性和"雅"作为自己的翻译路向。他把工作重点放在沙畹没有来得及翻译的七十列传,内心深藏的可能是"为往圣继绝学"的雄心吧。

(本文原载于《读书》2016 年第 3 期)

韩南对中国近代小说的研究

　　韩南(Patrick D. Hanan,1927—2014)是美国著名的中国文学研究专家，1968 年起任哈佛大学东亚语言与文明系教授,1987—1995 年任哈佛燕京学社社长。韩南早年专攻中国古典小说,在《金瓶梅》、话本小说和李渔研究中,成绩斐然,多所建树。从 1990 年代开始,韩南又对中国近代小说也进行了深入的研究,主要成果集中地见之于《19 世纪和 20 世纪初期的中国小说》①一书中,本文拟主要根据这部著作来述评韩南在这一研究领域的贡献。

一

　　关于晚清小说,学界的普遍看法是,直到梁启超 1902 年发表文章呼唤"新小说"之后,活泼的创造和试验方才开始。对此美籍华裔学者王德威首先提出了质疑,在他的专著《华丽的世纪末:晚清小说被压抑的现代性》②一书中深入考察了从太平天国到宣统退位 60 多年间新旧杂陈、多声复义的文学现象,但主要还是从思想主题的角度进行研究,没有涉及叙事问题。在叙事这一领域,国内外学者的代表性著作如米列娜的《晚清小说的叙事模式》、陈平原的

---

　　① Hanan P D. *Chinese Fiction of the Nineteenth and Early Twentieth Centuries*. New York:Columbia University Press,2004.中译本题为徐侠译:《中国近代小说的兴起》,上海教育出版社 2004 年版。中文本与英文本在选目和内容上略有出入,本文基本利用中文译本,在有出入之处则据英文本。
　　② Wang D D W. *Fin-de-Siécle Splendor:Repressed Modernities of Late Qing Fiction*,1849-1911.Stanford University Press,1997.

《中国小说叙事模式的转变》①,主要讨论的也是 1898 年(最早也是 1895 年)以后的作品;而韩南则认为 19 世纪是一个充满实验的时代,中国小说家早已开始了叙事创新方面的尝试,《儿女英雄传》(1878)、《风月梦》(1883)、《海上花列传》(1894)等小说所展现的叙事技巧的革新,特别值得予以关注和研究。

胡适很早就指出过,《儿女英雄传》的价值"全在语言的漂亮俏皮、诙谐有味"②。由于小说是模仿评话的口气,用现代叙事学的眼光来看,这"漂亮俏皮、诙谐有味"的赞誉应该给予说书人,也就是小说的叙事者。韩南认为,在此书以前的中国小说里,还不曾出现过如此生机勃勃、滔滔不绝的叙事者。不仅如此,这个叙事者还有自己的一套看法,不断地对故事的情节发表评论,比如在安学海遭人陷害被革职拿问后,叙事者有如下的一段评论:

> 列公,你看,拿着安老爷这样一个厚道长者,辛苦半生,好容易中得一个进士,转弄到这个地步,难道果真是"皇天不佑好心人"不成?断无此理。大抵那运气循环,自有个消长盈虚的定数,就是天也是给气运使唤着,定数所关,天也无从为力。照这样讲起来,岂不是好人也不得好报,恶人也不得好报,天下人都不必苦苦的作好人了?这又不然。在那等伤天害理的一纳头的作了去,便叫作"自作孽,不可活",那是一定无可救药的了;果然有些善根,再知悔过,这人力定可以回天,便教作"天作孽,犹可违"。何况安老爷这位忠厚长者呢?……③

确实是口若悬河。类似的评论在全书中多达上百处,而且往往都比较长。夹叙夹议是中国传统小说的一大特色,但这么多、这么长的议论的确比较少见,这构成了该小说的一大特色。韩南还注意到该书的另外一大特色是,叙述者不仅评论故事内部的人和事,还对故事本身的技巧、结构以及作者进行评论。此前李渔的小说中曾出现过这样的评论,但远不如《儿女英雄传》典型。当然,叙述者大抵是说好话,但也有批评的时候。如十三回安骥问父亲十三妹的来历,没有得到爽快的回答,叙事者就此评论道:

---

①　前者收入米列娜所编的 *The Chinese Novel at the Turn of the Century*. University of Toronto Press,1980 一书,后者由上海人民出版社于 1988 年出版。

②　《五十年来中国之文学》,载《胡适文集》(第 3 卷),北京大学出版社 1998 年版,第 240 页。

③　文康:《儿女英雄传》(上册),西湖书社 1981 年版,第 33—34 页。

那时不但安公子设疑,大约连听书的此时也不免发闷。无如他著书的要作这等欲擒故纵的文章,我说书的也只得这等依头顺尾的演说。大家且耐些烦,少不得听到那里就晓得了。①

这是对于作者的故弄玄虚给予了毫不客气的批评,此外在二十二回中还有对于小说过于冗长的批评。考虑到叙事者原是作者的一个替身,所以凡此等处实在是作者自己批评自己;这样行文,在韩南看来,就为小说提供了一种特别的幽默和戏谑。我想这也可以说是一种自嘲式的自赞,也正是胡适先前未及进行详细分析的"诙谐有味"的一大原因。

鲁迅曾指出过,晚清时期《儿女英雄传》这类的侠义小说之所以被创作出来,是因为"有憾于《红楼》",《红楼梦》专讲柔情,虽盛行一时,但"久亦稍厌,渐生别流"②;于是除了侠义小说大为兴盛之外,作为对《红楼梦》另一种反动的狭邪小说也出现了。鲁迅认为《海上花列传》乃是该类小说的压卷之作,并特别赞赏它"近真"③的写实主义创作路径。而如果就叙事方面来考察,《海上花列传》"穿插藏闪"的手法是颇具独创性的,正如作者在"例言"中所说:

全书笔法自谓从《儒林外史》脱化出来,惟穿插藏闪之法,则为从来说部所未有。一波未平,一波又起,随手叙来并无一事完,全部并无一丝挂漏;阅之觉其背面无文字处尚有许多文字,虽未明明叙出,而可以意会得之。此穿插之法也。劈空而来,使读者茫然不解其如何缘故,急欲观后文,而后文又舍而叙他事矣;及他事叙毕,再叙明其缘故,而其缘故仍未尽明,直至全体尽露,乃知前文所叙并无半个闲字。此藏闪之法也。④

韩南认为这种"穿插藏闪"的手法影响了晚清的许多小说;而该书的另一个重要的叙事手法却少有继承者,这就是他所谓的"最弱化的叙事者"("The Minimal Narrator"),具体表现在小说中,就是所有的背景资料、甚至人名,都在对话中自然出现。如主人公赵朴斋其人的若干情况及其家世背景就是在他与母舅洪善卿的见面中揭示出来的:

---

① 文康:《儿女英雄传》(上册),西湖书社 1981 年版,第 183 页。
② 《鲁迅全集》(第 9 卷),人民文学出版社 2005 年版,第 278、349 页。
③ 《鲁迅全集》(第 9 卷),人民文学出版社 2005 年版,第 278、349 页。
④ 韩邦庆:《海上花列传》,人民文学出版社 1982 年版,第 2、4 页。

洪善卿问及来意,朴斋道:"也无啥事干,要想寻点生意来做做。"……善卿道:"说也勿差。耐今年十几岁?"朴斋说:"十七。"善卿道:"耐还有个令妹,也好几年勿见哉,比耐小几岁? 阿曾受茶?"朴斋道:"勿曾。今年也十五岁哉。"善卿道:"屋里还有啥人?"朴斋道:"不过三个人,用个娘姨。"善卿道:"人淘少,开消总也有限。"朴斋道:"比仔从前省得多哉。"①

再如朴斋结识陆氏姐妹也是运用同样的手法:

朴斋看的出神,早被那倌人觉着,笑了一笑,慢慢走到靠壁大洋镜前,左右端详,掠掠鬓脚。朴斋忘其所以,眼光也跟了过去。忽听洪善卿叫道:"秀林小姐,我替耐秀宝妹子做个媒人阿好?"朴斋方知道那倌人是陆秀林,不是陆秀宝。②

这种只描写人物的言语和外部动作的方法也可以称之为客观的叙事方式,它能让读者更容易产生一种真实可信的感觉,但掌握起来难度比较大。此后的晚清作家只有吴趼人的《查功课》(1907)和包天笑的《电话》(1914)采用了这种方法。

《海上花列传》与《儿女英雄传》可以说代表了两个极端,一个是最弱化的叙述者,一个或可称之为最强化的叙事者(用韩南的术语来说是"个人化的叙事者"——"The Personalized Storyteller"),从叙事角度来说,它们都是第三人称叙事。一般认为,晚清用第一人称进行叙事的首部小说是吴趼人1903年出版的《二十年目睹之怪现状》。但此前是否有人进行过某种尝试呢? 韩南认为《风月梦》在某些方面可以算是一种。在该小说第一回中,叙事者以第一人称说到自己的经历,但后来讲的却是"过来仁"的故事,而没有直接讲述自己的故事,其实他自己的经历和"过来仁"几乎一致,那么为什么不现身说法呢? 韩南认为,这并非出于作者的谨慎,怕别人知道自己的身份(因为本来用的就是笔名"邗上蒙人"),而是因为直接讲述自己不堪的经历让人尴尬,而且当时用第一人称仍为时尚早——中国读者还无法接受。

① 韩邦庆:《海上花列传》,人民文学出版社1982年版,第2、4页。
② 韩邦庆:《海上花列传》,人民文学出版社1982年版,第6页。

<h1 style="text-align:center">二</h1>

　　韩南对中国近代小说研究的另一大贡献,我以为是对"传教士小说"的发现和研究。此前还几乎没有学者涉及这一课题,或虽已论及下文提到的一些中文著作,但没有注意到它们作为小说的性质①。

　　所谓"传教士小说",指的是基督教新教传教士及其助手用中文写成或译出的叙述文本,这些文本应视为小说,现存 20 多部,其中比较重要的创作作品有:米怜《张远两友相论》(1819 年)、麦都思《兄弟叙谈》(1828)、郭实腊《赎罪之道传》(1834)、《常活之道传》(1834)、《是非略论》(1835)、《正邪比较》(1838)、《诲谟训道》(1838)、《悔罪之大略》(时间不明,但不会晚于郭实腊去世的 1851 年)、理雅各《约色纪略》(1852)、《亚伯拉罕纪略》(1857)、杨格非《引家当道》(1882)等。

　　在这些作品中,最值得关注的是米怜《张远两友相论》,该书共十二回,讲述了一个基督信徒与他一个邻居的十二次会面,两人在会面中讨论了基督教义的主要问题。其后的传教士小说尽管在叙事、对话等技术层面上有所变化,但内容都是有关基督教义的,写这些小说的出发点也完全一致:只读圣经是无法理解基督教原理的,还必须用更为通俗易懂的方式。正因为《张远两友相论》是此类文体的开山之作,影响特别巨大,根据韩南的统计,该书从 1819 年在马六甲初版到 1886 年,至少再版了三十次,成为 19 世纪重印频率最高的一部小说。

　　如果从叙事角度来考虑,则郭实腊的《悔罪之大略》非常值得重视,因为它称得上是晚清最早用第一人称写的中文小说,比吴趼人 1903 年出版的《二十年目睹之怪现状》要早至少半个世纪。

　　另外一点值得注意的是,传教士在向中国人介绍西方历史、地理的著作

---

① 参见 Barnett S.W., Fairbank J K.eds., *Christianity in China: Early Protestant Missionary Writings*. Harvard University Press, 1985,特别是 Daniel Bays 的文章。

中,也不乏借用小说形式,如最早来华的新教传教士马礼逊于 1815 年出版的《古时如地亚国历代略传》采用一种简单的白话写成,并显示了章回小说的一些特征;而 1819 年出版的《西游地球闻见略传》则采用了一个虚构人物叙述自身游历的形式。这两部作品都在《张远两友相论》之前,此后郭实腊的《大英国统志》(1834)和《古今万国纲鉴》(1838)则融小说与历史为一体。

传教士翻译的以宣传基督教教义为内容的叙事作品也不少,比较重要的有《日内瓦的穷钟表匠》(1829)、《金屋型仪》(1852)、《小亨利和他的果树》(1852)、《天路历程》(1853)、《安乐家》(1875)、《贫女勒诗嘉》(1878)等,这些作品的影响都不能与《张远两友相论》相比。值得注意的是,这些翻译小说的叙事方式也不是一成不变的。韩南发现,早期的翻译者往往模仿中国传统小说的形式,甚至运用中国的纪年,但从 19 世纪 50 年代起,继起的翻译者对中国小说的模仿越来越少了——他们的译作可以说开始变得"洋化"起来。韩南认为他们可能出于这样的考虑,即中国读者对西方的叙事方式已经足够熟悉,可以不必再借重中国的传统叙事方式了。这一估计照我来看恐怕很值得怀疑,因为实际情况并非如此,中国人要到 19 世纪末 20 世纪初才逐渐接受西方小说的叙事模式,这一基本事实恰恰可以从一个方面来解释这些翻译小说为什么影响不大。

19 世纪影响最大的传教士翻译小说恰恰是一部世俗的作品,即爱德华·贝拉米(Edward Bellamy)的《百年一觉》(*Looking Backward*,2000—1887,1894 年广学会出版)。这部由李提摩太翻译成中文的小说影响了梁启超的第一部小说《新中国未来记》(1902),这种影响也帮助建立了一个文学子类——理想小说。李提摩太之所以翻译这样一部与基督教没有什么关系的作品,是因为他坚信在中国首先需要的是进行社会改革,而不是宣讲福音,这种信念使他与多数传教士不合,但来自英国的另一位著名人物傅兰雅则与他持相同的观点。根据韩南的研究,以翻译科技和工程技术书籍闻名于晚清的傅兰雅,早于梁启超七年就提出了"新小说"的概念。1895 年 5 月,傅兰雅发布了一条有奖小说竞赛的通告,通告要求应征的小说必须抨击在他看来是中国社会三大流弊的鸦片、八股文和缠足,受这次竞赛的鼓舞而写成的小说现存两篇,即《熙朝快史》与《花柳深情传》,堪称最早的中国现代小说。韩南认为,尽管傅兰雅的影响远不能和梁启超相比,但他的关于小说应当揭露当前社会弊端并提出良方的概念,更为接近晚清谴责小说的特征,他发起的征文竞赛无疑在某种程度上影响了晚清小说发展的总体方向。

最早对中国作家产生影响的小说除《百年一觉》外,还有《华生笔记案》(1896)和《巴黎茶花女遗事》(1899),同样都是世俗小说,所以,尽管从数量上来说,传教士小说远远超过 19 世纪译成中文的世俗小说作品,但影响却并不因此而更大,由此也可以从一个方面看出晚清中国人士特别是中国作家对基督教的态度。

实际上,在 1894 年《百年一觉》出版之前 20 年,晚清最早的世俗翻译小说就已经出现了,这就是连载于 1873 年至 1875 年《瀛寰琐记》3 至 28 期的《昕夕闲谈》。这部小说到底译自何人何作,过去一直没有答案。韩南经过细致的研究,发现原作乃是英国作家爱德华·布威·利顿(Edward Bulwer Lytton,1803—1873)的《夜与晨》(*Night and Morning*,1841),利顿在 1870 年代是与狄更斯齐名的作家;无独有偶的是,第一部翻译成日文并广为人知的小说也是利顿的作品。韩南同时还解决了有关译者问题的谜团,虽然他的结论无法像前一个问题的答案那么肯定。他认为,署名"蠡勺居士"的译者可能就是《申报》早期主编之一的蒋芷湘(其章),而且蒋在翻译的过程中又很可能得到了申报社社长欧内斯特·美查(Ernest Major)的帮助。我想,韩南的这一推测应该是不错的,在 19 世纪,中西人士合作翻译的情况非常普遍,传教士在翻译(更不用说写作)小说时都有中文助手;同样,中国人在 1870 年代也还不可能具备独立翻译外国小说的能力。我们从这一时期第一首英文诗歌(朗费罗的《人生颂》)的中译本也能得到有力的旁证——那也是中西人士通力合作的结果①。

三

韩南不仅研究中国古代、近代文学,而且本人亲自动手翻译,在近代中国

---

① 参见钱钟书:《汉译第一首英语诗〈人生颂〉及有关二三事》,《国外文学》1982 年第 1 期。其改定本见于《钱钟书论学文选》(第 6 卷),花城出版社 1990 年版,第 167—200 页。

小说方面,他有三部译作:*Stones in the Sea*(《禽海石》)、*The Sea of Regret*(《恨海》)、*The Money Demon*(《黄金祟》)①。韩南的译文质量自属上乘,译文前的"序言"则都是非常精彩的研究论文。实际上,韩南之所以选择翻译这三部小说正是出于他深入的学术思考。

虽然吴趼人的《二十年目睹之怪现状》(1903)在近代开创了第一人称叙事手法的运用,但他并没有坚持始终;其后续之作《近十年之怪现状》(书名已没有了"目睹"二字)更是回到了传统的全知的叙事角度。于是出版于1906年的《禽海石》就成为第一部严格意义上的第一人称叙事的小说,韩南认为它完全可以被称为一部真正的"私小说",而且比日本的同类小说要早数年出现。这部小说自诞生之日起就一直没有受到读者和研究者足够的重视,所以韩南决定将它翻译出来,以此来表示对它的价值的肯定。

与《禽海石》的不甚为人所知相反,出版于同年的《恨海》则是晚清最知名的小说之一。胡适曾认为《恨海》"叙事颇简单,描写也不很用气力"②;韩南不同意这一看法,他认为这是最杰出的中篇小说,并从两个方面驳斥胡适:一是小说对主人公棣华在逃难过程中面对恐怖和暴力时的心理折磨有非常精彩的描述,大量的心理独白是这部小说的一大特色③;二是《恨海》成功运用了第三人称限制叙事手法,是晚清小说少数几个范例之一,作品以焦点人物棣华为中心,告诉我们她的思想、感觉和行动,并且坚持不从任何外在的视点为我们做出解释。其手法的谨严只有吴趼人的另一部作品《上海游骖录》和刘鹗的《老残游记》可以相提并论。

如果说上述观点还不完全是发前人所未发的话,那么下列观点则是韩南的独创了:《禽海石》与《恨海》是有关联的,《恨海》的写作是为了回应《禽海石》。为了证明这一论点,韩南首先从情节上考察了这两部出版时间仅差5个月的小说,发现它们有惊人的相似:两部小说的故事都是开始于19世纪90

---

① 前两部译作合为一册以 *The Sea of Regret*: *Two Turn-of-the-Century Chinese Romantic Novels* 为名由夏威夷大学出版社于1995年出版,韩南认为这两部小说具有密切的联系,详见下文。后一部由夏威夷大学出版社于1999年出版。

② 《五十年来中国之文学》,载《胡适文集》(第3卷),北京大学出版社1998年版,第246页。

③ 有学者将《恨海》称为"中国心理小说的开端",见 *The Chinese Novel at the Turn of the Century*, pp.174-175。

年代北京的一个大宅院里,宅院被租给新上任的官员,然后该官员又将一部分房屋转租给另一位新上任的官员。男女主人公们在家塾中第一次见面,最终与对方订婚。可惜,在结婚前夕,他们因为义和团起义而被迫南逃。两部小说都有一方父母留在京城,或因为父亲觉得不应该放弃职务,或是相信义和团会获得胜利,结果他们都为这一决定付出了生命的代价。另一相似之处在于,逃亡的人都是经过天津、沿大运河南下上海,经历了惨痛的旅程。两部小说末尾都是死别的场景,而死因又都跟鸦片有关。这么多的相同相近,显然不是巧合。

韩南从作品的思想方面加以考察,又发现两者虽然都标举"写情"小说,但对"情"的看法却截然相反:《禽海石》借主人公之口张扬情感自由,抨击传统的婚姻制度;《恨海》则认为儿女之情与传统儒家伦理并不矛盾,个人的感情如果不能维护社会的价值,就只能叫作"痴"和"魔"。种种迹象表明,《恨海》是为了同《禽海石》唱反调而写作的。

正因为这两部小说之间有如此紧密的关联,所以在出版英文译本时韩南将它们放在了一起。韩南认为,即使两部小说之间没有这样的具体联系,仍然应该放在一起来读,因为它们都是中国作家在世纪之交对于大量涌入的西方思想的反应,当然是不同的反应。

《黄金祟》(1913)是最早的自传体言情小说,一般被看作"鸳鸯蝴蝶派"的代表作,但韩南认为它与典型的鸳蝴小说其实是有区别的:叙事者有多个而不是一个情人,小说也不是以常见的悲剧结局,这些差别来自小说的自传性质。虽然小说并不能与作者的实际生活一一对应,但基本有迹可寻,而自传体也使叙事者不必遵循常规的叙述逻辑,而只需根据实际生活中事件之间的联系来展开情节;另外金钱的主题也比一般的"鸳蝴"小说更为突出,这一点从小说题目就可以一目了然。

《黄金祟》是用文言文写的,也是该小说的特色之一。从民国建立到1917年,即文言被横扫、废除前几年,文言小说创作出现了繁荣局面,特别是用文言写的"鸳鸯蝴蝶派"小说大量出现,不能不说是一个奇特的现象。对此韩南提出了三点解释:一是林译小说的影响;二是当时报纸上的文章几乎都是用文言,而很多小说是先在报纸上连载然后才成书的;三是文言对于写情小说更为合适(幽默和讽刺小说则用白话更适合),而读者对于用诗词来表达情感的传统方式仍然十分认同。韩南认为《黄金祟》还有一个不容忽视的价值在于,它主要是写童年和青年时代的生活,而在五四以前,中国文学中写童年生活的很少见。

综观韩南对中国近代小说的研究,成就是多方面的,而叙事问题无疑是他关注的中心,这从上文三个部分、特别是第一部分的讨论可以清楚地看出。韩南的研究成果值得引起足够的重视,因为这有助于我们更深入地观察和研究近代小说以至近代思想发展的历程。

(本文原载于《明清小说研究》2010 年第 4 期)

最早介绍"文学革命"的英语文献

　　1919 年初,胡适在《北京导报》(*Peking Leader*)增刊《1918 年的中国》(*China in* 1918)上发表了题为《中国的一场文学革命》("A Literary Revolution in China")的文章,这是最早介绍"文学革命"的英语文献。胡适是这场革命的倡导者,又精通英文,由他来撰写此文是最合适不过的了。

　　这篇不长的文章分为四个小节:一、第一枪是如何打响的;二、尝试新诗的写作;三、白话运动的传播;四、历史依据。在第一节,胡适简要介绍了自己《文学改良刍议》和陈独秀《文学革命论》的内容,指出文学革命的中心任务是用白话取代文言。由于诗歌一直是中国文学的主体,所以能否用白话写诗成为关注和争论的焦点。在第二节,胡适说明了自己和其他几位白话诗人最初的写作尝试,"由于尝试的时间很短,目前还不能确切知道结果如何。但可以肯定的是,一些白话诗,特别是沈尹默先生(北京大学国文教授)的诗,在形式和内容的丰富性上是旧体诗难以企及的。"尽管白话运动遭到了很多守旧人士的反对,它的势力却是不可阻挡的。在第三节,胡适兴奋地列举了多种已经采用白话的报纸和刊物(《国民公报》《时事新报》《每周评论》《新潮》),说明《新青年》已经有了不少盟友。在文章的第四节,胡适说明他和陈独秀等人提倡白话文的主张有着深刻的历史依据。他指出,早在宋代,程颐、朱熹就开始用语录体撰写哲学著作,在诗歌领域,邵雍、陆游的不少作品更接近口语而不是文言。至于宋代以来白话小说的发展更是有目共睹的事实。不幸的是,这一发展到明代受到了复古运动的阻遏,"从那时起直到今天,文学没有走出模仿和形式主义的枷锁"。胡适在文章最后表示,文学革命的发动正是为了打破枷锁,"如果我们真心希望给中国一种新文学,一种不仅能够表达当下的真实生活和情感,同时也能有力地改造思想和社会的文学,我们就必须从过去的死语言中解放出来,这种死语言可能是我们的先辈合适的文学工具,但绝对不适合我们今天创造一种活生生的文学。"①

当胡适写这篇文章的时候,白话和文言的较量仍在进行之中,但胡适还是满怀信心,认为胜利将属于革命派。此后的历史很快证明胡适的预言是正确的,正是在1919年白话取得了全面的发展,在五四运动的推动下,全国涌现了约四百种白话报刊;1920年教育部颁布法令,规定从当年秋季起,国民小学的国文教科书不再使用文言而改用白话,标志着文学革命的成果已经获得政府的认可。

1922年初,在白话取得全面胜利的情况下,胡适再次用英文撰写了一篇题为《中国的文学革命》("The Literary Revolution in China")的文章,发表在《中国社会及政治学报》(*The Chinese Social and Political Science Review*)第6卷第2期(1922年2月)上,又一次向英语读者介绍白话文运动。在这篇文章中,胡适首先简要回顾了意大利语、法语、英语等近代欧洲语言兴起并取代拉丁语的历史,说明文言文和拉丁语一样,是一种脱离口语的死语言,是应该被取代的。接着他从中国自汉唐直到近代的历史中举了若干例子,说明白话是活泼的、有生命力的语言,是完全可以作为文学工具的语言。结合中外的历史,胡适令人信服地指出,白话取代文言是大势所趋,文学革命成功的最大因素是时代的需要和发展,至于他个人的作用,则在于明确意识到了这一趋势并率先喊出了革命的口号。

和第一篇相比,胡适在第二篇文章中更多地谈到了近代欧洲语言的演变情况,他山之石可以攻玉,意大利语、法语等现代西方语言的发展史是胡适思考中国语言现代化的一个重要参考,他在文中写道:"在中国白话文学史上缺少一个重要的因素来摧毁文言的地位,这就是用一种自觉和坦率的态度来承认文言是一种死语言,因此不适合再作为现代中国的国语。但丁不仅用意大利语进行创作,还写了《论俗语》来为之辩护。薄伽丘也是一

---

① Hu S. A Literary Revolution in China. *China in* 1918. Peking Leader Special Anniversary Supplement,1919,pp.116-117.

样。在法国,七星诗社大力宣扬法语作为诗歌语言的表现力,杜贝莱专门写了《保卫和发扬法兰西语》的宣言书。白话所缺少的正是这种有意识的提倡。"①可以说,胡适文学革命的主张来自他的世界眼光,他的行动正是在模仿但丁、薄伽丘、杜贝莱等西方先驱。近代中国的一个时代主题是向西方学习,语言文学的现代化也是学习的重要内容,胡适能够得风气之先,首举义旗,显然得益于他在美国的留学经历。实际上,他正是在美国时开始思考和讨论白话文问题,并开始尝试写白话诗,他也是在美国时首次喊出了"文学革命"的口号。②

胡适是文学革命的倡导者、参与者,又精通英文,由他首先向外国人士进行宣传是不难想象的。那么,作为这场革命的旁观者,谁是最早进行对外报道和传播的呢? 据笔者的初步研究,答案是两个外国人,一个是瑞士人王克私、另外一个是美国人恒慕义,他们在胡适之后,相继用英文撰写了介绍文学革命的文章。③ 王的文章题为《中国文艺复兴的几个方面》("Some Elements in the Chinese Renaissance"),发表在 1922 年的《新中国评论》(*New China Review*)上;恒的文章题为《关于文学革命的几点思考》("Some Thoughts on the Literary Revolution"),发表在 1926 年的《新华文》(*The New Mandarin*)上。

王克私(Philipe de Vargas,1888 — 1956)1913 — 1920 年任北京、济南、武昌等地中华基督教青年会干事,1920 年后一直担任燕京大学宗教学院和历史系教授,直到 1948 年。④ 恒慕义(Arthur William Hummel,1884 — 1975)1914 年受美国海外传教部总会派遣前往中国,在山西汾州(今汾阳)教会附属的明义中学教授英文并负责一部分管理工作。1924 年离开山西前往北京,担

---

① Hu S.The Literary Revolution in China.*The Chinese Social and Political Science Review*,1922,Vol.6,No.2,p.97.

② 参见胡适为自己编选的《中国新文学大系·建设理论集》,上海良友图书公司 1935 年版所写的"导言"。

③ 本文论述范围只限制在英语文献。从时间上来看,青木正儿《以胡适为中心潮涌浪旋着的文学革命》一文(载《支那学》第 1 号至第 3 号[1920 年 9 月至 11 月])比王克私的文章发表要早。其他日语文献不一一列举。

④ 王克私生平详见燕京研究院编《燕京大学人物志》(第一辑),北京大学出版社 2001 年版,第 133 页。

任燕京华文学校(Yenching School of Chinese Studies)中国史讲师,直至 1927 年底。1928 年回国后创建美国国会图书馆东方部并担任首任主任(1928—1954)。①

王克私的文章分为三个小节:一、对活的文学语言的需要;二、文学革命者;三、革命的结果。语言问题是文学革命的首要问题,对于外国人来说,文言文的艰深也是学习汉语时最感头疼的问题,王的文章开门见山地表示了对于白话文的欢迎。接着和胡适一样,王也将中国文言文和拉丁语进行了对比:"据说早在公元前 120 年文言文就已经是一种死的语言了,一些大臣已经看不懂用它写的圣旨和法律条文,应该承认,拉丁文在僵死之后还可能而且实际上也还有人在说,而中国的文言文从来就不是一种可以言说的语言,关于中国拉丁文(按指文言文)的知识被一种美妙但非常僵化的考试制度维系着,只有那些完全掌握这种语言的人才能做官。这一方式维持文言文的崇高地位达二千年之久,而拉丁文只有一千五百年的历史。"②在第二节,王简要评述了胡适、陈独秀、钱玄同、刘半农、鲁迅、周作人、傅斯年等人的贡献,同时也描述了以林纾和《国故》为代表的守旧派对于新文学的攻击。在第三节,王指出文学革命的结果是出现了大量的白话文新刊物,是一场可以称之为"刊物运动"(magazine movement)的革命,这些刊物上登载的翻译和创作(主要是短篇小说和诗歌)无疑促进了国语的统一,使"国语的文学,文学的国语"目标逐渐实现。

王克私在文章的结论部分指出,近三十年中国发生了三场革命:政治革命、教育革命、文学革命,其中文学革命最深刻。恒慕义在自己文章的开头也特别强调了这一点:"文学革命是今天中国最有希望的运动,对中国人思想产生的深远影响远远超过辛亥革命。因为中国今天发生的真正变化是在文化方面,而不是政治方面,所以大多数外国人都感受不到它真正的意义,他们一方面对中国文化了解甚少,另一方面习惯于从政治角度衡量所有运动(也是他

---

① 恒慕义生平详见 Beal E G(Beal J F. Obituary: Arthur W, Hummel.1884-1975). *The Journal of Asian Studies*, 1976, Vol.35, No.2, pp.265-276。

② Vargas P D. Some Elements in the Chinese Renaissance. *New China Review*, 1922, Vol.4, No.3, p.236.

们最熟悉的角度）。但中国与其说是一个政治体,不如说是一种文明体。所以与其用政治理念来衡量中国的发展,还不如用在广大帝国发挥凝聚和融合的力量的文化来衡量。……遵循这样的民族特色,今天最有头脑的中国人关心的首要问题是重估他们的民族文化,而不是我们认为最急迫的问题——宪政、国会、投票。他们可能没有明说,但他们的行动表明辛亥革命是不成熟的。他们知道,政治的重组必须在文化的重建后才能水到渠成。当一个民族还没有统一的国语的时候,期望国会能够有所作为只是空想。当一种文字只有少数人理解而多数人不知所云的时候,全民教育、社会责任、政治民主等美好的愿望只能是纸上谈兵。不去料理根部只去修理枝叶是不会有任何效果的。"①这段话很好地说明了用英文向外国人阐释"文学革命"的重要性,让他们明白,这场由几个文人学者发动的革命比辛亥革命更深刻地影响了中国未来的道路。

在接下来的部分,恒慕义集中笔墨,说明了白话取代文言的必然性以及文学革命先驱所做的贡献。和王克私一样,他基本上参考了胡适、陈独秀等人的文章,并复述了相关的观点。值得注意的新观点是,他强调了近代来华传教士的作用:"他们将《圣经》翻译成大众语言的工作,有力地证明了老百姓的语言完全可以作为一种文学语言。几十年来传教士用口语在教堂和街道布道,用一种高深的文言永远无法做到的方式说服大众。"②对此王克私在自己的文章中也同样有所论述。从上面的生平介绍我们可以看到,王、恒早年都曾当过传教士,所以他们会强调传教士在白话文方面的贡献,虽然胡适、陈独秀在文章中没有提及,但其他文学革命者还是有人注意到,特别是周作人,他在 1921 年的《圣书与中国文学》一文中明确指出:"《马太福音》的确是中国最早的欧化的文学的国语,我又豫计他与中国新文学的前途有极大极深的关系。"③实际上,除了翻译《圣经》,19 世纪以来传教士还用

---

① Hummel A W. Some Thoughts on the Literary Revolution.*The New Mandarin*,1926,Vol.1,No.3,p.8,p.11,p.12.

② Hummel A W. Some Thoughts on the Literary Revolution.*The New Mandarin*,1926,Vol.1,No.3,p.8,p.11,p.12.

③ 周作人著,止庵校订:《艺术与生活》,河北教育出版社 2002 年版,第 43 页。按此文原是周作人在燕京大学文学会的讲演稿,曾发表于《小说月报》1921 年第 12 卷第 1 号。

白话创作了一些具有小说性质的作品,只是传播范围远不如《圣经》,也就更不为人所知。①

王克私在文章中表达了对于白话文的欢迎,恒慕义也是一样。文言对于中国一般的老百姓来说都很难,何况对于外国人呢? 恒慕义在文章的最后说:"文言的艰深使大部分西方人根本无法掌握中国文明的要义。现在有了这个新的,也是简单得多的语言媒介,他们至少能够明白今天的中国人是如何看待他们古老文化的。这对于民族间的相互理解和将来国际间的友好相处都将发挥无法测量的影响。"②这是就西方普通民众而言,对于专门研究中国的汉学家来说,文言虽然不是障碍,但白话显然更为明晰,更容易理解。恒慕义在北京期间的一项重要工作,就是将顾颉刚的《古史辨自序》翻译成了英文,这篇洋洋洒洒六万多字的文章不仅具有很高的学术价值,也被认为是现代白话散文的代表作(后曾收入周作人编选《中国新文学大系·散文一集》)。在恒慕义之后,陆续有西方汉学家开始将中国现代小说、诗歌等翻译成外文并展开研究,他们的目光不再只盯着古代的诗词歌赋。从学术上来讲,文学革命造就了一个全新的研究领域。

王克私、恒慕义两人的文章除了上述共同点外,还有一点也很明显,就是强调胡适在文学革命中的重要作用,这一方面固然是历史的事实,另一方面也与他们和胡适的密切交往有关。

王克私到燕京大学任教后,1920 年代曾多次拜访胡适。③ 他的《中国文艺复兴的几个方面》最初以演讲的形式发表,胡适也在座:"夜赴文友会,会员 Philipe de Vargas 读一文论'Some Elements in the Chinese Renaissance';我也加入讨论。在君说'Chinese Renaissance'一个名词应如梁任公所说,只限于清代的汉学,不当包括近年来的文学革命运动。我反对此说,颇助原著者。"(胡

① 美国学者韩南(Patrick Hanan)最早关注和研究这类小说,参见他的论文集 *Chinese Fiction of the Nineteenth and Early Twentieth Centuries*.Columbia University Press,2004。

② Hummel A W. Some Thoughts on the Literary Revolution.*The New Mandarin*,1926,Vol.1,No.3,p.8,p.11,p.12.

③ 如 1921 年 6 月 15 日,胡适当天日记记载:"瑞士人 Philipe de Vargas 来谈了半天。"详见《胡适日记全编》(第三册),曹伯言整理,安徽教育出版社 2001 年版,第 316 页。

适 1922 年 2 月 15 日日记)①王文的一个重要贡献是第一次用"文艺复兴"来
称呼文学革命,这无疑影响了胡适。两个月后,胡适在世界基督教大同盟的国
际董事会上就文学革命发表演说时,使用的题目就是"中国文艺复兴运动的
意义"("The Significance of the Chinese Renaissance Movement");②十年后,胡
适在美国芝加哥大学讲演同一主题时,仍然以"中国的文艺复兴"("Chinese
Renaissance")为题,可见他对这个称谓是十分认同的。

与王克私一样,恒慕义也是从 1920 年代开始和胡适交往,并成为终生
好友的。恒慕义翻译《古史辨自序》正是出于胡适的推荐,因为这篇文章不
仅是"中国史学界的一部革命的书",也是"中国文学史上从来不曾有过的
自传。"③恒慕义回美国后,又在翻译的基础上做了评注,于 1931 年作为莱
顿大学"汉学研究书系"的第一种在荷兰出版,④该书成为他汉学研究的
起点。

最后不妨顺便谈一下关于中国新文学的外文史料问题。近代由于中国国
门大开和中西交往的深入,在中国国内出现了一批外文报刊,其中以英文为最
多。本文以上谈到的四篇文章,均发表在中国国内出版的英文报纸和刊物上,
其中《北京导报》《中国社会及政治学报》《新华文》在北京出版,《新中国评
论》在上海出版。⑤ 由于在国内出版,所以反映中国当时的情况是比较及时
的。我们要研究中国新文学的对外传播情况,特别是早期的传播情况,必须重
视这批材料,而不能把眼光只盯在国外出版的报刊文献上。以胡适为例,他
1933 年在美国的讲演《中国的文艺复兴》(1934 年由芝加哥大学出版)无疑是

---

① 《胡适日记全编》(第三册),曹伯言整理,安徽教育出版社 2001 年版,第 558、600 页。

② 《胡适日记全编》(第三册),曹伯言整理,安徽教育出版社 2001 年版,第 558、600 页。

③ 胡适:《介绍几部新出的史学书》,《古史辨》(第二册),北平朴社 1930 年版,第 335 页。

④ Hummel A W. *The Autobiography of a Chinese Historian:Being the Preface to a Symposium on Ancient Chinese History*.Leyden:E.J.Brill,1931.

⑤ 《北京导报》(*Peking Leader*)为除周一、节假日外的日报,1918 年创刊,1932 年停办,1923 年后长期由美国人克拉克(Grover Clark)担任主编;《中国社会及政治学报》(*The Chinese Social and Political Science Review*)由中国社会及政治学会主办,季刊,1916 年创刊,1941 年停办,胡适于 1933—1937 年担任学会会长;《新华文》(*The New Mandarin*)为燕京华文学校的校刊,只在 1926 年出版 3 期;《新中国评论》(*New China Review*)由英国汉学家库寿龄(Samuel Couling)于 1919 年创办,双月刊,1922 年停办。

重要的,但如果以为他直到 1930 年代才向国外介绍文学革命,则是完全错误的。实际上,正如本文所说,他在文言、白话仍处于对垒状态的 1919 年初(这是文章发表的时间,写作应该更早一些)就已经开始了这项工作。这说明,中国新文学的发生和它的对外传播几乎是同时进行的。

(本文原载于《新文学史料》2016 年第 4 期)

《哥伦比亚中国现代文学读本》中的鲁迅

1995 年,美国哥伦比亚大学出版社推出了《哥伦比亚中国现代文学读本》(*The Columbia Anthology of Modern Chinese Literature*,2007 年出第二版),读本分小说、诗歌、散文三个文类,每个文类再分三个时期,即 1918—1949,1949—1976,1976—当代,这样全书共分九个部分。在第一部分"小说,1918—1949"中鲁迅首先入选,共有三篇:《呐喊自序》《狂人日记》《孔乙己》。

《哥伦比亚中国现代文学读本》是英语世界第一本以 20 世纪中国文学为对象的阅读文选。此前,英美的出版社曾推出过多种中国现代文学选本,但都局限在一种文类,特别是小说,将那些旧选本中关于鲁迅小说的选目与《哥伦比亚读本》中的三篇进行比较,颇有助于我们从一个新的视角观察鲁迅在海外的接受。

《哥伦比亚读本》的编选者是美籍华裔学者刘绍铭(Joseph S.M. Lau)和美国学者葛浩文(Howard Goldblatt)。1981 年,刘绍铭和另外两位华裔学者夏志清、李欧梵合作编译了《中国现代中短篇小说选》(*Modern Chinese Stories and Novellas*,1919—1949),其中选录了鲁迅的六篇小说:《孔乙己》《药》《故乡》《祝福》《在酒楼上》《肥皂》。

在此之前,1970 年英国学者詹纳(W.J.F. Jenner)在牛津大学出版社推出了名为《现代中国小说》(*Modern Chinese Stories*)的选本,其中收录了鲁迅的三篇小说:《孔乙己》《故乡》《祝福》。

至于更早的选本,我们可以取斯诺(Edgar Snow)编选的《活的中国:现代中国短篇小说选》(*Living China*:*Modern Chinese Short Stories*)和伊罗生(Harold R. Isaacs)编选的《草鞋脚:现代中国短篇小说选》(*Straw Sandals*:

Chinese Short Stories,1918—1933）为代表,前者收录了《药》《一件小事》《孔乙己》《祝福》《风筝》《离婚》六篇鲁迅的作品,后者收录了五篇:《狂人日记》《药》《孔乙己》《风波》《伤逝》。

而以 20 世纪中国短篇小说为对象的最新的一个选本则是由方志华(Fang Zhihua 译音)编译的《20 世纪中国短篇小说英译》(*Chinese Short Stories of the Twentieth Century*：*An Anthology in English*),出版于 1995 年,其中收录了鲁迅的《狂人日记》《祝福》《孔乙己》。

审视以上的几个选本,很容易首先一眼看出的是:在所有的选本中,鲁迅总是排在第一位并且是被选篇目最多的作家,鲁迅作为 20 世纪中国最伟大的作家特别是小说家的地位是众望所归无可置疑的。詹纳在他那个选本的编者《前言》中说:"在短篇小说创作上,鲁迅远远高于其他作家,陈独秀、胡适只是从理论上倡导新文学运动,只有鲁迅作为这一运动的领导者写出了至今仍然粲然可观的小说作品。"①鲁迅的小说不仅思想深刻,而且艺术技巧也十分高超。詹纳《前言》一开头便敏锐地指出:"虽然 1930 和 1940 年代西方出版了一些中国现代小说的选本,北京的外文出版社在过去的若干年中也出版了一些选本,但中国现代文学对历史和文化背景迥异于中国的西方世界没有产生什么实质性的影响。除了鲁迅之外,没有一个中国作家能够在小说的形式和技巧上为那些寻求文学创新的西方作家提供借鉴。"②其实鲁迅小说的很多艺术技巧也是从西方学来的,但经过自己的消化吸收,再加上他对中国传统文学有着深厚的修养,中西结合,多有创新,因此能够对西方作家进行"反哺"。鲁迅是 20 世纪中国唯一能够做到这一点的作家,这一事实已足以说明他在中国现代文学史上不可动摇的崇高地位。

从以上列举的选目来看,《孔乙己》的入选率最高,其因缘除了思想的深刻之外,主要还是由于技巧的高超。鲁迅本人最满意的作品也正是这一篇。《呐喊》出版后,孙伏园曾经问过鲁迅"其中哪一篇最好","他说他最喜欢《孔乙己》,所以已经译了外国文。我问他好处,他说能于寥寥数页之中,将社会

---

① JennerW J F. *Modern Chinese Stories*.Oxford University Press,1970,p.x,p.vii.

② JennerW J F. *Modern Chinese Stories*.Oxford University Press,1970,p.x,p.vii.

对于苦人的冷淡,不慌不忙的描写出来,讽刺又不很显露,有大家的作风。"①后来孙氏还有更详细的回忆与分析:"《孔乙己》的创作目的就在描写社会对于苦人的凉薄,那么,作者对于咸亨的掌柜,对于其他顾客,甚至对于邻舍孩子们,也未始不可用《药》当中处理康大叔、驼背五少爷、红眼睛阿义等的方法来处理他们。一方面固然是题材的关系,《药》的主人公是革命的先烈,他的苦难是国家民族命运所系,而《孔乙己》的主人公却是一个无关大局的平凡的苦人;另一方面则是作者态度的'从容不迫',即使不像写《药》当时的'气急飑隙'也还是达到了作者描写一般社会对于苦人凉薄的目的。鲁迅先生特别喜欢《孔乙己》的意义是如此。"②鲁迅本人曾将《孔乙己》译为日文。

夏志清高度称赞《孔乙己》用笔的简练,③美国学者韩南则十分欣赏其中反语(irony)的运用:"反语的对象是那个被社会抛弃的读书人,反语要素则是在酒店里当伙计的那个十二岁的孩子。这种反语是我们称为描述性(presentational)的一类,是通过一个戏剧化的叙述者之口讲出来的。虽然这故事是事隔近三十年之后的回忆,却没有让成年人的判断来控制孩子的天真。在孩子的心里,被所有主顾当作笑柄的孔乙己不过是单调无聊的工作中一点快乐的来源,我们也正是通过孩子朦胧的意识看清这个可怜人生活中那种随时出现的残酷。"④就国内学者来看,李长之在《鲁迅批判》中选出的他认为最佳的八篇小说中,《孔乙己》也是第一入选的。⑤ 从思想性上来说,鲁迅的第一篇白话小说《狂人日记》无疑比第二篇《孔乙己》更能震动人心,但却有思想先行、戏剧性不够的问题。《阿Q正传》同样存在艺术上的瑕疵,由于不是一气呵成写出来的,结构显得比较松散,小说的叙述者也有前后

---

① 孙伏园:《关于鲁迅先生》,《晨报副刊》1924年1月12日;现收入《孙氏兄弟谈鲁迅》,新星出版社2006年版,第146页。

② 《孙氏兄弟谈鲁迅》,新星出版社2006年版,第173页。

③ Hsia C T. *A History of Modern Chinese Fiction*. Yale University Press,1961,p.65.

④ Hanan P. The Technique of Lu Hsun's Fiction. *Harvard Journal of Asiatic Studies*,1974,Vol. 34,p.80.

⑤ 这八部小说是:《孔乙己》《风波》《故乡》《阿Q正传》《社戏》《祝福》《伤逝》《离婚》。详见李长之:《鲁迅批判》,北京出版社2003年版,第56页。

不一致的情况。① 另外,《阿 Q 正传》是鲁迅最长的一篇小说,在选本篇幅有限的情况下有时不免只好割爱;斯诺的观点具有代表性:"我还发现中国有些杰作篇幅太长,无法收入这样一个集子中去。许多作品应列入长篇,至少也属于中篇,然而它们的素材、主题、动作及情节的范围,整个发展的规律,本质上只是短篇小说。鲁迅的《阿 Q 正传》就属于这一类。还有茅盾的《春蚕》和沈从文那部风行一时的《边城》。"②这三篇从篇幅上应该属于中篇小说(novella)。

从鲁迅作品的翻译史来看,《阿 Q 正传》是最早被译成英文的小说,继1926 年梁社乾的译本之后,英国人米尔斯(E.H.F. Mills)和在美国任教的华裔学者王际真在 1930 年代和 1940 年代陆续出版了自己的译本。由于《阿 Q 正传》的译本较多,所以有些选家在考虑选目时,出于平衡的考虑,就会倾向于那些较少被翻译的作品。夏志清在 1971 年编译的《20 世纪中国短篇小说选》(Twentieth-Century Chinese Stories)一书中,一开始选的就是郁达夫的《沉沦》,而完全没有选鲁迅的作品。因为夏志清为该选本定下了这么一条标准:"不收此前选本中已经选译的作品,也不重译已经有英译文的作品。"③鲁迅的小说于是没有选入。

夏志清将自己的这一选本献给了"中国现代小说翻译的先驱者"王际真。王际真除翻译了鲁迅的若干作品之外,还翻译过张天翼、老舍、巴金等人的作品,1944 年他将这些作品结集成《当代中国小说选》(Contemporary Chinese Stories)一书出版,由于前此他在 1941 年已经出版过专门的鲁迅小说选集《阿 Q 及其他》(Ah Q and Others:Selected Stories of Lusin),所以《当代中国小说选》只收了鲁迅的《端午节》和《示众》两篇小说——这两篇是先前没有翻译的。

王际真和夏志清这两位华裔学者都长期执教于哥伦比亚大学,他们主编

---

① 如第一章以第一人称叙事,其后改为第三人称叙事;叙事者一开始表现得像一个新旧交替时代的文人,后来又采用未庄村民的视角。详细的分析请参见刘禾:《语际书写》,上海三联书店 1999 年版一书第三章《国民性理论质疑》,特别是第 92—97 页。

② Snow E. Living China:Modern Chinese Short Stories.Reynal & Hitchcock,1937,p.16.

③ Hsia C T. Twentieth-Century Chinese Stories.Columbia University Press,1971,p.ix.

和参编的四个选本都由哥伦比亚大学出版社出版。由这样一家和中国现代文学渊源深厚的出版社再次推出《哥伦比亚中国现代文学读本》完全是顺理成章的。这个读本对于当代西方学术界全面了解和研究中国现代文学具有显而易见的重大意义。

与以前的选本相比，这一新的读本在小说部分首先收入了鲁迅的《呐喊自序》是很有眼光的。这篇重要的文章可以帮助读者了解鲁迅的生平和思想，从而加深对《呐喊》这本小说集的理解。《狂人日记》和《孔乙己》作为鲁迅最早的两篇白话小说，就思想性和艺术性来说，都足以代表《呐喊》的水平，也是无可挑剔的。这里的问题在于，选者似乎过于重视《呐喊》，而完全忽略了《彷徨》，显得有些不平衡。我们看以前的选本，基本上《呐喊》《彷徨》都选，特别是《彷徨》的第一篇《祝福》的入选率也是很高的。夏志清曾指出，就总体而论，《彷徨》比《呐喊》好，他甚至认为"就写作技巧来看，《肥皂》是鲁迅最成功的作品。"[1]无论这些观点多么值得商榷，《哥伦比亚读本》中完全没有《彷徨》的一席之地，我以为是不太合适的。

除"小说，1918 — 1949"部分有鲁迅外，《哥伦比亚读本》还在"散文，1918—1949"中选了《野草》中的三篇：《题辞》《秋夜》《希望》和《准风月谈》中的一篇《男人的进化》。《野草》固然可以看作散文，但也可以看作诗（散文诗），其中有些篇章甚至被视为小说，一个眼前的例证是伊罗生编选的《草鞋脚》中就选了《风筝》一文。鲁迅优秀的标准散文有很多，我觉得编者完全可以从其中挑选，将《野草》列入散文部分似乎也是可以商榷的。

关于选本，鲁迅曾深刻地指出，它们所显示的，"往往并非作者的特色，倒是选者的眼光。"[2]他又说："凡选本，往往能比所选各家的全集或选家自己的文集更流行，更有作用。册数不多，而包罗诸作，固然也是一种原因，但还在近则由选者的名位，远则凭古人之威灵，读者想从一个有名的选家，窥见许多有名作家的作品。……凡是对于文术，自有主张的作家，他所赖以发表和流布

---

① Hsia C T. *A History of Modern Chinese Fiction*, p.38.
② 《且介亭杂文二集·〈题未定〉草（六）》,《鲁迅全集》（第6卷）,人民文学出版社2005年版,第436页。

自己的主张的手段,倒并不在作文心,文则,诗品,诗话,而在出选本。"①从《哥伦比亚中国现代文学读本》等几部中国现代文学选本来考察其"选者的眼光"并加以分析,是一件很有兴味的事情,对于鲁迅研究界的同道来说尤其是如此。

（本文原载于《鲁迅研究月刊》2010 年第 6 期）

---

① 《集外集·选本》,《鲁迅全集》(第 7 卷),人民文学出版社 2005 年版,第 138 页。

《曹禺全集》未收的英文讲演

由田本相、刘一军主编的七卷本《曹禺全集》(花山文艺出版社 1996 年版)是目前国内最为齐全的曹禺作品集,前四卷是戏剧作品,后三卷是剧论、剧评、小说、散文、书信等。在第七卷的最后附有"曹禺生平年表",按照年代顺序记录了曹禺一生的文学活动和著作情况。在 1946 年 7 月 1 日条下,有这样的记录:"在纽约市政厅发表讲演:《现代中国戏剧》,后在美国《国家建设杂刊》发表。"①

但"年表"中提到的这篇讲演并没有收入《全集》,按照这篇讲演的性质,应该收入第五卷"剧论、剧评"部分,这一部分收录了曹禺有关戏剧的文章八十多篇,但没有一篇是以整个中国现代戏剧为讨论对象的,而且绝大部分是新中国成立以后发表的,1949 年以前的只有三篇:《关于话剧的写作问题》《编剧术》《悲剧的精神》。所以无论从哪个角度来说,曹禺在美国的这篇讲演稿都是意义重大的。

根据"年表"的提示笔者找到了这篇英文讲演,这篇《全集》没有收录的文章题为"The Modern Chinese Theatre",载美国纽约出版的 *National Reconstruction Journal* 第七卷第一期(1946 年 7 月),署名万家宝(Wan Chia-pao)。这篇文章不仅文辞优美淡雅,内容也是曹禺最为熟悉的戏剧问题,其史料价值是不言而喻的。

这篇 16 页的文章(第 33 页至 48 页)分为 9 个部分:(一)导言,(二)现代戏剧的革命历程,(三)新戏的功能,(四)《王宝钏》,(五)旧戏的局限,(六)现

---

① 田本相、刘一军主编:《曹禺全集》(第 7 卷),花山文艺出版社 1996 年版,第 463 页。

代戏剧的开端,(七)易卜生和西方反抗文学的影响,(八)小戏剧团体的涌现,(九)戏剧与战争。下面简要介绍各部分的内容。

导言部分曹禺开宗明义地指出,真正理解一个国家是很困难的,尤其是对于那些固执己见的人。具体到现代中国,曹禺认为存在两种主要的认知人群。一种是无限留恋中国的过去,从长袍马褂、古物器玩,到诗词歌赋,一切都是旧的好;另一种是只看到争权夺利的军阀和挣扎在贫困线上的农民,认为中国已无望实现现代化。这两种人对于中国的新文学都很漠视,也就更谈不上对于现代戏剧的理解了。

在第二部分曹禺强调,中国现代戏剧不是延续传统,而是一场革命,在形式和精神上都是全新的。"无论是对于广大民众潜在的活力,还是对于建立更好社会制度的前景,戏剧革命的先驱们都抱有坚强的信心。如果不是这样,中国现代戏剧不可能产生。它从艰难的诞生之日起就从来没有忘记对于观众的责任,一直试图真实地反映人们的希望与恐惧,反映由于西方文化影响这块古老的土地而产生的政治、文化、社会的变化。在起始阶段,必须承认的是,它的宣传性大于艺术性。"①和唱念做打的旧戏大不相同的是,新戏以对话为主,所以在尝试了几个名称后被确定为"话剧"。曹禺在这一部分的最后指出,旧戏虽然还依然存在,但已分明感受到了话剧的影响,也一直在讨论如何革新——所谓"旧瓶装新酒"的问题。

在第三部分曹禺重点分析了话剧和传统戏剧的不同功能——这也是两者最大的差别所在。传统戏剧的功能是娱乐大众,作家没有严肃的创作态度,而观众也只把演员当作戏子。更严重的是,传统戏剧宣扬的是一套陈旧的观念,不是忠孝仁义,就是多子多福,要么就是教导人们乐天知命、安于现状。所以旧戏对于现代中国来说,只能是一个"时代错误"(anachronism),与现实的人生没有关联。

在第四和第五部分,曹禺以《王宝钏》和《西厢记》为例,进一步揭露传统戏剧的局限性——语言深奥、思想陈腐,无法适应现代社会。即使努力去改

---

① Wan C P. The Modern Chinese Theatre. *National Reconstruction Journal*, 1946, Vol.7, No.1, p.34.

造,也很难获得成功,结果只会不伦不类,"像在一副中国山水长卷上画一架轰炸机一样荒诞"。①

在第六部分曹禺简单叙述了话剧早期的发展史,赞扬了早期新剧团体在国内(春阳社、进化团)以及日本(春柳社)的尝试,也批判了"文明戏"的浅薄。早期的话剧虽然幼稚,但其积极作用不容抹杀,"它的演员穿着现代的服装,说着老百姓的语言,没有歌唱和程式化的舞蹈,反映的是当下中国人的生活。"②它让观众直面现实。

对于早期话剧的发展来说,《娜拉》(即《玩偶之家》)在 1918 年《新青年》4 卷 6 号上的刊载是一个重大事件。在第七部分的开头曹禺写道:"伴随着易卜生作品的译介,我们真正迎来了话剧的新时期。他在我们文化转型的关键时期到来,也成为我们真正了解的第一位西方戏剧家。我们高举双臂欢迎他的个人主义,并奉为我们的信条——强烈的个性、自由独立的精神、大胆的反叛、对现存环境的勇敢批判。对于我们的话剧来说,这是一个良好的开端。从他那里我们学到了第一课——如何写作问题剧。"此后翻译学习西方戏剧成为一股不可阻挡的潮流,"我们开始派遣学生去欧美学习戏剧文学和舞台艺术,在国立北京大学的外文系增设了有关西方戏剧的课程,1922 年第一个私立的现代戏剧学校(按即人艺戏剧专门学校)建立了,仅仅三年后,由政府主办的同类学校(按即北京国立艺术专门学校)也建立了。此外,我们还有了自己的第一份杂志——《戏剧》于 1921 年创刊,上面刊载有关西方戏剧史、现代戏剧家、舞台艺术(化妆、布景、灯光、导演)等各类文章。"③中国现代话剧受西方文学的重大影响是不争的事实,特别是"五四"新剧,曹禺在这部分的最后列举了一个长长的名单:易卜生、王尔德、高尔斯华绥、皮尼罗、白里欧、萧伯纳、契诃夫、奥斯特洛夫斯基、高尔基、托尔斯泰。

1933 年 11 月第一个职业话剧团——中国旅行剧团在上海成立,成为中

---

① Wan C P.The Modern Chinese Theatre.*National Reconstruction Journal*,1946,Vol.7,No.1,p.39,p.40,pp.42-43,p.45,pp.47-48.

② Wan C P.The Modern Chinese Theatre.*National Reconstruction Journal*,1946,Vol.7,No.1,p.39,p.40,pp.42-43,p.45,pp.47-48.

③ Wan C P.The Modern Chinese Theatre.*National Reconstruction Journal*,1946,Vol.7,No.1,p.39,p.40,pp.42-43,p.45,pp.47-48.

国现代戏剧史上的一个标志性事件。在第八部分曹禺简要介绍了此前各类话剧团体的情况，它们分布在各大城市，也出现在中小城市甚至农村（如熊佛西主持的河北定县"农民戏剧"），同时它们的戏剧尝试也是各式各样的，有现实主义、自然主义，也有浪漫主义、表现主义。但所有人（剧作家、导演、演员）都认识到建立自己戏剧的必要性，"外形可以是现代的，内容则必须是中国的。"①总之，不能成为西方戏剧简单的翻版。

"战争给了我们新的刺激。"曹禺在第九部分开篇写道，"大批戏剧工作者离开大城市，到了祖国的内地和边疆，我们有机会亲眼看到和感受到普通民众的艰苦和毅力，他们的勇气和善良给我们留下了难以忘怀的印象，这使我们更加关注小城镇和农村人的生活。在战争之前，我们的戏剧活动主要局限在大城市。"除了地域的变化，战争的另外一个刺激是让人们更加渴望民主化和工业化，这两大主题也不断在这一时期的戏剧中被反复表现。在文章的最后，曹禺写道："我们从来没有忘记戏剧是一种普世的艺术形式，但更清楚地意识到我们眼前的文化变迁。我们痛苦地看到不少同胞还没有摆脱奴隶和封建意识，我们将继续为建立一个新中国而贡献自己的才能。面对考验和困难，我们绝不会动摇。从一开始，我们的新戏剧就抱有这样的目标：揭示现实，展望未来。"②

通观全文我们可以看到，曹禺这里只是对现代中国戏剧做了一个大致的鸟瞰。他没有提到具体的作家作品，无论是胡适的《终身大事》、田汉的《名优之死》，还是洪深的"农村三部曲"。他本人的代表作（也是中国现代戏剧最有代表性的作品）——《雷雨》《日出》也是只字未提。一个重要的原因可能是考虑到美国听众对这些内容完全不了解，讨论某个作家作品很可能让他们不得要领，而且演讲的时间也毕竟有限。

如果从 1907 年春柳社在东京演出《茶花女》算起，到曹禺发表演讲的1946 年，中国现代戏剧已经有了四十年的历史。虽然时间不短，也取得了非

---

① Wan C P. The Modern Chinese Theatre. *National Reconstruction Journal*, 1946, Vol. 7, No. 1, p.39, p.40, pp.42–43, p.45, pp.47–48.

② Wan C P. The Modern Chinese Theatre. *National Reconstruction Journal*, 1946, Vol. 7, No. 1, p.39, p.40, pp.42–43, p.45, pp.47–48.

凡的成就,但在当时的美国却还没有什么影响。

说到中国戏剧在美国的影响,就不能不提 1930 年梅兰芳率团在美国多个城市的演出,让美国观众第一次认识了京剧。美国主流媒体和学界对梅兰芳所代表的中国传统戏剧反响积极而热烈,其中颇有声望的美国评论家斯达克·扬(Stark Young)还撰写了长篇评论。① 此外值得关注的就是改编自京剧《红鬃烈马》的《王宝钏》,1933 年由旅居英国的中国翻译家熊式一完成,于1934 冬在伦敦首演成功,轰动英伦。此后欧洲各国也纷纷演出该剧。1935 年秋《王宝钏》飞越大西洋,在美国纽约等地上演,成为首部在百老汇公演的中国戏剧。② 曹禺特别在讲演的第四部分讨论《王宝钏》,就是考虑到该剧在美国的影响。对于梅兰芳在美国的成功演出,曹禺也没有回避,他承认中国传统戏剧的特色和魅力,特别是它的异国情调对于美国人来说是很有吸引力的。但对于中国观众来说,曹禺认为"这样的旧戏不应该再上演了,因为它无助于教育现代公民,建立现代国家。"在《旧戏的局限》这一部分的最后,曹禺写道:"有人会问,为什么不让旧戏继续存在,让老百姓继续观赏呢? 对我来说,答案很简单:如果美国的戏剧继续莎士比亚时代的模式,演员们仍然穿着伊丽莎白时代的服装,对话都是素体诗,美国观众会接受吗?"③从五四时代起,中国话剧就是在批判旧戏中诞生和发展的,曹禺作为现代最成熟的话剧作家,无疑也是这一传统最大的继承者。

曹禺于 1946 年 1 月接到美国国务院的邀请,于 3 月抵达美国访问,1947年 1 月回国。关于他此行十个月的情况,最近刚刚出版的《曹禺年谱》(上海交通大学出版社 2017 年 1 月版)有详细的记录。该《年谱》在 1946 年 7 月 1日条下写道:"在纽约市政厅的讲演《现代中国戏剧》在美国《国家建设杂志》发表。"④这里可以对比一下前文引用"曹禺生平年表"1946 年 7 月 1 日的记

---

① 斯达克·扬的《梅兰芳》一文载美国《戏剧艺术月刊》1930 年 4 月号,中译文(梅绍武译)收入《梅兰芳艺术评论集》,中国戏剧出版社 1990 年版。

② 详见 Yeh D.*The Happy Hsiungs*:*Performing China and the Struggle for Modernity*.Hong Kong University Press,2014,pp.47−103。

③ Wan C P.The Modern Chinese Theatre.*National Reconstruction Journal*,1946,Vol.7,No.1,pp. 38−39.

④ 田本相、阿鹰编著:《曹禺年谱长编》(上卷),上海交通大学出版社 2017 年版,第 385 页。

录:"在纽约市政厅发表讲演:《现代中国戏剧》,后在美国《国家建设杂刊》发表。"讲演稿正式发表是在 1946 年 7 月 1 日,可知讲演本身一定是在这之前(虽然具体哪天已经无法考证),所以《年谱》中的记录是对的。

讲演的英文题目 The Modern Chinese Theatre 翻译成《现代中国戏剧》是没有问题的,但将所载刊物 National Reconstruction Journal 翻译成《国家建设杂志》("曹禺生平年表"中写成《国家建设杂刊》估计是印刷错误)就不对了,因为这个刊物本身有现成的中文名称——《学术建国丛刊》,就印在封面上。该刊由"留美中国学生战时学术计划委员会"("Committee on Wartime Planning for Chinese Students in the U.S.")负责编辑,1942 年创刊,1947 年停刊。该刊由位于纽约的华美协进社(China Institute in America)出版,该社 1926 年由美国学者杜威(John Dewey)、孟禄(Paul Monroe)和中国学者胡适、郭秉文等共同创建,是非营利的民间文化机构,旨在通过各项教育与宣传活动来介绍中国文化与文明,增进中美两国人民的相互了解。

最后值得一提的是,曹禺此次美国之行还有一位作家同伴,就是老舍。老舍在美国的讲演和曹禺的刊登在同一刊物同一期上,题为 The Modern Chinese Novel(《现代中国小说》),署名 Shu Sheh-yu(舒舍予)。让人高兴的是,最新版的《老舍全集》(人民文学出版社 2013 年版)收入了这篇讲演的中译文和英文原文(作为附录),①刊物名称——《学术建国丛刊》——的标注也是正确的。

(本文原载于《文汇报》2019 年 1 月 18 日)

---

① 详见《老舍全集》(第 17 卷),人民文学出版社 2013 年版,第 476—486、826—844 页。

周作人与《圣经》文学

在 1922 年爆发的声势浩大的非基督教运动中,周作人的态度和行为非常引人注目,他站在了这次运动的对立面,也站在了陈独秀、蔡元培等五四同志的对立面,并曾更联合其他四位北大教授(钱玄同、沈兼士、沈士远、马裕藻)公开发表由他起草的一篇《主张信教自由者的宣言》(《晨报》1922 年 3 月 31日),明确地表示自己的立场道:

> 我们不是任何宗教的信徒,我们不拥护任何宗教,也不赞成挑战的反对任何宗教。我们认为人们的信仰,应当有绝对的自由,不受任何人的干涉,除去法律的制裁以外,信教自由,载在约法,知识阶级的人应首先遵守,至少也不应首先破坏。我们因此对于现在非基督教非宗教同盟的运动表示反对,特此宣言。[1]

此后周作人在这一问题上与陈独秀、蔡元培等又进行过公开的辩论,但基本态度没有变化。思想自由是周作人最为重视的东西,是他的安身立命之本。在回答陈独秀的一封信中周作人指出:"思想自由的压迫不必一定要用政府的力,人民用了多数的力来干涉少数的异己者也是压迫"[2]。这是周作人不能容忍的。他在另一篇短文中说得更透彻:"取缔思想是不可能的事情。但因为这件事的尝试,思想却受了一回极大的威胁,这是很不幸的。即使我的思想侥幸不在这回被除灭之列,但是尽够使我不安了,因为我们失了思想自由的保障了"[3]。

---

① 陈子善、张铁荣编:《周作人集外文》(上册),海南国际新闻出版中心 1995 年版,第 395 页。

② 《信教自由的讨论——致陈独秀》,陈子善、张铁荣编:《周作人集外文》(上册),海南国际新闻出版中心 1995 年版,第 407 页。按该信当时发表于《晨报》1922 年 4 月 11 日。

③ 《古今中外派》,载陈子善、张铁荣编:《周作人集外文》(上册),海南国际新闻出版中心1995 年版,第 403 页。按:该文当时发表于《晨报副刊》1922 年 4 月 2 日。

可见在周作人的心目中,宗教问题尚非问题的焦点,关键在于尊重法制和坚持思想自由的根本原则。周作人既然反对来自专制政府的压迫,也反对来自群众运动的压迫。所以近贤对于周作人在这次运动中的表现,往往多从他的自由观这一角度来研究,这当然是很有道理的①。但是这一问题也还可以从不同的角度来探讨,周作人与基督教的关系,特别是在文学这一层面的关系就很值得研究,因为周氏虽然博学多能,广有建树,但此时文学乃是他的看家本领,也是他思考和研究一切问题的出发点。

<h2 style="text-align:center">一</h2>

《圣经》既是基督教的宗教经典,也是文学经典。《圣经》的译本曾经对欧洲的语言文学产生过重大的影响,《圣经》的原文,《旧约》是希伯来文,《新约》是希腊文,但在整个中世纪,拉丁文本(vulgate)却是最为通行的文本,是欧洲思想文化的最大根源。宗教改革之后,各种欧洲语言的翻译文本纷纷出现,特别是英文、德文译本曾对英语、德语语言文学发生过重大的影响。《圣经》的中文译本虽然对中文的影响没有那么大,但仍然是一支不可忽视的力量。特别是《圣经》的白话译本,尽管翻译者主要是出于扩大传教对象的目的,但在客观上却为文学革命者提供了一个很重要的白话文学的范本。正如周作人在1920年的《圣书与中国文学》一文中所说:"我记得从前有人反对新文学,说这些文章并不能算新,因为都是从《马太福音》出来的;当时觉得他的话很是可笑,现在想起来反要佩服他的先觉:《马太福音》的确是中国最早的欧化的文学的国语,我又豫计他与中国新文学的前途有极大极深的关系。"②在周作人写这篇文章之前,《圣经》译本中的语言和意象已经出现在黄遵宪、

---

① 详可参见舒芜:《我思,故我在——周作人的自我论和宽容论》,载《周作人的是非功过(增订本)》,辽宁教育出版社2000年版,第131—141页;钱理群:《周作人传》,北京十月文艺出版社2001年版,第265—272页。

② 周作人著,止庵校订:《艺术与生活》,河北教育出版社2002年版,第43页。按:此文原是周作人在燕京大学文学会的讲演稿,曾发表于《小说月报》1921年第12卷第1号。

谭嗣同、夏曾佑等"诗界革命"参加者的作品中，但正如梁启超在《饮冰室诗话》中提到过的那样，这种影响还是浅层次的，往往是个别词语的寻扯借用。在周作人看来，《圣经》中译本与中国文化"极大极深的关系"，首先还是在思想方面，周一再强调，文学革命是两方面的革命，语言方面和思想方面，而后者更为重要。在这一点上他与鲁迅的观点一致，而与胡适更多强调语言有一定的分歧。

就思想方面来说，周认为五四新作家追求的信仰应当是人道主义，创作的文学应当是人道主义的文学，"就是个人以人类之一的资格，用艺术的方法表现个人的感情，代表人类的意志，有影响于人间生活幸福的文学。"①一般认为，希腊文化是西方人道主义的源头，五四时期的中国知识界也是"言必称希腊"，但是希伯来文化同样也提供了人道主义的思想，对此周有孤明先发和深切详明的认识：

> 希腊思想是肉的，希伯来思想是灵的；希腊是现世的，希伯来是永生的。希腊以人体为最美，所以神人同形，又同生活，神便是完全具足的人，神性便是理想的充实的人生。希伯来以为人是照着上帝的形像造成，所以偏重人类所分得的神性，要将他扩充起来，与神接近以至合一。这两种思想当初分立，互相撑拒，造成近代的文明；到得现代渐有融合的现象。其实希腊的现世主义里仍重中和（Sophrosyne），希伯来也有热烈的恋爱诗，我们所说两派的名称不过各代表其特殊的一面，并非真是完全隔绝，所以在希腊的新柏拉图主义及基督教的神秘主义已有了融合的端绪，只是在现今更为显明罢了。②

两希文明并非完全水火不容，基督教之所以能从最初简单的伦理原则演化成严密的神学体系正有赖于教内人士对古希腊哲学的运用。在人道主义的观念上，它们只是侧重点的不同：希腊人更强调人的理性、能力和尊严，而基督徒更看重对人的爱和尊重。周作人显然认为，这两种人道主义都是中国人所缺乏并需要大力引进的。

---

① 周作人：《新文学的要求》，止庵校订：《艺术与生活》，河北教育出版社2002年版，第23页。

② 周作人：《圣书与中国文学》，止庵校订：《艺术与生活》，河北教育出版社2002年版，第39页。

希伯来文化更重来世的幸福，但也并没有完全放弃现世的幸福，热情奔放的《雅歌》就是明证。这首爱情诗尽管是经过重新诠释后（说是借了夫妇的爱情在那里咏叹神与以色列的关系）才被收到正经里去，但这也说明，禁欲的思想是后来的基督教发展出来的，与原始的希伯来文化精神是有所违背的。《雅歌》中有这样大胆的描写：

　　你的肚脐如圆杯，

　　永不缺乏调和的酒；

　　你的肚腹像一堆麦子，

　　周围有百合花。

　　你的两乳像一对小鹿，

　　像双生的母羚羊。（7:2-3）

　　我的良人哪！来吧！让我们往田间去；

　　让我们在凤仙花丛中过夜吧。（7:11）

这样的诗句即使是放在古希腊也是会让人惊叹的。周作人对于这一类的诗歌非常激赏，认为可以帮助中国的新兴文学衍出一种新体，因为在他看来，中国古人对于情诗的态度非常极端，要么是"太不认真"，要么是"太认真"①，缺乏一种真切自然的态度，这也正是他在中国文学中极力标举"独抒性灵、不拘格套"的晚明文学的原因。

近代以来，随着对西方文学了解的深入，中国文学中欠缺和不发达的文体也就逐渐暴露出来，于是文学革命的提倡者陆续将政治小说、科学小说、侦探小说、话剧等翻译和引入中国，以期弥补中国文学的缺陷，周作人的主张也属此类，而且事实也证明，以《圣经》为代表的基督教文学确实对诗歌在内的中国现代文学产生了不小的影响。

二

周作人 1901 年 9 月到南京读书后正式开始学习英语并接触到钦定本《圣

---

① 周作人著，止庵校订：《谈龙集》，河北教育出版社 2002 年版，第 70 页。

经》(AV)和《圣经》的中文译本,其间他还根据《旧约》里的夏娃故事,给《女子世界》写了一篇《女祸传》①,此后他的身边经常带着《圣经》,对于它的重要性也有了越来越清晰的认识。根据他本人的回忆,他最初学习希腊文的目的,就是为了"改译《新约》至少也是四福音书为古文"②。

五四前后周作人在多篇论文中对于《圣经》的文学性和思想性进行过深入精辟的论述,如作于1921年7月的《欧洲古代文学上的妇女观》中他指出:

> 《旧约》里纯文学方面,有两篇小说,都用女主人公的名字作篇名,是古文学中难得的作品;这便是《以斯帖记》和《路得记》。……《以斯帖记》有戏剧的曲折,《路得记》有牧歌的优美。两个女主人公也正是当时犹太的理想中模范妇人,是以自己全人供奉家族民族的人,还不是顾念丈夫和儿子的贤妻良母,更不是后来的有独立人格的女子了。③

将《以斯帖记》和《路得记》作为小说来看是非常有道理的,因为它们不但故事有一定的长度和相对的独立性,而且有完整的情节和生动的人物形象塑造,按照这个标准,《旧约》中除了《以斯帖记》和《路得记》外,《约拿书》也可以放入小说一类,只是它的主角是男性。

作为欧洲文学研究专家,周作人可以说是最早强调《圣经》文学性的现代中国学者,同时他对《圣经》作为西方文学源头的地位也有清醒的体认,他说:"我们要知道文艺思想的变迁的情形,这《圣书》便是一种极重要的参考书,因为希伯来思想的基本可以说都在这里边了。其次现代文学上的人道主义思想,差不多也都从基督教精神出来,又是很可注意的事。"④周作人的这些观点在今天看来似乎很平常,可以说已经是文学史的常识,但在1920年代的中国却是非同寻常、非常新颖的。当然,这些深入、新颖的观点并非全是他个人的观点,对此他也从来不加隐瞒,如他在文章中就不止一次提到美国学者谟尔(George F. Moore)所著的《旧约之文学》,显然是他的案头之书。然而当时能

---

① 周作人著,止庵校订:《知堂回想录》(上),河北教育出版社2002年版,第167页。
② 周作人著,止庵校订:《知堂回想录》(下),河北教育出版社2002年版,第788页。
③ 周作人著,止庵校订:《艺术与生活》,河北教育出版社2002年版,第79页。
④ 周作人:《圣书与中国文学》,载止庵校订:《艺术与生活》,河北教育出版社2002年版,第39页。

够阅读这类参考书的人在国内也是凤毛麟角。

周作人对于欧美学者很早就将《圣经》作为文学来研究的做法也非常欣赏，并认为这对中国学者非常具有启发性，因为"中国的经学不大能够离开了微言大义的。"①确实，中国历代的学者、选家从来没有也不敢这么做，只有当胡适在《中国哲学史大纲》中将孔子和其他诸子放在平起平坐的位置上之后，现代文学研究者们才尝试将《论语》《孟子》作为先秦散文作品来看待。从这个角度来看，周作人将儒家经典和《圣经》进行比较也就具有了某种开创性的意义：

> 《新约》是四书，《旧约》是五经，——《创世纪》等纪事书类与《书经》《春秋》，《利未记》与《易经》及《礼记》的一部分，《申命记》与《书经》的一部分，《诗篇》《哀歌》《雅歌》与《诗经》，都很有类似的地方。②

这种文学上和文化的比较可能显得比较粗糙，但无疑具有启发性，特别是《哀歌》《诗篇》和《雅》《颂》具有很强的可比性。此外，古代的《圣经》学者和中国古代的经师在阐发经典的微言大义上也有异曲同工之妙。如前文提到的关于《雅歌》的解释与关于《关雎》的解释就大有"人同此心"的特点。也许这种比较的意义还不在于具体的问题本身，它开辟了一种新的文学研究方法，周作人无疑是中国比较文学的先驱之一。

三

中国历史上有多次反基督教的事件，原因多种多样。1922年的非基督教运动的思想背景之一是科学主义的流行。基督教学者王治心在分析这一背景时说："宗教是感情的产物，不能用'为什么'的理智来分析；以为凡不能以理

---

① 周作人：《圣书与中国文学》，载止庵校订：《艺术与生活》，河北教育出版社2002年版，第36页。

② 周作人：《圣书与中国文学》，载止庵校订：《艺术与生活》，河北教育出版社2002年版，第36页。

智分析的所谓行而上部分,都是非科学的;都在排斥之例;只有科学才是万能的。"①陈独秀的唯物主义、胡适的实验主义是当时唯科学主义的主要思想后盾。

周作人在南京和日本时期都学过现代科学,但并不认为科学可以解决一切问题,他后来弃科学而从事文学本身就是最好的说明。与鲁迅一样,他认为根治人心是更为重要和急迫的事业,文学是手段之一,宗教也是手段之一,他在西山养病时写给孙伏园的信中曾表达过这样的想法:"要一新中国的人心,基督教实在是很适宜的。极少数的人能够以科学艺术或社会的运动去替代他宗教的要求,但在大多数是不可能的。我想最好便以能容受科学的一神教把中国现在的野蛮残忍的多神——其实是拜物——教打倒,民智的发达才有点希望。"②周作人的这一想法很可能来自章太炎、鲁迅的影响,章太炎曾希望用佛教来拯救人心,并曾约周氏兄弟一同去学梵文,鲁迅在《破恶声论》中也提出过"伪士当去,宗教当存"的看法。但具有反讽意味的是,无论是章太炎、鲁迅,还是周,都不信宗教,也无意成为宗教家,新文化运动没有以宗教革命而是以文学革命作为契机,可以由此得到某种解释。

如果说早年的周作人还对基督教抱有一线希望的话,那么随着中国与帝国主义列强矛盾的加深,这种希望则完全破灭。反基督教运动的另一大背景是反帝国主义,因为基督教与帝国主义在很多人看来是互为表里的,反对基督教是作为反对帝国主义的手段之一,当周作人几年后认识到这一点后,他对反基督教运动的合理性也表示了某种承认,在1927年的一篇文章中他写道:"今当中国与华洋帝国主义殊死斗之时,欲凭一番理论一纸经书,使中国人晓然于基督教与帝国主义之本系截然两物,在此刻总恐怕不是容易的事吧。城门失火,殃及池鱼,对于基督教固然不能不说是无妄之灾,但是没有法子,而且这个责任还应由英国负之,至少也应当由欧洲列强分负其责。"③基督教在近代是伴随着帝国主义的炮舰来到中国的,这不可能不影响中国人对它的反应。即

---

① 王治心:《中国基督教史纲》,上海古籍出版社 2004 年版,第 226—227 页。
② 周作人:《山中杂信(六)》,载止庵校订:《雨天的书》,河北教育出版社 2002 年版,第144—144 页。
③ 周作人:《关于非宗教》,载止庵校订:《谈虎集》,河北教育出版社 2002 年版,第248 页。

使抛开这一原因,作为一个与中国传统思想差异很大的思想体系,它的许多观念也很难为中国人所很快接受。周作人对基督教义中的人道主义颇为赞赏,但也并非全盘接受,他就曾对"爱邻如己"的原则提出过异议:"如不先知自爱,怎能'如己'的爱别人呢? 至于无我的爱,纯粹的利他,我以为是不可能的。"①成己然后才能成人,己达然后才能达人,周作人的思想中儒家的成分仍然不少,正如他自己所承认的那样。

作为新文化运动时期最重要的文学研究家,周作人可以抛开纷扰的时势,投入纯学术的研究,他对古今中外的文学做过深入考察后发现,"文学的发达,大都出于宗教"②,所以宗教虽然与科学不合,但与文学却有紧密的联系,特别是西方文学与基督教的关系更是如此,对此他曾有一段精彩的论述:

> "使他们合而为一;正如你父在我里面,我在你里面,使他们也在我们里面。"(《约翰福音》第十八章二十七节)这可以说是文学与宗教的共通点的所在。托尔斯泰着的《什么是艺术》,专说明这个道理,虽然也有不免稍偏的地方,经克鲁泡特金加以修正,(见《克鲁泡特金的思想》内第二章《文学观》)但根本上很是正确。他说艺术家的目的,是将他见了自然或人生的时候所经验的感情,传给别人,因这传染的力量的薄厚合这感情的好坏,可以判断这艺术的高下。人类所有最高的感情便是宗教的感情;所以艺术必须是宗教的,才是最高上的艺术。③

《圣经》对于西方作家来说,确实是一部"伟大的法典"("The Great Code"),不理解这部法典,就无法理解西方的文学。五四前后周作人在翻译、介绍、研究西方文学方面的突出成就同他对《圣经》的研究关系很大,于此得益匪浅。

(本文原载于《苏州科技学院学报》2010 年第 2 期)

---

① 周作人:《人的文学》,载止庵校订:《艺术与生活》,河北教育出版社 2002 年版,第 12 页。

② 止庵编:《周作人讲演集》,河北人民出版社 2004 年版,第 64 页。

③ 周作人:《圣书与中国文学》,载止庵校订:《艺术与生活》,河北教育出版社 2002 年版,第 34—35 页。

西方中世纪季节辩论诗初探

—

　　季节的变换是西方中世纪辩论诗的重要主题,作为最容易为人所觉察的自然景象,季节的变换当然不可能迟至中世纪才进入诗人的视野,古希腊的诗人早就有歌咏季节的诗篇,斯特西科罗斯的诗篇虽然已经残缺,但还是可以让我们看到这样的歌咏春天的诗行:

　　　　我们应找出弗利基亚的柔和曲调,

　　　　对美发的喜悦女神唱颂歌,

　　　　春天快来到了。

　　　　……春日里燕子呢喃细语。①

　　春天让人产生放歌的冲动,是因为冬天确实是太漫长和压抑了。赫西奥德在《工作与时日》(或译《农事与农时》)这首长诗中就曾对让人痛苦的冬天做过生动细致的描绘:

　　　　勒奈月,天时恶,日日风吹牛皮裂,

　　　　宜防备,北风起,吹向大地,

　　　　吹来严寒霜冻,令人痛苦难耐。

　　　　这风经育马之邦色雷斯吹来,

　　　　在海上掀起巨浪。大地和森林呼啸。

---

　　① 水建馥译:《古希腊抒情诗选》,人民文学出版社 1988 年版,第 155、13 页。

这风把山谷中高大的橡树和松杉

吹得紧紧贴近养育万物的大地。

一时间千树万木发出巨吼。

野兽发着抖,吓得尾巴夹在腹下,

就连那些有厚毛蔽体的动物,

严寒也钻进它们毛茸茸的胸脯。①

　　这里冬天被描写得很可怕,但冬天也有它银装素裹、分外妖娆的可爱的一面;同样的,春天也并非全是好处,也有恼人的地方:蚊虫叮咬,疾病传播。古代的其他诗人们对这两个季节也有过不少出色的描写,但也都像上述两位诗人一样,只是把它们作为被动描写的对象,似乎从来没有想到让这两个季节主动地表白一下自己,以及面对面地一争高下。

　　古希腊人并不缺少辩论的精神和辩论的作品,柏拉图的对话录,除少数几篇外,几乎都是以苏格拉底与有关人物的辩论展开的。亚里士多德更从理论上总结了演讲和论辩的精义,其中很多原则在今天同样是适用的,如他认为在辩论中"应当用戏谑扰乱对方的正经,用正经压住对方的戏谑"。② 但古希腊人的辩论还只是人与人的辩论,物与物以拟人化的手法进行辩论要留待中古诗人们的创作。

二

　　勃真(Nicholas Bozen)的《冬天与春天》(*De l'Yver et de l'Este*)是中世纪季节辩论诗的代表作,③作品开宗明义,首先说明"有一天我听到冬天和春天之间的一场大辩论",在诗的正文中,冬天和春天进行了三个回合的辩论:第一个回合,冬天首先发言,声称自己是万物的主宰,因为自己只要高兴,就可以使

---

① 水建馥译:《古希腊抒情诗选》,人民文学出版社1988年版,第155、13页。

② 亚里士多德著,罗念生译:《修辞学》,生活・读书・新知三联书店1991年版,第215页。

③ 版本依据 *Medieval Debate Poetry：Vernacular Works*. New York and London：Garland Publishing, Inc., 1987, pp.2-15。

风雪大作,生产停顿,人们也无法出门;对此春天回应说,冬天唯一擅长的就是以寒冷损害所有人,这毫无尊荣可言,对此洋洋自得更是毫无道理。在第二回合中,冬天说,春天同样会带来蜥蜴、癞蛤蟆、毒蛇等有害的东西,而自己对于万物的赐予是远远多于春天的;对此春天反驳说,在冬天收获的干草、小麦、豌豆等都是在春天酝酿的,冬天只能使万物凋零,而春天却能带来生机。在最后的回合中,双方继续你来我往,唇枪舌剑,互不相让。到底谁更有道理,作者没有给出答案。该诗最后以春天向少女呼吁裁决而结束。

从表面上看,这是一首冬天与春天辩论优劣的诗歌,但两个因素使我们不能仅仅停留在这一层面。其一,中世纪是一个神学至上的时代,一切(包括诗歌)都成为它的婢女,所以完全应当从宗教的角度来分析这首诗的深层含义。其二,文学具有广义的象征特性,对于任何时代的文学来说,在能指(signifier)的后面都有一个或明或暗的所指(signified),例如古代作家用夫妻恩爱来象征君臣和谐,用香草美人象征高尚和理想就是人们熟悉的例子。

中世纪正是宗教势力最强大的时期,作者本人是 14 世纪生活在英国的一位多明我会的修道士,他曾经创作过大量的宗教诗歌,《冬天与春天》这首诗同样蕴涵着浓厚的宗教意味,即使单就字面来看也是如此,当冬天指责春天也养育害虫的时候,春天回答说:

"至于你指责

我养育害虫

以及其他有害的东西,

我同样可以这样指责你,而且你的情况更糟!

但是人们并不总是对朋友

才做好事。我对万物的养育

完全代表着上帝的创造,

无论大小。"(212—220 行)

紧接着它反戈一击,进而揭露冬天的可怕面目道:

"我们也知道

你是从何而来,

你对万物施暴是理所当然:

> 我们非常清楚你是一个听差,
>
> 在深渊中的
>
> 魔鬼和他的子孙的听差。"(225—230 行)

于是,春天与冬天的对垒变成了上帝与魔鬼的对垒。上帝创造万物,而魔鬼毁灭万物,但魔鬼并非一开始就与上帝对垒,根据弥尔顿《失乐园》中的描写,魔鬼撒旦先前曾经是天使长,到后来才因为反抗上帝而被打入地狱,而上帝创造亚当夏娃正是为了取而代之。既然上帝创造万物,那么魔鬼也不在其外,所以冬天与春天或者也可以视为象征着上帝的复杂性,亦即慈眉善目和金刚怒目的两面。这在《旧约》中可以看到很多例子,例如在《创世纪》中,上帝对于人类的始祖亚当可谓疼爱有加,为了害怕他孤独,造出夏娃与他做伴,但是一旦两人犯下原罪,上帝便毫不留情地将他们逐出伊甸园,没有给予他们任何悔过的机会。上帝对于自己的"选民"以色列人同样是爱憎分明,正如约书亚在临终前对民众所说:"你们不能事奉耶和华,因为他是圣洁的神;他是嫉妒的神,他必不赦免你们的过犯和罪恶。如果你们离弃耶和华,去事奉外族人的神,那么在耶和华赐福给你们之后,他必转而降祸与你们,把你们消灭。"(《约书亚记》24:19-20)同样,《失乐园》里的撒旦对于上帝的两面性也有清醒的认识:

> 因为他无论在高天或在深渊,
>
> 都已确定,始终是唯一君临的
>
> 独裁君主,他的帝国绝不因
>
> 我们的反叛而丧失尺寸土地,
>
> 反之,他还将扩张到地狱来,
>
> 用铁杖治理我们,像在天上
>
> 用金杖治理天国的民众。①

这里"铁杖"表示严峻无情,而"金杖"表示恩爱,非常形象地写出了上帝恩威并用的统治手段。无论是天上的上帝,还是地上的君主,总是恩威并举,两手都很硬的,该打压的时候就打压,该怀柔的时候就怀柔,完全根据形势来

_____

① 弥尔顿著,朱维之译:《失乐园》,天津人民出版社 1996 年版,第 57 页。

定。关于后者,《伊索寓言》中一个著名的故事非常能说明问题:"北风和太阳比谁更厉害,两人达成协议,谁如果能最先让一个走路的人脱掉衣服,谁就为赢。北风首先试它的威力,用尽力气呼呼地吹,但是它吹得越厉害,那走路人就把身上的衣服裹得越紧。最后北风舍弃了取胜的希望,让太阳来,看看它能怎么办。太阳一下子放出它的所有的热量。走路人忽然感觉到阳光的热量,就一件一件地开始脱衣服,直到最后觉得太热了,索性就把衣服全部脱掉,跳到路边一条小河里去洗澡。"①故事中的太阳和北风正可以和本诗中的春天与冬天相对应,勃真很可能从这一寓言中获得了某种灵感。

同样地,勃真这首诗及其所代表的传统也给后来的诗人以灵感。莎士比亚《爱的徒劳》就是以"春之歌"与"冬之歌"的对唱结束全剧的:

春之歌

当杂色的雏菊开遍牧场,蓝的紫罗兰,白的美人衫,还有那杜鹃花吐蕾娇黄,描出了一片广大的欣欢;听杜鹃在每一株树上叫,把那娶了妻的男人讥笑:咯咕! 咯咕! 咯咕! 啊,可怕的声音! 害得做丈夫的肉跳心惊。当无愁的牧童口吹麦笛,清晨的云雀惊醒了农人,斑鸠乌鸦都在觅侣求匹,女郎们漂洗夏季的衣裙;听杜鹃在每一株树上叫,把那娶了妻的男人讥笑:咯咕! 咯咕! 咯咕! 啊,可怕的声音! 害得做丈夫的肉跳心惊。

冬之歌

当一条条冰柱檐前悬吊,汤姆把木块向屋内搬送,牧童狄克呵着他的指爪,挤来的牛乳凝结了一桶,刺骨的寒气,泥泞的路途,大眼睛的鸱鸮夜夜高呼:哆呵! 哆喊,哆呵! 它歌唱着欢喜,当油垢的琼转她的锅子。当怒号的北风漫天吹响,咳嗽打断了牧师的箴言,鸟雀们在雪里缩住颈项,玛利恩冻得红肿了鼻尖,炙烤的螃蟹在锅内吱喳,大眼睛的鸱鸮夜夜喧哗:哆呵! 哆喊,哆呵! 它歌唱着欢喜,当油垢的琼转她的锅子。②

这里的"春之歌"与"冬之歌"已经没有多少宗教象征的寓意,春天和冬天所代表的是浪漫的爱情与禁闭的苦修,它们之间的冲突正是该剧最主要的戏

① 白山译:《伊索寓言》,北京燕山出版社 2005 年版,第 123 页。
② 《莎士比亚全集》(第 2 卷),人民文学出版社 1978 年版,第 281—283 页。

剧冲突。虽然戏剧结束时,"春天"还没有完全战胜"冬天",但前者的优势已经异常明显。弗莱(Northrop Frye)在分析莎士比亚戏剧的特点时发现,他的不少喜剧都弥漫着春天战胜冬天的气氛,特别是那些将情节安排在森林中的喜剧如《维罗那二绅士》《仲夏夜之梦》《皆大欢喜》《温莎的风流娘儿们》等更是如此,所以他将莎士比亚的喜剧称为"绿色世界的戏剧",并进而将喜剧称为"春天的叙事结构",①是不无道理的。

三

由此联想到有着悠久历史的中国文学,双方的辩论较量也曾大量出现,例如汉代的大赋以及后代的仿作,历来采用主、宾对话互相较量的格局来写,但那是人和人之间的辩论,而甚少出现欧洲中世纪常见的灵魂与肉体、动物、植物之间的辩论,更没有出现过季节之间的辩论。

但是后来也出现了动物、精魅和神灵之间的对话和论争。其详细情况这里无从深论,只需举两个例子便可见一斑。一是"建安之杰"曹植的《鹞雀赋》——

> 鹞欲取雀。雀自言:"雀微贱,身体些小,肌肉瘠瘦,所得盖少。君欲相啖,实不足饱。"鹞得雀言,初不敢语,"顷来辗轲,资粮之旅。三日不食,略思死鼠。今日相得,宁复置汝!"雀得鹞言,意甚怔营:"性命至重,雀鼠贪生。君得一食,我命是倾。皇天降监,贤者是听。"鹞得雀言,意甚恒愧。当死毙雀,头如蒜颗。不早首服,揿颈大唤……

传世本《鹞雀赋》已经残缺不全,以上所引是比较成片段的,其中虽然仍有些短缺之处,但大意可以理解。弱肉强食,生死拼搏,这里显然有着强烈的象征性,有着曹植本人惨烈遭遇的影子。

陶渊明的《形影神》则是中国古代以诗歌形式安排辩论的著名篇章。诗

---

① [加拿大]诺思罗普·弗莱(Northrop Frye)著,陈慧等译:《批评的解剖》,百花文艺出版社 2006 年版,第 263 页。

凡三章,由形、影、神分别发言,其中形和影是尖锐对立的,神对他们二者皆有深刻的批判。诗云:

形赠影

天地长不没,山川无改时。草木得常理,霜露荣悴之。

谓人最灵智,独复不如兹。适见在世中,奄去靡归期。

奚觉无一人,亲识岂相思?但馀平生物,举目情凄洏。

我无腾化术,必尔不复疑。愿君取吾言,得酒莫苟辞。

影答形

存生不可言,卫生每苦拙。诚原游昆华,邈然兹道绝。

与子相遇来,未尝异悲悦。憩荫苦暂乖,止日终不别。

此同既难常,黯尔俱时灭。身没名亦尽,念之五情热。

立善有遗爱,胡为不自竭。酒云能消忧,方此讵不劣?

“形”讲生命是短暂的,劝人及时行乐;“影”则针锋相对地宣传只有“身没名亦尽”才是真正可悲的事情,应当争取确立身后之名,如此才能不朽。这些思想陶渊明都曾经有过。第三首《神释》则是总结性的发言,代表陶渊明本人晚年终于悟道以后的正面主张:

大钧无私力,万理自森著。人为三才中,岂不以我故?

与君虽异物,生而相依附。结托既喜同,安得不相语。

三皇大圣人,今复在何处?彭祖爱永年,欲留不得住。

老少同一死,贤愚无复数。日醉或能忘,将非促龄具?

立善常所欣,谁当为汝誉?甚念伤吾生,正宜委运去。

纵浪大化中,不喜亦不惧。应尽便须尽,无复独多虑。

在这里陶渊明指出“形”的现时享乐主义不过是怕死,单纯的享乐其实无助于养生,饮酒过量徒然伤身。而“影”的孜孜求名、有意立善,则不过是为虚名所拘,喜欢追求荣誉而已。

晚年陶渊明认为,最高的人生态度在于听其自然,委运任化。享乐也罢,为善也罢,都无不可,但不必孜孜以求,只应随遇而安,乐天知命。“神”的意见综合了“形”与“影”而又超越了它们,达到一种与大化同步运行的“不喜亦不惧”的超人境界。同许多中国文人一样,陶渊明没有任何宗教信仰,虽然他头脑里确有矛盾,但终于用自己独特的方式化解了人生的困境,所以他这一组诗中虽有辩论,最后还是得出了一个明智的古代中国式的结论。

中国古代诗歌中似未出现过季节之间的辩论,但这并不意味着中国人对季节的变化和差异的感受没有欧洲人强烈。事实上,中国作家常常因季节和物候的变化而触景生情。孔颖达解说《毛诗大序》云:"包管万虑,其名为心,感物而动,乃呼为志。志之所适,外物感焉"(《毛诗正义》卷一)。进入儒学正宗的"物感说"实以中古时代的理论成果为其先导,齐梁时代的文论家非常重视客体对于诗人的感发作用,刘勰《文心雕龙》中专设《物色》一篇,深入地讨论了自然景物如何触发了诗人;钟嵘在《诗品序》中也说:"若乃春风春鸟,秋月秋蝉,夏云暑雨,冬月祁寒,斯四候之感诸诗者也。"从某种意义上说,诗人是最先感觉到季节变化的人。

中国诗歌中有很多将春天和冬天对举的诗句,最著名的可能莫过于《诗经·小雅·采薇》中的"昔我往矣,杨柳依依,今我来思,雨雪霏霏。"如果说,在勃真的那首诗中,冬天与春天的辩论作为能指,目的是为了指向宗教的寓意;那么,在这首中国古诗中,对冬天与春天景物的描写也只是作为人物心情的背景和衬托。中外这两种写诗的路径当然很不同,但二者之间仍然具有某种相似相通之处:季节和景物全都不单单是它们本身。

(本文原载于《宁夏师范学院学报》2010 年第 1 期)

论赛珍珠建构中国形象的写作策略

赛珍珠(Pearl S.Buck,1892—1973)①是第一位获得诺贝尔文学奖的美国女作家,也是第一位因描写中国而获奖的西方作家。在赛珍珠之前,许多西方作家都曾在作品中描写过中国。但是他们笔下的中国,不管是作为被丑化的对象,还是被赞美的对象,总是根据他们自身的需要,而并非中国的实际来描写的。而西方的小说家们,正如赵家璧所说,更是"凭了有限的经验,加上丰富的幻想力,渗入了浓厚的民族自尊心"②而大写中国的。赛珍珠的写作则与此相反,她代表了一种真正去了解异国并诉诸笔端的新的写作姿态。为了建构起新的中国形象,赛珍珠采取了与以往完全不同的书写策略,从而使作品表现出一种前所未有的写作风貌。

一、叙事模式的转变

赛珍珠的第一部小说题作《一个中国女子说》(*A Chinese Woman Speaks*)。③根据彼德·康的看法,"题目本身就是一次绝对的女性主义断言,概括着赛珍

---

① 赛珍珠婚前英文名为 Pearl Comfort Sydenstricker,1917 年嫁给 John Lossing Buck 时改姓为 Pearl S.Buck。尽管 1935 年改嫁 Richard Walsh,但她仍沿用原名 Pearl S.Buck,其中文名赛珍珠系她父亲 Absalom Sydenstricker(中文名赛兆祥)为她所起。

② 赵家璧:《勃克夫人与黄龙》,《现代》1933 年第 3 卷第 5 期,第 639 页。

③ 后与增加的第二部分合并成《东风·西风》(*East Wind,West Wind*)。

珠要为无声的中国女性说话的先锋式愿望。"①其实,即便不计较性别,这句话也是成立的,即:赛珍珠要为无声的中国说话。这是她与前人完全不同的创作目的。

题目本身同时也告诉我们,小说是用第一人称来叙事的,并且叙事者是一个中国女子。这在同时期关于亚洲题材的小说中是个首创,所以彼德·康才有上述的看法。确实,对一个西方作家来说,用一个中国人作为第一人称来叙事,此前可能只出现在书信体小说如《世界公民》《哥尔斯密的朋友再度出洋》这样寥寥可数的作品中,而用一个中国女子作为第一人称的叙事者则从未有过。在这样的叙事角度下,一些原先的模式被颠覆了。这位中国女子是这样述说她第一次见到一个成年外国人的:

> 我看出他是男人,他的穿的同我丈夫的一样。令我感到恐惧的是,他头上没长和其他人一样又黑又直的头发,竟是顶着一脑袋红茸茸的羊毛!他的眼睛像是被海水冲刷过的石子,鼻子高高地耸立在脸的中央。哦,他看起来真可怕——比庙门口的北天神还要丑陋吓人!②

这里中国人的形象成为标准,而西方人却成为不正常的取笑对象。虽然赛珍珠以后的中国题材小说都是采用第三人称叙事,但是我们还是可以确认叙事者是中国人,而不是一个西方人。让我们举《大地》中对阿兰的外貌叙述为例:

> 她的脸方方的,显得很诚实,鼻子短而宽,有两个大大的鼻孔,她的嘴也有点大,就象她脸上的一条又深又长的伤口。她的两眼细小,暗淡无光,充满了某种没有清楚地表现出来的悲凄。这是一副惯于沉默的面孔,好像想说什么但又说不出什么。③

在这里,我们不再看到"斜挑的眉毛""上吊的双目"或"细长眼"等西方关于中国人外貌描写的套话,而是一种用中国人的目光观察和描写中国人面目的努力。

---

① [美]彼德·康(Peter Conn)著,刘海平等译:《赛珍珠传》,漓江出版社1998年版,第93页。

② 赛珍珠著,钱青等译:《东风·西风》,漓江出版社1998年版,第440页。

③ 赛珍珠著,王逢振等译:《大地三部曲》,漓江出版社1998年版,第16、793—793页。

赛珍珠作品中叙事者的中国人身份从描写西方人的段落中看得尤其清楚,而且在这样的段落中,叙事者还常常将自己的视角转换成作品中中国人物的视角。比如《分家》中王源第一次去一位美国老师家做客是这样被叙述的:

> 虽然那晚他第一次进入这所房子,他觉得自己已非常习惯于这所房子和这些人,以致忘了他们属于不同的种族。但他还是不时发现某种陌生而奇怪的东西,一种他不能理解的异国风情。后来,他们走进一个小一些的房间,在一张椭圆形的桌子旁坐了下来,晚餐已准备好,正放在桌子上。源拿起汤匙准备吃,但他看见别的人似乎都不慌不忙,一会儿那老人低下了头,源不懂这种事,他东张西望,看看会发生什么。那老人好象对无形的神在大声祈祷什么,虽然只说了几个词,但却充满了感情,好象他由于接受了一件礼物而感谢某个人。在此之后再没有什么别的仪式了。他们开始吃,源这时没有问任何问题,但他后来在谈话中问起了这件事,并得到了回答。①

饭前祈祷是西方人司空见惯的习俗,但这里叙事者显然不明白这一习俗,同时还借用王源的眼光来描写老人的举动,使本来在西方人眼里十分神圣的事情看上去带有几分幽默甚至是滑稽的色彩。这一类的描写在赛珍珠以前作家的作品中是极为少见的,在他们的作品中,总是用西方的眼光来看待一切,西方人的言行成为标准和正常的,而中国人的一言一行通过西方人的眼光被描述成滑稽可笑,甚至是丑陋的形象。赛珍珠却反其道而行之,用中国人的眼光来衡量一切,这样中国人的外貌言行在赛珍珠的笔下就再正常不过了,而偶然涉及的西方人有时倒是奇怪甚至是丑陋的。这不能不说是叙事模式转变所带来的新风貌。

二、民俗描写

赛珍珠作品的另一个特色是大量的中国民俗描写,这在赛珍珠以前美国

---

① 赛珍珠著,王逢振等译:《大地三部曲》,漓江出版社 1998 年版,第 16、793—793 页。

作家的笔下是很难看到的。这些描写表明,赛珍珠不仅要向英语世界的读者介绍中国人,还要给出中国生活的背景。

根据民俗学的分类,民俗生活相大致有三种类型:有形物质民俗生活相(包括衣食住行、生产、交易),无形心意民俗生活相(主要表现在占卜、图腾、崇拜、信仰、禁忌、迷信、宗教等形态中),行为的社会民俗生活相(主要表现为天时生活相,如岁时节令生活形态;礼俗生活相,主要是生婚丧寿生活形态;娱乐生活相等)。① 这些在赛珍珠的每一部作品中都能找到,尤其集中在《大地》和《群芳亭》中。

赛珍珠对民俗描写的重视可以从下列事件中看出。1931 年《大地》在美国出版后,旅居美国的中国学者江亢虎发表文章,列举了不少细节,说明赛珍珠作品中的民俗描写与中国的实际有出入。赛珍珠立即以她的亲眼所见予以答复,②并说明了自己在细节上的小心翼翼:"因此,我特意选择自己所最熟知的民俗进行描写,目的是为了对至少一个地域来说不失其真实性。不仅如此,我还将自己的描写读给这个地域的中国朋友听,以求印证。"③看来双方是各执一词,究竟谁是谁非,让我们举例说明。

《大地》中叙述的泡茶方式是:"拿出十来片拳曲了的干叶子,撒在开水上面。"④江亢虎认为这"连乡下人都会感到诧异的,因为中国人总是用开水冲泡茶叶的"。⑤ 赛珍珠就此答辩道:"在被用作《大地》背景的那个地区,茶叶是很稀罕的,很少几片茶叶浮在开水面上的情景,我看到过好几百次。"⑥当年的

---

① 参阅陈勤建:《文艺民俗学导论》,上海文艺出版社 1991 年版。

② 两人的文章被刊登在《纽约时报》(*New York Times*)1933 年 1 月 15 日书评版上。在两篇针锋相对的文章前面编者有如下"按语":"下面这篇文章讨论赛珍珠的小说,它的作者是麦吉尔大学(McGill University)中国学教授,该文从《中国基督教学生》(*The Chinese Christian Student*)1932 年 12—12 月号转载。赛珍珠应约所写的答复江教授批评的文章,刊在江文下面。"*New York Times Book Review*,Jan.15,1933,p.2.

③ Buck P. Mrs.Buck Replies to Her Chinese Critic. *New York Times Book Review*,Jan.15,1933,p.2.

④ 赛珍珠著,王逢振等译:《大地三部曲》,漓江出版社 1998 年版,第 5 页。

⑤ Kiang K H. A Chinese Scholar's View of Mrs.Buck's Novel. *New York Times Book Review*,Jan.15,1933,p.2.

⑥ Buck P. Mrs.Buck Replies to Her Chinese Critic. *New York Times Book Review*,Jan.15,1933,p.2.

争论到此为止,问题也就留给了后人。当代学者刘龙经过实地调查后发现,"赛珍珠在《大地》中所写农民饮茶的方式习惯,不仅符合当地当时民俗,而且时隔半个多世纪,现在宿县仍有尚未完全脱贫的若干农民还保持着这种'先倒水,后放茶叶'的习俗。"①由此可知,江亢虎对其他民俗细节的指责也恐怕是站不住的。

丁帆在考察世界范围内的"乡土小说"时提到了赛珍珠的小说《大地》,认为:"它在外国人眼里似乎是部描写中国的'乡土小说',然而在中国人眼里却没有多少乡土味,其原因是作者只了解普遍中国农民的生存境况,而不懂得某一地区的风土人情生活习俗,以及宗教文化等。"②这样的评价不仅有失公允,而且不无苛刻。"乡土小说"的基本要求是"地方色彩"和"风俗画面"。如上所述,赛珍珠的作品并不缺少"风俗画面"的描写,说到"地方色彩",可能确实薄弱一些。但是这两方面需要做到什么程度才能算"乡土小说"是可以讨论的。对于一个西方作家写中国要求不应该太高,赛珍珠已经难能可贵了。从赛珍珠的经历和描写来看,她作品中的中国民俗基本上可以被认为是以安徽、江苏一带为主。

三、人物选择

在赛珍珠的作品中,主角几乎都是中国人,而西方人则是次要角色,且多以来华传教士的身份出现。这就颠倒了以往常见的以美国白人为主角、中国劳工为配角的人物主次关系。赛珍珠的小说也由此成为真正意义上的"中国小说"。此外,西洋主人、中国仆人的常见模式也为赛珍珠所不取。

在中国人当中,赛珍珠首先选择了占中国人口大多数的农民作为描写的重点,让中国的主体出现在西方读者面前。在赛珍珠之前,几乎没有美国和欧洲的作家严肃地描写过中国农民。其实就是中国作家,也是到了五四时期才

① 刘龙:《〈大地〉中的茶俗描写》,《河南师范大学学报》1994年第2期,第75页。
② 丁帆:《中国乡土小说史论》,江苏文艺出版社1992年版,第10页。

开始真正去描写农民。在 18、19 世纪欧洲作家的笔下,我们看到的几乎都是对"开明君主""儒官""吟诗的少女""中国智者"的描写,①而在 19 世纪美国作家笔下,我们看到的则是苦力和劳工。

其次,赛珍珠的作品中出现了对中国女性的描写,上至慈禧太后,下至普通村妇。不仅如此,这些描写还相当成功,正如诺贝尔奖授奖词中所说:"赛珍珠的女性形象给人留下了最强烈的印象。"②这在此前美国作家那里是完全不可能的,因为去美国的中国劳工几乎是清一色的男性,所以女人根本无缘在他们的作品中出现。这样,赛珍珠对中国女性的描写就拓展了美国文学的题材范围。

18、19 世纪西方人心目中的中国妇女是以一种女才子的形象出现的。她们裹着小脚,养在深闺,吟诗作画。对这一形象最好的文学表达莫过于戈蒂耶的《中国之恋》了:

> 此刻我心爱的姑娘在中国;
>
> 她与年迈的双亲为伴,
>
> 住在一座细瓷塔中,
>
> 在那鱼鹰出没的黄海畔。
>
> 她的双眼微微上挑,
>
> 小脚可握在手中把玩,
>
> 黄皮肤比铜灯还清亮,
>
> 长指甲用胭脂红涂染。
>
> 她把头探出窗栏外,
>
> 燕子就飞来与她亲热呢喃,
>
> 每晚,她如同诗人一般,
>
> 将垂柳与桃花咏叹。③

这一形象在西方人的文化记忆中扎根很深。根据法国学者米丽耶·德特利的研究,虽然 19 世纪法国作家笔下的中国形象开始发生变化,但是中国女

---

① 参阅罗芃等著:《法国文化史》,北京大学出版社 1997 年版,第 457—464 页。

② "授奖词",《大地三部曲》附录,漓江出版社 1998 年版,第 950 页。

③ 转引自罗芃等著:《法国文化史》,北京大学出版社 1997 年版,第 459—460 页。

才子的形象却保持不变。①

通过赛珍珠的描写，20 世纪的西方人看到的是另一种中国妇女：她们基本不识字，每天面朝黄土、背朝天，光着大脚丫在田里干活。

最后，赛珍珠作品中的中国人物无一例外地都生活在家庭之中。《大地》的第一句话就是："今天是王龙成亲的日子。"——一个新的家庭就要诞生了。赛珍珠几乎每一部描写中国的小说都是围绕家庭展开的，而且总是至少三世同堂。在这样的大家庭里，父子、夫妻、兄弟、婆媳种种关系都涉及了，再加上这些人与社会上其他人的联系，家庭真正成了整个社会的缩影。在赛珍珠之前的美国文学中，由于没有中国女性人物，也就没有中国家庭，也就更谈不上对中国社会的描写了。

四、语言风格

《赛珍珠传》中记录了这样一件事情：在接下《东风·西风》后，编辑沃尔什圈出一百多处地方建议赛珍珠改进。赛珍珠几乎全都答应，没有半句怨言。但是对于其中涉及汉语用法的一处地方，赛珍珠坚持己见，不肯改动。沃尔什不同意在描写葬礼场面时出现这样的叹语："啊，我的亲娘哪（Oh, my mother）！"赛珍珠反驳说，她这是逼真地再现了中国人哭诉死人时反复使用的叹语，这种用语是必要的修辞手法。② 此后，赛珍珠在小说中一直坚持使用这一手法，试举几例：

中文	英文
"老骨头"（咒骂丈夫）	old bone
"孩子他妈"（称呼妻子）	my son's mother
"借光"（请求让路）	borrow light

---

① ［法］米丽耶·德特利（Millet Daiteri）：《19 世纪西方文学中的中国形象》，载孟华主编《比较文学形象学》，北京大学出版社 2001 年版，第 244—246 页。

② ［美］彼德·康（Peter Conn）著，刘海平等译：《赛珍珠传》，漓江出版社 1998 年版，第 129 页。

"有喜了"(指称怀孕)	have happiness
"阿弥陀佛"(表示庆幸、侥幸)	O-mi-to-fu

除了人物的对话,赛珍珠还在叙事过程中尽可能地再现中国人的语言,采用的同样是直译乃至硬译的手法。比如:

中文	英文
英国、美国	Ying Country, Mei Country
左右(指手下人)	the right and left
黄泉	Yellow Spring
八股文	eight-legged essay
走狗	running dog
电报	electric letter
东张西望	look from east to west

赛珍珠大量地采用这样一些不符合英文表达习惯的词汇,目的在于让不懂中文的西方读者了解中国人的思维方式和语言特色。这与一写到中国劳工,便立即转换成半通不通的洋泾浜英语的写作风格,相差简直不可以道里计。

五、对中国古典小说的模仿

赛珍珠从小就喜欢读中国古典小说。从她的诺贝尔奖受奖演说《中国小说》中,我们推断她读过的中国小说至少包括《水浒传》《三国演义》《红楼梦》《西游记》《封神演义》《儒林外史》《镜花缘》《金瓶梅》《野叟曝言》等作品。赛珍珠在演讲中谈到《水浒》《三国》和《红楼》时,竟然下了这样的断语:"我想不出西方文学中有任何作品可以与它们相媲美。"①这一说法可能过于武断,但足见赛珍珠对中国小说的崇拜。

在所有的小说中,赛珍珠最喜爱最崇拜的要算《水浒传》了。1927 年到

---

① 赛珍珠:《中国小说》,《大地三部曲》附录,漓江出版社 1998 年版,第 968 页。

1932 年她用了整整四年的时间翻译了《水浒传》(七十回本) 全文,这是最早的英语全译本。该书于 1933 年在美国纽约和英国伦敦同时出版,改书名为《四海之内皆兄弟》,在欧美风靡一时。此书于 1937、1948、1957 年在英美都曾再版,有些国家还据赛珍珠译本转译成其他文本。[①]

　　赛珍珠利用自己对中国古典白话小说的熟悉,在创作中尽量模仿,使自己的中国题材作品具有了中国味,这更让此前的作家望尘莫及。我们以几部小说的开头结尾为例来予以说明。在开头部分,赛珍珠很少采用西方小说中常用的大段景物描写,而是采用中国古典白话小说的"开门见山"式。她的几部最重要的小说是这样开头的:

　　　　今天是王龙成亲的日子。(《大地》)

　　　　王龙快要死了。(《儿子》)

　　　　王虎的儿子王源就这样走进了他祖父王龙的土屋子。(《分家》)

　　　　林郯抬起了头。(《龙子》)

　　　　今天是她四十岁的生日。(《群芳亭》)

　　同这样质朴的开头相类,赛珍珠也酷爱中国古典白话小说的"无所收场的收场",这种收场不同于西方小说"解决了一切"的结尾,[②]它戛然而止而又充满深意。赛珍珠的小说也常常具有这样的特点。例如《大地》的结尾是这样的:

　　　　"当人们开始卖地时……那就是一个家庭的末日……"他(按:指王龙)断断续续地说,"我们从土地上来的……我们还必须回到土地上去……如果我们守得住土地,我们就能活下去……谁也不能把我们的土地抢走……"

---

① 参阅郑公盾:《〈水浒传〉在国外的流传》,《中国比较文学》1985 年第 1 期。

② 赛珍珠认为这两种不同的结尾构成了"东西小说最矛盾的一点":"在西洋,我们就喜欢去知道故事的收场,我们要知道谁与谁结婚,谁死了,每个人的结局都要知道,于是我们掩着书儿满意了,忘掉了,于是再去找第二本。因为这小说既解决了一切,我们就无庸去再想。在中国人,就喜欢想下去。……这也许中国人所以把他们有名的小说,趣味无穷的念了再念到几百遍的理由了,他们像是常可以在那儿找到新东西的。我得说,假若一个人养成了这种中国人的口味,再读我们的西洋小说,就很明显是味同嚼蜡了。"虽然赛珍珠的比较有夸大中西小说差异的嫌疑,但是我们不难看出她对小说结尾的重视和对中国小说的偏爱。赛珍珠著,小延译:《东方,西方与小说》,《现代》1933 年第 2 卷第 5 期,第 672 页。

老人的眼泪流下了他的面颊,干了以后,脸上留下一道道泪痕。他弯下身抓起一把泥土,攥着它,喃喃的说道:

"如果你们把地卖掉,那就完了。"

他的两个儿子扶着他,一边一个,抓着他的胳膊。他手里紧紧地攥着那把温暖松散的泥土。大儿子和二儿子安慰他,一遍又一遍地说:

"不要担心,爹,这一点你可以放心——地决不会卖掉的。"

但是隔着老人的头顶,他们互相看了看,然后会心地笑了。①

地到底卖了没有,王龙最后的命运如何,人们不得而知,只是预后不良。赛珍珠其他小说的结尾也有类似的效果。由此我们或许可以夸张地说,赛珍珠的小说从开头第一句到最后一句对西方读者来说都是新颖的。

在赛珍珠所有中国题材小说中,可能要算《儿子》对中国古典章回小说,特别是《水浒》的模仿最为突出了。② 全书共分二十九章,每章以叙述一个儿子的故事为主,章与章之间通过三个儿子以及三个家庭之间的经济军事利益关系和婚丧嫁娶的亲属关系而互相连属,全面地展示了三个儿子所代表的地主、商人和军阀阶级生活的全貌。在这三个阶级中,赛珍珠对军阀最不熟悉,于是她大大地借鉴了《水浒传》中的人物描写。在屋内坐着虎皮椅,出外则悬宝剑、跨良马的王虎,实际上不像个地方军阀而更像梁山泊上的头领。孩提时他读过"湖边绿林英豪"的故事,常想起"古时候(哪怕只是五百年前)好汉们携手劫富济贫的事"。他拉起一支军队,开始时手下不多不少一百零八人,与梁山好汉的数目一模一样。③ 不仅如此,小说中王虎杀死"狐狸精"的场面在很大程度上复制了宋江杀惜的情节,只是更加离奇。另外,《儿子》中还描写了能飞剑杀人的豹,能双筷钳住苍蝇的杀猪手等身怀绝技的人物,他们显然都是《水浒》人物的翻版。

综上所述,赛珍珠在作品的方方面面都表现出了写作的新风貌。事实表明,她的书写策略是非常成功的。《纽约时报》一位评论员认为,赛珍珠再现

① 赛珍珠:《大地三部曲》,漓江出版社 1998 年版,第 287 页。
② 《儿子》写于赛珍珠为英译《水浒传》文字进行润色时期。参阅彼德·康:《赛珍珠传》,第 157 页。
③ 赛珍珠:《大地三部曲》,漓江出版社 1998 年版,第 512、384 页。

了"不带任何神秘色彩和异国情调的中国,……书中找不出我们通常称之为'东方式'特征。"①对于一个中国人来说,读赛珍珠的英文原作的感觉,就像是看一个中国人在用英文描写一个个的中国故事,而如果读中文译本,则完全觉得作者是一个中国人。实际上,赛珍珠本人也承认,"在描写中国人的时候,纯用中文来织成,那在我的脑海中形成的故事,我不得不再把它们逐句译成英文。"②最早的中文译本读者,出版家和评论家赵家璧是这样描述他的阅读感受的:"除了叙写的工具以外,全书满罩着浓厚的中国风,这不但是从故事的内容和人物的描写上可以看出,文学的格调,也有这一种特色。尤其是《大地》,大体上讲,简直不像出之于西洋人的手笔。"③这应当是很高的评价了。

（本文原载于《江苏大学学报》2002 年第 2 期）

---

① ［美］彼德·康（Peter Conn）著,刘海平等译:《赛珍珠传》,漓江出版社 1998 年版,第 143 页。

② 赛珍珠著,天虹译:《忠告尚未诞生的小说家》,《世界文学》1935 年第 1 卷第 5 期,第 663 页。(该文为赛珍珠 1935 年 1 月 30 日在耶鲁大学的演讲词)

③ 赵家璧:《勃克夫人与黄龙》,《现代》1933 年第 3 卷第 5 期,第 640 页。

王佐良与比较文学

　　王佐良先生是我国 20 世纪的著名学者,1916 年生于浙江省上虞县,1939 年毕业于西南联合大学,1947 年秋赴英国牛津大学茂登学院学习,获 B.Litt 学位,1949 年 9 月回国后一直任教于北京外国语大学直至 1995 年去世。王先生在英国文学研究方面成就卓著,这多少掩盖了他在其他领域所取得的成就,比较文学便是其中之一。20 个世纪八九十年代王先生在《中外文学之间》(江苏人民出版社 1984 年版)、《论契合》(外语教学与研究出版社 1985 年版)、《翻译:思考与试笔》(外语教学与研究出版社 1989 年版)、《论新开端》(外语教学与研究出版社 1991 年版)、《论诗的翻译》(江西教育出版社 1992 年版)等多部著作中做了大量的比较文学研究,取得了丰硕的研究成果。据我粗略的考证,王先生最早的一篇有关比较文学的文章可以追溯到 1946 年("A Chinese Poet"),当时王先生还是西南联合大学外文系一名年轻的助教,可见对中西文学关系的研究贯穿了王先生一生的学术事业。晚年王先生不辞辛劳,还曾两度担任中美比较文学双边讨论会的中方代表团团长,为中国比较文学事业的复兴和走向世界作出了积极的贡献。

　　王先生有关比较文学的论文林林总总,大致可以分为两个部分。第一部分主要研究的是 20 世纪中西方文学之间的关系,这种关系可以简单地归纳为影响与接受,王先生也主要是从这两方面来着手的,如"The Shakespearean Moment in China","English Poetry and the Chinese Reader"研究的是英国作家在中国的影响,而"Lu Xun and Western Literature"则很明显是以鲁迅为个案讨论接受问题。从数量上看,王先生有多篇文章探讨中国新诗中的现代主义,这是王先生最为关心,也是用力最多的一个问题,我以为其中的两篇长文——

"Modernist Poetry in China", "The Poet as Translator"——可以作为第一部分的代表作。

在中国文学的现代化进程中,诗歌所遇到的困难要远远大于小说和戏剧,但是诗歌的现代化是不可阻挡的历史潮流,西方现代主义与中国诗歌的碰撞也就成为早晚的事情。这一碰撞的结果怎样呢? 王先生经过细致的研究得出了如下结论:"西欧的现代主义诗歌给中国的诗创作带来了新风格新音乐,但并不能为所欲为,因为它面对的是处在战争与革命的环境里的中国诗人,他们对未来的公正社会有憧憬,而在他们背后则是世界文学里一个历史悠长、最有韧力的古典诗歌传统。这里并不出现先进诗歌降临落后地区的局面,思想上如此,艺术上也如此。除了大城市节奏、工业性比喻和心理学上的新奇理论之外,西方现代诗里几乎没有任何真正能叫有修养的中国诗人感到吃惊的东西;他们一回顾中国传统诗歌,总觉得许多西方新东西似曾相识。这足以说明为什么中国诗人能够那样快那样容易地接受现代主义的风格技巧,这也说明了为什么他们能够有所取舍,能够驾驭和改造外来成分,而最终则是他们的中国品质占了上风。戴望舒、艾青、卞之琳、冯至、穆旦——他们一个一个地经历了这样的变化,而在变化的过程里写下了他们最能持久的诗。"(《中国新诗中的现代主义——一个回顾》)简言之,中国新诗中出现过现代主义,但却是经过改造和变形的现代主义,这种改造和变形的压力来自纵横两个方面——中国古典诗歌的传统和充满了战争与革命的社会现实。

面对三四十年代中国内忧外患的现实,诗人们无法逍遥,他们从欧洲带回的芦笛总会吹奏出另外的声调。王先生在他们的诗中明确感受到了"对国家困境的担忧,而这种感情是西欧和北美的现代主义诗歌少有的"。诗歌可以没有国度,但诗人却有自己的祖国。作为诗人们的学生、朋友和同学,王先生也从未将自己关在文学的象牙塔中,当年他中断在国外的进修毅然回到即将解放的祖国,表现的不正是一股赤子之情,抒写的不正是一首人生好诗吗?

现实难以回避,但是面对传统,诗人们却可以自主选择。无论是戴望舒的旧瓶新酒,还是穆旦的自出机杼,王先生都给予了充分的肯定,因为两种不同路径都产生了好诗。相比较而言,王先生似乎更赞赏穆旦:"同他的师辈冯至、卞之琳相比,穆旦对于中国旧诗传统是取之最少的",因此他也就"把现代主义更加推进一步"。这是王先生四十年代的看法,到了八十年代仍然没有改变。可见王先生始终主张中国新诗应当大胆革新,尽管他看到这样的革新常常伴随着冷遇,王先生与穆旦终生的友谊在我看来决不是偶然的:他们对于新诗有着共同的见解和追求。

王先生与这批三四十年代的诗歌革新者们都有私人交往,但在讨论他们的诗作时,我们却看不到一点私人情感的夹杂,而是纯正的学院派研究:言必有据、不尚空论,而且全部从原文出发,所以在这些以英文和中文为写作语言的论文中,我们也能不断看到法文、德文、俄文、西班牙文等多种文字的引文,令人如入山阴道中,目不暇接,也不由自主地叹服老一辈学者的丰厚学养。

或许不是完全的巧合,戴望舒、冯至、卞之琳、穆旦等现代诗人同时也是诗歌翻译家,他们的创作与翻译之间的关系不可能不受到关注。王先生发现,他们写诗和译诗几乎是同步发展,互为增益的,以戴望舒为例,"他的诗风有过几次改变,各有背景,其中一个重要因素则是:他在译诗的过程里对于诗的题材和艺术有了新的体会;因为译诗是一种双向交流,译者既把自己写诗经验用于译诗,又从译诗中得到启发。"(《译诗与写诗之间——读〈戴望舒译诗集〉》)卞之琳是另外一个例子,王先生在《一个莎剧翻译家的历程》一文中谈到了这一点,但这篇文章主要还是讨论翻译,它可以和王先生其他很多讨论翻译的文章归入第二类著作中。

王先生对翻译问题一直非常关注,这不仅因为他本人是优秀的翻译家,而且也是来自他对翻译重要性的认识:"在我看来,在文化接触(不必说文化互动)中没有什么比翻译更为重要的了,特别是在一个长期封闭像中国这样的国家里更是如此,每一部文学作品的翻译都是一个新开端。"(《论新开端·序言》)确实,一个民族、一个国家对其他民族、国家文化的了解,就其大部分成员而言,是通过翻译文本来实现的;从这个意义上来说,翻译乃是比较文化、比较文学研究的中心问题。近年来英国学者苏珊·巴斯奈特(Susan Bassnett)甚至认为,"从现在起,我们应该把翻译研究视为一门主导学科,而把比较文学当作它的一个有价值的、但是处于从属地位的研究领域"①。她这话说得有

---

① 转引自乐黛云等编:《比较文学原理新编》,北京大学出版社1998年版,第28—29页。

点过头,我们把它理解为对翻译研究重要性的极而言之。

王先生讨论翻译的文章涉及面很广,有对两位早期著名翻译家——林纾和严复——的比较和评价,有对近代翻译理论的回顾和分析,也有对翻译中语言和文化关系的解剖,既高屋建瓴,又深入细致,许多结论我想对今天致力于建设"译介学"的人们一定会有很多帮助和启发。

就具体的文学作品的翻译而言,王先生讨论最多的是诗的翻译。在所有的文类中诗是最难译的,有人甚至认为诗是不能译的。但是王先生却没有这么悲观,他坚持认为诗是可译的,而且应该多加翻译,因为诗歌的翻译"特别能培养一种新的感受力,特别能给另一种语言和文化注入新的活力"。我国从 19 世纪后期开始大量地译介西方的诗歌、诗剧,但由于种种原因许多作品被翻译成了散文体,王先生对此不很满意,认为这不能称为严格意义上的翻译,他极力主张的是"以诗译诗",或者用卞之琳先生的话来说,就是"尽可能在内容与形式上忠于原作,实际上也就是在本国语言里相当于原作。"(《一个莎剧翻译家的历程》)卞先生译的莎士比亚四大悲剧以及查良铮的《唐璜》译本被王先生推举为"以诗译诗"的典范,完全可以和乔治·查普曼的《荷马史诗》英译相媲美。其实王先生本人的翻译杰作《彭斯诗选》适足与上述两者鼎足为三。

总的来说,在王先生广泛的讨论中,卞之琳、查良铮(即诗人穆旦)、戴望舒是他用墨最多的三位,不仅涉及他们的创作,也涉及他们的翻译以及翻译与创作之间的关系。我认为,对这三位诗人翻译家的研究不妨可以作为王先生比较文学著作第一、二部分之间的纽带。

最后想说明一点的是,王先生对于中西文学的比较不仅表现在这些专门探讨文学关系和翻译的论文中,也灌注在其他文章当中。例如他在一文中讨论托马斯·堪必安时,就将他与南宋词人姜白石做了简要的对比①,虽然只有寥寥数语,却让人对这位不太知名的英国诗人留下了深刻的印象。

按照当代一位学者的观点,比较文学在学科成立上的本体不是研究对象,而是研究主体的比较视阈——"在两种文学关系之间或文学与其他相关学科

① 参见《文艺复兴的清晨》,载《王佐良文集》,外语教学与研究出版社 1997 年版,第 48 页。

关系之间的内在透视"①,也就是说,只要一位学者具有了比较视阈,那么他做的所有研究都可以看作是比较文学。据此我们可以说,王先生的《中外文学之间》《论契合》固然是比较文学研究,而他的《英国浪漫主义诗歌史》《英国散文的流变》同样可以作为比较文学论著来研读。

(本文原载于《中国比较文学艰辛之路》(人民日报出版社 2005 年 6 月版))

---

① 杨乃乔主编:《比较文学概论》,北京大学出版社 2002 年版,第 107 页。

附录 历年学术成果一览

一、著作

（一）独著

1.《美国汉学纵横谈》，华东师范大学出版社 2016 年版。

2.《美国第一批留学生在北京》，大象出版社 2015 年版。

3.《鲁迅翻译研究》，福建教育出版社 2009 年版。

4.《卫三畏与美国早期汉学》，外语教学与研究出版社 2009 年版，学苑出版社 2018 年第 2 版。

（二）合著、合编

1.《20 世纪中国古代文化经典在美国的传播编年》，大象出版社 2017 年版，第一作者。

2.《文本内外的世界——中外文学文化关系研究新视野》，北京大学出版社 2014 年版，第一主编。

3.《美国耶鲁大学图书馆藏卫三畏未刊往来书信集》，广西师范大学出版社 2012 年版，第一主编。

二、论文

（一）独著

1.《〈孔乙己〉的几处误译:从敬隐渔到米尔斯》,《鲁迅研究月刊》2019 年第 11 期。

2.《两位汉学家眼中的曹植〈三良诗〉》,《读书》2018 年第 12 期。

3.《晚清时期的"东学西渐"》,《人民论坛》2018 年第 4 期。

4.《鲁迅译本〈表〉的校勘问题》,《鲁迅研究月刊》2017 年第 8 期。

5.《〈草鞋脚〉与〈中国论坛〉的关系》,《鲁迅研究月刊》2016 年第 12 期。

6.《最早介绍"文学革命"的英语文献》,《新文学史料》2016 年第 4 期。

7.《"富布赖特"往事》,《读书》2016 年第 11 期。

8.《十八世纪一场文化冲突的悲剧》,《国际汉学》2016 第 2 期。

9.《文学家司马迁的异域知音:华兹生与〈史记〉》,《读书》2016 年第 3 期。

10.《二战中的美国汉学家》,《读书》2015 年第 5 期。

11.《从书信看卫三畏在澳门的活动》,《澳门研究》2015 年第 2 期。

12.《顾颉刚与美国汉学家的交往》,《国际汉学》2015 年第 3 期。

13.《〈怀旧〉的三个英译本》,《鲁迅研究月刊》2014 年第 3 期。

14.《曾经风流——汉学中心在北京》,《读书》2014 年第 8 期。

15.《漫谈〈卷耳〉英译》,《书屋》2014 年第 10 期。

16.《美国汉学家卜德的秦史研究》,《江苏大学学报》2013 年第 5 期。

17.《卜德的博士论文》,《书屋》2013 年第 6 期。

18.《"子罕言利与命与仁"的英译问题》,《读书》2013 年第 2 期。

19.《早期汉学的魅力》,《博览群书》2013 年第 1 期。

20.《也说〈聊斋志异〉在西方的最早译介》,《明清小说研究》2012 年第 3 期。

21.《七个日本漂流民的故事》,《博览群书》2012 年第 9 期。

22.《关于鲁迅著作的英文译本》,《中国图书评论》2012 年第 7 期。

23.《王际真的鲁迅译介》,《新文学史料》2012 年第 3 期。

24.《〈炭画〉的中国之旅》,《鲁迅研究月刊》2012 年第 3 期。

25.《费正清的汉语学习》,《书屋》2012 年第 4 期。

26.《野外的死鹿、蔓草和爱情:评〈梅花与宫闱佳丽〉》,《读书》2012 年第 2 期。

27.《卜德与〈燕京岁时记〉》,《民俗研究》2011 年第 3 期。

28.《用古籍拯救世道人心:洛布古典丛书百年》,《博览群书》2011 年第 6 期。

29.《〈现代中国文学思想读本〉中的鲁迅》,《鲁迅研究月刊》2011 年第 3 期。

30.《赛珍珠的英译〈水浒传〉》,《博览群书》2011 年第 4 期。

31.《美国汉学的历史分期与研究现状》,《国外社会科学》2011 年第 2 期。

32.《费正清的第一篇论文》,《历史档案》2011 年第 1 期。

33.《韩南对中国近代小说的研究》,《明清小说研究》2010 年第 4 期。

34.《君子的勋业与行藏:评〈儒家的困境〉》,《中国图书评论》2010 年第 9 期。

35.《赫德的三个研究者》,《读书》2010 年第 9 期。

36.《〈哥伦比亚中国现代文学读本〉中的鲁迅》,《鲁迅研究月刊》2010 年第 6 期。

37.《鲁迅与几套翻译丛书》,《鲁迅研究月刊》2010 年第 2 期。

38.《第一批美国留学生在北京》,《读书》2010 年第 4 期。

39.《〈诸蕃志〉译注:一项跨国工程》,《书屋》2010 年第 2 期。

40.《韩南与三部言情小说》,《博览群书》2010 年第 1 期。

41.《普罗米修斯的现代责任》,《书屋》2009 年第 12 期。

42.《美国人早期的汉语学习》,《澳门文化杂志》2009 年第 2 期。

43.《卫三畏:美国最早的汉学教授》,《中西文化研究》2009 年第 1 期。

44.《哈兹里特眼中的莎士比亚》,《博览群书》2009 年第 4 期。

45.《周作人与〈圣经〉文学》,《中西文化研究》2007 年第 2 期。

46.《齐寿山·许广平·瞿秋白——鲁迅中后期从事文学翻译的三个伙伴》,《鲁迅研究月刊》2007 年第 4 期。

47.《鲁迅的苏联文学理论翻译与左翼文学运动》,《扬州大学学报》2006 年第 3 期。

48.《论早期鲁迅的科学小说翻译》,《中西文化研究》2005 年第 1 期。

49.《周氏兄弟与〈域外小说集〉》,《鲁迅研究月刊》2005 年第 5 期。

50.《赛珍珠与中国文化》,《江苏大学学报》2003 年第 2 期。

51.《卫三畏与〈中国总论〉》,《汉学研究通讯》2002 年第 3 期。

52.《艾略特文评研究三题》,《国外文学》2002 年第 3 期。

53.《如何理解鲁迅对赛珍珠的评价》,《鲁迅研究月刊》2002 年第 6 期。

54.《论赛珍珠建构中国形象的写作策略》,《江苏大学学报》2002 年第 2 期。

（二）合著

1.《古代歌谣研究中的中外诗学对话》,《中国文学研究》2011 年第 1 期,第二作者。

统　　筹:张振明　孙兴民
责任编辑:冯　瑶
封面设计:徐　晖
版式设计:王　婷
责任校对:张　莉

图书在版编目(CIP)数据

汉学与跨文化研究/顾钧 著. —北京:人民出版社,2021.5
(新时代北外文库/王定华,杨丹主编)
ISBN 978-7-01-023012-2

Ⅰ.①汉… Ⅱ.①顾… Ⅲ.①比较文学-文集 ②文化交流-文集　Ⅳ.①I0-03
②G115-53

中国版本图书馆 CIP 数据核字(2020)第 270578 号

汉学与跨文化研究
HANXUE YU KUA WENHUA YANJIU

顾　钧 著

人民出版社 出版发行
(100706　北京市东城区隆福寺街 99 号)

北京新华印刷有限公司印刷　新华书店经销

2021 年 5 月第 1 版　2021 年 5 月北京第 1 次印刷
开本:710 毫米×1000 毫米 1/16　印张:17.5　插页:1 页
字数:265 千字

ISBN 978-7-01-023012-2　定价:78.00 元

邮购地址 100706　北京市东城区隆福寺街 99 号
人民东方图书销售中心　电话 (010)65250042　65289539